花城
年选系列

中国小说学会 主编 / 毕光明 编选

终于等来了一封信

2021中国短篇小说年选

南方出版传媒 花城出版社

中国·广州

图书在版编目（CIP）数据

终于等来了一封信：2021中国短篇小说年选 / 中国小说学会主编；毕光明编选. -- 广州：花城出版社，2022.1
（花城年选系列）
ISBN 978-7-5360-9532-8

Ⅰ. ①终… Ⅱ. ①中… ②毕… Ⅲ. ①短篇小说－小说集－中国－当代 Ⅳ. ①I247.7

中国版本图书馆CIP数据核字(2021)第223031号

出 版 人：	肖延兵
责任编辑：	李珊珊　欧阳蘅
技术编辑：	凌春梅
封面设计：	张年乔
封面绘画：	鲤清鹤白

书　　名	终于等来了一封信：2021中国短篇小说年选 ZHONGYU DENGLAILE YIFENGXIN：2021 ZHONGGUO DUANPIAN XIAOSHUO NIANXUAN
出版发行	花城出版社 （广州市环市东路水荫路11号）
经　　销	全国新华书店
印　　刷	佛山市浩文彩色印刷有限公司 （广东省佛山市南海区狮山科技工业园A区）
开　　本	787 毫米×1092 毫米　16 开
印　　张	21　1插页
字　　数	296,000 字
版　　次	2022 年 1 月第 1 版　2022 年 1 月第 1 次印刷
定　　价	56.80 元

如发现印装质量问题，请直接与印刷厂联系调换。
购书热线：020－37604658　37602954
花城出版社网站：http://www.fcph.com.cn

目　录

1　　毕光明　　小说里的人生：找回自我及其他（序）

1　　铁凝　　　信使
17　　迟子建　　喝汤的声音
36　　潘向黎　　荷花姜
51　　徐则臣　　船越走越慢
65　　鲁敏　　　灵异者及其友人
85　　钟求是　　地上的天空
103　　西元　　　生
121　　南翔　　　钟表匠
143　　张惠雯　　临渊
160　　刘庆邦　　终于等来了一封信
175　　邱华栋　　河马按摩师

194	朱山坡	萨赫勒荒原
209	林培源	灰地
229	郭文斌	如是我闻
236	晓苏	老婆上树
254	朱辉	事逢二月二十八日
271	周瑄璞	那人
285	须一瓜	名记小郭结婚离婚附件
304	房伟	狩猎时间

小说里的人生：找回自我及其他（序）

毕光明

米兰·昆德拉说，小说唯一存在的理由是"仔细考察人类的具体生活，抵御'存在的遗忘'，将'生活世界'置于不灭的光照之下"。人类的生活内容丰富无比，因为人与人、人与世界、人与自然的组合充满着无限的可能性，然而由人的本性所决定，人的具体生活离不开生存需求、两性之爱、亲情与友谊、义务与责任等这些具有普遍性的方面，无论侧重于哪一方面，当它进入作家的视野成为艺术表现的对象，它必然以独特的形式产生审美召唤力，供人欣赏与观照，让人程度不同地领悟到艺术形象背后的意义，获得关于人生和生活的启示，引起对存在的思考。2021年度的短篇小说，其中的佳作从不同的角度印证了这一文学原理。

小说里的生活，是以讲故事的方式得以呈现的，这些故事来自或指向现实生活，但经过作家审美意图和创造力在生活细节之间建立起逻辑关联之后，情节不仅引人入胜，它揭示出的生活真相与生命奥秘更让人惊异、震撼，值得反复揣摩，意味也更加隽永。或许在两性关系里人的自我价值更能得到证明，自我实现愿望更能得到满足，因此这些故事多半发生于男女两性之间。像铁凝的《信使》、潘向黎的《荷花姜》、钟求是的《地上的天空》、刘庆邦的《终于等来了一封信》、朱辉的《事发二月二十八日》和周瑄璞的《那人》，都是关于情爱的故事：爱情十分美好，爱也带来痛苦，爱还能使人性苏醒。有些小说称不上是爱情题材，但从中也可以看到性爱的力量，或由性导致的悲剧，如西元的《生》和房伟的《狩猎时间》。前者在残酷的战争间隙也照进了年轻男女纯洁感情之光，后者在本当圣洁的高等学府里发生因权力对性的掠夺而导致的惨案。

《信使》的主题不是讴歌爱情，但故事因恋爱而起。在地方戏研究所当编辑的陆婧爱上了远在北京的一个大部文工团的业务团长肖恩，肖团长已有家室，热恋中的陆婧因此不能从单位和家里接收肖团长的信，而只能让好朋友、大学同学李花开代收，李花开嫁给了坐拥独院的表哥起子，情书寄到他们家安全。谁知起子是个卑鄙之徒，偷偷拆看了肖团长寄给陆婧的全部信件，还拍成了微缩胶卷，在一天趁老婆不在家，用窥知的隐情及胶卷敲诈和胁迫陆婧，要让她当局长的父亲为他安排工作，遭拒后以揭露隐私相威胁。陆婧感觉到巨大的耻辱，不顾后果愤而爆发。多年后在北京偶遇李开花，才知道这位被她误解的闺密，原来当年在事发后不惜以从房顶跳下来阻止起子的告发，结果摔瘸一条腿，离婚后回山村终于跟所爱的人生活在一起，勤苦度日，她最大的人生收获是找回了自己。这一对闺密，一个为了爱与人格尊严不顾一切，一个为了信守诺言不怕丢掉性命，两人互为信使（爱情的信使和人生的信使），诠释了人之为人的价值，让人持久感动和慨然深思。《信使》不愧是 2021 年里最富有人生启迪、思想性和艺术性完美统一的短篇小说。

《荷花姜》是一个谜一样的爱情故事。小说以从日本归来、开日料店的老板兼主厨的丁吾雍为视角，见证了一对很般配的男女从热恋到分手的令人疑惑而惋惜的过程。这一男一女，让人过目难忘：女的"打扮入时，举止得体，行动流畅"，男的"一身黑灰色，寡言，用现金"。两人关系不明朗，每次来店里喝茶，都是坐吧台而不进包厢。这女子最喜欢的一道菜是荷花姜，后来老板丁吾雍在心里暗暗叫她"荷花姜"，"不是因为她爱吃荷花姜，是因为她与荷花姜颇有几分神似：俏丽，鲜艳夺目，但不是'甜'那一路的，更不柔弱，相反，从外表到质感、气味都是洗练明媚和动荡妖娆的奇异统一，具有一种容易引起争议的、特殊的刺激感"。这样的女子，具有水晶般的质地，与有着灯笼一样的光的男子罕见地般配——"男子出色，女子也出色，而且男子像一个黑色的瓷碟子，托着荷花姜的尖、俏、艳，格外显出她的醒目，而荷花姜也反衬出他的不动声色和深不可测。"可是看上去非同一般的情侣，还是出了变故，黑衣男不见了，只见荷花姜一人在店里独饮烧酒，半醉中说自己把他杀了，沉醉后痛哭，最后在哀怨和无望中消失。直到有一天黑衣男再次出现，带着他的前妻来到店里处理善后，丁吾雍才知道是男方给不了女方所要的婚姻才放走了她，他俩的恋爱故事，除了为"这个城市里，盛产的就是男女间的各种相遇和离散"增加一个例证，更重要的是，说明了恋爱中的男女对对方的要求并不一致才是悲剧的根源。

《地上的天空》和《终于等来了一封信》用不同的风格叙述了对爱的期待的不同结局。《地上的天空》有几分神秘的气息。"撤退人生"朱一围去世后，他的妻子让丈夫生前的朋友、在图书馆工作过的"我"帮忙处理她亡夫的藏书。藏书有四千余册，其中有三百多本是朱一围费尽心机得到的作家签名本，"我"不忍随便处置，就想出了个好主意，在网上寻求本城与朱一围同名者收藏这批书。果然有个叫陈宛的女子出现，出资20万买走了这些签名本，可是旋即又将它们捐给了朱一围的儿子所在中学的图书馆。"我"为解谜而找了陈宛，终于得知陈宛与朱一围的隐秘关系和朱一围生前与陈宛女士"私订来世婚姻协议"。其实他俩并未成为事实的恋情，不过是朱一围的一厢情愿，而他的认真和把希望寄托在来世，恰恰表明了此生他的婚姻里存在真爱的匮缺，而未有真爱是人生最大的憾恨。所以一纸"下一世婚姻协议书"几乎让他变成了诗人，临终前走得从容而快乐，样子像是去奔赴一场盛大的婚礼。因为只有得到爱情，人才能超越庸常人生，灵魂得到飞升。跟《信使》主题颇为类似，朱一围在隐秘世界里拥有了爱情，是他作为一个人的证明，因为"就是这么一位配角男人，却悄悄自己给自己做了一回主"。《终于等来的一封信》写一个乡村女子在订亲后对爱的强烈企盼。小说用带着泥土气息的朴实的语言娓娓叙谈，曲尽其妙地一步步展示出一个乡间女子渴望未婚夫捎来爱意的炽热而缠绵的情意。十八岁的女孩方喜明是个重情的人，与"张楼那个十九岁的人儿"定情之后，"她就把自己的心和那个人的心连在了一起"。张楼的那个人到一个山区煤矿当工人去了，在他临去当工人的头一个晚上，他俩有个小石桥上的甜蜜约会，"她送给那个人一双鞋，那个人拉了她的手"，此后就是她对他的无尽的思念和对煤矿来信的翘盼，直到"终于等来了一封信"。一共才上过四年学的方喜明，按照对等原则给心上的人一字一字地回了信："你放心，松树落叶我都不会变心。"这感天动地的爱情誓言让人感叹，传统社会里的人，其情感世界未必不比现代人更为丰富和着实。

《事逢二月二十八日》和《那人》讲述的都是女性让男性神魂颠倒的故事，但无论是确切的还是疑似的单恋，都让恋爱者的心灵世界发生了变化，由残缺变得完整。遹从号子里出来的李恒全，打算找工作，想要重新开始他的人生。他租住在一栋条件很差的旧楼房里，邂逅了一位穿高跟鞋、戴墨镜、涂口红、一身香气的女房客。本来他已决定金盆洗手，但女邻居的难以抗拒的魅力还是让他趁她上班屋里无人而三次开门进了她的房间，不过除了在慌乱中带走了一只她的胸罩以外，他没拿她的任何东西，反倒送了一支口红给她。他真诚地关切着女邻居，迷恋与女邻居的身体有关的一切，还趁着室内无人而在她的床上完成了激情的宣泄。在生命的本能驱使他的身体向下的同时，他的精神也在向上，女邻居的美让他道德升华，最后在女邻居房间失火时第一个冲进去救助，谁能说他的灵魂没有因爱慕女性而得救呢？是的，他的二月二十九日的这个生日没有了，但谁又敢说他不会从此获得新生呢？《那人》的故事也饶有意味。四处打工的中原农民建勋，给一户人家做粉刷工程，在相处的几天时间里，感觉女主人待他不错，做吃的不断变换花样，还关心他的情绪，因而"他觉得在这家做活，好像是跟女主人过日子似的"。这让他突然就起了愁情，照片拍多起来了，发朋友圈借景抒情了，有事没事都想给"那人"打个电话，发个微信，多了又觉得不妥，只得尽力克制，情感的折磨让他日渐憔悴，偶有失眠。表明女性的柔和可以唤回一个半百之人身上被生活的重负耗损殆尽了对爱的需求。小说对男性心理洞幽烛微，用细致的笔触刻画出情心荡漾的道道縠纹，确证了爱是生命的本质这一真理。

2021年的短篇小说，写爱，也写恨；但不是私人之恨，而是家国之恨。迟子建的《喝汤的声音》就是表达这一主题的气血澎湃之作。小说以俄罗斯套娃式的叙事结构，主要讲述了哈喇泊家族的故事。"哈喇泊"是蒙古语"海兰泡"的叫法。小说里人物"哈喇泊"的这个名字，是他祖母起的，"用以纪念她在大黑河屯的青春岁月和死去的男人和女儿"。在1900年由俄国政府制造的"海兰泡事件"中，有几千个清朝人被围堵到江边或被砍杀射杀，或被赶进黑龙江淹死，只有几百人得以游过江面幸存。哈喇泊的祖父和姑姑就是死于俄国士兵的刀枪之下，哈喇泊的祖母怀着孩子游过黑龙江时咬碎了嘴里的牙齿。但奇怪的是，哈喇泊家族的人牙齿都不好，仿佛是切齿的仇恨所致。牙齿咬碎，且代代如此，可见仇恨之深，它是肉体创伤史中镌刻的民族精神创伤史。没了牙齿，这个家族于是有了喝汤的传统，喝汤的声音连接了"海兰泡事件"中数千冤魂的哭喊声，提醒后人不要忘了历史上的国恨家仇。哈喇泊家族一代又一代人不断讲述惨痛的历史记忆，乃是为了让家族记忆转化为集体记忆。故事中的哈喇泊崇拜航标工，自愿做了义务航标维护工，还上山慰问边防部队，都是出于对维护领土的责任感。或许家族之仇没有必要代代相传，因此小说让哈喇泊失去了生育能力，但是，作为一个国家，怎能失去历史记忆，所以我们需要一个摆渡人，带领我们在历史和现实中穿行。文学家不就可以充当这样的摆渡人，用喝汤的声音提醒我们不忘国耻，看护好自己的领土，不让悲剧重演吗？

像这样抒发家国情怀的小说还有西元的《生》。这篇以抗美援朝为背景的小说，跟那种全景俯瞰的军事文学不同，它无意描绘战争的整体格局和刻画英雄群像，而是从单个的战斗主体的感觉切入，在死亡笼罩的战地直接逼问如何看待生与死问题。故事的主角是十六岁的小战士二斗伢子，他是九连文书，在我军与美军激烈的拉锯战中，来往于高地与前线指挥部之间，取送战地报告。在被成千上万颗炮弹炸起的没膝的黑色浮土的高地，志愿军们隐蔽在十几米深的坑道里，随时准备迎击进攻的敌人。在反复的阵地争夺中，守卫高地的部队一茬又一茬，上来的就没再回去过，留下的是几个部队的伤员。而他在这里目睹了老战士大老张、连长等人的牺牲，直到他执行指导员交给的任务冒着炮火与枪弹往前线指挥部送战斗总结报告，在经过战地医院时，他见到了让他想念的、曾经搭伙儿睡觉互相用身体暖过对方双脚的师部文化干事——大学生女兵霓云，从师前线指挥部返回时还得到了霓云激烈的拥吻，这是在死神面前对生命的珍爱。"那场战役结束后，不仅仅是九连连长、指导员、大老张、白医生、师作战科张科长，李大棉裤、霓云、师作战科赵副科长也都相继牺牲了。"它留给二斗伢子的，是"终生都在想一个问题：人，应该怎样活着？"作者用平淡的甚至不乏诗意的笔调，书写一个个活生生的生命随时准备接受残酷的战争带来的死亡，不事渲染，但力透人心。

英雄并不都出在战场。在徐则臣"鹤顶侦探"系列短篇小说之一的《船越走越慢》里,为了去地形复杂的小鬼汊抓赌,辅警别大伟在一次行动中失踪,音信全无。仝所们瞒着别大伟失踪的消息,恳请其父老鳖出山帮忙。最终根据赌徒陈三提供的关于"开赌"时间的隐约线索,觅到了赌船,捣毁了小鬼汊里以邓姓老板为首的赌博团伙,同时确认别大伟已在一个月前英勇殉职。父子俩为打掉赌博团伙立下了汗马功劳,何尝不是英雄。而在九泉之下牵挂着两个男人的大伟妈妈、老鳖婆娘,当可看作这爷儿俩的幕后英雄。朱山坡的《萨赫勒荒原》,取自援非题材。牺牲在援非第一线的中国医生老郭,是隐瞒自己的病情坚持援非工作而最终殉职的,司机尼可的祖母对她的念叨、挂牵与尊重,说明他与非洲人民结下了深厚的友谊,这样的英雄真实而富有人情味。他的学生踩着导师的脚印援非,不顾危险和条件艰苦履行国际主义义务,不可能没有一点英雄主义精神。为医疗队开车的尼日尔司机萨哈,为了天黑前安全地赶到目的地,让医生去救治更多的人,坚决拒绝中国医生要他开车返回先救治他面临生命危险的儿子,还说"这里到处都有疾病,每天都有人死去,在死亡面前人人都是平等的……",如此舍小家为大家,分明是甘于献祭的英雄品格。

邱华栋的《河马按摩师》中的故事也发生在非洲,但小说的情节和人物性格都具有复杂性,作品意蕴也较为深厚。一对中国夫妇,高光和魏娜,为了逃避国内的舆论环境而远走非洲,在肯尼亚首都内罗毕开诊所行医。高光原来有家室,在县城里做医生,生活平淡而富足。但大胆而性感的魏娜的出现,改变了他的人生走向,为了躲避流言的袭扰他听从魏娜的劝说来到了内罗毕。他们开的诊所推行中医疗法颇受欢迎,然而发生在诊所的动物大战,激发了不安分的魏娜与美国记者弗兰克的动物性本能,两人无所顾忌地燃情并私奔,再一次改变了高光的生活节奏,他不得不踏上寻找女人魏娜之旅。产生厌倦后,他放弃了对魏娜的找寻,成为河马按摩师。但他按摩过的河马被盗猎者猎杀，他又跟着一支保护动物的巡逻队继续进发了，于是高光的人生就在路上了，似乎追寻才是生命的本质。"人人都要在路上，每个人都有多种可能性。这就是非洲的魅力，你来到了这里，在非洲，一不留神，你就会变成另外一个人"，"我们每个人都在世界上寻找着什么，可总也找不到"。这或许是小说的点题之笔。什么时候才是高光的高光时刻？也许以追寻作为完成才是人生的真义，小说以不断改变的人生情境最终臻于存在的境界。

2021年度的小说，题材多样，主题多元，通过不同的具体生活的书写，表达出作家对命运、生死、世情与文化的思考和审视。鲁敏的《灵异者及其友人》写对运命的预测，张惠雯的《临渊》写亡女之父的精神错位，郭文斌的《如是我闻》写对过度抗疫的反思，须一瓜的《名记小郭结婚离婚附件》写媒体报道引发的文化事件，房伟的《狩猎时间》写高校的管理违背大学教育规律导致惨剧发生，南翔的《钟表匠》写老年人的友谊，林培源的《灰地》写潮汕人开放性格的形成，晓苏的《老婆上树》写乡村女性精神世界的突变，主题的表达各有指向，汇成新时代的精神交响乐。

《灵异者及其友人》里的灵异者名叫千容，人称"小神仙"，也有的叫"大师""巫婆""预言者"，类似的。她有许多"灵验案例"，朋友们对其笃信无疑，也勾起了"我"对她的向往，急切地希望能不期而遇，好让她说出自己的运势，求得心安。可是，"要结识到千容，并得到其指教，这简直比恋爱本身还要微妙，连介绍认识都不被允许的——因为你事先自就存着主动的想法。而千容的天眼，得在全然'空无目的'的状态下才会开，其预言才有如神算"。可是在终于等到她来了，就要见到千容小神仙时，"我"突然一阵剧烈的心跳，几乎窒息，因为在这一瞬间她悟到了："如果真在多年前遇到千容，而她也平静地指示出我今天的必然，在确凿的命运线中，我真能走得到今天吗……"说明如果事先知道人生结局，那就好比航船失去了马达，只能停滞不前，或陷于灭顶之灾。不知才是知，此乃认识人生的至理。《临渊》倒真的关乎命运。乡村教师蔡老师，其女儿蔡晓婷很优秀，中学一直是优等生，考上了名牌大学，上完大学就去了美国，硕博连读，直接读博士。谁知这样的好命戛然而止——她被美国男友枪杀了。这巨大的打击使蔡老师似乎精神出了毛病，逢人就讲他的女儿，"每个人都听他讲过。他碰见谁就对谁讲他女儿，还给人看照片，要是没有结婚的，他就想给女儿介绍对象，挺瘆人的"。人们缺少理解的是，蔡老师只有不停地讲述她的女儿，维持一个语言事实，他才能面对命运的深渊。其实无人不是如此："当一个人仿佛悬浮着，当你漂在无论是语言、幻想还是现实喧闹、惯性的浮沫上，即使你下面是生活的整个深渊，那种载浮载沉、置身事外的感觉也能让你多多少少感到解脱。"

《名记小郭结婚离婚附件》和《狩猎时间》是具有现实批判性的小说，揭示的是现实中的荒诞和丑陋。在愚人节那天，厦城的报纸《小城时分》为了普及海洋生物知识，也为了娱乐市民，年青有为、在办报方面富有创意的记者郭的丁虚构了"伊鲁坎吉水母攻打厦城"的新闻，想不到竟引起轩然大波，被上头追究，差点危及报纸的生存，以至报社层层检讨，当事者受到批评还被处扣发奖金。通过这一事件，不仅暴露出了社会的脆弱、市民和媒体人员思想的僵化，也显现出某些报社领导在危险到来时推卸责任、不敢担当的丑陋灵魂，就是媒体的本身也严重偏离了服务公众的本职。在这一事件中，名记小郭似乎受创最重：在事件的处理过程中，他与未婚妻穆见可三观严重不合，无法一起生活，只好撤销预定的婚礼，而《小城时分》关于"水母事件"的一系列报道成了他俩婚姻解除的"附件"。与女友分道扬镳后的小郭，从报社辞职自己创业，最后成了"东南烁金远洋水产技术咨询开发公司"的董事，兼营凉拌海蜇，娶了洋妻，生了混血儿。小说把一个"水母事件"写得极尽闹剧色彩，映照出了文化体制的弊端和国人灵魂猥琐的一面。

《狩猎时间》叙述的事件，更令人触目惊心。高校是"象牙塔"，理应是精神的净土，但由于教育管理体制和学术评价体制出了问题，受经济社会的影响，大学里也功利主义盛行，"畸形竞争的心态、道德操守的丧失、学术理想的毁灭、对名利的热衷，都让原本应该安于教书育人的清高学者变成了贪婪庸俗之徒，让原本应该安心读书的大学生、研究生变成了颓废无聊的青年"（房伟），在这样的背景下，校园里发生教师相杀的恶性案件就不奇怪。因为本不该有的各种压力和弱肉强食，激发了人身上潜在的狼性。同是博士毕业，杨修是个失败者，职称上不去，工资待遇低，处处受人欺负；同门高远方则一路春风得意，仕途前景光明，但他为人不正，不仅在杨修评职称时使坏，还与杨修的老婆——S团委书记刘珂保持着不正当的男女关系，成为杨修的死敌，最终遭到猎杀，两人一起见了阎王。小说讲述的恶性事件，极有震撼力，为高校的沉沦提供了最好的警示。

"如是我闻"是佛教用语，作者以此做小说题目，可见是要从传统文化获得启示。新冠肺炎疫情发生起以来，从社会到家庭都对新型冠状病毒保持着高度警惕，人人都在加强防范，这对控制疫情当然起了决定作用。但是，在一种紧张心理的作用下，全社会存不存在过度防控的情况呢？防范病毒感染，首要的当然是阻断病毒的传播渠道，所以消毒、戴口罩、勤洗手、减少同外物和人的不必要的接触，都是有效措施。然而，感染新型冠状病毒引发新冠肺炎，跟免疫力低有很大关系，而过度防疫存在的问题恰恰是造成免疫力降低。《如是我闻》就是针对这种情况，以家庭为细胞，通过两种防疫观念的碰撞，而吸取传统文化的智慧，以对话的方式，对过度防疫的做法，包括城里人生存方式提出了质疑，做了深度反省，宣扬了正确的防疫观，彰显了中华文化的力量。

《灰地》的主人公是作者故乡潮汕地区小镇上的一位善于经营的小老板荣哥。荣哥得南方经济发展之便，从做装修起家，在镇上起了最高的楼。儿媳也有经济头脑，适时改变经营项目，使这个家的家底更加厚实。这位依靠经营致富的小镇老板，跟当地人有区别的是有胸怀，容得下外乡人，几十年如一日照顾工厂改制后下岗来南方打工的"哈尔滨"。在哈尔滨买旧厝房出了事故砸伤小卖部老人遭到围攻和索赔后，是他出钱替哈尔滨赔付，并让他躲进山上的防空洞，后又伺机将其接下山。他的厚待感动了哈尔滨，半个月又再次回到镇上永久落户，后来当上了包工头，娶妻生子。荣哥的作为，体现了南方地域文化的包容性。大概是这种对异地文化的容纳，使南方逐渐成为一块具有边缘色彩的灰地吧。

《钟表匠》以深圳为故事发生地，呈现了两个老男人的友情。修表的老钟和生活窘迫的老周，都是失去老伴的独居老人。老钟的经济条件好于老周，老钟需要朋友，于是老周常来老钟这里喝茶还吃酒。"一个经济上完全支付得起一位谈得拢的朋友过来小吃小喝，打打牙祭的人，那种对友开怀获取的愉悦，远不是几张钞票可以兑换的。"无论是一起吃吃喝喝，还是参观老友的收藏，知识面宽的老周都可以说出许多道道，令老钟眼界大开，于是两人实现了物质和精神的互补，依赖性与日俱增。两位老友性情相投，都有着替人着想的高贵品质，老钟在歇业之前一定要把未能取走的几块表物归原主，老周协助他完成了这一心愿。随着友情的不断加深，老钟把老周看成了亲人，在老周过生日时，给他送的礼物是买自香港的价格昂贵的一只纪念版仿百达翡丽怀表，让老周感动不已。这无价的友情，足以教人思考财富与人生价值的关系。

最后说说晓苏的《老婆上树》这篇乡村叙事作品。晓苏以故乡的油菜坡作为文学地理，塑造了一系列反映乡村生活变迁的人物形象，廖香是反映油菜坡上女性自我发现的新形象。这是一位有个性的乡村女性，身上既有贤妻良母的传统色彩，但也有新中国提倡女性顶半边天塑成的狠劲，即如小说开头所点到的："这可不是一个'软柿子'般好捏的乡下女人。她有想法，也有用不完的劲儿。"从她不满丈夫不肯上树摘柿子卖钱而与之吵架就可看出她并非一般的角色。可是由于长期囿于油菜坡这个生活小圈子，她身上潜在的颠覆既有生活形式的内在需求还没有找到出口。高声的到来改变了廖香的生活视界。由于她家的奶柿子有卖高价的机会了，她顾不得旧风俗的约束，爬上柿子树顶，不仅摘下五蛇皮袋柿子，可以得到五千块钱的收入，还从高处看清了自己的家人，更发现了被公牛岭挡住的在地上看不见的羊村，羊村的变化让她看到了现代化的诱人前景。树上所见是她走出油菜坡进城参加演讲的契机，两次参加演讲比赛，从市里到省里，一赢一输更为深刻地改变了她：从高处看到了新世界新生活的不安分的乡村女性，再也不甘于驴推磨式的低处的生活，说明她在发现外面的世界时发现了自我。铩羽而归的她重新回到树上，貌似好高骛远，实则意味着被新生活启蒙过的乡村女性将成为乡村新秩序的建构力量——《老婆上树》于此获得了乡村叙事的新意。

2021年11月17日
于海口

信使

铁 凝

四月的这个下午，空气清透，雾霾不在。街边的樱花、榆叶梅忽然就盛开了，白丁香、紫丁香也这里、那里喷放着苦而甜的团团香气。陆婧坐在车里，车窗关着，也能感受到樱花的烟云带给她的眩晕，丁香的苦甜有点呛人。她落下车窗，像有意咂摸这春天的"呛"，享用这扑面而至的"呛"带来的鲜亮欢喜。

在一个嘈杂的路口，车遇红灯。陆婧偏头看着窗外，眼光落在临街一间门脸不大的体育用品商店。一辆人力三轮车停在门前，两个年轻人正从车上卸货。一个腿有残疾的女人从店里出来，身体歪向一边。她跛着脚走到三轮车前，弯腰从地上拎起两摞半人高的捆绑在一起的鞋盒，板鞋？跑鞋？当她抬起头无意间扫一眼路口停滞的车队时，陆婧的眼光刚好对上了她的扫视。这是一位已不年轻的妇女，一头染成灰咖色的整齐的直短发，颧骨的颜色偏酡红。同样已不年轻的陆婧早就是戴花镜读报的视力，可瞬间还是认出了这张脸：李花开！

李花开是陆婧三十多年未见的故人，虽然这故人如今拖了一条残腿，但陆婧还是很肯定，她就是李花开。拎着鞋盒的李花开没有认出坐在车里的陆婧，她扫视的是车的洪流，临街店铺的门前，哪天没有车流呢。很快，她两手各拎着一摞鞋盒，斜着身子进店去了。

绿灯亮了，车子倏地驶过路口，陆婧甚至没有看清那间商店的名字。她不打算叫车停下，开车的是她丈夫。副驾驶座上的女儿，正掏出气垫粉饼补妆。陆婧盯着女儿的后脖颈，女儿的丸子头使后脖颈落下一些散发，故意落下的吧，看似不经意的慵懒和风情。她们母女并不交流这方面的内容，但在这个下午，陆婧从女儿的后脑勺上明确地看见了三十多年前的自己：克制地追逐时尚，貌似叛逆，有点虚荣。三十多年前，陆婧和李花开同在一个城市，一个名叫虽城的北方城市。

那还是一个人人需要单位的时代，没有单位的人总显得可疑。幸运的是她们都有稳定的单位，陆婧在一个地方戏研究所当编辑，李花开在市属的印刷厂做文秘。一个时代有一个时代的词汇，二十世纪八十年代，陆婧和李花开是大学同学，是朋友。套用时下的说法，她们是闺密。这"密"后来又通俗成了腻乎乎的蜜。当年的她们漠视一些老词，不像今天，人们把老词翻腾出来再做揉捏变作另一种时尚。传统意义上的闺中密友大多连带着两家通好，陆婧和李花开的两家长辈却互不相识。

从西客站回家时，陆婧在副驾驶就座，女儿已下车，乘高铁去了外地出差。陆婧的方向感很差，这时却发现车子是循着原路返回，再遇那个路口，她那混乱的方向感突然明晰起来，她觑着眼朝马路对面一溜商铺望去，看见了那个小店："时代体育"。

她认出这是东单，同仁医院附近。医院附近的车多人乱又给她的方向辨别带来了困难。她是急切地想要记住"时代体育"的准确位置吗，还是对跛脚的李花开怀有好奇？想不到三十多年后李花开也来了北京，她丈夫，那个叫起子的也来了吧。陆婧心里加重着"也"字的分量，好像北京是她的地盘，李花开的现身让她有种不适感——曾经的闺密往往最方便成为仇敌。什么时候她的脚给跛了？敢情她也受过伤啊。"也"，她心里玩味着这个字，刚刚迎接着她的这个美得眩晕的春天，那呛人的丁香、樱花们不也慷慨迎接着从"时代体育"里走出来的李花开么。

1. 那是她们共同的激情时代。先是李花开突然告诉陆婧她要结婚了，对方是虽城的远房表哥。李花开说，表哥在街道办的一个镜框社画出口彩蛋。陆婧嗤之以鼻地抢白道，那也叫单位呀。李花开说就算不是单位吧，可他有房，私房，独院儿。硬道理在这儿呢，陆婧想。

李花开是当年系里的美人，有男生为她那长而柔韧的脖颈献过诗。她的脖子洁净、细润如骨瓷，女孩子拥有这般脖颈，会显得傲然，且十分方便左顾右盼。可她并不自知自己有条好脖子，不会骚首，亦不懂弄姿，还常常爱犯轴脾气。轴，在北方语系里通常形容性格而非品德，和一根筋、死心眼相近。李花开穿家做布鞋，常年背一只紫红两色方格交织的土布书包，好比特意拿自己的乡村出身背景示众。她家在离虽城百里外的山区，穷。大二时，一次李花开的下铺丢了几张饭票，认定偷窃者是上铺的李花开。李花开激愤地绝食两天以示清白。第三天，同宿舍的陆婧强行背着李花开到校医务室去输生理盐水、葡萄糖。过了一个星期，下铺的饭票找到了，在她送回家去洗的一包脏衣服里。和李花开不同，陆婧家就在虽城，工作之后仍然和父母同住。李花开住印刷厂的集体宿舍，周末经常被陆婧拉着去家里吃饭。陆婧记得母亲第一次见到李花开时还感叹了一句：真是高山出俊鸟呢。

冬日的一个周末，陆婧随李花开去了她将要嫁进去的私房、独院。推开嘎吱作响的单扇榆木院门，眼前的院子只是一条狭窄的夹道。夹道一侧仅两间西屋，另一侧是院墙，院墙即是前院人家的后山墙。若从西屋推门出来，仿佛走几步就能撞墙。虽不能比喻成开门见山，却可以说是出门见墙。西屋窗下整齐地码着蜂窝煤，挨着蜂窝煤的，是被旧提花线毯盖着的同样码放整齐的大白菜和鸡腿葱，叫人嗅出过日子的烟火气。当年的陆婧们不屑于这类烟火气，眼前的蜂窝煤、大白菜只让她相信，李花开真的要结婚了。李花开说这是表哥的爷爷留下的一点房产，爷爷从前是个经营南方竹货的小业主。想必，经过了那场革命，这院子是被挤占去了大部的剩余吧，陆婧思忖。

那天陆婧见到了李花开的表哥，一个微胖的长发青年，李花开叫他起子。起子热情地和陆婧握手，三人进屋后他还伸手从李花开肩上择下一根头发，或者不是头发，是线头，或者什么都没有，他只是愿意让人看见他在她肩上择。这个表示关切或男女关系不一般的动作让陆婧觉得多余，但那感觉仅仅一闪，因为房间正中一只铸铁蜂窝煤炉子引起陆婧格外的好奇。那本是一只普通的青黑色铸铁炉，圆柱形炉身正方形炉盘。在暖气并不普及的时代，北方城市大多人家都有这类炉子，取暖、做饭、烧水，间或也充当烤盘：烤馒头、烤窝头、烤包子、烤枣儿。起子家这只炉子所以引人注目，是因为它那铿光瓦亮的炉盘，陆婧还没见过谁家的铁炉子能有这样一尘不染，这样光明可鉴，这样泛着蓝幽幽光泽的镜子般的炉盘。他们围炉而坐，受着这炉子的吸引，又好像这神气活现的炉子才是这家的主人，乃至屋内所有家具的主人。炉子上坐着一把熟铝壶，壶中水已烧开，壶盖噗噗响着，壶嘴冒出缕缕水蒸气。起子拎起壶去给客人沏茉莉花茶，他把热茶端给两位女客，顺手抄起铁炉钩，从炉前铁畚箕里钩起同样铿光瓦亮的炉盖，半遮半掩盖住炉口，复又将水壶错开炉口坐上炉子。这样水能保温，炉口减弱的火力也不至于把壶烧干。陆婧喝着热茶，问起这炉盘如何能这般明亮。起子说用猪皮擦的。他母亲在世的时候每天必擦几遍，即使在肉类凭票供应的年代，也总能想法子省出指头长的一块猪皮供炉盘去"吃"。擦了二十几年，生是把一块粗糙的铁炉盘擦成了镜面。母亲去世后，他接过这活儿，有空儿就擦，才保持了这炉盘的成色。

陆婧喝着热茶，想着一个大小伙子除了画彩蛋，就是手持一块猪皮在炉盘上擦呀擦的，她好像还闻见了猪皮蹭上热炉盘那嗞嗞的响声和轻微的油烟，不臭，也不香。看看李花开，李花开显然对猪皮擦炉盘不感兴趣。煤是金贵的，她家烧柴禾灶，上大学之前她就没见过铁炉子，也很少见过真的煤。结婚以后起子会让她擦炉盘吗？她可不情愿。这需要耐心，更多的是一种情趣。就陆婧对李花开的了解，她不具备这方面的情趣。出了那院子，李花开只问了一句：你说值吗？陆婧没有回答，眼前只闪过一个模模糊糊的影子,李花开对她讲过的一个中学同学名叫锁成的,和她同村,后来她考上大学了,他没考上。

几天后,一个坏消息震惊了她们:当年那个下铺的母亲,因为厂里分房不公平,吞了过量的安眠药。李花开说,房比命大吗?陆婧说,房是命的一部分吧。李花开又问:你说值吗?她没有听见应答。很快,她嫁给了表哥。很快,陆婧也恋爱了。

2. 陆婧的恋爱像是一场无药可救的疟疾。民间对疟疾的归纳有间日疟、三日疟等,意指隔日发作一次或三日发作一次,高热、高寒乃至抽搐。陆婧的爱之疟疾却持续了近两年。对方名叫肖恩,是她父亲的同学,且有家室。陆婧刚读初中时,肖恩随着他的单位——北京一个大部的文工团来到虽城做集体改造锻炼,他们被安置在当地驻军大院,过着半军事化、半农场农工的生活,军队有自己的农场。平时不准离院,每周休息半天。肖恩在这座举目无亲的城市联系到了他的大学同学,陆婧的父亲。当革命和运动使熟人、朋友都断了消息的时刻,陆家为肖恩在虽城的出现尤为高兴。那段时间,陆婧的家是肖恩吃饭解馋、放松身心之地。每周的半天休息,他差不多都是在陆家度过。那时陆婧叫肖恩叔叔,逢肖恩感冒生病,或者为部队演出突击排练不能前来时,陆婧会自告奋勇地骑上自行车,为肖叔叔送去母亲烹制的鸡汤、榨菜炒肉丝。满满一罐榨菜肉丝够肖恩吃一个星期,也要用掉陆家半个月的肉票。那个推着自行车站在部队大院门口、冒着寒风等待他出来的陆婧,那个围着大红围巾、戴着厚厚的棉巴掌手套、晶莹的鼻头冻得通红的孩子,给肖恩留下了美而干净的印象。他送给陆婧一双淡绿色斜纹卡其布芭蕾鞋,足尖嵌有软木的真正的芭蕾舞鞋,正热衷于校文艺宣传队各种活动的陆婧,连续一个星期每晚睡觉都把这双鞋供在枕边。后来陆婧并没有在舞蹈方面有所长进,以她当时的年龄,腿已经太硬,开胯也不再容易。当年那些小女孩对文艺的热爱,充其量相当于今天的时尚女生对奢侈品的追逐。

十年之后,肖恩已是北京那个大部文工团的业务团长,陆婧的父亲也做了虽城文教局长。肖恩的文工团有时来虽城演出,他带着演出赠票和茅台,到陆家和老同学畅饮。肖团长和陆局长一改从前的落魄,精神、气色俱佳,就像换了个人。陆婧从旁看着想着,人没换啊,换的是人间。

换了人间。肖恩再见十年后的陆婧,他惊喜地打量着她,喃喃自语着小姑娘已经出落得、出落得……他始终没有完成那后半句话:她出落得怎样?但半句话对陆婧足矣,她尤其喜欢"出落"这个词,一个带有弹性的神奇蜕变的好词。陆婧突然不叫肖恩叔叔了,她叫他肖老师。每逢文工团来虽城演出,陆婧便也忙了起来。她为同学、朋友、同事、近邻向肖恩讨要招待票,她替当地媒体联系采访肖恩以及团里的男女演员,她不是名人,但她已是个认识名人的名人,她为此得意、满足,她和肖恩的关系也就落入了那个时代可能的套路。肖恩开始邀请她去北京看戏看电影——一些尚未公开、只供圈内人优先欣赏的外国电影,陆婧自己也频频寻找去北京的理由。一个地方戏研究所原本没有更多出差北京的机会,多数时间她利用周末自费前往。那些日子她轮流住遍了亲戚家:姑姑、叔叔、舅舅、姨妈。她庆幸他们的家都在北京,就像从前她的父母一样。在北京疯跑的时光里,她作为一个曾经的北京孩子,常常生出些情不自禁的得意和略带焦灼的期盼。

秘密恋爱固然秘密,却仿佛必得选出一个可靠的人分享才更够秘密。几个月之后,陆婧把李花开约到一家卤煮火烧小馆。她脸色潮红、嘴唇颤抖,十指交叠着扭绞着,忽又神经质地把双手搓来搓去。她的讲述琐碎累赘而又宏大激昂,她顾自笑着,眼里有泪光,她已经为自己这高级的恋爱所倾倒,她的闺密李花开也必将为她这不凡的倾诉所倾倒。

李花开的嘴里却只是偶尔迸出一句:"我娘!"逢关键时刻,李花开的山村口头语还是会冒出来,比如"我娘"!听着生硬,但干脆,有劲。这是一个本身不含褒贬的感叹词,但在此刻,李花开喊出它来表达的是决不同意。两人争吵起来,昏天黑地。陆婧急赤白脸,碗中的卤煮火烧一口没动。李花开连吃带喝,一海碗卤煮火烧下肚,也没能堵住她那张压着嗓音、连呼反对的嘴。直到碗空了,她才发现陆婧的一脸憔悴,她闭嘴了。或许恋爱中的憔悴才能唤起人的怜悯,而绝对平等的友谊也并不存在,似乎总有一方在紧要关头非服从另一方不可,比如让卤煮火烧和争吵弄得满头是汗的李花开。陆婧判断李花开有缓和的迹象,再添些央告加耍赖的言辞,李花开到底让了步。她答应保密,还答应了陆婧的提议:肖恩写给陆婧的信从此寄往李家。在一场无法光明正大的恋爱里,情书寄往当事人的单位是危险的,李花开的家,那私房、独院在陆婧看来最是安全。

  北京寄往虽城的平信隔天可到,陆婧一个星期至少两次去李花开家取信。那个当初在她看来有点陈旧、俗气的小院,如今在她生命中已变得如此要紧,如此友善而温暖。她多是在晚上下班后赶往李家,弓着身子把自行车骑得飞快。不能用奔向或跑向来形容她的姿态,那是扑向,扑向一团情话或者简直就是一场约会。她进了门,敷衍地和李花开或者李花开的丈夫——那位叫起子的寒暄几句,接过李花开递上的有点压手的厚厚的信封,便逃也似的夺门而去。她不急着回家,此刻家也危险。她急不可耐地找一根电线杆把自行车和自己都靠上去,就着昏暗的路灯开始捧读肖恩写给她的大段的文字。她的心大声跳着,酥着,醉着。在夏日,那些粗糙的松木电线杆上爆裂的木刺有时会扎进她的衬衫。当她回家之后脱下衬衫小心择着上面的细刺时,她会偷着笑。她被扎疼过吗?这样的时刻,疼也是幸福。

  有时李花开在厂里加班回家晚,陆婧奔到李家推门进屋后,永远在家的起子会代替李花开把信送至陆婧手中。他并不留她坐一会儿,像通常主人对客人那样。他知道她不需要,就像陆婧也明白起子已经知道了她的恋爱,他和这幢私房、独院共同知道了她这场恋爱,再坐下假装等李花开回家反倒虚伪了。第一次从起子手里接过肖恩的来信,她只是稍显尴尬,也仅是稍显,对肖恩来信的渴望压倒了一切,一切都不在话下。

  3. 又是冬天了,起子画了一会儿彩蛋,外贸公司的订单,复活节前要发货的。画彩蛋是个手艺活儿,类似简单的重复性劳动,起子得心应手,或者说熟能生巧。初中没毕业他就跟着邻居一个师傅学画彩蛋,多少年画下来,有时他也感到腻烦,看着纸箱中被瓦楞纸板隔开的那一排排花里胡哨的蛋们,常常觉得自己就是个卖鸡蛋的。李花开没有嫌弃他这份活计,他不用出去上班正好在家做饭。可那个陆婧从一开始就对他怀有轻蔑。那轻蔑是暗含的不易觉察的，起子还是莫名地感受到那轻蔑的蛛丝马迹。他是个小心而敏感的人，又是一个随着惯性生活的人，每当自卑心翻腾上来，他便会拿他的私房、独院将其打压下去。是啊，在计划经济时代，福利分房时代，有人会为分不到住房吞一把安眠药的时代，他起子能够坐拥一个院子一套私房，你们还要怎么样。"你们"是指他的对立面，有时指李花开和陆婧吧，多数时间是泛指。这时他的情绪又昂扬起来，他尤其喜欢"坐拥"这个词，这是个主动、气派、敞亮的词，他不仅坐拥房子院子，还坐拥单纯貌美之妻子。生活对他不薄。

　　想想这些，起子放下手中的彩蛋，揉揉眼——画彩蛋费眼。他花三分钟做了一套自编的用力眨眼的眼保健操，接着他要犒劳一下自己。他把粘着颜料的手仔细洗干净，行至那炉盘锃亮的著名炉子跟前，拎起那把铝壶，壶中水开着，顶得壶盖噗噗响着。他沏上一杯茉莉花茶，搬把椅子坐在炉前，喝两口热茶，放下茶杯，起身把房门锁好，然后才从他的彩蛋工作案的小抽屉里拿出一封信，邮递员刚刚送到的北京来信。他举着信复又坐回炉前，将信封一端凑着炉盘上铝壶壶嘴里冒出的徐徐水蒸气来来回回扫那么几次，信封一端便软塌下来。他就势拿根牙签轻轻挑开信封封口一角，封口轻易就打开了，如同吃酥皮点心时用手揭去那层层酥皮，绵软、无声、可心。起子从大张着嘴的信封里抽出不薄的情书，从容不迫地欣赏起来。一些段落仍然让他耳热心跳，但情绪已不像初读第一封信时那般亢奋了。他始终腻歪的是肖恩在信中把陆婧称作"我的小软木塞"。他常常半是艳羡、半是鄙夷地把过目后的信推送进信封，再小心翼翼地用胶水封好，以手掌外侧轻按均匀，宛若终于为肖团长放行的秘密检察官。

　　第一次把北京来信送到陆婧手上，他就已经生出一种身在暗处的优越感。这时期的陆婧，却仿佛处于下风头了。陆婧不时会给他们夫妻带些礼物，给李花开买过马海毛的毛衣，还送过起子一件当年正时髦的沙色皮夹克。这本是朋友间的心照不宣，却渐渐让起子愈加不满足了。优越感是什么呢，那就像是人生的一种主动，起子就在一次次优先阅读那些北京情书的亢奋中获得了既朦胧又主动的渴盼：难道他当真要画一辈子彩蛋吗？

这天上午，陆婧在办公室接到起子的电话，只电报式的两个字：有信。这是个善解人意的电话，起子的积极热情使她连矜持一下的表演也用不着了，她决不打算等到晚上下班后再去取信，甚至中饭也不吃，骑车直奔那"有信"之地。

他和她对坐在炉前，炉膛里淡橘色的火光恰到好处地映着两人的脸。她本不想坐下，打算拿了信就走的，但起子邀请她坐下。她发现他手里没有信。他当然看出了她的疑惑，随即从裤兜里抽出一个他们都已熟悉的信封：红蓝两色斜线圈边的航空信封。在这儿呢，他说。他微微前倾着身子从炉口上方把信封递向对面的陆婧，在陆婧看来这很危险，好像那信是要蹚过炉火才能抵达它的目的地，又好像起子原是要把那信封丢进炉中的。陆婧伸出双手在炉口上方托住那信封，手背让炉火炙烤得一阵干疼。当她终于将那沉甸甸的信封"引渡"到自己胸前，仍然双手托着它，就像托着一个刚从火海里得救的人。接着，她觉得这姿势有点失态，便把信封平放在腿上，这又仿佛肖恩正把嘴吻在她腿上，说着绵绵絮语。她的腿一阵阵酥麻，腿暗示了她拿起信封，掖进棉大衣口袋。这时起子说出了他的想法。

陆局长肯定能办到，群众艺术馆啊，艺术学院啊，画院啊，都行。他说。

你和李花开商量过吗？她问。

这不重要，我的事还是我直接说更好。他说。

可人的调动需要多种条件，特别是艺术类的单位，不是普通人就能去的啊。她像是在提醒他。

但我觉得我不是普通人。他坦然地看着她，也像是对她的提醒。

她听出了话中的厉害，也领会到这位起子的"不普通"。想到李花开随厂领导去南方几家印刷厂参观学习，两个星期才能回来，起子是特意选了这个时间的空当来和她谈如此要事吧？

她从炉边站起来，眼睛并不看他，只答应回家试着跟陆局长去说。

陆婧选了一个晚饭时间对陆局长提及起子的事，晚饭时间家里的气氛是轻松的。陆局长却立刻拒绝了女儿的请求,"异想天开,异想天开!"他手很重地把筷子拍在饭桌上,一迭声地重复着这四个字,不知是讥讽起子,还是斥责女儿,也许二者皆有。基于对父亲的了解,她知道结果会是这样的,曾经闪过的一点侥幸之念确凿地破灭了。

这天,她又在办公室接到了起子的电话,还是两个字:有信。

4. 她和他对坐在炉边,这次他没有空着手,给她开门便及时送上捏在手中的信封,仿佛以此迎接她将带给他的好消息。她迅速把信揣进大衣兜里,就像生怕这信会遭遇不测。

开口是艰难的,但她必须开口。她向起子道了对不起,说再等等看还有没有其他办法。这明显的官腔让起子十分不悦,他举了某某熟人因为有关系而进入了似乎不可能的单位。

她打断他说在我们家真的不行。

他直视着她,放慢语速说,要是不行也得行呢?

她这才有点警惕地向后捎着身子问道,你这是什么意思?

他说我不是在央求你,是在要求你。

她觉出了他的无礼和过分,但大衣口袋里那沉甸甸的信封可是经由他的手抵达她手中的,她努力使自己克制并且客气。她站起来说,等李花开回来咱们再一起商量也许更合适。

起子也站起来,果决地告诉陆婧不用商量,他就是要去陆局长所管辖的那些单位。

陆婧到底没能把持住自己,她扫了一眼对面的起子,第一次发现他那一头打绺儿的"艺术范儿"长发滋着过多的油脂,好像每每以猪皮擦完炉盘都会捎带着再往头上蹭去。她恼火起来,边向门口走边提高嗓音说,你有什么权力命令我啊,你以为你是谁!

在她背后传来起子的声音:我知道我是谁,更知道你是谁!你不就是肖大团长的小软木塞吗?

她那刚伸向门把手的手缩了回来,后脑勺仿佛遭遇了棒击,似有一个黄豆大的小气球在颅内的某个位置炸了，一个瞬间，嗡的一声，她脑海里一片白色。她还是顶着一颗白色的头颅转过了身，并努力站稳自己，身体却已有点瑟缩，像曾经有过的梦境：她裸体着站在街上，到处找不到要穿的衣服，而街上面目不清的人们正肆无忌惮地看着她，比如此刻的起子。

起子就像听见了她那无声的感受，加码似的继续抖落：是啊，不怕你笑话，我全看过，77 封信，包括现在你大衣兜里这封。

她一边下意识地将手伸进大衣口袋，死命握住那信封，好比攥住了肖恩的手，一边咕哝着你怎么能、你怎么能……

我怎么不能？起子复又在炉边坐下：凭什么你们里里外外、明的暗的都是体面，又体面又浪漫，我就非得窝在这儿画一辈子彩蛋不可呢！我，我们全家还得替你收着、守着这些个不体面的信。说到不体面，我的要求不过是要通过这些不体面的信得到一份体面的工作，为了我们全家、我们未来的孩子，这有什么过分吗？

她不动地方地站着，拼力捕捉着他话里的信息，她想到了李花开，不敢去想这是他们夫妻的合谋，可难道他们不是夫妻吗。还有孩子，李花开是不是怀孕了？陆婧的恋爱袭来之后，目中已无他人，所有的时间更不情愿分配给他人，识趣的李花开也久已不主动和她联系了。她不甘心着还是喃喃着：李花开知道你……

他不等她说完，截住她的话说知道怎样？不知道又怎样？用不着假装清高，也别想对我使用什么不好听的词儿。我就这么一件事，陆局长动动小手指头的事，有什么办不了的呀。

清高，陆婧想到了父亲。本来她有些抱怨父亲那决不通融的清高的，但在这时，她忽然感叹世间毕竟还存在着这么点清高。为了这点清高，她决不打算接受这蛮横而阴暗的命令。她不接受，还得显出不示弱，她一字一顿地对炉边的男人说，还一就一是一办一不一了一！

起子站起来，遭受了冤屈似的，走到摞在地上的彩蛋箱子跟前，从最下面的箱子里拽出一只白得刺眼的纸袋，举起来冲陆婧晃着，叹了口气说，都在这儿呢，67 封。我用微距拍好，借朋友暗房冲印出来的，后来的 10 封没来得及冲洗，不过已经足够了。说着从中抽出一张印满小字的黑白放大照片，送至陆婧眼前。

陆婧只瞄一眼便认出了肖恩的笔迹。起子这层层递进的胁迫宣告着陆婧的节节败退，她平生第一次感受到巨大的惊恐和侮辱。她的小腹突然开始酸胀下坠，伴随这酸胀下坠的是两条腿的绵软。于是她知道，腿软并不是从腿开始的，是小腹里酸胀下坠的物质游移到耻骨再无情地沉降至大腿、小腿、脚底、脚趾，迅速侵蚀着那里所有的骨骼、韧带、肌肉、血液……接着无腿感袭来，她的小腹好像直接落在了地面，人也顿时矮了下去。她拼命用意念寻觅着腿脚，顽强地动了动灯芯绒棉鞋里仿佛已经虚无的脚趾，脚趾总算有了些微的痉挛。那么，她是有腿的，她还在站着。她迈前几步，本能地伸手要夺下那刺眼的白纸袋把它投进炉火。起子将纸袋背到身后说，胶卷还在我这儿，烧有什么用呢？如果陆局长帮了我，我肯定当着你的面连胶卷一股脑烧了它。不然，你能猜到后面会发生什么。

她腿软着，绝望地站在他面前，望着这个在炉子边上踱着小步的男人，就像望见了一个非人类的物种。比如鳄鱼，不！鳄鱼甚至也要好于眼前这个物种。她把涌到嘴边的所有形容词都压了回去，她的绝望使所有的词语都已失效，这绝望却也迫她从溃败的谷底捞起了她久已失散的自尊。她被亮在眼前的撒手锏打蒙的同时，仿佛也被打醒了。当她确信自己的两条腿能够带她迈出这间屋子时，她把大衣扣子一个一个扣好，接着，她以自己也未曾料到的动作，突然奔向那炉子，拎起坐在炉盘上那把沉甸甸的铝壶，高高提起，壶嘴向下，向着那炉火正旺的炉膛猛地浇灌起来。霎时间水火交战的炉膛发出吱吱嘎嘎的怪响，一股股灰白色气体伴着浓烈呛人的臭屁味儿冲上屋顶，弥漫着房间，也吞噬了炉边的男人。烟雾中她把空壶"哐当"丢在地上，拼力拉开屋门，又狠劲把门摔上，就像将一切的担惊受怕、一切的提心吊胆、一切的错愕、愤怒乃至一切的恶心，全都摔在了身后。她听见门玻璃碎了，那起子没有追上来。

她想找个没人的地方大哭一场，但急切地要给李花开打电话声讨的愿望压制了她的大哭。她没能和李花开通话，她的青春年代，和远在南方几个省出差的人长途电话联系尚不那么便捷。她又跑到邮电局给肖恩打电话，在排队等待接线员叫号的时候，她在长途电话间的门玻璃上看见了自己的脸。一夜时间她的脸怎么会变成这样？腮帮子嘬着，太阳穴瘪着，鼻翅儿扇着，耳朵片儿干着……这是刘宝瑞先生一段相声里的句子，形容的是一个受不孝儿子虐待、饭都不给吃饱的老太太的凄惨面相。她不是那位倒霉的老太太，以她的年龄，也还不具备自嘲的能力，她的脸让她突然想到相声里那老太太的脸，只激起了她更加强烈的愤懑，更加确切的无助。她和肖恩通了电话，当她语无伦次地讲了这边的事，对方始终沉默着。

第二天，陆婧单位的领导收到了起子制作的黑白照片，本市的平信当日可到。陆局长也收到了。两天后肖恩团长的上级领导也收到了。

李花开出差回来，陆婧立刻把电话打到了印刷厂，那是一个悲愤加绝交的电话，一个鄙视的不容分说的电话，一个曾经的"闺密"必须洗耳恭听的电话。陆婧那一波又一波语言的风暴如耳光噼啪，痛打在电话那头的李花开脸上。陆婧只听见李花开一迭声叫着："我娘！我娘啊！"又听见她"呕呕"了两声，像在呕吐。陆婧摔了电话。

肖团长受到了处分。

陆婧受到了处分，被陆局长轰出家门。

5. 四月的又一个下午，太阳很好，雾霾不在。陆婧打车来到"时代体育"。朋友送了她两张老时光博物馆的门票，她看看地址，发现就在东单，离那间"时代体育"小店不远。这正好是个自然的理由：可以先到"时代体育"看看，再去博物馆参观，这样，走进商店便显得更像顺路。

"时代体育"有年轻的顾客出入，咄咄逼人的青春扑面而来。陆婧掺在其中，自觉有点碍眼。她在跑鞋柜台驻步，但她从不跑步；她在泳具柜台驻步，她也不打算游泳。她在等一个合适的时机，和坐在收银台的李花开打一声招呼。其实她一进门就看见了这位故人，三十多年未见的故人，即便是仇敌，难道不也能生出几分亲切么。就算谈不上亲切，她至少怀有那么点不愿承认的屈尊的好奇。

时间是毒药，也是偏方。她记起哪个作家的句子。

店堂里人少的时候，她来到收银台前，将胳膊肘架上齐胸高的台面，明确地招呼了一声："嗨，李花开。"

李花开抬起头，她认出了陆婧，随着一声："我娘！"陆婧看见了她脸上的惊奇和真切的欣喜。

……

她们对坐在一间粥铺喝粥。李花开说她常到这儿来，离店面近。陆婧要了蔬菜鱼片粥，李花开要了皮蛋瘦肉粥，又点了拍黄瓜和两个芝麻烧饼。

这几十年我常常想着要是看见你，第一句话到底怎么讲，千头万绪的。李花开说。

是我摔了电话。陆婧说。

我放下电话就去单位找你，哪儿都找不到你。后来，单位说你报了一个什么进修班，去北京了，和谁都不联系。过了几个月，又听说你出国了。

是出国了，陪读。算是闪婚吧。年前刚退休，业务荒疏大半，职称副高。女儿自立，丈夫厚道。陆婧以短信似的句子讲述了自己的三十多年。

你呢？

离了。李花开端起粥碗又放下，这粥碗挺大，小西瓜似的。陆婧恍惚又坐在了当年那个卤煮小馆。

就为我？陆婧心有不安地问。

我最怕的就是你这么想。不是为你，是非离不可。李花开的讲述也很简明。开始他不离，让她替肚子里的孩子想想。她上了房，站在房顶逼他同意，不然她就跳下去。他跪在院子里求她，不松口，不信她会真的跳。刹那间她迈前两步，眼一闭就跳了下去。

陆婧的心像遭到突然坠落的重物的击打，一阵沉闷的钝痛。她下意识地望着李花开的脖子，岁月给这优美的脖子增添了几纹皱褶，但依旧柔韧、光润，且不松垮。从房上跳下万一戳中了脖子……她不敢想了，后脖颈被冷汗浸湿着。她不愿用自惭形秽来形容此刻的自己，只朝桌子对面伸出手，却不好意思去握李花开的手。三十多年的隔绝，让人无法产生轻易的肢体接触，即便是曾经的闺密。她收回了手，机械地问着：后来呢？

后来就离了。李花开淡淡一笑，告诉陆婧，她原是要把孩子"跳掉"的，这孩子却结实。她残了一条腿，回老家生下儿子，在县中学当了老师直到退休。儿子从小就善跑，初中选进省体工队，再后来又进国家队，亚运会拿过名次。就好像，她拿自己的残腿，换来了儿子日后超速的奔跑。

你这是，轴得不要命啊。陆婧用了一个"轴"字，觉得不恰切，又找不出更合适的词。

李花开把身子靠上椅背说，谁愿意不要命呢，可当时我已经站在房上了。我站在房上往下看，索性想着跳下去无非就是两条，要么死得更快，要么活得更好。

陆婧竭力眨着眼往回憋着泪说，你是活得更好的。

李花开说那也先得敢往下跳哇，况且，还得有信使给鼓着劲。

信使两个字是陆婧的忌讳，那是旧年的伤口，尽管那伤口已经疲惫得睁不开眼，可她们的会面又无论如何绕不过这两个字。李花开说，其实你也是我的信使。我第一次把信送到你手上的时候，你就已经是了。到最后，没有那些事，没有你摔电话，我也下不了决心去奔真心想要的日子。记得我跟你提过我那个中学同学吧？

陆婧猜到了什么。但他的名字她早已记不得了。

他在老家当导游，我们那儿穷，山水可好看。从前北京人不知道，玩到十渡就不往里走了，其实越往深里走越奇崛，大峡谷，风动石，空中草原。后来他自己建了旅行社，和县旅游局一块儿开发。我回老家后，他一直照顾我，生孩子都是他守在身边。这么多年，我们过得挺好。李花开猛地扬了扬下巴，郑重地介绍说：他叫锁成，姓赵。

这间店呢，"时代体育"。

是儿子的。儿子退役后盘下这个小店，有时间我就过来帮他照应几天。往后他该忙了，区体校聘他当教练，准备国庆游行呢，其中一个方阵有他们参与。

她们共同意识到，这是2019年的春天了。陆婧仿佛又闻到了白丁香、紫丁香那一团团苦而甜的香气。

两人出了粥铺，天已经黑透，李花开要回"时代体育"，和陆婧在此道别。陆婧望着眼前车的河流人的河流，意犹未尽地说，那年我一气之下逃到北京，才知道偌大个北京不会安慰你的委屈。

可偌大个北京能够包容你的委屈。李花开接上陆婧的话。晚风吹拂着她略微倾斜的身体，吹拂着她的短发，那样子实在很飒。

几天后陆婧去了老时光博物馆。她从家里走路去的，有点远，大约十公里。她换了运动鞋，打开手机的百度导航，调至"步行"模式，方向感再差便也不会迷路。她很久没有这样专注地、长时间地在北京街上走路了，她要用尚是健康的腿脚而不是车轮，把北京仔细走一走。她走得挺好，近三个小时，顺利到达目的地。那是一间展览旧器物的民间博物馆。在众多旧物件里，她意外地发现了那只曾经那么神气活现的炉子。如今它的炉盘已不再锃光瓦亮，但炉膛里却闪着橘色的火光。她走近前，把脸探向炉口，发现炉膛里填充着仿不规则煤块的 LED 盐灯。LED 是冷光源，炉子并不发热，只让参观者感受着一种亦真亦幻的安全的温度。

（原载《北京文学》2021 年 6 期）

作者简介：

铁凝，女，1957 年生于北京，作家。现为中国文联主席、中国作协主席。主要著作有长篇小说《玫瑰门》《大浴女》《笨花》等 4 部，中、短篇小说《哦，香雪》《永远有多远》等 100 余篇、部，以及散文、随笔等共 400 余万字。作品曾 6 次获"鲁迅文学奖"等国家级文学奖，另有小说、散文获中国各大文学期刊奖 30 余项。其编剧的电影《哦，香雪》获第 41 届柏林国际电影节大奖。部分作品已译成英、俄、德、法、日、韩、西班牙、丹麦、挪威、越南、土耳其、泰等多国文字。2015 年 5 月，被授予法国文学艺术骑士勋章。2018 年，获波兰雅尼茨基文学奖。

喝汤的声音

迟子建

她跟我说的这个小镇在乌苏里江下游,叫万吉镇,所住人家多是打鱼的和养奶牛的。我说只知道有个抓吉镇,万吉镇在哪儿?

"万吉镇当然在万吉镇呐,就像你的屁股一准儿在你胯骨下,不能跑到你脖子上一样。"揶揄我的是个四十上下的女人,自称乌苏里江摆渡人,她长脸,高颧骨,中分直发,穿一条绛紫色麻布长袍,戴一串木珠项链,脸很黑,一双狭长的眼睛深藏着磷火似的,幽光闪烁。

她什么时候进的江鲜小馆我不知道,因为我压根儿没听见脚步声,她就飘落在我对面的长凳上了。她仿佛老相识,跟我眨眨眼,挑剔我不会点鱼,说这时令不该点马哈鱼,名气虽大,却不是新出水的,倒不如雅罗和船丁子新鲜好吃。她说话时喉咙像塞着团棉花,哑腔哑调的。

我是陪领导来饶河工作调研的,下午去过小南山遗址考古挖掘现场,三天的工作日程也就结束了。沿着微雨后湿滑的土路下山时,我望见山下水墨画般的广阔湿地上,有两只白鹤翩翩起舞,大秀恩爱,这动人的情景令我想起麦小芽,她离开我十二年了,虽然四年前我再婚了,现任妻子贤德淑惠，待我不错，但在我成功或是悲哀时刻，特别想与人分享喜悦或倾诉苦闷时，心底呼唤的名字还是麦小芽。她是个历史学者，在一次田野调查中，遭遇特大山洪，被波涛卷走，从此后我见着所有的江河，都委屈万分，觉得它们辜负了我的爱情。我太想在乌苏里江畔独享一个黄昏，喝上一顿酒，隔着遥远的时空，和麦小芽说说悄悄话了，所以下山后我跟领导谎称自己有个姑妈在饶河，多年不见，想去探望一下老人家，晚饭就不随团吃了。领导再有半个月就退休了，饶河是他任内最后的公差，一向傲慢和冷漠的他，骤然变得开明而亲民，他微笑着说你去吧，给你姑妈带好，晚上早点回来，明天咱们就回哈尔滨了！

从小南山下来，我像出笼的鸟脱离团队，奔向乌苏里江畔，择了片柔软的沙滩坐下，迫不及待地摘下口罩，让江风亲抚我的脸，望着这条波光粼粼的向北流去的江，边晒太阳边抽烟。

初秋的阳光像一束束丰收的麦穗，有股说不出的芬芳，让人有收割的欲望。我给麦小芽点了一支烟，放在鹅卵石上，淡蓝的烟雾云图一样铺展开来，仿佛她真的吸了。麦小芽嗜烟如命，我们在一起最惬意的时光，是晚饭后对坐着，沏一壶热腾腾的茶，吞云吐雾地神聊。人们都说吸烟伤肺子，但麦小芽说肺子经由烟熏，这块鲜肉就变成了腊肉，腊肉比鲜肉耐储，所以她认定吸烟能铸就铁肺，百毒不侵。我们偶尔吵架了，所道歉的方式，就是给对方点上一支烟，悄悄说声"咱熏腊肉吧"，这比献上玫瑰和热吻管用，矛盾随之烟消云散。

天色由明媚变得暗淡，我默默和麦小芽"熏腊肉"至黄昏，留下两堆烟蒂，一堆是我的，一堆是她的。我取一支麦小芽的烟蒂，多想发现她湿漉漉的唾液啊，可是没有，烟蒂焦干，像一堆冰冷的子弹壳，仿佛告诉我它们来自死神的世界。我把两堆烟蒂合在一起，没舍得扔进垃圾桶，而是揣进裤兜，去江畔寻吃鱼的地方。

那条街上装饰华丽的江鲜大酒楼有好几家，而我惯于钻的是小馆子。除却价格便宜，经验告诉我，小馆子不宰客，食材好，灶火旺，掌勺的师傅个个身怀绝技，能做出令人惊艳的菜肴。而且小馆子客人常来常往，热络，活泛，可以不拘小节地高声谈笑，纵酒，吸烟，甚至放屁。还有一点，这样的馆子一般望得见后厨，你相中哪棵葱哪头蒜为你的菜打江山，可指点它们上阵，店主一定会遂你心愿。

从食街主干路岔过去，有一条绿意葱茏的玉簪似的斜街，我选的这家圆木打造的小馆，就像一颗琥珀，缀在斜街尽头。受新冠肺炎疫情影响，食街客人不多，店铺多半冷清，但我进去时，他家却很热闹。有两个男人喝得半醉了，正在划拳斗嘴，一个咕哝：“哥俩好呀——你丫的。"一个叫嚣："五魁首呀——你大爷的！”小馆摆的桌子有圆有方，但供客人坐的都是长凳。随客人入店的口罩，像误入笼中的一群鸟儿，有的病恹恹地瘫在桌角，有的软塌塌地挂在客人的一只耳朵上。更多的人把口罩当袖标，戴在胳膊肘上，所以他们举杯时，五颜六色的口罩有点鸟儿挣脱樊笼的意味，向上冲去。我择了西北角的一个空位坐下，点了软煎马哈鱼、黑斑狗鱼炖茄子和椒盐江虾，还有一斤烧酒。其实我知道这时节的马哈鱼来自冷冻箱，不在盛时，但因这是麦小芽爱吃的，所以首要点的是它。

店主是个年纪轻轻的断腿男人，面貌俊朗，穿白色 T 恤，他摇着轮椅，自如地穿行于餐桌过道，端酒续茶。我进门时，他驾着轮椅从北侧飞快迎到门口，招呼道："兄弟您请——"然后奔向收银台，那里摆着一紫一白两个玻璃酒罐，紫的是山葡萄酒，白的是土豆烧酒，店主说这是他们自酿的。他说所有的来客进门都可免费喝一盅，男的通常喝土豆烧酒，女的喝山葡萄酒。我说我两个人，所以两种都喝。店主打开白色酒罐的龙头，先接了一盅土豆烧酒给我，看着我喝下，然后又接了一盅紫色的山葡萄酒，摆在收银台上，说等我约的人到了，就端给她喝。我说她已跟我一起进来了，拈起那盅酒，一饮而尽。店主狐疑地看着我，半晌没说出话来。

我坐下后才明白，这青灰的水泥地面，矮矮的收银台和看得见灶房的落地窗，是为了店主的轮椅而特别设计的。

店主见我点了三道菜，提醒我说他家的菜码大，一个人吃的话，一道黑斑狗鱼炖茄子就能把人撑得半死，可以减一个菜，如今挣钱不易，省点儿是点儿。我谢过他的好意，说是喝了两种酒，菜也自然是俩人吃，请他上两套餐具。店主大约领会我的用意了，他不再犹豫，对着灶房的师傅发出号令："同罗走菜喽！"

一开始我以为掌勺的师傅叫"同罗"，低头一看餐桌上立着个扇形桌牌，上面是黑地金字的"同罗"，才知这是桌名。再看临近的几张桌，是"鳌花""哲罗"和"柳根子"，便恍然明白这家店的桌牌，是以"三花五罗十八子"中的鱼类品种来命名的。

我把另套碗筷杯盏摆在对面，先给麦小芽倒了一盅酒，然后给自己的也满上，和她碰了一盅，之后又自己连干两盅。菜陆续上来了，天也黑了，客人渐多，店主的轮椅忽而在东，忽而向西，忙得不亦乐乎。我不顾左右，倾情给麦小芽夹菜，跟她说话。我说饶河小南山出土的玉器，距今约九千年，精美极了。玉就是玉啊，可以碎，但不会化为尘土。可是你呢，怎么就化成了烟啊。

我就是说完这句话，穿绛紫色麻布长袍的女人飘然而至的。她一来，我和麦小芽的对话就中断了。

这个女人气质不凡，酒量不凡，捏起酒盅，自斟自饮，连干三盅，面不改色。我一看先前叫的烧酒快见底了，嚷着添酒。店主先是劝阻我，说兄弟咱喝得差不多就行了，酒大伤身啊。我说我花钱喝酒，图的是痛快，你不想让我高兴吗？再说你没见多了个客人吗，让对面女人觉得我请不起酒，岂不是没面子？店主连声苦笑，隔了一会儿，递上一壶酒，拍了拍我的背，叮嘱道："悠着点儿啊。"

女人喝了酒后神情愉悦，说要卖个故事给我。我说怎知我需要故事？她诡秘一笑，说她一进来，就看出我是个缺故事的家伙了。我问一个故事多少钱？她说好的故事是无价之宝，千金难买；烂故事是垃圾，臭不可闻。如果我能听完她讲的故事，说明它有价值，她要求不高，抵得上这桌酒菜就行。我说你意思自己不是白吃我的？她有点恼怒，教训我永远不要当着女人的面说她白吃。

她开始讲故事，说故事的主人公叫孟平贵，不过乌苏里江一带的人都习惯叫他的小名"哈喇泊"，这是他祖母给起的。

哈喇泊出生在万吉镇，这地方依山傍水，风景优美，对岸是俄罗斯的一个小镇。哈喇泊的祖父是善于骑射的蒙古人，祖母是以渔猎见长的赫哲人，所以哈喇泊的父亲，是蒙古族和赫哲族的后人。

哈喇泊身高体阔，膀大腰圆，气壮如牛，圆脸上生着浅浅的络腮胡，蒜头鼻子，敦厚的嘴唇，漆黑的一字眉下，是一双和善而明亮的眼睛。他外形不乏男子气概，可身上却有一点缺彩，就是牙齿。怎么说呢，不仅是他，哈喇泊的血亲，他的祖母和父亲，没一个好牙齿的，都是满嘴的残垣断壁。

我说："可能万吉镇的水有问题吧，比如含氟少，牙齿就容易变成核桃酥。"

女人撇了一下嘴，吃了一块黑斑狗鱼，又饮了一盅酒，说："哈喇泊的牙齿要是跟水有关的话，我这故事还能卖得出去吗。"她警告我少插言，讲故事最怕打岔了。

女人说哈喇泊的牙齿随他父亲，而他父亲的牙齿又随他祖母。

哈喇泊的祖上是大黑河屯人，也就是海兰泡。过去那里叫孟家屯，是当时黑龙江将军管辖区域，可叹它如今不是咱们的地界了。哈喇泊的祖父是个蒙古商人，做皮毛生意的，总来大黑河屯交易，认识了哈喇泊的祖母，一个朴实能干的赫哲女人，她做的鱼皮衣，在大黑河屯很出名。说是穿着她的鱼皮衣下江捕鱼，防风防雨不说，鱼儿还爱入网上钩，所以哈喇泊的祖母吸引了不少男人的目光。

哈喇泊的祖父祖母成亲于1897年冬天，转年他们有了一个女儿。他们在大黑河屯经营两家货栈，日子过得红红火火。1900年初春，哈喇泊的祖母又怀孕了，这时哈喇泊的祖父要开一家火磨铺加工小麦，正忙着购进机器，装点铺面，所以提早就给未出生的孩子起好了名字"火磨"。然而到了七月，沙俄借口义和团运动在东北蔓延，危及边境，逮捕了许多世居于此的华人。而在太阳最灿烂的时日，火磨铺开张仅一周，喜气未散，大黑河屯华人的房子和店铺，突遭俄兵洗劫。无论妇孺，都被驱赶到黑龙江边。

人们被刀斧威逼出来的一瞬，忙着不同的活儿，所以临时带走的东西千奇百怪，有拿着烟袋锅的、擀面杖的、笤帚的、筷子的、茶碗的、针线的、算盘的、酒壶的、肥皂的、铲子的、梭子的、书籍的、纸币的、马鞭的、桦子的，可见当时他们正抽着烟、擀着面、扫着地、吃着饭、喝着茶、缝着衣、算着账、饮着酒、洗着衣、炒着菜、补着网、读着书、点着钱、赶着马、烧着柴。最滑稽的，是有人当时正蹲茅坑，慌张中握着揩腚的草纸，一脸没排泄痛快的苦楚。而有的人正擦拭油灯，想着明晃晃的太阳下出了这等事，此去黑暗，大白天的举着油灯上路。

被驱赶到江边的华人，没有不回头的，他们遥望自家房屋还在不在，离散的亲人在哪儿，心爱的马和狗又在何方。而先前还一片祥和的大黑河屯，浓烟滚滚，火光冲天。俄兵用武器将人们往江里赶，那些不会水的只要反抗，刀斧便会袭来。人群中血肉飞溅，哭声震天，倒下的人越来越多，沙滩的鹅卵石被鲜血染红了，像一只只愤怒的眼。

哈喇泊的祖父抱着两岁的女儿，她手里攥着一颗糖球，惊恐让她手心发热和出汗，糖渐渐化了，她的手代替她的嘴，吃了最后的糖。祖母则拿着一把碎布条，她正打袼褙，预备给腹中的孩子做鞋子。一个俄兵用长刀挟持哈喇泊的祖父，喝令他滚回江对岸去，可这个能纵马驰骋的蒙古汉子不会游泳，粗通俄语的他跟俄兵说他怕水，怀抱的孩子更怕水，还有他的女人怀着孩子，他愿意把新开的火磨铺送给俄兵，他收购来的小麦都是最好的，能磨出上好的面，无论养家还是给军队补充给养都没的说。岂不知他的火磨铺正在燃烧，雇来的看管铺子的两个伙计已死在俄兵的斧头下了。哈喇泊的祖母多年以后回忆起那个令她肝肠寸断的日子，依然会紧咬牙齿，虽说其后她嘴里只剩两颗糟烂的后槽牙了。

没等哈喇泊的祖父说完乞求的话，一个骑兵挥舞一柄长刀，削枝丫似的，先把他怀中的女孩拦腰斩落，接着朝向哈喇泊的祖父。哈喇泊的祖父见女儿死在刀下，咆哮着反扑。他熟悉马的特性，飞身绊马，将骑兵摔落，夺刀砍向他。俄兵躲闪着，他没击中俄兵脖颈，只废掉他一条胳膊。哈喇泊祖父的第二刀还没出手，被一个手持莫辛步枪的俄兵，迎面射杀。哈喇泊的祖母说，这种枪大黑河屯的华人都叫它"水连珠"，因为枪声清脆得像山泉流过。哈喇泊的祖父被水连珠击中的一瞬，高呼："快游过哈拉穆河——"这是他无力保护身后心爱的女人，对她发出的最后呼唤。

哈拉穆河，是哈喇泊祖父对这条江的称呼，他知道他的女人是可以搏击激流的鱼，因为赫哲人无论男女，没有不会水的。

哈喇泊的祖母带着四个月的身孕，纵身跳入黑龙江，奋力游向对岸。江水失却了往日的安详，在江流中沉浮的，是尸首和奄奄一息的人，江面漂浮着鞋子、袜子、帽子、衣裳、腰带、围巾、烟袋、算盘、木棍、草纸、包袱皮，等等。尸首随着波涛一起一伏的样子，好像人们还活着。

要说这条江在大黑河屯与对岸的距离，不过千米，可黑龙江即便在盛夏，江水也冰冷刺骨，加之水流湍急，每年总有人丧命于此。哈喇泊的祖母游到江中心时，体力不支，找不到漂浮的倒木作为支撑歇息，恰好一具浮尸漂过身边，是个光着膀子面朝下的壮年男尸，哈喇泊的祖母一把抱住他的腰，叫着已死在岸边的自己男人的名字，大口大口喘息着，待体力恢复一些，她松开那冰冷的男人，说大哥你好走吧，继续朝对岸游去。

一连三天，被赶到江岸的人，数千人毙命，幸存者极少。一条没有船停泊的江，对于要渡河的人来说，无疑是流动的地狱。但哈喇泊的祖母是幸运者，她不仅活下来了，还保住了腹中胎儿，漂泊了几个月后，年底在万吉镇落脚，生下哈喇泊的父亲，也就是火磨。

女人讲到此，探询地看了看我，仿佛在问我，这故事听得下去吗？我哪敢再插言，只是奉上一盅酒。她接过酒，洒在地上，我想她在祭奠故事中的罹难者吧。

女人微微咳嗽一声，接着讲故事。

哈喇泊的祖母上岸后，发现自己的牙齿多半化为乌有，好像那些牙齿是隐藏的烟花，瞬间燃爆了，而还留在牙床上的，也都是风中败柳，摇摇欲坠。有人说她是因仇恨咬碎了牙，也有人说她当时游不动了，不咬碎牙齿，逼出身上最后的力气，早就喂江鱼了。

火磨五六岁时，就听母亲讲父亲的故事，说到他被水连珠击中的时候，火磨会把牙齿咬得"嘎吱嘎吱"响。他出生后本来有一口漂亮的白牙的，到换牙时，多半的牙被他嚼碎了。而新长出的牙齿，在他重温父亲故事的成长历程中，也多半粉身碎骨，所以他二十多岁时，已是远近闻名的没牙的男人。

因为牙齿不好，哈喇泊家族，不吃硬的东西。他们不喜单纯的米粥，嫌没滋味，更爱汤羹，所以但凡米类和谷物入锅，都是和鸡鸭鱼肉一同熬制。刺少的狗鱼，是灶上的主角。费牙齿的牛肉鹅肉，都得剔骨，取其软嫩的部位食用，所以在万吉镇，狗们嘴馋了，爱去哈喇泊家门前游荡，那是它们美食的道场，往往会捡着连着筋肉的骨头。

哈喇泊一家喝汤也就出了名。在万吉镇，晚炊时分，你若走进他家院子，没风的日子也像有风，自屋里传出呼呼呼的声音，偶尔汤匙触碰瓷碗，这风声中就多了几声清脆的哨音了。

受母亲所述故事的影响，火磨年轻时就惧怕成家。父亲和未见面的姐姐死于惨案，让他觉得世事难料，男人有时是保护不了妻儿的。他也因此变得孤僻，独来独往，与万吉镇的人格格不入，没一个姑娘看上他。

火磨四十岁时，额头的皱纹和鬓角的白发过早出现了，哈喇泊的祖母终于坐不住了，遍寻乌苏里江流域的媒人，给火磨说亲。她跟媒人介绍儿子时，总是一句话："俺儿除了牙，哪哪都好！"年纪轻轻就没了牙，媒人总要多问一句为啥，哈喇泊的祖母便讲他们家族的故事，听得媒人唏嘘，赞叹火磨是条汉子，信誓旦旦地表示要为他寻得佳偶。

火磨四十二岁时，终于娶了媳妇。这女人比火磨小八岁，是个哑巴。而最终为他选定这门亲的，是火磨的母亲。媒人介绍了三个愿意嫁给火磨的人：一个是比他小五岁的寡妇，带着个六岁的儿子；一个是比火磨大三岁的悍妇；还有一个就是模样周正的哑巴。火磨的母亲当然不想儿子一成家就给人当爹，所以虽然那个寡妇善良能干，她第一个勾掉的就是她。第二个虽是黄花闺女，可她因为家底殷实，好逸恶劳，脾气暴躁，打遍邻里，不是善茬，哈喇泊的祖母可不想让儿子抱着一个火药桶过日子，所以她自然不在考虑之列。而火磨话本就不多，若跟哑巴在一起，除了能保持他沉默寡言的天性，还能让家有持久的安宁。更重要的是，哑巴一口坏牙，能适应他们家喝汤的生活习惯。

火磨娶了哑巴后，最初一年不和媳妇睡一铺炕。哑巴自是无法说，就是能说的话，也说不出口哇。哈喇泊的祖母察觉后问儿子，你这是嫌弃哑巴？火磨忧心忡忡地说，要是一起睡了，有个一儿半女，遇到大黑河屯那样的大难，你护卫不了他们咋办？哈喇泊的祖母气得心口疼，说那样的日子不会再有了！她说你不和人家睡，就别让她过门，这不是让人守活寡吗。火磨认真考虑了三天，最后答应和哑巴一起睡。东北光复的第二年，哑巴生下哈喇泊。而哈喇泊的祖母最担心的，是未来的孙儿会遗传儿媳的病，也成哑巴。所以儿媳有孕后，她跑遍了附近的寺庙，为她祈福。哈喇泊一降生，听到他那仿佛能穿透云层的哭声，作为祖母的她喜极而泣，因为哑巴的哭通常是呜咽的，几乎听不到。孙儿大名的命名权她给予了儿子，火磨给他取名孟平贵，小名"哈喇泊"则是她给起的，这是蒙古语"海兰泡"的叫法，以纪念她在大黑河屯的青春岁月和死去的男人和女儿。哈喇泊顶着这个名字，注定要听祖辈和父辈给他重复的那个故事，所以祖母谢世时，已是壮小伙的哈喇泊，一口牙齿多半为那故事殉葬，在不断的咬牙切齿声中，化为齑粉。

哈喇泊家族豁着一口坏牙，仅凭喝汤，他的祖母和父亲，竟都活过八十岁。哈喇泊不像父亲，听了这故事后惧怕有后人，他恰恰相反，觉得儿女多了，万一遭遇不测，总有人会绝处逢生，留下火种，所以他喜欢往女人堆里钻，用不着媒婆，老早就给自己觅得佳人，二十三岁就结婚了，喜得他那哑巴母亲，天天张着嘴乐，表达她那无以言说的喜悦。那姑娘是万吉镇的下乡知青，名叫张雪，哈尔滨人，在小学教书，模样一般，但她身上的"一黑一白"格外抢眼，黑的是垂在脑后的乌油油的大辫子，白的是满口雪亮的牙。哈喇泊笑起来时，嘴里黑洞洞的，像是魔窟，所以她与他成亲时，提出的唯一条件是他笑时得抿着嘴。

哈喇泊小学文化，因为万吉镇没有中学，继续读书要去外地，而他不能离开家人，尤其是母亲。火磨得子后，觉得有了哈喇泊这个果实，足以对母亲交代了，再不和哑巴睡一铺炕。万吉镇有个老光棍，觉得有机可乘。哈喇泊的母亲去挑水，他抢她的扁担；她去铲地，他夺她的锄头。万吉镇的人见着火磨，会和他开玩笑："你们家要来长工了！"火磨不以为意，但十一二岁的哈喇泊深以为耻，他举着镰刀捍卫父亲的权利和母亲的尊严，威胁光棍汉若再敢碰她母亲手里的工具，就割掉他裆里的玩意儿！光棍汉说工具又没长肉，咋就不能碰？哈喇泊说他母亲手里的扁担和镐头，都是父亲打制的，随他父亲姓孟，除了亲人谁都不能碰。光棍汉嘴上说我还怕你们这些豁牙的？但他再跟踪哑巴时，总要瞄着哈喇泊是否在左右。

哈喇泊小学毕业后跟父亲打过鱼，养过蜂，采过药，他成人后因为属于少数民族后裔，政府给他安排了工作，在万吉镇小学当工人，每月有工资拿，成为同龄人羡慕的对象。他就两样活儿：烧水和敲钟。不过这两样活儿把身子，他开始时很不习惯。他的工作间在水房一角，小屋总是水雾弥漫，令他昏昏欲睡。所以到了上下课的点儿，他往往因为瞌睡，而错过了敲钟。该下课了，他不打钟，而未到上课时间，他也许因为去厕所解手，顺路就把上课钟敲了，所以师生们对他都不满意，老师不愿多讲课，学生自然也不乐意被侵占休息时间。哈喇泊听到议论后恍然大悟：原来没人恋着讲台和课桌啊！他开始有意识地提前敲下课钟，而又把上课钟延后个两三分钟，师生们果然说他好话了，见了他都说孟师傅好，但他们说过后赶紧溜掉，生怕哈喇泊笑，一个没牙的人乐起来，就像张开了血盆大口，实在可怕。

哈喇泊是供销社的常客。那时祖母已过世，他买香烟和水果罐头孝敬父母，还给学生买糖，招徕他们听他讲家族故事。除此之外，每到乌苏里江通航时节，航标船停靠在万吉镇时，哈喇泊总要省下钱来，给航标工买好吃的。自家不舍得吃的猪肉罐头、刚打上的鱼，他都送过去。他对在国境线上作业的航标工有种崇拜心理，认为他们比自己敲钟伟大。所以他成了乌苏里江万吉镇段义务的航标维护工。有农人放羊图方便，把羊拴在岸标的标杆上，他巡查到了，会解开绳索，把羊牵回主人家，说这是拴的羊，你要是拴牛马这种大牲口，它们蛮力十足，万一把岸标扯断，那昭示咱领土的标记就没了，可了不得啊！有时不是人为因素损及岸标，比如麻雀在上面坐窝了，他就嘟囔着岸标又不是树，没一片叶子能给你们遮风挡雨，在这坐窝不是傻吗？哈喇泊给鸟挪窝。而每年开江之后，冰排流空，航标船的人开始设置浮标、安装标灯时，他的星期天就是和航标工一起度过了，帮他们打个下手，航标船的人都很喜欢哈喇泊。他们犒劳哈喇泊的方式是煮一锅浓汤，与他一起热火朝天地喝顿汤，再听他讲一遍那个令人切齿的故事，虽说他们听过多遍了。

　　哈喇泊结婚后，不像从前见着可爱的姑娘爱上前搭讪，他怕媳妇张雪吃醋。他们在同一单位工作，哈喇泊的工资她习惯一并领了，由她支配。开始时哈喇泊不以为意，但后来他每次买东西朝她要钱费劲，再到发工资的日子，他就早早去财务室候着。他和张雪常因钱拌嘴，她说拿钱给公婆买东西天经地义，可给航标船的人买吃的，纯属傻瓜，那些人都有工资，在野外作业又有补助，哪用得着你贴补？还有张雪不满意哈喇泊在水房给学生讲故事，他买了糖果藏起来，谁听他故事，他就发一颗糖。而那故事讲了千百遍，谁都知道，小孩子想糖吃时就去骗他，说想听故事了，他不厌其烦地讲，学生们虚张声势地做出痛恨的表情，骂惨案制造者，比赛着磨牙。而谁的牙咬得狠，哈喇泊就多给谁一颗糖。因为这，他有时也会误了敲钟，校方警告过他不止一次。

　　我打了个哈欠，讲故事的女人立刻警觉起来，说你嫌这故事长了？我赶紧解释说我犯烟瘾了，她倒了一盅酒干掉，夹了两只江虾塞进嘴里，说那你赶紧熏个腊肉嘛！我刚想问她怎知我和麦小芽的吸烟"密语"，她接着讲故事了。

　　我点燃一支烟，烟雾让摆渡人的脸蒙上了一层面纱，我看不清她的脸，但她的声音依然清晰入耳。

　　哈喇泊和张雪在一起过了八九年吧，始终没有孩子，这急坏了哈喇泊，他想要一堆孩子的梦想正在一天天破灭。据说张雪每次月经来潮，哈喇泊都很难过，嘟囔他的种子打了水漂，把酒当汤连喝三碗，大醉一场。不过他并不泄气，再到张雪的排卵期，他依然热情洋溢地播撒种子，渴望它们萌芽。万吉镇有女人偷听到哈喇泊跟张雪说，你不能生，俺找一个女的偷着生了，咱当亲生的养活咋样？张雪说那她就吊死在学校的钟旁，他就敲着她的尸首过下半生吧，吓得哈喇泊再也不敢提养私生子的事情。

后来张雪在知青返城的浪潮中回哈尔滨了，哈喇泊自知他们是两个世界的人了，主动提出离婚。张雪觉得自己没给哈喇泊留下一儿半女，对不起他，愿意离婚，说是离开她后，哈喇泊可找个能生养的女人，不然老了进棺材，坟前都没个烧纸钱的后人。

他们告别的故事在万吉镇广为流传，那是晚秋时令，几场霜后，田野一派荒芜。张雪那天先是起早给两个女人上坟，一个是哈喇泊的祖母，一个是刚去世的婆婆。她并不喜欢哈喇泊的祖母，觉得她的故事害了哈喇泊。但她喜欢不能开口说话的婆婆，张雪未能生养，婆婆直到生命最后一息，一直用温柔的眼神待她。张雪采了一支傲霜的野菊献给婆婆时，一只苏雀飞过坟头，留下喳喳的叫声，仿佛婆婆开口说话了。上完坟回到镇子，张雪又去看公公，把自己做的一薄一厚两条棉裤带给他。火磨独居，垂垂老矣，每天除了喝汤就是晒太阳。他还爱讲那个大家耳熟能详的故事，但人们都听絮烦了，他没处讲了，就嘟嘟囔囔地说给自己听。儿子离婚了，他倒高兴，说是哈喇泊遭遇不测时，牺牲自己就是了，没有牵绊。所以在婆婆的葬礼上，公公没有悲伤，好像老婆死在他前面，对他是解脱。火磨唯一惆怅的是，媳妇死了，儿媳走了，以后谁给他做棉裤呢。但他想这岁数了，也穿不了几条新棉裤了。张雪看完公公回到家，用精心备好的猪骨、牛尾、鸡胸和白鱼，花了七八个小时，为哈喇泊煲了一锅浓汤，然后穿上大红缎子袄，好好打扮了一番。据说她和哈喇泊喝了三斤烧酒，月亮升起后，他们手拉着手，醉醺醺地去学校操场散步。张雪摇晃着走到铁铸的钟旁，说是月亮要是能当钟锤就好了，到点儿了让它来打钟，哈喇泊能省力气不说，还不会误点儿。哈喇泊听后感动得蹲在地上呜呜哭了，说是舍不得她了。张雪见哈喇泊如此难过，觉得自己不牺牲点什么，就辜负了哈喇泊的真情，她把嘴张大，用牙齿撞钟，生生折损了两颗大门牙、上颚一颗尖牙及下颚两颗切牙，有的牙还没完全脱离牙床，死守根据地，她生拉硬拽地让它们"出列"，弄得下巴鲜血淋淋。她把这五颗连着肉的牙齿，放在哈喇泊掌心时，哈喇泊叫道："还是给我留下了骨肉哇——"哭得地动山摇的，惊醒了不少住在学校旁边的人。

摆渡人说，一个有情有义的男人得着这样的纪念物，能忘了他的女人吗。张雪回哈尔滨一年后，嫁了个死了老婆的啤酒厂工人，两年后生下一个男孩。万吉镇的人知晓后，爱拿哈喇泊开玩笑，说同样一片地，咋人家的种子就能发芽呢？哈喇泊说可能施的肥不一样吧，大家就笑。为了证明自己也有实力吧，哈喇泊很快娶了个比自己大五岁的离异者，她育有一子，判给前夫了。哈喇泊心想这是个下过蛋的鸡，挪个窝再给自己下一个而已，所以对她满怀信心。而这个女子也巴望着再生一个，因为前夫不许她看望儿子。但三四年过去，她的肚子不见隆起，反而瘪了下去，她吃不下饭，睡不好觉，脸色灰黄，瘦成一把骨头，去城里医院一检查，子宫癌已到晚期。第二个老婆死后，父亲火磨也死了，哈喇泊心灰意冷了好几年，才娶第三个老婆。她比哈喇泊小一旬，是媒婆介绍过来的外乡人，模样不错，就是患有癔症，一发作起来人事不知，有时哈喇泊正准备去打钟，会被匆匆赶来的人给喊走，说你老婆发癔症了，倒在大道上抽搐呢，还不去看看！他就撇下钟锤，一路快跑过去。这女人是个黄花闺女，跟他过了四年，也没怀孕，哈喇泊对她便有火气，时常找茬骂她。这女人不发病时温顺安静，持家能力也强，哈喇泊骂她，她虽不高兴，却也能忍，但哈喇泊有一天对她动了手，她终于提出不过了。说挨骂倒也罢了，挨打的日子却是一天都不能过！哈喇泊不想离，她就用纸盒做了块牌子，写上"哈喇泊打我"，坐在学校钟架下示威，引来师生围观，哈喇泊不敢来打钟了，只得同意离婚。最打击哈喇泊的是，这女人离婚一年后嫁给邻村一个养奶牛的，又过一年生下一个胖小子，癔症也不怎么发作了，哈喇泊痛苦极了，觉得老天待自己太残忍。男人们见了他又开起了玩笑，说咋两块地离了你都有收成，你要想有后传承你的故事，是不是得看看你的哑巴种子了？哈喇泊嘴硬地说，子弹还有卡壳的呢，谁的种子没几颗瘪的呢，赶上我运气差么！每说至此，他的眼眶都会浮上泪水，男人们赶紧鼓励他，说多冲锋，你的种子就会结果的！哈喇泊从此后不大与万吉镇的人来往了，寒暑假他不必打钟时，便买上好吃的，要么在乌苏里江畔和航标船的人待在一起，要么上山慰问边防部队。他与守卫国境线的人待在一起时，喝汤时总要用筷子先挑起点蔬菜，一块胡萝卜，一条土豆，或是一片白菜叶子，一根豆角，立在汤碗中央，当作浮标，定定地看上半晌，仿佛那泛着油光的汤，是滔滔的黑龙江水，然后夹起蔬菜的浮标吃掉，闷着头喝汤。

哈喇泊对自己的身体失去信心，不敢再婚了，他在私生活上变得放纵起来，进城找女人胡来。有一年扫黄打非，他被公安局的人逮个正着，消息传来万吉镇，校长气得肝疼，说他对不起祖宗，不配做男人。说归说，校长同情他，还是带着钱进城，交了罚款把他领回来。据说他每次去嫖，都喝得醉醺醺的，说不管谁怀了他的种，都会把她当王母娘娘供着。但暗地干这种营生的人，谁又愿意给个落魄者怀孕呢。

摆渡人讲到此，朝我勾了下手指，嘬了一下嘴，做出吸烟的姿势，说她也想"熏个腊肉"，我赶紧递上一支烟，然后再给自己点上一支，接着听她讲故事。

哈喇泊的命运真是曲折，他最为消沉的那年，得知张雪的儿子在上学路上出了车祸，双腿截肢，张雪的丈夫觉得是妻子造成了儿子的残疾，因为那天本该是她去接孩子的，她拉肚子给耽搁了，所以夫妻俩总吵架，他打张雪成了家常便饭。知情人对哈喇泊说，张雪的牙几乎被那男人打没了，跟他一样满嘴空洞。哈喇泊听了既愤怒又心疼，说我的女人咋能容人这么揍？张雪当年撞钟留给他的连着肉的牙齿，一直被他视为珍宝，他绝不允许别人这么欺负她。哈喇泊在那年寒假，专程去哈尔滨教训那男人。他趁着酒劲，在那男人上夜班的路上堵着他，把他揍倒在工厂浴池门前的雪堆上。哈喇泊不知这男人有严重的心脏病，这一揍竟让他当场气绝身亡。哈喇泊为此坐了牢，丢了公职。

哈喇泊出狱后回到万吉镇，形容枯槁，耳聋眼花，老得不成样子。他卖掉了父亲的房子，修缮他和张雪住过的已半塌的房子，以打鱼为生。他再也不去航标船和驻边部队了，也不义务巡查岸标了。只要喝多了酒，他就去学校操场游荡。学校早已用电铃，不需打钟人了，钟架也拆除了。水房还在，只是也改用电烧水了。他看着孩子们陌生的脸孔，很想给他们讲讲祖辈的故事，可他们听说他弄死过人，见了他都逃，他就讲给牲畜听。狗若没骨头吊着，也就听个开头，便颠儿颠儿跑掉；猪本来贪吃贪睡，它们支棱着耳朵听几句，算是给了他面子，"嗯嗯"两声，就呼呼大睡了；最钟情听故事的是奶牛，哈喇泊把它们当兄弟，边讲边抚摸它们黑白花的肚子，奶牛舒服得很，所以一听到底。不过养奶牛的人家跟哈喇泊抗议，说听了他讲的故事，奶牛都不爱产奶了，让他离远点儿。

哈喇泊受不了孤单吧，从此后总去外边吃饭。万吉镇就那么几家小馆子，他都吃遍了。他依然喝汤，所以各家小馆子总备着一两样汤，让他踏进门槛就能喝上。他们可怜他，不想收他钱，但哈喇泊说一个大男人咋能白吃，人们也就象征性收点儿，哈喇泊也没觉得那是便宜他了，他对物价的认知还停留在入狱前的水平，直到他外出卖鱼，看到价格飙升的商品，才知开小馆的人多么善良，他再去时，一定多付钱，才肯喝汤。

也许人老了的缘故，他喝汤的声音不比年轻时了，没那么响亮，时常夹杂着喘息。虽然不追航标船了，但他依然会在喝汤时，用筷子夹起一种蔬菜，立在汤碗中央，当作浮标，茫然望着，直到手上的筷子哆嗦起来。

有一年冬捕时节，哈喇泊认识了乌霞。她是个热情能干的俄罗斯妇女，在黑河和一个中国人合伙，经营一家俄罗斯商品店和一家俄式餐厅。乌霞比哈喇泊小九岁，是个离婚的，有一儿一女，儿子在布拉戈维申斯克市当工程师，已成家立业，女儿在圣彼得堡读大学。乌霞每月总要通关回到布市上货，看望亲人。哈喇泊每到黑河，总要去她店里喝汤，苏伯汤、鲜肉咸鱼杂拌汤、面条菌汤，都是他喜欢的。乌霞知道哈喇泊的遭遇后，说捕鱼是个力气活儿，还得凭运气，他这岁数了，不能再风吹雪打了，不如在他们餐厅打工更有保障，每月有固定收入，还管吃管住。哈喇泊说他可以来她餐厅喝汤，但绝不会给一个俄罗斯人打工。祖辈在大黑河屯的遭遇，依然是他心中的痛！乌霞几次张罗带哈喇泊去布拉戈维申斯克游览，如今过境游的手续极为简便，但哈喇泊说除非祖父当年的铺子还在，他才会去。乌霞觉得哈喇泊固执古怪，但他的执拗和专情又打动她。所以哈喇泊一两个月不来，她还惦记着，驾着半截子车去万吉镇看他。乌霞的到来，是万吉镇的节日。因为她除了给哈喇泊带来吃的，还带来一些俄罗斯商品，就地售卖。她开玩笑说不能白跑，得把汽油钱赚回来。男人们喜欢的伏特加和刮胡刀，女人们喜欢的围巾和小镜子，孩子们喜欢的奶酪饼干和巧克力，很快就卖光了。她会说汉语，但不流利，万吉镇人与她讨价还价时，她嘴跟不上，就用计算器代她说话。当数字不再变幻，买卖双方都满意时，她会亲一下计算器。

乌霞看望哈喇泊，总要在万吉镇的客店住一夜。人们和她熟了以后逗她，为啥不去哈喇泊家里住？乌霞总是说，等他把牙镶了再说。人们把话传给哈喇泊，说看来乌霞对他有意。哈喇泊沉着脸说她想得美，要是她住进来，爷爷奶奶和父亲的魂儿，还不得半夜回来，合力把我的锅砸了，让我连汤都喝不上！

万吉镇的人私下议论，除了家族往事像根刺，一直扎在哈喇泊心头，使他不愿和一个俄罗斯女人亲近，还有就是跟过他的女人都怀不上孩子，让他有了心理阴影，所以他拒绝一切女人了。

哈喇泊晚年喝汤，从万吉镇开始，一直喝到黑河、同江、抚远、孙吴和饶河。他打鱼打到哪儿，就喝汤喝到哪里，他的故事也就流传到哪里。只要你到了黑龙江流域沿岸的地方，走进馆子，听到呼噜呼噜的喝汤声，说明你可能遇见哈喇泊了。听说他近两年迷上了饶河，因为张雪在哈喇泊出狱的那年因病去世后，她那出了车祸的残疾儿子，看上了饶河的风景，来这儿开了家江鲜小馆。哈喇泊怀念张雪吧，常来饶河打鱼，把鱼低价卖给这家小馆，在此喝汤。

对面的女人把故事讲到这儿，恰好摇着轮椅的店主，端着一壶酒，风一样经过，我说难道他就是张雪的儿子？摆渡人不语，只问我，这故事值这顿饭钱吗？

我连连说太值了太值了，追问哈喇泊在哪儿。

摆渡人说，这不突发了新冠肺炎疫情了吗，别说是饶河，春节后乌苏里江沿岸所有的餐馆，都关门了，哈喇泊没有喝汤的地方了，听说他出狱后也不大会做汤了，饿得不轻。有人说他又去看守边境线了，他不是奔航标船去的,他帮政府义务监督,怕携带了新冠肺炎病毒的人,非法越境过来。当然也有人说他那是遥望乌霞呢,因为乌霞因疫情滞留在布市,他们好久不见了。

我嘀咕道:"餐馆那会儿都关了,哈喇泊喝不上汤,可别饿死哇。"然后哇哇哭起来。

摆渡人就在哭声中无声无息地消失了。

我醒来时已是凌晨四点,同寝的人在我的床头柜留下张便条,说他们去乌苏里江看日出,早饭时见。我觉得头昏脑涨,不记得昨晚在江鲜小馆喝到几点,又是怎么回来的。洗漱完毕,喝了杯热茶,我精神不少,五点多来到乌苏里江畔。

太阳升得高了,江面荡漾着笑容似的波光。健身的、垂钓的、洗衣的占据了江边。我和一个骑着摩托车来刷牙的汉子攀谈起来,问他为啥来这洗漱,他说能对着乌苏里江的旭日刷牙,多有朝气啊,所以只要是好时节,他从不错过这享受。我们正聊在兴头上,单位的领导和同客房的同事过来了。他们老远就喊我的名字,说你昨晚醉成那样,还能爬起来,真是不容易啊。待他们走到近前,领导先和我握了下手,说虽然他要退休了,不该管太多的事情了,但还是得批评我,昨晚怎么能一个人去小馆子喝得人事不省?万一喝出事咋办?他说你不是说去看姑妈吗,不能因为馋酒喝了就撒谎啊。我赶紧道歉,谎称没和姑妈预先打招呼,去她家扑个空,肚子又饿,所以一个人去吃江鲜了,没想到那家小馆子土烧的酒劲大,差点把我喝到另一世了,实在罪过。

领导笑了,说你犯了错儿,态度倒不错,以后注意就是了。领导继续向前散步,同客房的同事停下脚步,对我说昨晚接到江鲜小馆打来的电话时,他吓坏了,是他赶去把我背回去的。他说你一个人咋能喝两斤酒,不要命啊。我不好意思说是和一个女人一起喝的,只问他小馆的人怎么找到的他。同事说店主从我身上摸出手机,又找出酒店房卡,想着万一电话拨到亲属的号码上,让家人跟着着急不好,就按照房卡信息,拨到酒店房间,看看有没有同住的人,赶巧那时同事刚洗完澡,接着了电话。他跟我道歉,说本来想悄悄把我弄回来的，可他怕带我回酒店时被领导撞着，再说他隐瞒，所以只好先报告了。

我说没关系的，换作我也会报告。

同事拍了一下我的肩膀，说你咋哭成那样呢？我背你回来时你还呜呜哇哇的，弄得我肩膀头都是眼泪和鼻涕，半夜还得洗衬衫！

我说有泪的男人都有情啊。

同事说情多了也伤身啊。

我拍了拍他肩膀，笑着告别他，说早餐想独自在外边吃，然后去了昨晚去过的江鲜小馆。

还不到早餐高峰，但这家馆子已开始营业了，有两个客人在吃香喷喷的鱼丸面，一个嚷着来点儿醋，一个叫着上点儿辣椒油。店主答应着，一边给他们递调料，一边跟我打招呼，说你昨晚回去那么晚，起得够早啊。

显然他记得我这个醉鬼，我走到老位置坐下，点了一碗鱼杂面。

店主先送来一杯柠檬蜂蜜水，说是醒酒，然后问我还在饶河住几天，我说吃过早饭就回哈尔滨了。

我问店主，昨晚跟我一起喝酒的女人，是这里的常客吗？她说自己在乌苏里江摆渡，很会讲故事，不是因为听她的故事，我也许喝不了那么多。

店主说你昨晚就一个人喝呀，不过你在桌对面摆了筷子和酒盅，一个人哇哇说话，你这是纪念谁吧？最后客人都走了，你醉得说胡话，说乌苏里江往北流，那是为了看北斗星，有北斗星的地方就有英雄的魂灵啊，最后你哭起来，我才翻了你的兜，找出酒店房卡，按照房号，试着打了电话，还好你有一同住的人。

我觉得头皮发麻，我说那个穿绛紫色麻布长袍的女人，我看得真亮儿呀。

店主善意地笑笑，说那就当她来过吧，谁的一生没有几场梦魇呢。

店主说完，又问："你裤兜咋揣了那么多烟头？我翻房卡时翻到它们，想帮你扔了，又一想你可能留着做纪念的，就没动。"

我把手伸向裤兜，也不知是我手心出汗，还是宿在江边，烟头夜里受潮了，那堆烟蒂竟湿漉漉的，好像被人吻过。

我问店主，你母亲叫张雪是吧？

他吃惊地睁大眼睛，说你咋知道？

我用他的话回答他："谁的一生没有几场梦魇呢。"

店主说就你这神算，后街有个彩票厅，赶紧去买一注吧，一准儿能中大奖！

鱼杂面上来了，可我胃口皆无。我把筷子插进碗里，当桨划来划去。店里客人渐渐多了，灶房也喧闹起来。就在那碗面已凉、我准备买单离开的一瞬，忽听背后传来一阵喝汤的声音。

这声音初始像穿越幽谷的强风，带着股气吞山河的力量；跟着又像乌苏里江的水流，慢了半拍，变得深沉而有节奏；忽然这像风又像流水的喝汤声，又起了变奏，一阵剧烈的喘息声闯入，就像呜咽。而喘息声过后，是急板似的更加迅猛的喝汤声，仿佛谁要把大千世界都收入腹中。

我不敢回头，怕在白天看见黑夜，只是咬紧牙齿，用筷子挑起汤面漂浮的一棵碧绿的香菜，立在汤碗中央，它像一块闪光的浮标，更像一棵长青的生命之树。

2021年5月 哈尔滨

（原载《作家》2021年第7期）

作者简介：

迟子建，1964年生于漠河。1983年开始写作，已发表以小说为主的文学作品600余万字，出版有百部单行本。主要作品有：长篇小说《伪满洲国》《越过云层的晴朗》《额尔古纳河右岸》《白雪乌鸦》《群山之巅》，小说集《北极村童话》《白雪的墓园》《向着白夜旅行》《逝川》《清水洗尘》《雾月牛栏》《踏着月光的行板》《世界上所有的夜晚》，散文随笔集《伤怀之美》《我的世界下雪了》等。获得第一、第二、第四届鲁迅文学奖，第七届茅盾文学奖，澳大利亚"悬念句子文学奖"等。作品有英文、法文、日文、意大利文、韩文、荷兰文、瑞典文、阿拉伯文、泰文、波兰文等海外译本。

荷花姜

潘向黎

每一次看见那个女人,丁吾雍心里就有一个声音响起:应该去报案。

开餐厅这么多年,丁吾雍记住了一些客人,他们的脸,他们的衣着,他们的点菜偏好,他们对钱的敏感度(不是经济能力,因为人是一种有趣的动物,支付能力是一回事,对钱的敏感度是另一回事),还有他们的姓,甚至有的是连名字都知道了(通过订座位、刷卡签字、在席间与别人通话的自报家门,等等)。但是丁吾雍不会一直记得他们,一般只要他们超过两年不出现,这些本来清晰如结晶体的印象就会在时间的水流里渐渐消融,那些晶体不是被水流冲走,而只是在水的浸泡中渐渐地钝了棱角、小了体积、模糊了边界,然后坍塌,直到消失在水中。你知道它们仍然在水里,但是水中已经看不到那些清晰的存在了,当然它们不至于消失得干干净净,假如那些客人在两年的边缘出现了,丁吾雍还是会觉得脸熟,他会笑着打招呼:好久不见。然后用那种久别重逢的笑容给对方照出一条路,让对方顺利地坐下来。然后慢慢回忆曾经了解的这人的喜好,以及对钱的敏感度。如果超过两年,这项功课就得重新进行。

但是有一个人，丁吾雍确定不会忘记。

人对某些人的记忆，是另一种质地，表面看上去也是晶体，但硬度很大，水不可能溶解它的，相反，不论过多少年，它都可以拿来划玻璃。哪怕被记忆的那一方已经从你的眼前甚至这个世界上消失很多年。

当这个女人第二次出现，丁吾雍就确定这是他的记忆中晶体不可溶的那一类。

第一次出现，她穿了一件沙滩色的麂皮猎装，牛仔裤，一双长到膝部的长筒靴，头发是盘起来的，但有一些细碎的鬈发，像小浪花一样到处飞溅。丁吾雍看了一眼她的脸，第一个反应是：哇。第二个反应，想起了很久以前在一本书里读到的两句——"身量苗条，体格风骚"，那本书叫什么，想不起来了。后来多看了几眼之后，丁吾雍判断：她应该三十出头了。丁吾雍知道，五官是爹妈给的，满脸的胶原质是年轻的附赠品，而这份苗条、这份动力十足的力量感和流畅的韵律感，却一定是多年运动和自律才能拥有的。

根据多年阅人无数的经验，这样的女人身边的男人，要么像鲜花下的泥土无法入画入眼，要么只能当陪衬的绿叶若有若无。但这女子不但自己亮眼，连和她一起来的男人也旗鼓相当。这男人浑身上下从里到外一身的黑灰色，全部是那种吸收光线的上佳质地，又无一不是半新不旧，中等身材，相貌端正而不出奇，记得在哪里读过：这样的男人适合当间谍，因为不容易引人注目，也不容易被记住。但是见了他两三次之后，丁吾雍就知道自己错了，这个男人绝对不适合当间谍——他寻常的身高和相貌是个看似平凡的灯笼，灯笼的光一旦亮起来，就看不见灯笼只看见光了。这个男人举手投足就是有一股子味道，和一般人不一样，一定要说出来有什么不一样，只能说：好像他每次出现，身后都跟着一队随从。好像他往哪里一站，追光就自动跟到哪里，他一抬眼，就有一个麦克风自动从空中挂下来，停在他的面前恰好的位置。

他很少说话，好像真的有一个麦克风正对着他，而他要说的话偏偏是惊天的大秘密一样的。他几乎不说话，至少丁吾雍在很长一段时间里没有听到他说完整的一句话，只听到他说："谢谢。"这是用毛巾托递热毛巾给他。还有，他有时候对身边的女子说："好。"这是女子拿着菜单在问他要不要点一个金枪鱼，还是甜虾刺身。他也有主动开口的时候，比如说："走吧。"那是他们就着一大瓶的"菊正宗"或者"大吟酿"吃完一整套的"旬之味"会席套菜加散点的煮物和渍物，又喝了两杯热茶之后。每次说出这两个字，女子的行动也很迅速，他们在两分钟之内一定会离开。那个男人总是在喝茶的中间已经把账付了，他还是不说话，只用手里的钱包和眼神示意，然后用现金把账付了。

一个很特别的男人。一身黑灰色，寡言，用现金。

女子则正好相反，她整个人像一挂瀑布。不但引人注意而且始终是热闹的，她说个不停，而且表情多，时而眉飞色舞，时而大笑，时而噘嘴，时而手托着下巴翻一个白眼，时而笑着笑着突然把脸埋在自己的臂弯里——她把双臂放在吧台上。也不知道是笑得累了，需要调整气息，还是笑着笑着变成了别的表情，又不想让别人看见。

令丁吾雍有些奇怪的是，他们经常坐吧台。只看一眼，丁吾雍就知道他们不是夫妻，也不是工作关系，更不是一般朋友。丁吾雍觉得他们会需要包间，这里有的是清雅安静的包间，那些包间每一间都有自己的名字：驿、涧、梅、雪、竹、兰、松、风、月……都适合一些希望清静的客人，也适合那些不愿意示人的对话和氛围。但是这两个人似乎不需要，他们大多数情况都只坐吧台。大概是那个女子喜欢高高在上的吧台？或者那个男子出于某个理由宁愿选择众目睽睽的吧台？一身黑灰的、用现金的、寡言的人，应该拒绝吧台的，为什么偏偏坐吧台呢？丁吾雍猜不出来，也就放过了。

日常里，许多事情都是这样的，再奇怪再想不通，发生的次数多了也就成了惯例成了自然，也就习惯了。许多百思不得其解的结局，并不是最终"得其解"，而是大家慢慢习以为常、不再求解。

丁吾雍这个老板，不是那种只投资、不掌握核心技术的老板，他自己就是主厨之一，而且是餐厅的招牌。当初日本留学回到上海，许多人都用带回来的钱买了房子然后进一家日企，而他，不喜欢朝九晚五的刻板，似乎对在人堆里谋生有一种天然的畏惧，于是选择了自己开餐厅。他知道，这样一选择，就再也不能回到正常上班族的轨道了，所以他必须掌握核心技术，才能不因为主厨的变动而使自己陷入困境。后面的事情也没什么可说，一个天赋高的人一旦投入，事情早晚总是会顺利的。唯一的痛苦，就是丁吾雍被捆在了店里，除了一年一次的春节休息七天，丁吾雍几乎一周六天都在店里，而且只要有客人，他的位置就是在吧台内的操作区，站着。休息的那一天，他睡觉、看书，有时候去钓鱼。作为一个四十多岁的男人，丁吾雍似乎没有任何中年危机。但他心里清楚，之所以没有中年危机，是因为他自从大学毕业就不再年轻，提前进入了中年，他觉得自己二十年前就是中年了。

和他相比，余清是个正常的女人。余清经常抱怨，说他回家太晚，害得她早睡不成，影响皮肤。余清不是丁太太，两个人在一起没什么不好的，但好像没想起来结婚，或者说缺乏动力去做这件事，当然也没有人用传宗接代生孩子之类的来烦他们，就这样，两个人同居十年了，关系稳定。

丁吾雍经常在吧台内的操作区，因为这一对男女总是坐在吧台一角，所以只要他抬头，不用刻意把脸转过去，用余光就可以知道他们的动静。相距不过六七米，他们说话的声音如果稍大，丁吾雍也能听个大概。这样的客人，丁吾雍希望他们能一直来，于是他采取了最稳妥的做法：保持距离。他们和其他客人不同，太不同了。丁吾雍不但不和他们攀谈，也暗示穿着和服的女侍者不要和他们攀谈，除了上菜和送饮料，不用给他们倒酒，尽量减少打扰他们的可能。丁吾雍自己，连目光都很少打扰他们，除了他们进来时例行的"欢迎光临"，丁吾雍甚至连每次对坐吧台的客人递上的微笑都减到半明半灭。丁吾雍想让他们觉得：自己在忙着呢，根本没太在意他们的出现，当然也不会记住他们，更不可能期待他们的到来。既然他们选择了离他很近的吧台，应该是一种对丁吾雍的信任，那么丁吾雍必须让这种信任的幼苗扎根、长大、枝繁叶茂。就要让自己隐入背景之中，虽然就是站在他们斜对面的一个大活人，但他要尽可能让自己就像店里的一架屏风（那架黑色底子上画着硕大宽纹黑脉绡蝶的漆艺屏风）、一盏灯笼（那盏白色的和纸上面飘着枫叶的灯笼)、一瓶花(那瓶吧台上每周更换的大型插花，经常是蝴蝶兰、菖蒲、绣球、洋水仙、六出、锦带)，总之是一个自然、安静、绝不可能泄露任何秘密、令人毫不设防的存在。

他做到了。他们越来越无视他的存在，那个女子，丁吾雍始终不知道她的名字，连姓也不知道，但是丁吾雍知道她最喜欢的一道菜：荷花姜，于是丁吾雍在心里暗暗叫她"荷花姜"。

如果在网上查"荷花姜"，可以看到——

即阳藿，又叫茗荷。英文：Myoga，或 Myoga Ginger，日语：ミョウガ。

姜科姜属多年生草本植物。喜温，遇霜茎叶凋萎，耐阴湿，有较强的抗病虫性。食用部分为花蕾，味芳香微甘，可凉拌或炒食，也可酱藏、盐渍，富含蛋白质、脂肪、纤维及多种维生素等。有很多别名，俗称芽何，又称蘘荷、野姜、蘘草、嘉草(《周礼》)，猼月(《史记》)，蒚蒩(《说文》)，芋渠(《后汉书》)，覆菹(《别录》)，阳藿(《广西志》)，阳荷(《黔志》)，山姜、观音花(《浙江中药资源名录》)，野老姜、土里开花、野生姜、野姜、莲花姜。在日本又称茗荷，应为阳荷的变音。

有特殊的香气，素有"亚洲人参"之美誉，是东南亚各国家、地区居民喜食的菜肴。一般 7 月中旬至 9 月中旬收获。在中国的江淮地区多有种植，常与毛豆或咸菜同炒，味香，当地人称为蛇禾或舌禾，又因为此地方言繁杂，又有一种叫法即阳荷。在中国分布于安徽省、陕西省、江苏省、江西省、福建省、湖北省、湖南省、海南省、广东省、广西壮族自治区、四川省、贵州省、云南省。

据《本草纲目》记载，阳藿不仅可作为蔬菜食用，还有活血调经、镇咳祛痰、消肿解毒、消积健胃等功效。

但是作为日式料理店老板的丁吾雍，当初之所以毫不犹豫地在菜单上加了这道菜，是因为他知道茗荷在日本是受重视的。在日本，高知县、群马县、秋田县、宫城县都有栽培。还有一个传说：释家的弟子因吃了美味的茗荷料理，饱食之后居然忘了应该做的事而睡着了。茗荷的花蕾和花茎具有特殊香气、色彩、辣味，是季节感明显的香菜君王，在小菜、汤、酢渍、油炸、酱菜等日本料理中到处可见。

也许是日本人一向重视粗纤维菜品的习惯吧，就像他们一向爱吃牛蒡一样。但是丁吾雍猜测也因为荷花姜的美。荷花姜的轮廓很像毛笔笔毫的部分，写大字的，蘸满了墨。又像迷你的竹笋，有交错覆盖的硬壳；可是顶端的颜色是花一般鲜艳的，中间大部分是嫣红或者玫瑰红，只有根部和顶端泛出一点儿淡黄色，有时是雪白。丁吾雍觉得荷花姜作为食物，太好看了，简直性感。

另外，这是在中国，而且是中国也出产的食材，还是叫它"荷花姜"好听，也好记。所以在菜谱上，丁吾雍日文写的是"茗荷（ミョウガ）"，中文写的就是"荷花姜"。

丁吾雍在"煮物"和"天妇罗"里都用了荷花姜，第一次看到的人，往往会"哇，真好看"，然后小心翼翼或者兴致勃勃地放到嘴里。接下来的情况就很难预料了，有人是新奇地辨析一会儿，然后说："这个很特别，嗯，一种特别的香。"有的人则是一下子吐出来："呸，这个什么味道啊？好奇怪！"荷花姜就是这个样子，模样娇艳，味道奇特霸道，不是人人都能接受的。

为了不让荷花姜受委屈，后来遇到有客人点，丁吾雍总是先问一句："您吃过荷花姜吗？"如果对方说没有吃过，丁吾雍会说一句："味道有点儿特别，不是人人都喜欢，您确定要试一试吗？"

但是那个女子，第一次吃了荷花姜——那是丁吾雍和笋、土豆、鱼鳃、猪肉片一起炖出来的荷花姜，马上大声说："老板，这个真好吃！从来没吃过！这么好吃！"

丁吾雍说："你喜欢就好。"

那个女子问："这个叫什么？"

丁吾雍说："荷花姜。"

女子把筷子上的荷花姜转动着看，一边说："这么好看，到底是花还是菜？"

丁吾雍说："这个，不好说，是花，也是菜。"他把手里的金枪鱼中段切好了，加上一句，"明明是花，人把它当菜吃，它就是菜；明明是菜，你把它当花看，它就是花。"

一身黑灰色的男人深深地看了丁吾雍一眼。丁吾雍有点儿后悔自己话太多了。

那一眼，让丁吾雍想起了一句话"他的俊目一贯含有清莹的倦意"，木心这样说罗马的培德路尼阿斯。丁吾雍喜欢过木心，《哥伦比亚的倒影》《即兴判断》都读得很熟。

那个女子，丁吾雍后来在心里叫她"荷花姜"，不是因为她爱吃荷花姜，是因为她与荷花姜颇有几分神似：俏丽，鲜艳夺目，但不是"甜"那一路的，更不柔弱，相反从外表到质感到气味都是洗练明媚和动荡妖娆的奇异统一，具有一种容易引起争议的、特殊的刺激感。

但是这两个人罕见地般配。男子出色，女子也出色，而且男子像一个黑色的瓷碟子，托着荷花姜的尖、俏、艳，格外显出她的醒目，而荷花姜也反衬出他的不动声色和深不可测。

突然有一天，那个一身黑灰的男人不见了，荷花姜一个人来。

她一个人坐着，脸上的表情让丁吾雍知道今天那个男人不会出现。但是她的胃口还可以，和那个男人在的时候差不多，只是酒喝得多。她自己一个人喝，点的是烧酒。过去丁吾雍给她推荐过出羽樱和白波，她喝了几种之后选定了另一种——黑雾岛。每次都喝个半瓶左右，剩下的就存在这里，本来应该问她姓什么，但是丁吾雍当着她的面，写上了"姜"，他说："荷花姜的姜。"女人深深地看了丁吾雍一眼，眼光里似乎有遇上知己的感觉，又似乎第一次有了怨恨和委屈——在这里出没这么久了，连自己的姓名都不能公开。

每次吃完她都是自己走的。丁吾雍心想：以前他们两个都喝酒的时候，都是那个男人的司机开车吗，还是找人代驾？现在她一个人来，是另外有人接，还是干脆打车回家呢？

丁吾雍的好奇心仅止于此。因为这个城市里，盛产的就是男女间的各种相遇和离散，何况是这种女人遇到这种男人。女人越出色越不容易甘心，男人越出色越多顾忌，花落水流，无可奈何，那是一定的。但是，他们都是这个城市里的人，他们不会有太出格的举动，短则两个月，长则半年，个别死心眼的，也许一年？感情创伤是有期徒刑，刑期都不长，刑期一满，也就都过去了。释放了自己，新一季衣裳一穿，换个发型，阳光下面，又是光鲜的、体面的、没有过去的城市栋梁了。

丁吾雍料错了。有一天，这女人出现，穿了一身黑色的吊带连衣裙，脸上没有化妆，素颜本来很好看，却偏偏突兀地涂了烈焰般的口红，让丁吾雍非常不习惯。当然，心情不好的女人，这个程度的反常才是正常。

她不坐平时的吧台角落，而是坐到吧台的中间，喝着喝着，对丁吾雍说："我请你喝一杯。"

丁吾雍不废话，递过去一个杯子，她给他倒上，丁吾雍喝了一口，似乎出于礼貌地说："吃得还可口吧？"

她抱歉地笑了一下："一直忘了说，你的手艺真好。"

丁吾雍说："谢谢。"

她看了看他，突然说："你也话少。"

丁吾雍微笑，等着她往下说。

没想到她不说，而是反过来提问："你怎么不问，他到哪儿去了？"

丁吾雍又喝了一口，他不知道该说什么，因为不知道对方是否愿意说，还有，酒醒之后会不会后悔。如果后悔，她就不会再来了，那样的话，这里就会失去一个喜欢荷花姜、长得也像荷花姜的客人。如果那样，他宁可她什么都不要说。况且，丁吾雍真的不算一个好奇的人，因为他相信太阳底下，真的没有新鲜事。

但是这一刻，这女人眼神里有某种东西，让丁吾雍突然觉得，自己可能太自信了。他的预感马上被证实了，她身子探过来，凑近了丁吾雍，用一种介于耳语和正常对话之间的音量说："你不问，是因为你猜到了，对吗？"

丁吾雍只能含糊地点点头。

她说："对，他不会再来了。"

她眼里碎玻璃一样凌乱而锋利的光芒，让丁吾雍确认：自己过于自信了，这件事，超出了他的想象。

她说："对，他死了。"

说出这句话，荷花姜似乎用尽了力气，颓然坐回了吧椅，在这个半失控的过程中，她很哀伤很诚恳地说："他死了。是我把他杀了。"

丁吾雍觉得整口烧酒突然卡在了喉咙里，而且像火一样烧了起来。这样的话，他本来以为只会在电影里听到，绝对不会和自己的生活、自己的店有任何关系。想当初，看见荷花姜和一身黑灰人走进来的时候，他马上判断出了他们的关系，同时他也马上决定要长期欢迎他们，反正挣谁的钱不是钱呢？这种关系，在钱上总会格外大方的。加上客人养眼，不是福利吗？当然丁吾雍知道，短则一年，长则三年，他们一定会分开的，就像知道店里插花的蝴蝶兰可以开一个月，六出花一星期一样。但是丁吾雍没想到，有时候，还没到花谢的时候，半空中一个雷劈下来，连花带瓶震倒了，碎的碎，流的流。

丁吾雍觉得自己应该去报警，但是又没有把握自己一定会那么做。他不喜欢这种纠结，他只能希望那个女子不要再来了。那样，丁吾雍就不用纠结了。

可是荷花姜还是继续来，和原来的间隔差不多，就是一星期来一次。她还是坐吧台一角，总是继续喝她的黑雾岛，喝不完的存着，没有了就再来一瓶，菜交给丁吾雍安排。丁吾雍依然会按照她的喜好和时令，给她安排妥帖的三四个菜。她来者不拒，看着手机，一会儿看一下，一会儿写几句话，写的时候很专心，好像不是来吃饭喝酒，而是来写那些话的，写完了就把手机往旁边一丢，然后继续不紧不慢地吃喝着，有时候往门口看一眼，继续吃喝。吃喝完了，就自己走了，有一次走到门口，还会回头看一眼，好像奇怪身后的人怎么不跟上去似的。

身后哪里会有人？早就没有了。那一瞬间，丁吾雍感到在她的身后，是一大片空虚，空虚得连整个店和店里所有的人都不存在了。

那之后，她没有再和丁吾雍聊什么，似乎根本不记得曾经说过什么。丁吾雍怀疑她是酒醒之后忘记醉时一切的那种人。要不然她怎么敢继续出现在这里，还这么若无其事？难道在等丁吾雍下决心报案，好把她抓起来吗？丁吾雍又希望，那是她的醉后胡说，那个男人还活得好好的，这个女人只是这么说说出口恶气罢了。

可是，那个男人呢？丁吾雍也越来越不相信他还活得好好的了。

黄梅天了，有一天，荷花姜刚开始吃，雨下得大起来，下得都不像黄梅雨通常的那种慢脚雨，下成了瓢泼，下成了满城风雨、一世飘摇、充满末日感的那种阵仗。丁吾雍知道，这种天气特别容易喝醉，可能是湿度太大了，不利于酒气蒸发。果然，荷花姜喝着喝着，满脸红晕，一只手支着半边脸，眼神迷离。

丁吾雍破例说一句："差不多了，别再喝了。这个天气，你怎么回去？"

"我怎么回去？我回不去了。哪里都不是家，哪里都没有人等我回去，我怎么回去？我回哪里去啊？"她大哭起来。

酒气蒸腾，水汽弥漫，整个店里充满了一个女人的哭声，那种哭声很可怕，虽然很响，但又很压抑，既像一个旧时代的乡下女人苦候多年却听到丈夫死讯，又像一个五六岁的孩子被困下水道里挣扎不出来，用最后一点儿能量来拼命完成的号啕。

丁吾雍心里一凉：那个男人，恐怕真的是死了。要报警吗？

晚上回到家，看见余清在灯下插花，洗过的头发还半湿地披在肩上，他心里一动，上去对她说："简单一点儿结个婚，怎么样？"

见余清一脸不解，丁吾雍说："好像觉得还是结婚比较好，你说呢？"

余清说："你想和我结婚？"

丁吾雍说："是啊。"

"让我想想。"余清说。

丁吾雍说："你还要考虑啊。"

"有人求婚，然后自己考虑，这是待遇，总要享受一下吧。"余清说完，笑了起来。丁吾雍也笑了。

看见她的笑容，丁吾雍有一种说不出的感觉，好像是如释重负，好像是通过了一场原本担心通不过的考试，发现自己高估了考试的难度。多大的事？不就是结个婚吗？要弄得那么吓人，哪至于的。

第二天，荷花姜又出现了。才下午五点，店里还在准备。

她说："老板，今天不吃饭，我是来还你钱的。"

昨天晚上，她确实喝醉了，上了洗手间吐过之后，丁吾雍替她用打车软件叫了车，用店里的大伞送她上了车，谁都没顾上结账的事。

"下次来的时候顺便结就可以了，你还特地来。"丁吾雍说的是真心话。有的人，一看就知道是一辈子都不会赖账的。荷花姜，就是这种人。其实那个一身黑灰、眼睛里有清莹倦意的男人，也是这种人，只是不知道为什么欠了这个女子的。

荷花姜的脸看上去已经没有什么异样，要存了心仔细搜索，才能看出眼皮略略有点儿肿，脸色不如平时好，除此之外，依然是一个引人注目、打扮入时、举止得体、行动流畅的摩登女郎。上海的黄金乃至钻石地段有许多高级商务楼，而这些现代女郎的气场让人坚信她们有能力敲开其中的任何一扇门，在正南朝向、一尘不染，光线、温度和设备都无可挑剔的房间拥有一个任她自如挥洒的位置。

她们的妆容含蓄，皮肤白皙、五官精致、轮廓秀美、神情矜持而举止干练，在她们脸上，你看不到黑眼圈、细皱纹和斑斑点点，那些都在十分服帖的粉底霜下面；你更看不到哭泣、动怒、灰心、丧魂落魄的痕迹，那些都在她们心里，就像藏进了深海之中。女人心，海底针？说这话的人还是小看了女人。女人心，就是海本身。

"我要到外地去一段时间，接下来要几个月不来了，所以今天来一趟。"

丁吾雍马上想：太好了！他从此不用见到这个女人了。如果她是真的出差，离开一段时间，可能会因为换了环境而想开，总之应该不会再来这个伤心地了。如果她是逃走，那也帮了丁吾雍的一个忙，那样，她就和丁吾雍一点儿关系都没有了，丁吾雍也不需要再纠结了。

她真的消失了。半年过去了。

偶尔，看到钵里的荷花姜，丁吾雍会微微有点儿出神，这么好看，怎么可能杀人？可是，锋芒毕露，又好像有点儿杀气。这样的女人，会是什么命运呢？空闲的时候，丁吾雍有时会望着那两个位置。曾经坐在那里的那两个人，他们都在哪里呢？甚至，那个男人，还在这个世界上吗？从今以后，不可能再看到那样悦目的一对，出现在自己的店里了。不知道为什么，丁吾雍真心觉得遗憾。

到了年底，生意忙了起来，丁吾雍渐渐不再想起那两个人。

一天，七点的时候，正在忙碌的丁吾雍，看见当班领座的小茉莉带进来两个人。一个中年女人，风韵犹存，一身讲究得稍微有点儿过分的打扮，脸色倨傲中有几分阴郁。走近几步，她身后的人露了出来，竟然是那个男人，那个一身黑灰。

丁吾雍大吃一惊，以至于习惯性的"欢迎光临"都中途变了调门，小茉莉不无疑惑地看了他一眼。

这个男人没有死？他还好好的，那么就是他不要荷花姜了。荷花姜说的是气话。不要荷花姜，居然还带着自己的老婆到这里来？丁吾雍觉得自己错看了这个男人，谁知道是这样的人，完全不在道上。上海滩的餐厅酒家天上繁星似的，这个人带不同的女人，偏偏来同一家，胆子倒也不小。他就不怕这么多眼睛吗？

小茉莉直接把他们带进了包间，丁吾雍心里冷笑一声。等到小茉莉过来，丁吾雍问：那两个人谁说要进包间的？小茉莉说，他们预订的。有个男人打电话来，不知道是不是这个男的本人，说要一个小包间。

这就奇怪了。和情人倒光明磊落坐在外面，带老婆反而一定要躲进包间，什么年头？什么人？

丁吾雍亲自上菜。那两个人在交谈，但是不起劲，零零碎碎听到什么"学校""租房子""美元""同学"。丁吾雍实在猜不透这两个人在谈什么，而且感觉他们的关系，坐下来细看，也不那么像夫妻了，倒有几分像讨债的和欠钱的。

等到要上雪花和牛涮涮锅的时候，丁吾雍在大托盘里放上了一个青海波纹小碟子，里面是三枚盐渍荷花姜。盐渍过的荷花姜，娇艳的颜色暗淡了许多，但是转成了一种憔悴的风情，充满了欲言又止的过去。上桌的时候，男人看了一眼，说："我们点这个了吗？"丁吾雍说："这是送的。"一身黑灰看了一下荷花姜，然后看了丁吾雍一眼，丁吾雍接住了他的眼神，两个男人似乎完成了一次无声的对话。

丁吾雍还没出包间，就听见男人毫不避忌地说："钱我带来了。"他把一个厚实的信封交给女人，信封口是开着的，看颜色就知道是美元。又是现金，只用现金。这是个固执的人。

出了包间，丁吾雍转身拉上拉门的一瞬间，听见女人平淡地说："明年一年的够了。"

什么够了？这个女人一年的开销吗？如果他们是夫妻，怎么会这样一年一次给钱？如果不是，又为什么要给钱呢？丁吾雍觉得自己脑子不够用了。

过了几壶酒的工夫，拉门开了，那个女人出来了，走了。谁都不知道她那个华丽的漆皮包里比来的时候多了什么。丁吾雍这时候明白他们为什么要进包间了。但是这一点点合理，像太少的水，不能熄灭他的好奇之火，反而让火更加熊熊燃烧起来了。

那个男人并没有跟出来，而是又叫了一瓶烧酒，开始自斟自饮。

一个小时以后，丁吾雍进去添茶。他心里好奇，但丁吾雍是个在上海滩做了十几年生意的人，这种人，无论心里想什么，做出来，总归是合理的——至少有一个合理的解释。这时候进去，是餐馆的常规动作，就是以添茶的名义，看看客人是否要添主食，要咖啡，或者是否要埋单。如果遇上客人酒足饭饱还想独自坐一会儿，就会添上热茶，然后不动声色地出去，让客人自己安静地剔牙、打饱嗝、发呆或者独自疗伤。平时这件事是服务员做的，今天既然是丁吾雍自己负责这个包间，那么，他可以让服务员来接手，也可以自己去。

此刻，丁吾雍拉开了门，进去添茶。

茶水注入茶杯中，细细的清香腾起。一身黑灰说："谢谢。今天你亲自照应。"

丁吾雍说："不客气。"他注意到男人有了酒意，脸红了，精神看上去和过去不同，没有那股有棱有角的气势了，但萎靡里透出轻松，显得真实。就说："今天吃得还可以吗？"

这个"还"用得妙。既表示委婉和分寸，也可以是"依旧""如常"的意思，加上"今天"这个提示，那就是在问：过去喜欢的口味，隔了一段时间，你觉得怎么样？重点是：有过去。

"很好。你这里的菜一直道地的。"

丁吾雍听见他用"一直"，居然是对过去的一切认账的口气，就说："说起来，您有一阵没来了。"这话是试探，但也可进可退。

男人叹了一口气。丁吾雍不敢相信自己的耳朵，看向他，听见他说："她，后来来过吗？"

这话包含的意思太多了，简直把丁吾雍当成哥们儿了。看来他今天是喝多了。丁吾雍一时不知道怎么回答好了，就点了点头。

男人又叹了一口气。"恨死我了，一个个，都恨死我。"男人用双手用力揉搓自己的脸，好像一个寒冷的清早，清洁工在马路上扫着落叶一样，既孤单又萧瑟。

一阵不可理喻的同情攫住了丁吾雍，丁吾雍马上提醒自己，正是这个男人，让那个女孩子那么伤心的，而且还毫不介意地和一个身份不明的女人又到这里来。

"你太太也很漂亮。"丁吾雍说，这话不知道怎么就突然蹦了出来。说了之后，发现这句故作莽撞的试探妙不可言。

男人抬头看了丁吾雍一眼，有点儿惊讶，有点儿迷茫，然后露出了一点儿笑容。"太太？哦，前妻。刚才那个，是前妻。"

丁吾雍不轻易放下戒备，"您后来又结婚了？"

"没有啊。活剥一层皮才离了婚，我怎么会再结？就二十年前结了一趟婚，生了一个女儿，烦到现在都烦不清楚，前妻的保险啊，房子啊，女儿的留学啊……我有几条命，再去结婚，再去生小孩？"

丁吾雍吃了一惊，暗暗有些羞愧，同时有更多的如释重负。他不说话，因为不知道说什么好。

"欸！"男人突然语气一挑，"怎么，难道你以为我有家庭，每趟和我一起来的是……情人？"

丁吾雍的脸有点儿火辣辣的。

男人笑了起来："那是我的女朋友。我们都是单身，光明正大来往的。只不过我不想结婚，她想。"

丁吾雍说："不结婚，就要结束？"

"给不了她想要的，就放人家走吧。"男人用手搓了搓脸。

丁吾雍说："人家会觉得你是在寻借口。"

男人笑了起来。那笑容似乎在说：自然是这样。又似乎在说：随便吧。好像在说：我怕什么？又好像在说：哪有这么便宜？

丁吾雍端起茶壶转身的时候，男人突然说："她后来一个人来喝酒的，对吗？"

丁吾雍叹了一口气，点点头。

男人说："她……哭了吗？"

（原载《人民文学》2021 年第 5 期）

作者简介：

潘向黎，小说家，文学博士。出版有长篇小说《穿心莲》，小说集《白水青菜》《轻触微温》《我爱小丸子》《中国好小说·潘向黎》等八部，随笔集《茶可道》《看诗不分明》《万念》《如一》《梅边消息：潘向黎读古诗》等近二十部。作品被翻译为英、德、法、俄、日、韩、希腊、蒙古等语种。出版有英文小说集《缅桂花》及俄译随笔集《茶可道》。短篇连续四次入选中国小说学会主办的中国小说排行榜，获第四届鲁迅文学奖等文学奖项。现居上海，为上海作协副主席。

船越走越慢

徐则臣

雨天是赌钱的好时候。风雨漫天，芦荡苍茫，雨打顶棚敲出一艘船的轮廓。舱内安稳，偶尔飘摇晃荡，香烟的浓雾从这一头流到那一头，温暖地包裹住一张四方牌桌和吊在棚顶的罩灯。赌徒陈三在拘留所里描述他的水上赌博经历，两眼里还有断舍不掉的迷醉。抓他是因为他老婆喝农药了。他老婆喝农药是因为他把家里的钱都败光了，正在医院里抢救。我带了一个警员等在门外。医生伸出头说，灌肠成功，活过来了。我对警员递了个眼色，他铐上等在一边的陈三就走。

抓赌是所里的常规动作，旱地上有，水上也有。这帮赌棍也聪明了，习惯了在水上赌。找条船，在河上风轻云淡地走，窗帘后头赌得地动山摇。小赌怡情也不行，抓赌小组里必须有几个兄弟一年四季在水上忙活。陈三就是在水上，从小赌怡情玩大的，把家底子败了个精光。也是从他嘴里，我们才知道有艘船专门干这个，船主负责大家安全，你输掉裤衩他不管，只抽赢家的成，到手的百分之二十归他。吃喝拉撒全包，但只有玩大的才有上船的资格。

"船都去哪儿？"我问。

"小鬼汊。"

我一听头皮都发麻。鹤顶人肯定都明白。那无边无际的一大片芦苇荡挨着运河，传说几百年前就亡魂遍布。清兵跟明朝的军队在里面打过，死人之多，把芦苇荡的空隙全填满了。据说芦苇吸饱了血水，好几年长出的苇叶都是红的。打日本鬼子那会儿，小日本把鹤顶周边的老百姓赶进芦荡里，开始用刀砍，砍累了用机枪扫，尸体堆积出了一条弯弯曲曲的肉坝，把芦荡和外面的运河隔出了两个不同的水位。当然，后来我们也把很多小鬼子的命留在了芦荡里。

小鬼汊这名字什么时候叫出来的，我没深究过，真他娘形象，芦苇荡里的死鬼如麻，比芦苇少不了多少。更可怕的是，一到阴暗湿冷的时候，小鬼汊里就摇晃不止，无风也起三尺浪，如有伏兵百万。本地人也绕着走。据说小鬼汊地形极复杂，芦苇生长循着我们看不懂的规矩，敢进去的人不多，能出来的更少，绕晕了正常，绕死了也不意外。平常捞鱼摸虾打猎捡鸟蛋的，也只敢在边缘处活动，怕深了命丢到里面。所以，听说赌局设在那里，我着实吸了口凉气。

早两年，陈三还真有点钱，手头有个小砖瓦厂，隔三岔五地应酬，被供成了牌桌上的大爷。最后一哆嗦就是在小鬼汊，大手笔，砖瓦厂也押了进去。哐啷一声，成了穷光蛋。尽管他无比怀念船上温暖的牌桌，当他的神思从船上下来，还是被夜雨中的小鬼汊吓得鸡皮疙瘩爬了一身，裤裆里都疙疙瘩瘩的。他说中间出来撒泡野尿，想换换手气，对着喧嚣凄冷的芦苇荡，愣是没尿出来。他感觉自己正孤零零地站在风雨飘摇的坟场上。那泡尿还是回到船舱的厕所里尿了。接下来他的手气更差了。

"进小鬼汊的路线记得吗？"

"看都看不见，哪记得？"陈三说，"滨河大道尽头的那码头，上了一艘船，两眼就被蒙上了。有时候还让闷两口老酒，'少陵醉'。人晕乎着。七绕八绕，比猫玩线团还乱。芦苇打到船上和我身上，唰唰的。苇叶还划破了我的脸，你看。"我用旁边的记录本推开他油腻的脸，人到中年，庸俗和腐朽一样不落地聚集他的表情上。"到那船前才停下，取下黑布条，有人接我上船。那船不小，平平常常，混在一堆客船里反正我分不出来。站在船上，我踮起脚尖，满眼除了芦苇还是芦苇，连绵起伏，就像一阵风一直刮到天边。我跟你说全所，不到小鬼汊，你都不相信咱鹤顶还有这么大的一个芦苇荡。"

我站起来往外走。

"哎，我说全所，我什么时候能回去？"

"找到那条船再说。"

想假扮赌徒混上那条船的方案行不通，对方太狡猾。我们按陈三提供的联系电话打过去，报上了姓名、身份证号、家庭住址和成员、财产状况，然后照约定的时间在码头接头。人没来。也可能来了，发现哪里不对头又走了。副队长白穿了两个小时西装。他说这是他有生以来第二次穿西装，觉得整个人都是方的。第一次是结婚。

只能自力更生，我们自己找。特别行动组兵分两路：一路加强运河沿线的巡察，一路尝试进入小鬼汊。一周后，大家垂头丧气地坐到会议桌前。巡察没有意义，你不知道它什么时候出现，以什么面目出现。陈三说，船主为确保安全，隔三岔五就给船整一次容，经常整完了自己都不认识。而且此人用来干这行当的船不止一条。所以，在运河里拦下空船没有意义，堵在小鬼汊里的才算数。可是，试图进入小鬼汊的那一路说，每根指头上都装一个指南针也没用，诸葛亮的八卦阵跟芦苇荡比，就是个小儿科。他们每次进去，想得最多的不是如何摸清地形、深入敌后，而是能不能活着出来。"除非一把火把芦苇都给烧了。"

副所长摸了摸秃了半截的脑门，说："我推荐个人。"

大家立马直起了腰。

"老鳖。"副所长说，"别子他爹。"

腰又软下去。

我说："让我想想。"

别子失踪一个月零两天了。

别子，别大伟，我们招募的编外辅警，主要工作是在运河上下巡逻。当初决定录用别子，一是因为他水性好。鹤顶的男人没几个不会水的，水性比别子好的，我看没几个。这小子在水下能憋十一分钟半。吉尼斯世界纪录一说十八分钟，也有说二十二分钟，没见过，不知道神奇到啥程度。别子我是见识了，对着脸盆把脑袋埋进去，我掐的表，十一分钟三十一秒。另一个原因是他的姓，别。孤陋寡闻，查了《百家姓》我才知道世上还有这么个奇怪的姓。别，别，就你了。我拍了板。

他不是理想人选，甚至相当不理想，他是个瘸子，左脚脚筋被船尾的螺旋桨割断了。小时候他帮别人忙，潜水去解缠在人家船尾螺旋桨上的铁丝网。弄清爽了，他还没来得及离开，那人就启动了引擎，好在动作麻利，但在水下转身时还是被扫到了脚后跟，落下了残疾。跑不快，但在水上他不必跑。他只要骑着他的摩托艇跑得快就行。这对他没任何问题，沾了水，空身人是浪里白条，骑上摩托艇就是水上飞。所里给他配了一辆摩托艇，别子不喜欢，觉得自己的那辆改装的旧摩托艇更顺手，加速快，嗖一下就能飞出水面。到所里之前，他靠这辆摩托艇为生。摩托艇后头装了个货架，每天他就驮着一堆日常生活用品在运河上穿梭叫卖，坑蒙拐骗的事可能也没少干。他说，你们猜，水上哪两样东西最好卖？我们说了一堆不靠谱的货物。

"错，"他一脸坏笑，"第一，方便面；第二，避孕套。"

他让人在摩托艇后头画了个杜蕾斯的商标，大老远就对你做广告。但他从不卖杜蕾斯，他卖的是普通避孕套，要的是杜蕾斯的价。

但这小子失踪了。那天晚上跟小分队去运河上巡逻，他跑得快，跑丢了，收工了也没回来。同事们把上下五十里运河捋过一遍，还是音信全无。我们都有不祥的预感。这会儿去请老鳖出山，合适吗？

老鳖是外号，当然姓别。常年吃水饭，往哪儿一杵又不爱吭声，老别就被叫成了老鳖。我还是硬着头皮去见了老鳖。

他孤身一人，五十八岁长了一张七十八岁的脸。都说河边的人皮肤好，细腻饱满，老鳖完全是反例。该有的风湿病倒一样不少，看他那张脸就知道，身上每一个关节到夜里都会钻心地疼。手和脚的关节粗大扭曲，全都因为风湿病变了形。他不认识我，但认识警察的标牌。对我笑一下也花了他不小的气力，直到脸上所有的皱纹堆到一起，他才把笑这个动作做完。

"你是？"老鳖坐在厨房的土灶前，借着尚未熄掉的柴火灰烬烤两个膝盖。"我没——大伟出事了？"

"没事，"我挨着他在旁边的板凳上坐下，"别子出了趟公差，要等些日子才能回。没办法，跟兄弟局所总要合作办些案子。别子干得很不错。"

"我也说，有阵子没回家了。"老鳖低着看灶膛，想铲出个火块给我点烟。我让他别忙活了，用打火机先给他点上，再给自己点。

"前天他电话里委托我捎来点零花钱。"我拿出准备好的一千块钱，还有两瓶少陵醉。据说唐朝大诗人杜甫南下时经过鹤顶，咱们这里的一种土酒把他喝趴下了，后来这酒就叫少陵醉。驱寒祛湿一等一。"别子孝顺，真好。"

老鳖赶忙把钱和酒往外推："哪能要，哪能要。"

"不是我的，"我让自己笑出声，"别子的工资，他授权支出来的。"

"他的钱我也不要。"老鳖继续推，"你们给存着。攒起来让他找个姑娘结婚。这都多大了。"

"结婚的钱另外有，还有咱们所里的这些兄弟呢。"硬塞给了他。

"领导，你们要在这吃饭吗？"

他这是在赶我走？我跟副所长对了下眼神。副所长说："我们不吃，谢谢您别叔。是这样，我们想求您帮个忙。"副所长年轻，说话没负担。我装着到院子里溜一圈，离开了厨房。

一个老院子，半砖半土的墙，苔藓从墙根往上爬了很多年。院子西南角搭了个棚子，乱七八糟地堆满日常杂物，还有一条锈迹斑驳的铁皮小船，旧渔网缠在上面。三间堂房，从中间敞开门的那间看进去，一张小八仙桌前有一张四方的木头小方桌，阳光照亮了桌上灰黑的污垢和永远也刷不干净的碗碟。桌边是凌乱的三张小板凳。八仙桌后面有个香案，幽暗的神龛里供着的不知道是龙王、南海观音还是妈祖，也可能是陈宣。后者在永乐十五年做了漕运总兵官，对运河与漕运的发展做了大贡献，吃运河饭的，不少人把他供作神灵。八仙桌上立着个相框，别子母亲的遗像。别子进所里前两个月，他母亲去世，别子说，肝癌，活活疼死的。

我在院子里抽了两根烟，副所长出来了。他对我点点头。

老鳖答应得极为勉强，他说很多年没进小鬼汊了，怕进去也迷路，反误了我们的大事。答应就好。请教了好几个渔民，一致推荐老鳖。他们说，如果老鳖绕晕了，那别人进去了得绕死。他们还说，老鳖立春时看一眼水流的方向，就知道接下来芦苇往哪里长。可惜如今水饭难吃，这一身本领要在过去，走哪儿都吃香喝辣的。老鳖这辈子应该没享过那种福。过去旁边没桥，他做渡公，每天把船从河这边撑到河那边；五年前修了桥，环保部门招他做了清洁工，负责在鹤顶这一段运河上捡垃圾。老鳖干活认真，在河上从早漂到晚。

前两次进小鬼汊踩点，一次机动船，一次手摇。都在大白天，艳阳高照，踩点必须挑赌船不可能出现的时候去。老鳖习惯驾驶自己的船。船上装了个柴油机，响起来地动山摇，突突突直冒黑烟。我跟副所长坐船上，另外有两个弟兄骑摩托艇跟在后头。他们活动范围大一点，经常绕出去看看线路周围的情况。我们无法确知那条赌船会停在哪里，陈三的供词帮不上任何忙，芦苇荡中随便找一处，跟他提到的场景都一样。除了芦苇就是水，连在芦苇丛里飞蹿的野鸡野鸭和水中游鱼长得都一样。副所长还诌了句听上去十分耳熟的诗：接天苇叶无穷碧。没错，就是这感觉，无边无际，一片风起云涌的绿色沙漠。

要不是坐船还算习惯，我早就被绕晕了，你问我东西南北，我可能都会往天上指。我们是沿着芦苇少的水面走，要不船也穿不过去，而芦苇的生长完全不按人的规矩来。曲曲折折。曲曲折折。忽宽忽窄的水面，也可能拐个弯路就断了。小鬼汊里布满了死胡同。一路都是野鸭在飞。还有很多五颜六色不知名的鸟，老鳖瞥一眼它的尾巴就报出了鸟名。老鳖话少。有时候船会停下来，他坐在船头上抓半天脑袋，然后再走。我觉得船速在来之不易的宽阔水面上行驶的速度挺快的了，他还是咕咕哝哝自言自语：

"船越走越慢了。"

他老说。我就说："不慢呀，你看船头激起的波浪。"

"船越走越慢了，"他盯着前面被芦苇遮挡的水面，成千上万棵芦苇弯腰向我们致意。"大伟他妈在船尾呢。"

开机动船时他这么说我还没当回事，手摇船再进小鬼汉他又说了几遍，我就上心了。我问：

"你说啥？谁在船尾？"

"大伟妈，"老鳖说，根本不看我，"大伟他妈拖着船尾呢。船越走越慢。"

我跟副所长的寒毛都竖起来了。

"别婶儿拖着船尾？"副所长结结巴巴说。

"拽着呢。"老鳖说，"死人都好拖船尾，不让你走。"

我往船的前部移了移。"老嫂子不想让你吃水饭？"

"大伟不娶媳妇她不放心。"老鳖好像说一件跟自己无关的事，"她把自己拴到船尾上，跟着我。昨天夜里我又梦到她了，挂在船后头催我挣钱呢。"

我往船尾看两眼。只有水花、芦苇和跳起来的鱼。一大块黑云走在太阳前面，小鬼汉暗下来，风似乎陡然大了，团团簇簇的芦苇拥挤着向我们压过来。老鳖停下划桨，前头一片芦苇堵住了我们。死路。

"走不动了。"老鳖说。

我站起来向四周看了看："差不多了。"其实这一次我看见的，跟上几次没有任何区别，依然是一望无际的芦苇荡。但我们的确进入小鬼汉相当深了，如果再往前走，离小鬼汉另一个边缘应该就不远了。这一边连着我们鹤顶段的运河，那一边跟另一个县的飞马湖接在一起。我要是老板，我会把赌船停在中间位置，两边都难找，安全。

往回走。分不清是不是原路。听老鳖的。有时候他表现出果决，有时候他又困惑，有时候他会走回头路，有时候他肯定也在绕圈子，刚见过的那两棵拦腰折断的芦苇，五分钟后我又看见了。老鳖经常现出紧张的表情，更多的时间里他都魂不守舍，嘴里念念有词。

副所长凑到我耳边，压低声音说："听别子说过，他妈死了之后，他爸就有点神神道道的了。"为了宽慰我，副所长又说，"湿气太重，人难免疯疯癫癫。"

我也搞不懂他说得有没有道理，但两次我们都顺利地回到了运河里。

给运河上下游的兄弟单位都发过请求。相当于把运河用篦子给篦了一遍，还是没找到别子。我相信他们也尽力了。这一个多月除了正常死亡，方圆百里都没有凶杀和意外死亡，陈三的老婆灌了两次肠也活过来了。别子人间蒸发。怎么给老鳖解释，真让人挠头。当他说别子妈把自己拴在船尾，拽着船不让走，瘆得慌的同时，我也惭愧得想一头钻进水里。一生气我又把陈三拎来，再审。

"说啥？"陈三问，"所长大人，该说的我都说了啊。"

"那就说不该说的。"

陈三揪下来一根头发。"瞎说？那瞎说啥呢？"

"想不明白的。还有你的猜测。"

陈三去船上赌了两次。我怀疑有人给他做了局，要不很难两次就把他掏空。最初牵线的是邻县一个姓黄的小老板，跟陈三有几笔业务往来。联系赌船的电话就是黄老板给他的。输成个穷光蛋后，陈三再找黄，没影了，电话也注销了。

"想起来了，"陈三说，"第一次上船，赌了半截船主说有洋酒，就让服务员用一个不透明的布罩子罩住牌桌，喝完了再启封。喝洋酒的时候，一个秃顶的家伙问我是不是头一回来。我说是。他说，哦，那还有翻本的机会。那天夜里他输了个精光，手腕上的一块金表都搭进去了。我猜，是不是一个人只有两次上船的机会？"

"嗯，继续。"

"没了。"

"继续。"

"仝所，肠子都翻出来给您看了啊。"陈三开始揪第二根头发，"好吧好吧，我再想想。有了，两次接我的是同一个人。那个人长相都跟你们说过了，男的，三十多岁。头一回划的桨，第二回，是机动船。那人一路不吭声，我想套点信息出来，就没话找话跟他说。大晚上的，去的还是小鬼汊，我怕嘛。我就问，都是你一个人接？他摇摇头。我问，接送的人你们有多少？翻来覆去他只说，还有。我又问，为啥上次是划船，这次机动船？他说，下雨，机动船也听不见。"

我点点头，跟我们的判断一致。机动船从运河拐进小鬼汊，在月明星稀的晚上很容易暴露，所以我们准备了两套方案。"还有呢？"

"还要有啊？"他又开始揪头发，"能给根烟不？"

我点上一根扔给他。

"仝所这烟不咋的，劲儿倒挺大。这一条不一定对，赌钱的时候听大家聊天，好像都在每月逢8的那天船才来。反正我两次去都是逢8。想想也对，8，发嘛。"

陈三狼吞虎咽地抽完了那根烟，还想再要。我对旁边的警员挥挥手，"把他带走。"

是否逢8才赌不知道，但6、7两个晚上我们埋伏在运河与小鬼汊连接地带，的确一条可疑的船只都没发现。他们会不会从飞马湖进小鬼汊？当然有可能，但我们没权力到别人的地盘上去执法。熬到晚上十点半，我让大家赶快回去休息，养好精神明晚再出动。18号了，有枣没枣都得认真打一竿。

跟老鳖约好了，晚上出工，划船进小鬼汊。划船更保险，动静小，不容易打草惊蛇，但缺点是慢，在眼前你也不一定追得到。傍晚时分下起雨，看架势一时半会儿停不下来，行动组最后商定，手摇船和机动船同时上，能用哪个用哪个。

整个行动组都出动了。三条船，其中一条主要放三艘摩托艇。我们停在可以用望远镜看清小鬼汊入口的隐蔽处，等时间慢慢往黑夜走。雨还在下，天地间都是水声。雨落在运河里，雨打在芦苇上，雨击打船舱。我们把船上的灯都灭掉，我看见老鳖在黑暗中掏出一只酒壶，拧开盖喝了一口。铁质的酒壶不知从哪里借来的光，温和地闪了一下。

前方侦查的兄弟报告说，有情况。我在望远镜里看见一条小船驶进了小鬼汊。一刻钟后，又有情况。再看，又一条船进去了。我让大家把家伙事都整利索，睡了一天，考验精神头儿的时候了。一共三艘小船进去。按前方的观察，三艘船来自不同方向。好，让他们再走一会儿。

半小时后，我们摸黑往小鬼汊靠近。老鳖和几个年轻的警员穿着雨衣划船。雨下得更大了，小鬼汊里风动芦荡，雨打苇叶，如同千万人在齐声低吼，每个人声音都不嘹亮，但和声却极为高亢，几声响雷滚进小鬼汊里，也会被风雨声淹没。我说，执行第二套方案，机动船，摩托艇，出发。

雨夜的小鬼汊的确比迷宫还凶险。我终于意识到老鳖这样的老把式的价值，他们能在迷宫里顺利穿行，真不是因为他们熟悉地形，芦苇荡大规模地摇动，整个小鬼汊似乎都在倾斜翻滚，没有任何一条路还是同一条路，他们辨别方向靠的是经验、直觉和本能。老鳖操纵着他的机动船，我们在往想象中的战场逼近。

有一阵子绕了很多弯，速度也慢下来。我凑到老鳖耳边喊：

"遇到麻烦了吗？我们得快点了。"

进来了就得争分夺秒。一旦他们发现了，钻到哪里躲起来，忙活一夜我们也找不到。

"跑不动，"老鳖也喊，"大伟他妈拽着船。"

我不知道该说什么。探照灯的光柱里大雨密集地连成了线，芦苇丛后头黑洞洞的。说实话，那种环境下，你跟我说芦苇荡里藏着十万头妖怪我也信。可知的世界只有光柱这么锥形的一片，我们仿佛被屏蔽在光柱和风雨声里。外面的世界消失了，一个更广大的世界抛弃了我们。我们正追随着跳动的光柱在沉重的黑暗里钻探。

老鳖左拐、左拐、左拐。他在画圈。

"她对我说的最后一句话是,"老鳖对我喊,"你得让大伟说上媳妇。咱儿子是个瘸子啊。"

我对老鳖说:"老哥,我们不会扔下别子不管的。"

老鳖开始右拐。满天都是看不见的雨。陈三说得没错,这样的天气,能在温暖的船舱里专注地赢钱,的确是件快活的事。我们的船头前开路,后面跟着另外一条船,两艘船的旁边,交错跑着三辆摩托艇。我们在向芦苇荡的中央逼近。

偶尔还是会绕圈。柴油机动力像个资深的哮喘病人,突然咳嗽几声就慢下来。我希望快一点,再快一点,越快越好。我坐到老鳖旁边,雨水顺着雨帽和袖口的边缘流到身上,风大雨急,我感觉不到冷。快一点,再快一点,着急得我冒火。我把裹在塑料袋中的烟拿出来,点上一根插到老鳖嘴上。我也点上一根,赶在雨水打湿它之前狠嘬几口。火灭了。我继续叼着,直到雨水被打烂,只剩下过滤嘴夹在我两唇之间。

在我的办案史上,从来没有哪次时间过得比这一次慢。我在风雨落到芦苇荡的巨大喧嚣声中,听见了秒针嘀嗒嘀嗒迟缓的脚步声。

听见摩托艇的声音之前,先看见一道狂舞的光柱,接着一辆摩托艇从黑暗里冲出来。骑摩托艇的人扭头看了一下我们,弯下腰加了油门冲进黑暗里。因为雨衣的帽子遮住了那人的大半个脸,我们都没看清他的长相。老鳖突然叫起来:

"大伟!大伟——"

按照事先的安排,出现突发状况,三辆摩托艇里的两辆先出击。两个兄弟从船两侧冲向前去。在他们摩托艇的灯光下,我看见了那人摩托艇屁股上画着一个杜蕾斯的商标。看不清脸,我也知道那人不是别子。副所长拍了一下我的肩膀,他也知道是怎么回事了。

我一把抓住老鳖的胳膊,大声对他喊:"老哥,别子是个好兄弟!别子好样的！"

  这个晚上老鳖头一次扭头看我的脸，看了得有三秒。然后转向前方，从怀里摸出铁皮酒壶，一手攥着，只用右手的拇指和食指拧开壶盖，咕咚灌了两口。少陵醉。酒壶塞回兜里，船速猛地加快了。

  现场不必描述了，乒乒乓乓的事。我说的不是枪声阵阵、枪来枪往，没那么多枪。我们的枪管得严，我的原则也是能不用就不用。他们竟然有两支改装的猎枪，好在我们预料到了。单非法持枪这一条，就够那赌船老板蹲几年的了。老板姓邓，住飞马湖对岸，被摁倒在船头还嘴犟，大喊大叫他不是鹤顶人，不归我管。我跟他说，船没进小鬼汊，不归我管，进来了就是我的菜。

  总得有一番打斗，打斗都差不多。真要好好感谢我这帮弟兄，平常训练时的血汗没白流。上了船三下五除二就把姓邓的招募的三个打手给放倒了。那三个乡村二流子，靠人高马大能唬人混饭吃，动起手来都是糠心萝卜。两个接送赌客的船夫，你大喝一声他们就老老实实靠一边站，他们知道自己不过是姓邓的临时找来的搬运工，犯不着跟我们对着干。倒是有个船夫见钱不要命，隔壁镇上的一个赌客趁乱跳上他的船，出价一千块，让他带着逃命。船跑出去没半里路，就被所里的一个兄弟骑摩托艇押回来了。

  跑得最远的就是骑别子摩托艇的那个。他是个放哨的，所以最先发现我们。看见我们他就去给赌船报信，油门加到了底，离赌船老远就开始喊狼来了狼来了。但那夜里雨实在太大，声音出不去，本该守在船头把风的打手进船舱里了。船舱的窗户遮得严严实实，从外头看不见一丝光。那条船就像建在芦苇荡里的一间黑黢黢的房子。舱里头一定赌得热火朝天，没人听见"狼来了"。等我们踹开门喊了不许动，一群人在乌烟瘴气的船舱里完全没回过神来。等姓邓的和三个打手想起去拿改装的猎枪，已经腾不开手了。兄弟们的拳头和手铐已经到了他们面前。

  骑别子摩托艇的那人绕着赌船转了两个大圈，一直喊，见船上没反应，干脆一个人先溜了。后来提审时，这家伙还抱怨，他花了那么大的力气喊，居然没人搭理。我跟他说，没人搭理太正常了，着急忙慌的，你那声音完全乱了章法，听上去真不像人发出来的，使的劲儿越大，发出的声音越小。那天夜里他转了两圈就想溜，一个骑摩托艇的兄弟跟在后头就追。这一带地形那小子挺熟悉，但他真是慌了，天又黑，还有兜头的大雨，在芦苇荡里绕来绕去就把自己绕晕了，眼看着眼前有条宽阔的水道，再加速，一头撞到老鳖的船上。老鳖把他的船横在路头。那小子斜着飞上了夜空，然后像颗炮弹一样栽进了水里。等他从水里钻出来，老鳖的手电灯光罩住了他，老鳖大喊：

"我儿子呢？"

"你儿子？"那小子把一头一脸的淤泥往下抹，"你儿子是谁？"

"我儿子别大伟！"

"别大伟是谁？"

老鳖把船靠近摩托艇，给它熄了火，从水里拖到了船上。他拍着摩托艇的车座厉声说："他！"

"你说的是他啊，"那小子从水里站起来，露出脖子以上部分，"一个多月前，有天晚上他跟踪我到了这里，被哥几个给放倒了。一棍，"他站在黑暗的雨夜里对着自己的后脑勺比画了一下，"就这么一棍。一铁棍。那棍重二十多斤呢。"

手电筒的灯光在老鳖手里抖起来，某一个瞬间照亮了他的脸。

"你不是那个，老鳖么？"那小子激动地叫起来，"你不是给我们邓老板送客人的吗？你怎么当了叛徒？你收了钱还吃里扒外！"他喘口气，好像突然醒悟过来，"你儿子竟然是个警察！要知道那狗日的是你儿子——那也不行，不解决他我们都得进去。"

"解决了别子，你在里面会待得更久。"提审时，我走到那小子跟前，劈头盖脸先给了他两记耳光，眼泪跟着就下来了。"第一下，"我说，"是为我一个兄弟；第二下，是为我一个老哥。"

在小鬼汉里地毯式搜索了两天，终于找到别子。他已经给鱼和鸟和细菌吃得不成样子。下葬时，经老鳖同意，我们把画着杜蕾斯商标的摩托艇也埋进了土里。

（原载于《收获》2021年第3期）

作者简介：

徐则臣，作家，著有《北上》《耶路撒冷》《王城如海》《跑步穿过中关村》《北京西郊故事集》等，曾获茅盾文学奖、鲁迅文学奖、老舍文学奖、冯牧文学奖、华语文学传媒大奖等奖项。

灵异者及其友人

鲁　敏

又有朋友跟我说起了小神仙，第几次了？得有十回了我想。小神仙，你肯定也听说过，大概每一个基数单位的人群里，比方说，两万人左右吧，就会有这么一位，也有的叫大师、巫婆、预言者，类似的。人们总会在口耳相传中，交换他（她）的各种灵验案例。你们当中的那个是什么名号？我们这个叫千容，据说是朋友圈昵称，就都这样叫开来，虽然大部分人并没有加她为好友的运气。

"听名字是个女的？"虚假地，显示我对她一无所知，以听到更为详尽的其人其事。

"哦！你！"朋友满意地摇头，"居然都不知道，真正的小神仙哎。"显出蓬勃的讲演欲。她学工艺设计的，在新西兰念过一年研究生。她一直对这些感兴趣，并且强调，外国大学或机构里，专门研究转世记忆、巫术原理、灵异事件的，多着呢，也算人类学的一个小切口。

"多大了？长得好看吗？"

"哦！"这回是责怪地摇头。对一个神仙，怎么能关切她是否漂亮呢？

但朋友还是迁就了我，认真想了想，像回忆一个太过熟悉的老友："以前很苗条，结婚生小孩后胖了点，胖点更好看。"

"结婚了，都。生小孩了，都。"我喃喃重复。也一样的程序啊。婚姻、工作、学区房、车牌摇号、婆媳相处、双语幼儿园。她会比平常人笃定和幸运吧，最起码会很顺利。

"她前面还离过一次婚呢。"朋友也若有所思，语调随即上扬，"预言者从来都不算自己的。见过理发师自己剃头吗，医生自个儿开刀吗，送葬人自己入殓吗？再说，也许她命里头，就该着离一两次婚的。"

"也是也是。你接着讲。"懊恼不该打岔。纯粹的"信"，会使讲述更加动人。就前面若干次听闻千容的经验来看，有讲得特别投入的，双目圆睁起来，听得我汗毛为之倒竖，十分痛快。也有一边讲，一边哂笑着自嘲或解构，这就十分的不好玩了。

其时，我们正从屋里走到南阳台，正事已经谈完，随意寒暄到花花草草。朋友窗台上一溜排装置般的草木，配有山石沙地，皆极为袖珍，没一个大过巴掌的，品种我一个也叫不上来。"你可真讲究，我只会水培绿萝，那玩意儿好伺候，从桌子爬到空调，从空调顺着晾衣架，能把半片窗户都绕得绿油油一大圈。也挺热闹。"我其实带点自夸。

"你绿萝下面的水里，有鱼没？"朋友打断，语气像抓住什么要害。

"鱼？"从没想过，能惦记着换换水就不错了。

"绿萝还好，要别的爬藤类，可不能养在屋子里。那个，最是吸人精气。所以要放点活物，回去买几条小金鱼丢进去吧，游来游去的就好了。真的，千容说过。"她就是这样说起千容的。

为了进一步奉劝，她随即神色凝重地讲到她一个朋友。律师，自己开事务所，精干得不得了，以前专门做经济案子，这几年迷上传统文化，也顺带做些版权保护之类。有天，她正跟一位书法家在事务所谈事情，书法家途中接个手机，谁的呢，就是千容的。千容一通手机，马上就对书法家说，哎哟，你现在待的地方不大好啊，赶紧的，叫你身边那位朋友，把房间里的大株植物统统都移走。一株不留，快快地。可惜了可惜。

我显得愚蠢地摇头："这可怎么讲呢。不都说植物净化空气嘛，人与自然的和谐。"

"我那律师朋友跟你想法一样。再说，隔个电话，都不认识，平白无故的，可惜个啥，她可什么都好得很。听之不理。好了，两个月后，查出乳腺癌，晚期。赶紧地再求教千容，千容也是老实，说她并没有办法解救或挽回，她只是可以'看到'必将发生之事。至于爬藤，是她看到事情的一个通道或信号，爬藤与病症是关联的。我那律师朋友现在胸前空空，装了逼真的义乳也没用，还是得了抑郁症，成天地瞅人不注意，要扒窗户往外跳。"

"千容，她替你看过什么吗？"我听她谈起千容的口气，很是随意。

"哦，我还不认识她呢。"朋友扭开头。"那你怎么说她胖点儿好看？"
"我是一直觉得吧，女人，还是稍微胖点耐看。反正我从此就不再养大株植物，体质本来就寒，再给吸了气，还了得。小盆景也好的，你凑近点，定住了往深里看，有点日式小庭院的意思吧。"

最早听到千容的神异预言，是一桩好姻缘，十多年前了。也是听一个朋友所说。朋友是个泛指，但也对，大家每天出门，碰上的、彼此说话的，不都是朋友吗？这个朋友，跟千容是真的认识，故而讲得要详细些。

千容啊，她有一双好唇，圆圆的，微嘟。她喜欢松松地扭一根辫子，系一条复古的艳绿色丝带，拖过来搭在一侧肩膀上，搞得小年轻们挺爱慕呢。可一听说她有那本事，喵，全跑了。你想，谁能接受枕边躺个巫婆啊。其实她挺能干的，一直在外头自己做事，给各处的网站做客服外包、旅行社、培训班、连锁酒店、小剧场、茶庄，什么活儿都接。嫁第一次人的时候，辞了工回家。离了就又出来做。再嫁，就又回家，专心备孕带小孩，算是贤惠型的吧。

那她帮人看这看那的，收费吗？才不，从不，连谢礼都不要。千容也从不有意地拿腔拿调，给人家看个高考或大买卖什么的。我感觉着，她做这事是要有灵感的，碰巧看到了、晓得了，就自然会告诉对方。硬赶着问，似乎不成。

她替你看过啥呢。记得我当时多次追问，朋友也是多次地避而不答，反倒更紧地抿起嘴巴，似乎哪里牙齿里漏一道风，也会走漏命运的信息。碍于我们的交情，她会略作解释。这么跟你说吧，你在外面按摩过吧——打个不恰当的比方，跟那个一样的。她按得我哪里痛、哪里酸，只我自己才有数。讲给你也是白讲，你听不出窍门的。

她倒是愿意讲讲别人的事。下面是她说的，那桩姻缘——

我有位朋友，算是老师兄，1986届的复旦中文系，出名的书痴书疯子，出来后分到古籍社，一头扎进去，万事不管，慢慢做成古书上的头块牌子。他太太呢，研究宋词，比他还要呆上十倍，从不社交，只给学生上课，可她的讲义，整理出来，卖得很好，也是著名学者了。他们有个宝贝儿子，不负书香子弟之谓，一门心思专攻古代戏曲研究，也是三记大棍敲不出一个闷屁。有什么与众不同吗？哦，他特别耐寒，一件厚衬衣就能过冬。千容不知是什么场合见到这孩子一回，远远看了一眼，便对我那老师兄断言道，你家公子啊，27岁上结婚，会娶个演员，小演员，不是太红。

师兄掰开指头数数，儿子那时已虚岁二十七了，时至年底，他生日是5月，满打满算也就还有半年，他连初恋都不曾有过，就能结婚？再说，演艺圈，怎么可能！他们全家人就是分三批次绕地球跑上一圈，也遇不上那个圈子的呀。不用说，师兄跟我们转述时，口气是大大地发笑的，也带点骄傲。

千容不可能看错。半个月后，我这师兄被邀参加地产公司的一个年度庆典，这家地产公司的所有楼书，都喜欢做成线装古籍的样子，摘引起文乎乎的断篇，跟社里算是有些合作，这且不讲。碰巧那几天师兄患上风寒感冒，西药汤剂齐下，也不见效果，只落得个昏昏欲睡，不敢开车，便让儿子接送他往返。地产界都是活络的人，哪里肯让他公子回家呢，留下来一起参加庆典吧。而这庆典上的蓝色水钻短礼服的主持人，便是他儿子当晚将一见钟情的明日娇妻。

确实是小演员，排不上号的过路角色，三四集之后就不知所终，是热闹娱乐圈的寂寥人。可能正因为如此，他们互相感知并爱慕了。当晚所有能同时看到他们两个的人，都会看出来，有爱降临了，端庄庞大，空气都在颤动。独我那师兄后知后觉，他被安排在主桌，因药物缘故，总是倦眼蒙眬，只靠拼命喝水提神。晚宴过后的回家路上，他从一上车就开始让儿子找公厕要撒尿。直到他第二回放空膀胱，坐到车上，猛然发现，后排坐着一个亮闪闪的蓝衣少女。他惊骇地询问驾驶室里同样脸颊带光的儿子，后座传来细丝丝但毫无怯意的抢答：我是他女朋友，可以叫你爸爸吗。

三个月后，他们在民政局排起短短的队伍，怀揣旁若无人的甜蜜。

这朋友的讲述大头小尾，把老师兄夫妇介绍得挺详细，对新人的终身之定只草草带过。但在当时听来，反显得更加可信。毕竟，一对年轻人，如何结识，如何闪电相爱，并不重要，比这更离奇的姻缘可有的是。厉害之处在于千容，是真的提前知道，她"掐"出来了呀。我都能够想象到，那一对老书虫夫妇，面对这戏剧化的飞来横喜，回想千容半年前的预言，会是什么反应呀。跌落海底，还是升入高天，就此修正笃行大半生的辩证唯物主义吗？

那个时候我就有点动心了。我想，得结识千容，让她也给我看看。当时我正好陷入一段荒谬的恋爱，是一个诗歌论坛上的宿敌，我们观点相异、势不两立，总是鼓捣着各自的队伍大吵，有一天被坛主拉着，在线下结识，并……强烈地互相吸引。他太年轻，一无所有，脾气很暴，所有理性可及的现实主义条目，都不符合婚配中最起码的杠杠。我对他而言，恐怕也一样。我们像拙劣的对子，明显不工整不对仗。可是，激情又像大江大海似的在奔涌啊。

我这情况，不是比她师兄的儿子那根本无影无踪的缘分有更多线索吗？假如千容也能远远地看我一眼，肯定就会提前"看到"，我这场恋爱到底有没有结果了。然后给个暗示也行啊，是否要继续纠缠和犹疑下去。我这人从小被家里教育得，对"珍惜时间"很有执念，替自己想，也替别人想着，别瞎耽误工夫。而搞恋爱，免不了要看苦月亮，没完没了地谈话，幻想或辩论将来的可能性。多浪费时间啊，等于慢性自杀或谋财害命，鲁迅先生都这样说的呀。当时我真太急于解决此事了。

可我没有吭声。我这位朋友是因为别的事情认识千容的。就算认识了，她也从来不问千容任何事情，只等千容无意中看到了，才会得到忠告。总之，要结识到千容，并得到其指教，这简直比恋爱本身还要微妙，连介绍认识都不被允许的——因为你先自就存着主动的想法。而千容的天眼，得在全然"空无目的"的状态下，才会开，其预言才有如神算。

这些，都是我这个老朋友很早就警告过我的。确实，我完全同意。命啊，多么玄虚，哪能那么容易识破呢？故我始终压制着请她引见的渴求，只茫然等待"无意中"结识千容。

好在我总还是能继续听朋友讲到千容。

那之后隔了大概有三年吧，有天我在街上拐进一家假发店——我想剪掉长发，那瞧上去太温顺了，又土。换个爆炸头可以？得找一顶类似的假发试试，看是否合适——带着伪装的购买意愿，一看二问三试，在导购员的帮助下，终于套上了一顶80年代港味的满头细卷，正对着镜子照前照后，突然感到有人使劲拧了一把我的大腿。什么情况，有这么笨拙的性骚扰吗？我忍痛扭头寻觅，那家伙影子一晃，已出了店门，却隔着透明橱窗跟我直招手。眯眼一瞧，认出来，老朋友啊，毕业那年，我们在同一家报社实习过，当时处得很好。

她仍在招手，幅度更大，是叫我出去的意思。我只得匆匆又照了几眼镜中的自己，确定了我跟这种发型是不相宜的，摇摇头放下假发就出来。

"好好讲不行啊，拧得我，恐怕腿上都青了。"我亲热地抱怨。多年不见，正好斜对过有家西点坊，进去要了两个甜品。

"我不好讲的，怕店员打我。镜子！假发店的镜子，是千万不能照的。"

"镜子？"我盯着她，几年不见，她脸上跟我一样，留下了时间的印痕，可以看到一连串跌爬过去的障碍与栏杆。做过人流。还在换工作。三人合租并且是最小的那间。开了双眼皮但很不自然。与最近一个男朋友分手了。

"知道什么人买假发最多吗？除了一小部分爱臭美的，大部分都是各种原因秃顶的，或者做化疗的。"她用明显偏见的口气，"外头的镜子，真不能随便照。对你不好。"

我没吭声。谁有资格嫌弃谁啊?她以前可不这样,当年在报社,我们被版面编辑派着,跟一家国企跑戒毒所,拍中秋节送温暖的照片,她还拼命争取着,要给照片里的戒毒人员打马赛克。

"这并不是我本人的认识论。"她看出来我的态度,立即补充,"也是听以前公司的一个副总讲的。他认识一个,怎么讲呢,巫婆吧可以这么说,懂这方面的门道。关于镜子,讲究可多了。"

"叫什么?"嘴唇沾了一大块奶油,不及拭去。我有预感。

"千容。反正我听他们都这样叫她。"朋友面带敬意,压低声音。多么熟悉的腔调啊,我心里也立即升起了那股子熟悉的贪婪感。

店里进来一对搞早恋的学生党,挨得很近共同挖舀一桶冰淇淋。这毫不影响我们的交谈。

"千容对镜子特别有研究。她有次跟着一帮人到我那位副总家里玩,他爱收老玩意儿,旧铁壶旧烛台旧花瓶什么的,啥都捡回家。老婆早已离婚,儿子在澳大利亚留学,所以甩开膀子来,到处瞎收,家里堆得满地。这可好,那千容一进门,脸色就变了,副总又跟她不熟,问怎么了,哪里不舒服。她只说需要歇一下,也不跟众人四处看东西,只在沙发上喝烫茶,一杯接一杯。等到聚会散了,她却磨蹭着留下一步,私下问副总,你是不是收了什么老镜子?镜子,没有啊。副总想半天。哦哦,有个带镜子的老梳妆台,算吗?有点残破,我放在楼上小阁楼里了。

"千容点头。你这镜子,起码三个女人死在里面。一个是小脚,她抽烟袋,脖子挂一长串珠子,穿得倒是气派,就是老得不成样子。再一个,又小得不成样子,都没照到二十岁,白衣黑裙的学生样。镜子里照到她最后出门那天,手里还挺神气地举着小标语。还有一个,镜子里模糊些,但一看是见过世面的样子,经常关起门在家对镜子穿各种洋装,出门却换上灰蓝工装。有天被拉出去开会,回来一照,头发被剃掉一半。然后就开了柜子把所有洋装统统剪碎,然后系上绳子把自己吊起。千容逐一地说,好像面前有本影集,她在翻看那三个女人。

"你想那位副总,搞收藏的嘛,倒是乐坏了。你刚才说的长珠子,是不是朝珠啊,那没准是个诰命夫人呢,她后面的女学生,搞运动的吧,时间对得上。嗨,这可是捡着了!我收来时一个角被砍,破相了,价格很便宜。走,带你上楼近了瞧瞧,你要能看出来那老太太身上衣服的纹样,我就能推出来,她大概是几品……男人啊,也真是心大,也不想想,千容一进门,可是给镜子里三个女人给惊着的呀。千容又捧起茶杯来喝,呷了一口,凉了,换上滚烫的,喝那烫茶。不了,她不要看。她只是说,这老镜子啊,孤单了,还是要喊个女人来照。你家要有个女人了。副总想着,这是暗示他会再婚,无所谓地大笑。他为人有趣,确实也有一二亲密女友,这事儿,还用老镜子来呼唤吗?"

朋友讲到这里,定睛瞧我,我也瞧她,足够的停顿过去,她吁一口气:"过了没两个月,副总的儿子从澳大利亚回来,已做完变性手术,上面下面,相关的器官各有增减。退掉两年的学费做的,还加上两年打工所赚,还借了一点点钱,总之是没要老爹出钱。能说什么呢,副总于是把老梳妆台送给变成女儿的儿子了。"

挺叫人唏嘘的,可得承认,听着很满足,千容从来不会让我失望。

朋友用小叉子戳起最后一口甜品:"千容说,每个人就最好用自己的镜子。镜子啊,特别能藏,所有照过的那些人,不管死的活的,魂魄精气都留在里面,时间久了,就要出来人间瞧瞧转转,可能啥事不碍,也可能要闹一闹,兴风作浪的。所以,你推推这个道理,假发店镜子里藏着的,可全是焦虑症忧郁症工作狂绝症之类的呀。"

她后面的说法有些生硬,算是她的创造性发挥,但无论如何,这显示了她对我的关切。能有人关切,多好。我当即郑重点头:再也不照假发店的镜子了。其实我心里更高兴的是,又听到千容了,她还在我的朋友们口中流传,总在为朋友、朋友的朋友们显现出她的灵异之力。这不能不让我重燃某种希冀,也许,我正在以不可知的弯弯绕的轨道向着她那个方向缓慢靠近,并将在某日,达成"不期然"的相遇。

不过当时,那场令我纠结无比的激情恋爱,早已安然作古,无疾而终还是恶病发作,都想不起来了。但我对千容的向往依然强烈,因我正陷身一个更难的抉择——对，在考虑换工作，有一个很不错的机会，但不是简单的跳槽涨薪，是完全的连根拔起，到一个偏远的北方城市。北方，对我到底意味着什么呢，面食、干燥、儿化音、暖气。当然不止这些，甚至不是这些。橘生淮南则为橘，生于淮北则为枳。连橘子都会变种，何况人呢？心里可真是不踏实，午夜梦醒，想到故土难离，远地未卜，实在辗转难安。

"你呢，现在咋样？"久别重逢，必然会聊到这一步。她刚刚说了她的情况，跟我第一眼从她脸上看到的信息差不多。于是我也说了我的，这不丢人，谁不是一串瞎扑腾总摔跤的冰糖葫芦，尤其说到我南北之移的为难，顺便想听听她的意见。我又问店员要了两杯饮料。

朋友直摇头："我能有啥见识。要有千容替你看看就好了。她可不光懂镜子。"那对学生情侣走了，又来了一对可能刚刚吵完架的母女，她们仇怨地彼此错开视线，要了不同口味的大杯奶茶，分得较远地默然坐下。朋友过渡性地观察了一会儿她们，又讲起千容的另一个故事。

是那位爱收旧玩意儿的副总讲的。不用说，儿子变性之后，他成了千容的铁杆追随者，四处搜集和传颂她的预言故事。为了减少转述中的损耗，我把朋友的这一层转述去掉，好比是直接听那位副总讲吧。

"千容可看得远了，前因后果，三生三世。生人就不讲了，讲了你们也对不上号。就讲带她来我家的那位朋友吧，我起先就是找他打听的。他做药材生意，天南海北地跑深山老林，收各种草木藤根，回头加工一番，就成了名贵中药材，赚得可狠。他有时在乡下看到老家什老物件，三文两文也替我收了带回来。我们也算是铁交情。见我打听千容，他马上就端正身子，抹一把脸，用眼睛盯着窗外。我也跟他盯着窗外，外面空空的呀。盯了一会儿，他才说，还记得我媳妇不？能不记得嘛。那可是个标致人，陕北妹子，做一手好吃食，我因为孤家寡人，常去他家蹭饭。

"可他媳妇后来不见了，挺突然的。那一回，我听闻他长途收货回来，便像从前一样，拎着几包熟食，径直踩着饭点过去。一见门却发现家里冷锅冷灶，四壁颓然，黑灯冷影里，我兄弟一人枯坐着呢。大半月没见，瘦缩了一圈。怎么回事啊这？我咋呼着，开了各处的灯，唤找他媳妇出来收拾吃食。这四处一转,发现他家里跟地震了似的,墙上画,案上瓶,地上凳,房里床,各样东西或是移了位,或是颠了倒,都瞧着不顺了。关键是,少了一个大活人呀。他媳妇人呢。好在也算熟门熟路,我到厨房找出碗碟筷子,又翻出上次没喝完的老酒,摆好,拉小兄弟坐下。他压着胡子连喝几口,才缓过劲,从嗓子里拖出一团湿棉絮来:我没去山里收货。就在家里,花了半个月,好不容易才把她给赶走了。

"这是什么话呀。我惊得酒都洒了半盅。他又连喝几杯,我强夹给他几片猪耳朵,让他慢慢说。他却又什么也不肯说了,只管摇头。反正打那以后,我就再没见过他媳妇儿。算算也是三年前的事了,要不是他这会儿自己提起,这谜底恐怕还一直不会揭开。既然,你还记得我媳妇,又问起千容,该着的,我是可以讲了。再保密下去也没意义了。他看着窗外跟我讲。

"起先是病,他媳妇患上疑难女症,有大半年了,下红淋漓不止,四处求看,药汤喝下去能有半条河,仍是只见重不转好。虽说不是立时三刻致命,但恁是多强壮的身子,也经不住这样的流泻。有天他在小区里烦恼地瞎转,脚上踢到一只野猫,全身通黑,一对绿荧荧眼眸,喵呜嚷他一声。他不管,继续闷头走,哪晓得小东西竟窜到前头,绕在脚前不去。他想起媳妇一直好猫,身上常年揣着鸡肉肠,院子里的野猫她认得十有八九。可能这一只,也是她一向喂熟的呢,他心里一软,慢下步子。黑猫真跟带路似的,一步两回头,带着他曲曲折折地走。不过,这就是小区嘛,还能走到哪里,走到头就是西侧门,侧门外就是水果铺子。黑猫把我兄弟给带到水果铺子,绿眼睛一眯,就跑不见了。行,都到这儿了,那就,称一把香蕉、买五斤苹果呗。他挑拣起水果。

"'你呀,恐怕得买梨子,回家跟你媳妇分着吃。'他刚要付钱,给人拦下了,让他换成梨子。是个不认识的女人,也是买水果的,一边挑她的桃子,一边瞅我兄弟的脸色。她把他拉到边上,两句话切中要害,全是媳妇的内中症候,然后不轻不重地指点了几句:'她不能跟你一起待家里了,要往西南方向,一千公里,在那边正经住下来,调理半年。'我能同去吗?不行,你得老死此地。并且你还要回去,把家里的东西,如此这般地做一番颠倒与挪移——那便是我当时去他家所看到的局面。当时连他自己也觉得此事太过离奇，所以不肯跟我细讲，怕万一不灵，反落个大笑话。

"他给我讲到这里，吁一口气，把眼光从窗外转到我脸上。是灵的。他媳妇一到西南某小城，一个星期不到，身上就清爽了，两个月下来，肉长回来了，脸上又有颜色了，等住到半年，月事恢复正常，发来的照片，简直大姑娘似的。这当中，一有媳妇好转的消息，小兄弟便千恩万谢地向那水果摊上偶遇的女人报告。他跟千容从那时起，就算是有了交道。可千容总是半点喜色也无，也不要他的谢谢，只说不要恨她便好。你们想想这话啥意思？我这时其实也回过来神了，对啊，这都过去了三年了，他媳妇身子是早就好了，可人也回不来了，身子和心皆已生根在西南边了。连这个，千容也是知道的，或者说，她真正所提前预知的，就是他媳妇在西南边的另有归属。所谓病症的调治与家具的颠倒，不过是一种过渡与形式。他跟我回顾到这里，平静地补充道，怎么可能气恨千容，服气还来不及呢，到底是救了媳妇儿一命。是恩人。"

朋友转述了她从副总那里听说的，他那位小兄弟千里逐妻的救命之事，然后跟我总结道："看，千容就能知道，这人，跟哪里哪里的水土，是合的。合才能养人、才能安人，也才能久居。可惜我离开那公司久了，跟那帮子人来往少了。要不要我试试看，这位副总人挺热心，叫他替你跟千容拉个线？你这毕竟，也是大事啊。"

我心里一动，还是忍着，摇头谢绝了。并带着一丝丝优越感想着，她也是只知其一不知其二啊。怎么能主动去结识千容呢？要也能有只全身黑的绿眼睛野猫给我带路还差不多。

不过人的想法会变。尤其最近这几年，这事那事的一层层覆盖，每到难处险处跌跤处，便多次为当时的拒绝而感到懊悔。她都那样说了，就嘴边上的事，我点个头就行的呀，那现在又何至于这样，凌乱中抓瞎。痛中反思，我在心里反复给自己叮嘱，假若再能听到"千容"二字，别再一根筋了。世界上哪有什么纯粹"不期而至"的相遇，还是得努力，得事在人为吧。

好在千容毕竟是大家的，月亮或星星一样，或是这里那里升起，或是这里那里闪烁。那天我带果果去打针，就又听说到她。果果，对，是我胖儿子，两岁了，那周该着打乙脑疫苗。

那两年，我有几样事，是串在一起发生的。当时我差不多已决定去北方了，还有些细节想去人社局打听一下，同学群里有人说，有位高一级的校友应当在那里做事，几个话头一挡，便联系上，原来是他呀，我们都在校广播站干过。他颇热情，替我考虑到伴侣跟随政策、购房、医保接续、人才流动等各种政策细节，连两地工资水平，甚至未来的养老金发放标准等都打听到了。前后有一个月，他带着我东跑前跑。有天正好碰到大雨，我们给困在一家小面店，对着桌上只有残汤与菜叶的大碗，他突然开起玩笑，说在校广播站的"共事"，他那时还暗恋过我呢。

玩笑还是真话？但这话，能说出口来，就是个意思与信号吧。再说我真挺谢谢他的，那一阵子，我是太飘忽了，抓个浮枝都能当铁锚的。当晚就跟着去了他的住处。他跟我讲了他突然逃婚的前女友，语气甚是悲凉，这让我意识到，他还没走出那一段儿。随后，我继续准备有关调动的琐事，同时等待北方那个城市的各种回复，一边麻木地继续与他同睡，不顾前路。

然后就发现自己开始呕吐。两人都太粗心了，准确地说，是对自己和彼此都浑不在乎。那怎么弄呢？沉默地看了一会儿验孕棒上的两道杠，他斟字酌句：要是你舍不得打掉，就别去北方了。我心里一块石头轰隆隆滚落，突然放松了，这个宝宝就算是留我这里的吧。至于跟什么人结婚，也没那么重要。总之，就那两个月，去留问题、婚姻问题连带着怀孕一并解决了。

果果打疫苗有个特点，人多必然长号大哭，人少则软绵绵哼唧，若只母子二人面对医生，说不定还笑嘻嘻。所以我尽可能地磨蹭着，很不积极地排队。然后就发现，有一位妈妈，似乎跟我是一样的想法，我们像两个"慢车比赛"选手，只等着大批的哭闹主力军过去。无聊之中，两个孩子在我们手边就近玩了起来，无法，我们也只能相就着一起打发时间。而这种两个妈妈抱着孩子在疫苗接种区的聊天，恐怕是世上最乏味，也是最奔放的聊天，三分钟之内，就能从小孩一天大便几次到乳房缩小与下垂程度，聊到盆底肌恢复情况以及是否漏尿等隐私话题。

"你知道人类平均每年应当做多少次爱吗？"瞥了一眼正彼此吐泡泡与口水的孩子，园园妈妈突然抛出这个问题，我一怔，还真没想过。她马上灵活地从微信收藏夹调出一篇公众号，伸手到我眼前，标题上就有显示：104次。

"园园爸爸是达标了，他一直在外面乱搞。要是什么有情有义的小三，那也还能讲得通。可是他，全是刷的约炮软件。"明白了，怪不得她眉目间总有点忧色，讲起性的话题来好像别有一种亢奋，"可笑就可笑在，这还是千容跟我说的。"她很随意地提到千容。我不敢相信，可能是名字相近的人名？

"谁？你朋友吗？"

"才不是，公司网站的客服。你想，连个外包客服都能看出来，说明我这是呆到什么程度，说不定办公室所有同事都知道了。我就说呢，他跟我，连人类平均次数的十分之一都没有，另外十分之九，全都在外头哪。"她露出这种情况下常见的怨愤。想到以前听说千容是做客服的，看来应当就是她。我露出愿闻其详的同情之情，心里不敢惊动地轻声喟叹。来了，千容又出现了。不过，听说她再次结婚后，好像不工作了呀。

相对我以前听到的千容故事，尤其是讲述者那种有意的起承转合，节奏和因果上的拿捏，园园妈妈这个就显得太过平常了。她只是因为在公司里负责跟网站客服对接，所以两人打交道比较多。你们见过吗？没有，她客服呀，就微信上聊聊的。园园妈妈显然把千容看成一个有点多嘴的八卦婆，从别的某处听说，按捺不住，告诉了她而已。

园园妈妈兀自沉浸在她的痛苦中："关键两边老人都很烦，几个老家伙一条心，整天盯着我要二胎，说既然政策放开了，当然得用足啊，正好换个品种，要个女孩。以为这是点菜吗？点什么就有什么。关键是，没有人给我撒种啊。我都三十五了，高龄产妇了。"她的忧虑显然还包括生育。

"你，听听千容怎么讲呢？"我想把话题往千容身上引，她只是一带而过。

"她能知道什么，自己也是个单身妈妈呢，搞得一塌糊涂。"虽然我知道卜者不自占的道理，可她的口气让我很是不安，"不过，你这一说，我想起来了，"园园妈妈沉吟道，"她当时跟我讲了两个消息，一个是园园爸爸的事。还有一个是讲我，说能看到我后面有一条大河。说大河主富贵，我过几年就要发大财了。你说怎么可能呢，就这指甲盖大的微信头像，她还能看出条大河来？真要能发大财。妈的我这家里一样不拿，连手机都不要。"她作势要把须臾不可分的手机都扔掉，表示弃绝之烈，"带上园园就走，我也找男人去，一年搞104次。"她使劲儿地笑，苦中作乐、绝无可能地笑。

我颇为羡慕地看着她。我知道，千容"看到"的肯定能成真，她多么有福啊，眼下这根本不算个什么。可她，也太不拿千容当回事了，实在叫我看不下去。膀子里两个小孩不知啥时都睡着了，打针的队伍还是臃肿着，保姆、爷爷、爸爸、外婆、小姨，一个小孩起码两个大人跟着。我们两对母子倒像一个小小的岛屿。我突然一阵冲动。

"你啊，是真不晓得千容？她可是顶顶出名的小神仙哪。"我把果果在手里换一边胳膊，把从前打各个朋友那里听到的案例全都讲了一通。可能有些地方比较含糊，或转折过于凶猛，毕竟时间久了，记不清，得边想边说。即便如此，我满意地看到，她把她儿子也换了一边胳膊，向我这里靠得更紧，梦魇似的，眼皮半睁，眼珠快速转动。她这模样加剧了我转述的愉悦程度，也增添了我转述中的华彩，我甚至编造了些更有趣的细节。比如，对那个在澳大利亚变性的孩子，千容甚至从镜子里看到了她（他）回国后初次揽镜自照的模样：一套红蓝条纹的连身工装女裤，唇膏和眼影都是银色的。诸如此类。这并没有改变事情的本质，不是吗？

偶尔的，在停下来喝水时，我一闪念中也会想到，以前听朋友们讲述时，我也是这样迷醉的梦魇之状吗，而她们，也同样的，会不由自主地添油加醋吗？但我咕咚咕咚地喝水，并把这样的念头一并咽下。不管这些，毕竟，这个过程太有成就感了，我简直把园园妈妈给换了一个人。

她的样子慢慢恭敬和拘谨起来，在我提到千容时，会小声跟一句，我们该叫千容大师吧。但对我，反倒有点倨傲和防备了。她现在也知道了，不日，她将要大富贵了，哪怕就是三年五载之后，那依然是显见之事，必将到来的呀。

"介绍我认识一下千容吧。"我直截了当地说。铺垫得够多了，也许太多了。打针的队伍已到尾部，再过半小时，上午的门诊都要结束了。

"这个，她又不是我朋友，只是外包客服呀。对客服这一块，我们公司有规定，我不好私下里……"她支吾着，好像千容反过来成了她必须尽力维护的什么宝藏，当然，她也有点不好意思，伸手到包里乱翻，又慌张地摇怀里的儿子，想喊醒他，"这样，我给你指个路子，你呢，就直接到我们公司网站下面去留言，反映问题，客服就会出来跟你沟通的。千容，不，千容大师就跟你直接会话了……"她一扭腰抱着儿子站起来，快步往队伍后面走去。

"你什么公司啊？"我也一把抱起果果，腿都差点一软，不依不饶地也挨着她排上去。

"弗兰卡厨具，华东大区。"她匆匆作答，拿出她的号码条，跟前面两个人说了什么，一下子就插到最前面，刚好里面有两个老人合抱着一个哭得直打挺的娃娃出来，她便一大步挤将进去了。

谁叫我跟园园妈妈只是这种偶然的闲聊关系呢，就是刚刚谈过乳房下垂和性交频率又怎么样。我也没太伤心。只在心里默念那个厨具品牌，有些不情愿地想着，真去售后客服那边留言吗，或者当真给家里换一套整体水槽？这是合理程度的努力吗，还是有点过头。关键是我不太喜欢售后客服这个背景，千容那是在工作之中吧，总觉得氛围不对。

可惜刚才没问清楚，千容是真的又离婚了吗，她过得不怎么样吗，她就不能找另一个小神仙（同行之间也会有联系的吧）给她自己也把一把不好吗？我拉拉杂杂地想着，心里倒替她感到有些纷乱不安。我自己这边，其实最近还好，虽有小烦小恼不断，但到底一家三口算安定下来了。就算前面可能埋伏着什么，正淌着哈喇子打算吞我下去，我也没必要提前操心。就这么着，暂时搁一下吧。只要千容还在我们当中就行了。

"记住啦,回家路上你拐到菜场去,买两条小鱼。你要信!可别也整出个什么毛病出来。"再次叮嘱一番之后,我朋友左右交替挪动双腿,右手无意识地抓捏,这是急于要送我出门的架势。可能是因为刚刚承认了她并不认识千容,有点儿不自在。可更多的是,我能看出来,我太熟悉这感觉了——这些年,她显然也都是从不同的朋友那里听说千容,并跟我一样惦记着,有着求而不得的憾恨。

Two heads are better than one. 想起初中时学过的这句英语谚语。我们不如合力把各方面信息碰一碰,不是更能接近渴慕之人吗?我们是从业务关系慢慢变成好朋友的,知道对方的为人和生活情况,也足够地信任彼此。

前年,我儿子果果被两家大医院和一个研究所都诊判为智力发育障碍,也就是大家骂人时常讲的"弱智",果果爸爸崩溃得很彻底,第二天就离家出走,切断所有联系,一个半月后托人捎话,说再也不回来了。曾宣称暗恋我、也娶了我的高中广播站成员就此成了前夫。能怎么办呢,他先抬了腿,不要讲出走,我连寻死也轮不到了,总得有人把果果给拖大,还得挣下我死了之后他的养老钱。

想想一个小文科生,除了敲打键盘,能干什么呢?长夜苦思,看几眼痴睡的果果,我开始挨个儿给淘宝上的小破店留言,尤其是那些一看就没有策划包装的店铺,提出我的全套文案服务,诸如广告词、产品描述与解说、创意命名之类。比如,卖干花的,我会替它搞一个"紫色心情"或"窗外"系列,类似这样:"时间驻留往昔芬芳,化为颊边的恋人絮语"。卖百香果或紫薯的,则是"我们采撷大地深处的精华,穿越千山万水,纯正原香只为换取你的每日维C一笑"。而卖棉服饰的,则需要给那些皱巴巴的裙子取出名字来,叫"湖畔相遇""庆历四年春分",等等。三四流的土味诗意,正好够用。这一谋生的想法,多少也算来自千容吧,我相当于她的上游产业,负责勾起购买欲,她那里则是跟进售后。既然她一个人能单干,我干吗不试下?

没有料到,这还真做出点名堂,需求之大、收入之易超乎意料,后来我索性辞掉小文员差使,找了一个肯吃苦的姑娘做帮手,全心全意做起这无本生意来。而我眼前这位朋友,手上开了五家淘宝店,不排除还要扩大,全都是我替她从无到有一手托举起来的。她起先卖女包,小作坊流水,好在皮子还可以,我给她的定位就是意大利风格的小众品牌,价格立刻翻了两倍。后来她卖贝壳饰品,成本很低,有时就是残损边角料,我给她所有的文案和页面配乐等都指向跨性别与多元文化,黑酷范儿,卖得可好。生意上,她确也离不开我的。

所以也没多想,我把意思跟她说了出来:"不如一起找找人,跟这个千容结识下。明面儿上,我们可以说是请她做你的售后客服,这很自然……"

不等我说完,她用手势打断,把我从阳台引回室内。"假如真能认识,就太好了。我正碰到……"她停住,毫无过渡地突然抽泣起来。她戴着用深海贝壳做成的异形项链,随着她肩部的抖动,它们散发出蓝绿色的深海荧光,一点也看不出廉价。我所有朋友中,她留过学、父母不用她养、丈夫很顾家、女儿找人上到双语幼儿园、生意很可以、定期健身,真是什么都好的呀。可那怎么也控制不住地抽泣,又表明她绝对碰到大事情,远大于我以前或眼下碰到的任何事儿。"我实在扛不住了。有一个多月了,得不断增加药片,才能勉强睡一会儿。快说吧,我们怎么能认识她?"她那口气,像急等汤药入口救命。

"你真的,相信她能帮到你?"不知怎的,我问出这愚蠢的问题。可能是她表现得太急切了,让我十分忧心,万一千容解决不了呢,那种完全扑上去却一脚踏空的破灭,我是不敢想象的。她是我流水额最大的旺铺客户,跟我的结算是佣金式的,她生意好,我的收入才能多些,果果将来便更多几分保障。她闭着眼睛抽泣,所答非所问:"需要,我需要的呀。"

我们于是有商有量地,从所有讲过千容的那些朋友里,各自分头打听起来。事实上,这工程并没想象中的庞大或曲折,知道她的人比预想中还要多。没费太久,千容的喜好、工作、生活、社交圈等皆已了然——确实是又离了,自己带孩子。年前出过一起车祸,断了三根肋骨,但恢复很好,基本无碍。工作不再是单干了,给一家公司收编过去,而今只负责家用电器方向的客户。她性格偏内向,但朋友倒是不少。喜欢看电影,尤其动画片等一大堆有用无用的细碎情况。

最终，找什么人来引荐，大家约在哪里吃饭一边聊聊，也全部敲定：就这个周六中午，粤式茶餐厅，据说那里的海鲜粉丝煲和招牌腊味饭口味甚好，是千容惯吃的。看看，这就搞定了嘛。我与朋友击掌相庆。这会儿，就是叫我们去结识我们都喜欢的布拉德·皮特，恐怕也非难事。

其实每个周六我都要带果果去海洋馆泡一天，他最喜欢待在那里面。算了，只能把他送到一家托管处，那托管处居然同时接管宠物，气味不大好闻。可这次见面太重要了，我不希望果果出现在那边。然后便急急忙忙回家收拾打扮，试了起码五六套衣服，连背什么包都琢磨了半天。我心里在不停地翻滚和盘点，带点劫后余生般的兴奋劲儿，千容让我回想起若干的、我最需要她的那些艰难时刻，一浪又一浪的恐慌与打击。单方面看，我认识她得有十年了吧，都能算是老朋友了。可她还没见过我呢，所以真得好好收拾下。我简直有点面试的心态，要显出我老到的职业状态，同时很会过生活，当爹当妈一把手，虽然经历了些坎坷，可对付得还行……也许就凭今天看我的这一眼，她看到了一切……

我提前一小时收拾，扔了满床的衣服，最终出门还是迟了。滴滴叫车要排队，还碰着个慢性子水平又菜的司机，一路吃红灯。粤式茶餐厅在美食中心中庭三楼，我气喘吁吁地，老远就在扶梯上就看到那家店，落地玻璃里，我朋友的玫红色绳边套装十分触目。她昨晚就发了照片给我，选了最贵，然而我认为是最难看的一套，好处是让我一下子就看到他们四个。

我们俩共同的一个朋友，打横头坐着，正跟服务员讨论菜单。有一位男士，昨天我们也加上微信了，他是我俩共同朋友的朋友，是他带了千容过来。男士与千容都背朝扶梯这个方向坐着。我朋友正跟千容在讲话，我看到她鲜艳的上半身，两只胳膊不对称地挥舞，显得过分活跃。她旁边空着，那是留给我的位置，跟千容斜对面。

我理理头发，触到脸颊的两根指头冰凉，像两根迷你冰棍。我上了扶梯，又从边上掉头下来，打算再上一遍。他们聊得正好，我反正已经迟到，对结识千容而言，等这么些年了，还在乎这几分钟嘛。

扶梯很慢，甚合我意。我得以远远地张望千容的背影，带着莫名的温存与眷恋。近在咫尺啊，只最后一步，就要抵达她了，从此将失去对她的所有期盼与无限寄托。

碎短发，并不是某个朋友曾描述过的粗长辫子。从背影看，也谈不上微胖，是相当清瘦的体形。扶梯到最高处时，能看到她小半个侧脸，肤质有些糙，发黄，好像蛮沧桑的。还能看到她脚下搁着个大挎包，鼓鼓囊囊的，款式和颜色跟我以前一个同事的一模一样，我刚刚送儿子去托管处，用的也是类似这种大包。这让我有一种悸动的亲切。这就是奔波中人常用的包嘛，轻、能塞。像今天，我装进了儿子只肯吃的两种零嘴、惯用的水壶、替换的小毛巾，还有他走哪儿都要带着的一只毛绒企鹅。猛然间想到果果，我心头一空，感觉离开他很久又很远，突然很不放心起来。想想看，为着周六的海洋馆，他等了整整一周，这可是他最大的盼头。他会一直在哭吧，不远处还全是狗吠猫叫，臭味一阵一阵。

这让我有点不安，但仍然重新踏上扶梯，一边张望千容，一边在心里念叨：这么多年啊，可终于等来她了。可是，等一下，突然一阵剧烈的心跳，继而几乎骤停：如果真在多年前遇到千容，而她也平静地指示出我今天的必然，在确凿的命运线中，我真能走得到今天吗，眼睁睁地看着自己一头撞向透明的冰山？或者，我将由于她的预见而拼命抗争，纵身投入那一无所有的恋爱，一意孤行去往北方，逃命般地通往另一段婚姻，以求像大部分人那样生下一个健康的宝宝——那么，我将没有果果？

不，我受不了这样的假设，我甚至已不能接受跟果果有超过半天的分离。我在后怕中大感庆幸，随之而来的，是心乱如麻，是更大的愧痛，有如锥刺。我怎么能一下子想到这许多，太冒犯了。若以此类推，今天，当真结识千容之后，未来的生活……

像个冲到悬崖边的胆小鬼，或是差点伸手去按动类似核武器的启动按钮，都等不及到顶头再换乘了，我有些踉跄地扭头就往下逆跑，用力跑，加速跑，才能跑过扶梯本身的上行速度。正是饭点儿，扶梯中挤挤挨挨全是赶赴约会的人们，带着空腹，也带着期待地交头接耳，他们由远及近又由小而大的面孔，在我失焦的瞳孔中，像美好的花朵一样轻微晃动。我喜爱他们那无知无觉的样子，多么天真啊？对不起，让个道，对不起。我向他们所有人抱歉。

双脚终于着地的时候我突然想到，千容应当早就知道了，说不定也早已告知我那玫红套装里的朋友，以及在座其他两位了。她斜对面那个位置，将会一直空着，我不会与他们一起共享海鲜粉丝煲和招牌腊味饭。她什么都知道的，对吧？这个想法让我大为释然，几乎愉快起来。我最后一次扭过脖子，抬起眼睛，像暗中浇灌并拥抱某种不为人知的深沉友谊，远远凝望茶餐厅那个方向，虽然已看不到千容的背影。

（原载《花城》2021年第1期）

作者简介：

鲁敏，1998年开始小说写作。已出版《奔月》《六人晚餐》《梦境收割者》《虚构家族》《荷尔蒙夜谈》《墙上的父亲》《取景器》《惹尘埃》《伴宴》《纸醉》《时间望着我》等三十余部。

曾获鲁迅文学奖、庄重文文学奖、冯牧文学奖、人民文学奖、十月文学奖、郁达夫文学奖、《中国作家》奖、中国小说双年奖、《小说选刊》读者最喜爱小说奖、《小说月报》百花奖原创奖等。有作品译为德、法、瑞典、日、俄、英、西班牙、意大利、阿拉伯、土耳其文等。现任江苏省作协副主席。

地上的天空

钟求是

朱一围病逝三个月后的一天，其妻子筱蓓给我打了电话。电话的中心意思，是让我帮忙解散掉家里的藏书。筱蓓说："吕默，我家房子本来不大，不能让书房一直做着老大。"筱蓓说："吕默，这些书是随着一围的，一围一走，它们早晚得散了。"筱蓓又说："晚散不如早散……我不图钱，要是能找到合适的去处，一围会高兴的。"

这是个有点突然的求助。我握着手机静了嘴巴，把事儿想了几秒，又想了几秒，才慢着声音应接下来。

我当然明白，筱蓓把此活儿交给我，不仅是因为我原先在市图书馆当过差，容易找到收留这些书的地方，更是因为一围朋友稀少，对这种事能够上心的也许只有我。

我依着记忆算了算，一围的藏书应该有四千余册，其中作家签名本为三四百本。这些藏书在一围手里很受宠，所以占着家里的一个大间，而上高中的儿子周末返家，只能在客厅里打地铺。儿子是个未来理工男，对文学书籍压根儿瞧不上眼，显然无意继承父亲的爱好。现在一围抽身而去，书本们在家中自然也失去了贵宾身份。毕竟对三四万元一方的房子来说，它们的存在有些喧宾夺主。

我左右琢磨一天，又打一天电话，把事情大体办妥了。三千多册书分成两拨儿，捐给两家区图书馆。之所以没有联络老东家，是因为我心里还存着一小块别扭，而且市图书馆撑着派头，态度容易淡慢。区图书馆就不一样，不仅可以上门取书，还颁证书发消息，其中一家更掏出诚意，准备专门立一个捐赠书柜。这就有点意思了，至少对一围是个远距离的安慰。

情况跟筱蓓一说，果然获得好几声谢谢。她表示这两天就把书收拾好，分成两组。我提醒说："那些签名书送图书馆不合适，别让他们拉走。"筱蓓说："你的意思是签名书……另有价值？"我说："签名书价值可大可小，你收在家里价值就不小。"筱蓓说："吕默，一直等我老了，我可能也不会打开这些书，还是早点让别人去看吧。"我停顿一下，说："那好……我另外想想办法，反正不能亏待了这批书。"

话儿说出来顺嘴，真做起来却不易。若赠送给图书馆，有朱一围三个字在扉页上号着，这些书到底派不上用场。若放在网络书店上一本一本地卖，不仅费劲儿，也会惹得一围在那一头不高兴。当然了，我也想过由自己接管，存住朋友的遗物，但我毕竟不是文学先生，不读小说久矣，又因为在图书馆待过，反而少了藏书的兴致。更重要的是，我心底里还是尊重这批书的，觉得应该有更好的投奔之处。

这批书之所以有些重要，一是因为书的作者大多是国内或省内之知名作家，笔下的文字和故事上得了台面，二是因为一围为求签名很下功夫，费了不少心思和时间。在这个城市，有好几位收藏作家签名书的爱好者，一围是其中一位，而且是比较卖力的一位。早些年，他采用写信恳求的方式，寄书向作家索要签名。这几年，作家的作品分享会、文学对话会多了，他就携着作家的一本或几本书跑去蹭会，在会后凑到作家跟前，一脸真诚地打开书页并报出自己名字。有时获得一个著名作家的签字，他会兴奋得像洗了个澡，一身痛快地拍照下来发给我看。有一次一围在微信里夸口说，自己已拿下近百位作家，按这样的节奏往前走，不出十年就能搞定中国所有的知名作家。十年不算一个很奢侈的数字，但对一围而言终于成了一个遥远的虚词。大约一年前，他一头撞上一种叫下咽癌的东西，先是在喉咙部位割开一个小洞，然后一日日的与这个小洞做着斗争。在那段时间，他失去了声音和精力，但床头一直放着一本名为《第七天》的小说——小说讲的是一个人死后进入另一个世界的故事，扉页上有作者的签名。有一天我去看他，他在白纸上写下一行字：我准备好了，去另一个世界。

往前一些年，一围有着温润的声音和满格的精力。那时他在邮政局上班，我还在图书馆做事，有一天晚上，两个人因为一位共同的朋友在一百米高的酒桌上相遇。共同的朋友刚刚炒股赚了一笔钱，想分撒一下大好的心情。为了表示股票走高，他特意订了一幢三十层大楼顶部的餐厅，又为了忆旧论今，他记起了一些久未联络的朋友。那天一大桌人，场面热闹纠缠。我和一围凑巧坐在一起，两个人在热闹中都显着安静。我酒量比较薄，喝了三两白酒便脑袋起热，耳朵受不了嘈杂。我起身出去抽根烟，找到了大厅旁边的一个小阳台。过了片刻，一围也来了。他不抽烟，是想躲一会儿清静。既然是躲清静，我们俩就没有多说话，只是靠在栏杆上，默默看着远处明明淡淡的灯光。

后来饭局收尾时，我和一围先站起身，一块儿坐电梯下楼。一围积极打了车，顺道把我捎回了家。

本来那次聚会只是蜻蜓点水似的交集，但大约是因为我的图书馆职员身份，一围第二天便联络了我。一围说自己在邮局工作，却不喜欢收集邮票倒喜欢收集文学签名书。我说，你干这事儿我其实给不了什么帮助。一围说，我不需要帮助，我只是想让你知道我也在跟书打交道。我问他，为什么玩这个，是因为喜欢读小说诗歌吗？一围嘿嘿地笑，说自己也看不了几本书，只是日子太平淡了，总得找点儿有趣的事。他的说话口气不让人讨嫌，我接受了他的靠近。如此开了头，一年跟着一年下来，我竟成为一围为数不多的好友之一。

我是在第三天才想到一个不错主意的。城市之大，免不了市民重名，我想尝试找一位（或者两位三位）名字也叫朱一围的人。这些书在其他人眼里没价值，但到了姓名为朱一围的人手里，岂不身价大增。若新的朱一围喜好或敬重文学，那更是书之善缘。

我在脑子里编好寻人赠书的一段话，再变成手机上的文字，从微信朋友圈发出去。大约这种事比较好玩，不多时间，便引来一大群人的点赞。有人留言：纸书存之，可添雅气。又有人留言：我百度了一下，没见到朱一围的名字。也有人表示：此等趣事，我已转发。

尽管这样，我对找人之事并无过多的期待。毕竟不是刑事追人什么的，朋友圈热闹半小时便过去了，再则朱一围的名字相当稀罕，这个城市很难说有第二人的存在。

过了两日，有人在我手机里要求添加朋友，并提示与寻人赠书有关。我点了接受，对方是一位号称"衣艺者"的女士。我送一个"握手"图标给对方，问：你是哪一位？我认识你吗？对方写：你不认识我，但我知道你叫吕默，我帮你找到了一位朱一围。我吃了一惊，写：还真有人也叫朱一围？线索靠谱吗？对方：不是线索是实物，他是我男友。我给出一个疑问的"微笑"：那他为什么不亲自现身？对方：我想把书拿到手，送他一个意外惊喜。我：那我怎么相信确有其人？先给身份证让我一看。对方：人民币比身份证更可靠，我是准备用钱买书的。我：用钱买书？你知道有多少本书吗？对方：我知道你那位朱一围留下不少签名书，我全买下。我又吃一惊，之前发出的寻人文字比较简单，没说一围的病逝，也没说书的数量，看来这位"衣艺者"有备而来呀。不过真用钱买书，倒说明对方对这批书确是看重的。我问：这位女士，我想知道你的实名。对方：陈宛。我：好吧陈女士，你有什么具体打算？对方：我想早点看到这批书，然后给出价格。我答应了：那我说个时间，明天晚上吧。

第二天傍晚我在公司加一会儿班，又在食堂胡乱吃过一点东西，便出门去了一围家。筱蓓开了门，直接引我进入书房。房内的书已经基本清空，只剩下靠里的一墙书架还饱满着。我抽出几本翻到扉页，上面均有作家署名，署名之上则题"朱一围先生一阅""朱一围先生正之"等俗语，也有一本亲昵些，写着"朱一围先生在阅读中进步"。可以想见，一围待在这间书房里，回味着与"一阅""正之""进步"这些词儿相关的签书场景，心里是多么的受用。一围是个活络不足、古板有余的人，平常在场面上混酒交友的时候很少，与我酒桌结识实在是一个例外。但一围把书房的门一关，脸上大约是有亮色的，因为书架上聚着许多他结识过的人呢。

正这么走着神儿，外边响起敲门声。筱蓓走过去，很快将一位女客领进书房。这是一位三十多岁的标致女人，大约因为穿着有些轻软的绸衣，身形微胖而不显。她似乎有点紧张，一进来眼光找到我，才松了脸一笑。我说："是陈宛陈女士吧？"女人说："你叫我陈宛就好。"我一指筱蓓："她是这儿的主人，书的事她说了算。"筱蓓说："没关系的，您先看看合适否，这种事讲的是缘分。"女人点点头，眼睛慢慢扫一圈屋子，走到书架前直着脖子看。她抽出一本瞧了瞧放回去，又抽出一本瞧了瞧放回去，然后手伸到上格取下一本蓝皮书，目光停在了封面上。我凑近一步丢去一瞥，是小说《第七天》。女人说："这一本好。"说着打开扉页细细地看，仿佛淘到了一见如故的藏品。我说："不光这一本好，每一本都有点意思。"女人抬起眼睛，承认地点一下头。我说："如果你愿意，现在就可以说个价。"女人说："我还得先问一句，为什么要把这批书处理掉呢？"我看一眼筱蓓，筱蓓说："我老公……一走，这些书就用不上了，放着也是放着，还不如找个用得上的地方。"女人说："为什么说还不如呢？剩下这一墙书架，也不算太占地方。"筱蓓说："人走了，这一墙书架却像是一种提醒，我不喜欢这种感觉。"女人说："像是一种提醒？提醒什么？"筱蓓微露不悦："别走题好吗？我可不是为了钱，我本来就没打算让这些书变成一桩买卖。"筱蓓这么讲有些傻了，至少会露出心里的待价底细，对方分明在话中夹着试探呢。我打着掩护说："是的，转让收藏品不是买卖，靠的是眼缘和心缘。"女人说："好吧。切入正题……我提个数字，你们看合适否。"她默一下脸，伸出两个手指说："二十万。"我暗吃一惊，同时瞧见筱蓓的眼睛使劲大了一下——这个数字远远超过期望，让人觉得是耳朵听错了。

书房似乎安静了片刻。我用手推推鼻子，一边生出一些警惕，说："你开的这个价，含有别的附加条件吗？"女人摇摇头说："没有。这么多签名书，值这个钱。"筱蓓说："您这样说我挺欣慰……我能不能知道，您是做什么的？"女人淡笑着说："别以为我很有钱，我是想让男友高兴。我相信我这么做，他会高兴的。"我说："我也问一句，你男友喜欢文学吗？"女人拍拍手中的《第七天》，说："喜欢的。他爱读小说，还向我推荐过这一本。"噢，若是这样，逻辑是成立的。我舒口气说："那你这一次做对了！女人要拿住男人，不能光喂他好话，你得让他真正的心跳一回。"这句自做幽默的话有点勉强，但多少把气氛说松了。随后双方又来回讲些话，议定了付款方式和搬运时间。

在我的眼里，两个女人的脸上都渗出了满意。

日子的推移有时是不知不觉的。四五月间，我在公司里帮着打理一个非遗产品展示会，出策划书、做VCR什么的，嘴巴和手脚经常一起忙碌着。待弄完了松口气，天气已经转热。站在办公室窗口抽烟时往街上一瞧，路人们开始躲着阳光了。

这天午休小憩后，我习惯地划开手机，瞧见筱蓓一条微信：事情不明白，有空电话一下。我坐到办公桌前，打电话过去。筱蓓在手机里咿咿呀呀发着声音，讲了十多分钟。原来昨天晚上她跟住校的儿子进行每日例行电话时，儿子顺口丢了一句，说学校图书馆出现咱家的藏书。她问什么藏书？儿子说小说签名本呀，上面有老爸的名字。她有些纳闷，说你也开始读起小说啦？儿子说我眼睛哪里忙得过来呀，是班里一同学在看。她想一下，让儿子去拍张小说扉页照片。过一会儿，照片真的发过来了，情况属实。为此她琢磨一晚上再加一上午，脑子还是糊涂。

我一边听着一边也直眨眼睛。花一笔钱买签名旧书，一转身送了学校，这实在有些稀奇。不过让书籍到达图书馆，也算物尽其用，没什么不高兴的。我说："这种事儿是人家的权力，咱们不能说她做得不对。"筱蓓说："我没有说她做得不对，我只是感到奇怪。"我说："干什么事儿都有内在逻辑，只是咱们不知道而已。"筱蓓说："一围的书，我多少得知道一些吧？

方便的时候你联络一下她呗。"

我静一静脑子,在手机微信里找到"衣艺者",先打一声招呼,然后试探地问:那批书给男友后,他惊喜吗?对方许久没有回复,过了半小时才跳出一句话:你这是产品售后调查吗?我写:毕竟是朋友的书,我得关心一下。对方:那你来一趟吧,我允许你见一面。我给一个微笑图标:我又没提出这个要求。对方:透过手机屏幕,我看到了你脸上的企图。我:那怎样才能找到你?对方:浣纱路北边,衣艺者。我:呀,你是衣店女老板。对方打出一个眯起单眼的调皮图标。

放下手机,我脑子似乎有点不稳定,坐了片刻终于按捺不住,就找个借口离开办公室去了街上。坐几站公交车又走一截路,到了浣纱路北段。两旁有一溜儿花花绿绿的商店,我东张西望一会儿,眼睛一亮见到了"衣艺者"三个字。这是一间门面不大的售衣店,推进门去,里边倒是清爽开阔,挂卖的衣服热闹而有秩序。一位年轻店员迎出来刚想说什么,我已绕过去往里走,因为我看到了坐在售台后面的陈宛。

我说:"大隐隐于市,原来陈女士藏在了这里。"陈宛站起身一笑说:"来得挺快……就不能叫陈宛吗?"我说:"好吧陈宛,这个店开几年啦?生意不错吧?"陈宛说:"三年了,生意马马虎虎。"我说:"不能马马虎虎,马马虎虎怎么能掏钱买书再送出去呢?!"陈宛翘了眉毛给我一眼:"知道这个啦?怪不得又是微信又是打上门来。"我说:"我可不敢打上门来,我这是上门求教。"陈宛说:"想打探为什么把那批书赠送给学校图书馆吧?"我点点头:"我有点好奇。"陈宛说:"我那位朱一围早年在那个学校上过学,放在那儿比放在家里好。就是这么简单!"我说:"那个中学是你男友朱一围的母校?真是巧了。"陈宛说:"巧什么?"我说:"我朋友朱一围的儿子也在那儿上着学。"陈宛"噢"了一声:"这不挺好吗?父亲的书最终到了儿子的学校,用报纸语言叫一段佳话。"我说:"可是……玩这样的佳话代价不小。"陈宛说:"我明白你的意思,我也不是把书全送去学校的。"她一摆头,引着我走到T恤挂墙前——其中几件T恤不同颜色,胸前均印着《第七天》的扉页签名,图案清晰别致。陈宛说:"我做了三百件文化衫,我可以赚些钱的。"我用手指推一推鼻子，说："有点意思，到底是衣艺者。"陈宛说："要是喜欢，可以送你一件，你自己挑个颜色。"我呵呵一声没有拒绝，左右看一看，选了一件浅蓝色的。衣服上的作家签名挺有力道，我用手摸了一下。

陈宛说："看着这衣服，你心里的问号有没有去掉？"我说："没有！三百件文化衫就是全卖掉，又能赚多少钱呢。"陈宛说："看来你是个较真儿的人……朱一围有你这么个朋友也是侥幸。"我说："朱一围才是个较真儿的人。他已经不能溜达过来说话了，我是替他较真儿。"陈宛说："好吧，为了去掉你心里的问号，我再请你喝个茶。"我说："又是送衣服又是请喝茶，我是不是应该不好意思？"陈宛笑了说："其实呀让你过来一趟，我就是想和你去茶室说些话的。"

年轻店员将T恤包好，我卷起来塞入携包。陈宛引领着我，出了店门右拐走一段路，进了一家外相低调的茶室。茶室厅堂不大，但看上去藏着安静。陈宛熟络地要下一个小包厢，点了绿茶和瓜点。我说："瞧这架势，要跟我长谈呀。"陈宛说："不长谈，一小时内把事儿说明白。"我说："一小时够长了，抵得上大半部电影。"陈宛说："长话短说……我刚才撒了个谎，那个受书的中学其实不是朱一围的母校。"我说："那为什么把书送去？"陈宛说："因为他儿子在那儿上学。在儿子眼里，他是个没有能力不能出彩的人。他曾经说过要为儿子挣点儿面子……"我说："等等！你是说你那位朱一围也有一个儿子在那儿上学？"陈宛说："我说的就是你的朋友朱一围。"我端着杯子一笑："嘿嘿，你把我说糊涂了。"陈宛说："我的朱一围其实也是你的朱一围，两个人是同一个人。"我嘴巴差一点被呛着，使劲伸一伸脖子吞下茶水，又咳出一口粗气。陈宛笑一笑说："你别把惊讶动作弄得太夸张，我做的事里没有阴谋。"我说："之前你一直在说，朱一围是你的男友。"陈宛说："男友这个说法还真是不准确，可我找不到一个合适的词儿扣住我和他的关系。"

在接下来的时间里，陈宛轻着声音讲述了她和朱一围之间的故事。她清晰地记得，两人的相识是在小说《第七天》的作品分享会上。那天她正在一家书店大厅里买流行服装的书，听到好几个人说着话儿往旁边活动室走。她好奇地过去瞧一眼，原来是一位著名作家与一位主持人对话，介绍一本三年前出版现在仍被讨论的书。她没见过这样的场面，就怂恿自己留下来听一会儿。周围的脑袋很多，把整个活动室挤满了，她只能在中间通道上站着。站了片刻，有人指挥通道里的人坐到地板上。她穿着白色裙子，又不是粗条随意的人，神情便有些犹豫。这时旁边椅子上的男人站起身让出座位，自己坐到了地板上。她不好意思地坐下，朝让座的男人送出一笑。分享会结束后，她受了诱惑，到文学书柜找《第七天》，这时又遇到了那位让座的男人，他刚好也来取此书。让座的男人告诉她，自己有八折优惠卡，可以替她付款。她认真地道了谢，因为省下的小钱里有人家的好意。随后她加上对方微信，将打折的书钱发去——此时她知道了对方名字叫朱一围。

　　到了晚上，朱一围在微信里打招呼，并把作家签名发来给她看。从此开始，两个人时不时进行文字聊天，她说些服装走势的事，他说些签名收藏的事。陈宛很快知道，朱一围是个实诚的人，朋友很少，但认对了人就会往深里走。此时陈宛离了婚正单着身，心里装着一堆郁闷，这也促进了双方交往。过了不久，两个人把对方视为可以讲心里话的人。又过了不久，两个人约在一起泡茶室、逛书店，偶尔还一块儿看一部电影。再往后的一些情节可按快进键，因为陈宛没有细说。她对此的表达是：两个人的朋友等级相当高，除了身体没有合并。

　　大约一年半前，陈宛想开一间服装店，"衣艺者"的店名都想好了，可左腾右挪仍缺一截资金。把情况说给朱一围，暗想也许能获援三五万元的，不料几天后她的银行卡上颇有气势地长出二十万元。她吃了一惊，又有些不安的感动。在她的印象里，朱一围花钱并不豪放，在家中也不打理财事，所以凑起这笔款子得花多少心思呀。这么一想，她觉得自己跟他更贴近了一步。又过了一些日子，有一次两个人一起喝茶，喝着喝着朱一围起了感叹，说咱们相遇太晚，这一辈子不能娶你，下一辈子你嫁给我吧。陈宛说行呀，下一辈子咱们早点儿遇上。朱一围说，这不是玩笑话，为这个念头我已经琢磨了好几天。陈宛便笑，说不就是来世嫁你吗？没问题的，你对我这么上心，我不能那么小气。

　　这样的话说过，陈宛仍然以为是玩笑。她不信佛不进教堂，从未想过瞧不见摸不着的来世之事，再说自己的年纪离终点线还差着几条街呢。不料过了两天与朱一围再见面，他从衣兜里取出一只信封，再从信封里取出两张相同内容的纸，纸上放着醒目一行字：下一世婚姻协议书。下面文字则简约清晰，写明了两个人下一世自愿结为夫妻，共同敬爱相处，不违背对方。陈宛问，这是什么意思？让我签字吗？朱一围说，这是自由婚姻，你愿意了就签上，一式两份。陈宛说，下一辈子的我能由这一辈子的我来做决定？朱一围说，转了世你还是你，你的婚事当然由你做主。陈宛说，这协议签了你拿在手里真觉得有用？朱一围说，我相信哪个世界都有律条也都有规约，拿着这份协议我心里踏实。话说到这个份上，朱一围又拿着如此的认真劲儿，陈宛就不好拒推了。她嘻嘻一笑，又拍拍朱一围的手臂，在纸上写上自己的名字。完了她调皮地说，今天算是领结婚证的日子，你怎么不备些彩礼？至少也得送束鲜花递个戒指呀。朱一围说，我想过了，那二十万就折成一份彩礼，虽然有些少，但总归按着规矩走了步骤。陈宛说，你还真给彩礼呀？朱一围说，当然得给，不然把这份协议显轻了也显假了。

　　陈宛讲述的时候，没有理会我脸上的惊讶表情，因为这是她能预料到的。大约口渴的提醒，她缓一缓气，端起茶杯喝了两口水。我这时才想起自己应该讲些话，便说："一围是个二分之一认真二分之一古板的人，有时候不通世俗但不会迂腐，他真的认定下一辈子事情可以弄到纸上？"陈宛说："一围是个二分之一认真二分之一古板的人，所以在外边也不应该有一位我这样的女人，对吧？"我无法应答，就没有吭声。陈宛又说："在这几年里，一围多次跟我提到你，但他没有跟你提到我，这不是对朋友留一手。我的意思是说，一个人在最好的朋友跟前，也会有属于自己的秘密东西啦，譬如女人啦，譬如对来世的看法啦。换一句话说，他对来世的看法是一种秘密态度，跟迂腐什么的没有关系。"

　　显然，陈宛是个细腻的女人，她的话并不浅淡。我沉默一会儿，说：

"也许你说得对，对别人包括对一围，我只是看到了能够看到的那一部分。现在我想看看另一部分可以吗？我是说那份协议。"陈宛有准备似的点点头，摁几下手机调出协议图片，递给我看。我细看一遍协议文字，又盯看一眼下面的签名。两个人的名字一个认真一个随意。

我将手机递还，问："签了这份东西，你有什么感觉？"陈宛说："开始没怎么在意，不就是一张纸吗？后来慢慢地生出异样的感觉。"我追问："什么异样的感觉？"陈宛说："你想呀，以前两个人喝茶逛店看电影，再靠近也还是朋友。有了这张协议垫着，待一起时我偶尔会恍惚，觉得自己像一位未婚妻。"我说："你喜欢这种感觉吗？"陈宛说："不喜欢。"我说："为什么？"陈宛沉吟一下说："我对一围有好感，但没有依靠感。"我说："你是说不爱他？"陈宛"嗯"了一声说："还不到那个程度，这也是我……没把身体交给他的原因。"我说："那你相信有来世吗？"陈宛说："以前呀真没注意这种事儿，眼下的日子还应付不过来，哪有心思去想很远的未来。但自打签了这张纸，心里像是多了一件事，时不时的会琢磨一下。不是说人的认识是有限的嘛，万一真有转世呢，万一灵魂长生呢。"我说："这么说你有了担心，担心那张协议以后真的会生效。"陈宛轻笑一声说："那会儿我想起手头还有一本小说《第七天》，以前没正经打开看呢。我读了一遍，好像没有读懂，就又读了一遍。读着读着我对自己说，不管人死后有没有来世，你得先把这事儿看作有。"

陈宛把自己的故事讲完，一个小时刚好过去。但我的沉默拖住了她，两个人仍坐在那里，似乎还有话要说。过了片刻，我问："你把二十万元还回去，是想单方面撤出协议？"陈宛说："也别这么说，这毕竟是我欠一围的债，他治病也花了不少钱。"我说："如果一围还活着，你会把解除协议的想法说出来吗？"陈宛说："不知道会不会马上说出来，我原以为将来的事还远着呢。可他走了，走得这么快。来世的事情他已经知道了真相，而我什么也不知道。"我说："在这一个小时里，我接收到了你的不安，同时我也一直在琢磨，你把这个故事告诉我为的是什么。"陈宛说："是的，我把你约过来是有目的的，你是一围的最好朋友，我想请您帮个忙。"我说：

"讲讲看。"陈宛说："那协议一式两份，另一份在一围手里。"我明白了："你想把另一份协议也拿到手，然后一起撕掉。"陈宛吸一口气吐出来，说："拜托你先探问一下，好让我心里有个数。那份协议现在变成了危险的东西，要是抖搂出来对谁都不好，吕哥你说对吗？"她第一次叫了我吕哥，在这个下午结束的时候。

是的，这是个让人吃惊的下午，一张协议书更改了我对一围的认识，至少是部分认识。在许多个日子里，一围除了收藏一些书，对生活基本没有想象力。他的工作是平淡的，坐在柜台里办理汇款取款，还有订阅杂志什么的。他的家庭是平静的，与筱蓓相处得不热也不冷，有点一起慢慢老去的样子。他还跟我说过，自己在家中不乐意担事儿，时间一久，排起序来便做不上一号人物。就是这么一位配角男人，却悄悄自己给自己做了一回主。

我无法揣测一围怎么保管自己那一份协议。也许已经撕了或烧了，反正他内心认定协议将在约定世界里生效。也许放在某个暗处，随着他的离去而彻底消失。但日子里哪有彻底的事，若是某一天筱蓓一不留神看到，心中会长出一个长久的痛点吗？

我可以肯定，陈宛所要的忙我是帮不上的。或许她也只是一说而已，并不真的指望我能取到那份协议。但此时我心里又探出好奇的手，想抓住一些未知的东西。我甚至负责地觉得，既然自己听到了这件事，就不能再做一个偷懒的局外人。

从茶室出来我没有回家，在街上闲逛一会儿又用过简单的晚餐，看看时间合适了，向筱蓓递一声招呼，随后打车去了她家。一围书房已经变成卧室，无法再进去了，我只能坐在客厅沙发上，像一个派遣出去的打听者向女主人通报书籍的事。我告诉筱蓓，自己已见过陈宛，那批签名本确实赠给了学校图书馆，因为那中学也是另一位朱一围的母校，他想给自己添点面子。筱蓓随即做出一个判断："看来他们是有钱人。"我说："这个不知道……眼下这年头有钱没钱哪能一下子看出来。"筱蓓说："不然为什么要花这笔钱呢?"我说:"那位陈宛在街上开了一家服装店,她把扉页签名图做到T恤上。这种文化衫现在挺流行,应该能赚钱的。"我从携包里取出那件T恤,铺在沙发上让筱蓓看。她摸了摸衣服胸前的图案,脸上出现解惑后的满意。她说:"想不到签名还能在衣服上派到用处。"又说:"那些书放在学校里挺好的,虽然是那位朱一围捐送,但儿子的同学都知道书的真正出处。"我说:"一围知道了这样,心里也会高兴的……我说的是咱们的朱一围。"筱蓓思忖着说:"他们毕竟花了一笔不小的钱,我心里好像过意不去……我得感谢一下。"我说:"怎么个感谢?"筱蓓说:"我想请他们吃个饭,你也一块儿去。"我摇摇头说:"不用的,这只是一次花钱购书,你没必要跟他们交朋友的。"筱蓓说:"我想见见那位朱一围,共用一个名字怎么也是缘分。"我心里摇晃一下,嘴里已形成一句谎言:"他们俩是双城记,那位朱一围不在这个城市。"说完了觉出漏洞,赶紧又补一句:"陈宛告诉我,他在这儿读的中学,大学毕业后留在了外地。"筱蓓说:"那好吧,就跟那位陈宛聚个餐也行。两个女人都找了名字叫朱一围的男人,总有些话可聊的。"我不能马上再否决,就点点脑袋"嗯"了一声,又记起什么似的转过话头:"有句话我一直想问,一围临走时说了什么话吗?"筱蓓一指自己喉咙说:"吕默你迷糊了,一围那时候已经不能开口说话。"我耸耸肩说:"我是说他有没有留下文字?"筱蓓说:"你为什么问这个?"我说:"不知怎么,这两天我挺惦念一围的……我在回想他最后的那些日子。"筱蓓沉默几秒,让话题进入了我想要的轨道。

筱蓓说:"吕默你有没有记起来,最后那些日子你到医院探望时,在一围脸上看到了什么?"我眨眨眼说:"是骨头浮上来的那种消瘦。"筱蓓说:"消瘦里还有东西……是高兴。"我愣了一下,最后几次去见一围,他的情绪的确不差,但那应该是面对朋友时的强打精神。我说:"那高兴是撑着的吧?朋友一走就收回去了。"筱蓓说:"不是的,那些日子他一直挺愉快。"

筱蓓停一停,回忆了一些细节。一围刚住院时,心情也是不好的。做了喉部手术后病情不仅没刹住,反而向坏的方向滑去。那些天他因为不能说话,整天想着什么,想着想着忽然就开朗了。微笑先来到他的嘴角,然后出现在眼睛里。他开始找些书看，譬如那本《第七天》。再到后来，他身上力气少了下去，看字儿容易累眼，便让筱蓓读小说。有时筱蓓读着读着，他眼睛慢慢眯上就睡过去，脸上还搁着安适的神情。

筱蓓抿一抿嘴，慢慢地说："一个人离死亡很近时，一般是恐惧的或者痛苦的。如果此时这个人开心起来，你觉得他会是什么样子？"我回答不了这样的问题，摇一下头。筱蓓说："诗人。我是说诗人的样子。"我说："为什么这么说"？筱蓓："那会儿一围整个人是轻的，不是瘦了以后身体的轻，而是心里丢开负担后的轻……他脑子里时不时会出来一些好词好句。"我说："好词好句？他不是不能动口吗？"筱蓓说："不是动口是动笔，有一天他取了一张纸，先写一句：有一种动静，叫太阳的声音。又写一句：蓝天上的白云结了冰。再写一句：真正无限的，不是死亡而是生命。我奇怪地瞧着他，他笑一下用笔告诉我，这些话是作家们说的。"

随后几日，一围还试图体验作家们说的这些话。他穿着棉衣坐在轮椅上，让筱蓓推到住院部楼下院子里。冬日的阳光有些松软，把他的影子投到地上。他瞧着地面却没有在看，因为他静着耳朵去听太阳的声音。听了片刻，进入耳朵的只有院子里一些嘈杂的声响。他有些不满意，便让筱蓓推着轮椅出了医院，往安静的地方走。远处有一片草地，颜色已成枯黄。在枯黄之中，卧着一块不大的水池。经过水池时，一围突然激动起来。他看到水面结了一层清亮的薄冰，上面倒映着蓝色的天空和天空上的白云。他身上似乎长出了力气，想从轮椅上站起来，但没有成功。筱蓓将轮椅再往水边靠几步。一围安静了，身子久久不动。也许在此时，他眼睛看到的是水池里的白云在结冰，耳朵听到的是太阳化开冰面的声音。在他的意识里，那应该是一种冲突中的美丽。

筱蓓说："在那一刻，他喉咙里竟嘶嘶地发出一些声响。他好像要发点儿感慨，可是我没法听明白。"我说："白云结冰呀太阳声音呀这些虚的东西有啥含义吗？对一围意味着什么？"筱蓓说："谁知道呢！人在这个时候吧，脑子里出一些古怪念头也不奇怪。"筱蓓顿一顿又说："那天从水池边回到病房，一围又在纸上写了一些字递给我看，意思是白云可以从天上到地上，人也可以从地上到天上，天空也是一个大水池。"我轻笑一声说："这时的一围，的确越来越像诗人了。"筱蓓说："这时我也知道，一围剩下的日子不多了。"我说："那后来他还有什么遗言吗？"筱蓓说："也没什么正尔八经的遗书，但他写了几句话，让我把书房里的书处理掉，不要存在家里。"我愣了一下："把书散掉是他的意思呀……他为什么呢？"筱蓓说："他知道这些书对我和儿子没啥用，想让它们遇到阅读的人……这是我的猜测。"我点点头，一围虽然爱书，可这种想法到底没有错。

该问的话已经问过，时间也不早了，我站起身准备告辞。筱蓓想起来说："对了，一围最后还写了两句话，只是我不明白。"我问："什么话？"筱蓓说："一句是：对书上的文字，一双眼睛便是一次公证。另一句是：在对不起上面贴上邮票，从那边寄给这边的你。"我沉吟一下用手推推鼻子，说："这也是哪个作家说的吗？"筱蓓说："也许吧，那会儿我已习惯了他这样，也就没问。"我说："真像是半个诗人呀，也不枉藏了这么多年书。"筱蓓沉默一下说："我跟他也待了这么多年，可他的一些想法我还是不明白。"

告辞出门来到街上，我心里晃晃的还不想回家，上出租车后往市中心随便指一个方向，最后在一个灯光热闹的路口停下。

我站在人行道上给陈宛打了电话，告诉已见过筱蓓。陈宛嘴里出来几个问号，想知道筱蓓的反应和协议的下落。我说筱蓓神情没有异常，不像知道了这件事。我又说那张协议的藏身处只有朱一围知道，所以也许是永远安全的。陈宛说："也许是永远安全也许是定时炸弹。"我哈了一声说："你不能把这份协议说成定时炸弹，不然一围会不高兴的。"陈宛不吭声了，过几秒才说："吕哥你说得也对，我不应该担心……我又没做亏心事。"我把筱蓓约请吃饭的事说了，问她愿不愿意在一张餐桌上聊聊话。陈宛说："聊什么呢？"我说："两个女人在一起，总可以聊些话的。"陈宛哑笑了一声说："可以呀，我和她又不是敌人。"我说："到时候我陪着你们，让一个男人听两个女人聊话。"

摁了手机，我沿着人行道无目的地往前走。两旁一些商店已关了门，一些商店还没关门。我走过一些关了门的商店，又走过一些没关门的商店。我脑子里突然跳出一个念头，一围也许把那张协议书夹在某本书里呢，这是很好的存放方法。临走之际，他改变了躲藏的想法，要让协议跟着书籍流出去，到达某一位有缘分的读者眼里。"对书上的文字，一双眼睛便是一次公证"，他不怕了，他愿意让别人见证自己收藏的情感和来世的日子。当然啦，这只是我的猜想，一时无法去验证。说实话，我现在有些吃不准一围内心的真正样子了。

这么溜着神儿，我的目光就有点散，不经意间掠过街道对面一幢高楼里的灯火。又走一小截路，我刹住脚步再望那高楼一眼，正是一些年前我和一围首次相遇的地方。我脑子一醒，原来今晚我是想让自己到这儿来呢。我掉转脚步，穿过斑马线走几分钟来到大楼跟前。在这个时间点，大门仍进进出出不少胖瘦不一的男女。我想一想，走了进去。

坐电梯上了顶层，那家餐馆还存活着，而且吃喝的喧闹此刻仍未散尽。我一时不知道干什么，就在待客区的椅子上坐下，把携包搁在腿上。我微眯眼睛，脑子里出现了第一次遇见一围的情景。那天他撑着精神，脸上有一种认真的和气，而且老露出微笑，但他的内心，对酒桌上的豪华气氛是有些胆怯的。这一点被我瞧出来了，因为我当时的心情也是这样。可能正是这种暗中的相似，让两个人能够走近。在后来的相处日子里，我不时能见到一围收的一面——不是收敛的收，而是收缩的收。记得有一次我们聊话，不知怎么说到"撤退"这个词，我起了点想法，认为自己和一围的性格里都藏着"撤退"元素，可称为"撤退人士"。之所以这么说，是由于此前我因一件挺无聊的公事跟馆长闹了不快，他觉得这件公事不仅不无聊还很重要，指责我办砸了。我在单位并无斗志，正好借此怂恿自己从图书馆撤出，去了闲散一些的文化公司。

当时一围问："这撤退人士怎么个理解？"我没有拿出自己的事，而是举了生活例子："譬如撤退人士是A，那么三个人散步，A十次有九次不会走在中间，而一堆人拍集体照，A十次有九次是站在旁边的。"一围说："这话儿也是在说，十次中还有一次是例外的。"我一提声音说："九次往旁边靠的人，会在剩下的那一次使劲往中间挤吗？"一围嘴角露出一丝神秘的微笑，说："只有在例外的地方，才能找到秘密的出口。"一围又说："这是一个作家说的。"

旁侧响起什么声音，我弹开眼睛望过去，有一个男人从一扇甩门里出来，手里还拿着一只烟盒。噢，想起来了，那是个小阳台，我和一围曾经在那儿站过一会儿。我起身走过去推开门，仍然是记忆中的样子——一个外伸的弧形阳台，面积不大却有点儿凌空感。

我站在栏杆前，目光往下扫过去，看见了一大片与房子们相缠的灯光。又抬一抬眼睛，看见了更大一片的天空。此刻站在高处，天空似乎也近了一些，几朵白云和几颗星星在夜幕中显出来。夏风吹过来，让人似乎轻了身体。我举着脑袋，突然想到如果让自己跳出阳台，会不会在身子下落的同时灵魂飞向白云？一围就是这么认为的：白云可以从天上到地上，人也可以从地上到天上。

当然，我是不会允许自己这样做的。不过很快，我脑袋里又生出一个念头。我拉开携包，取出那件T恤抖展开来，又看一看胸前的签名图案。图案在暗色里仍是清晰的。

我吸一口气，将T恤伸出阳台，一片浅蓝色在我手里飘动起来。我一松手，衣服猛地蹿了出去，先在空中兴奋地转一个身子，然后轻盈地跑向远处。我的目光跟着它，就像跟着一个移动的秘密。

但夜色中我终于没有看清，那片浅蓝色是落到地上，还是飘向了上空。

（原载《收获》2021年第5期）

作者简介：

钟求是，男，浙江温州人，毕业于中央民族大学经济系。在《收获》《人民文学》《当代》《十月》等刊物发表小说多篇，作品获《小说月报》百花奖、《中篇小说月报》双年奖、《中篇小说选刊》优秀中篇小说奖、《十月》文学奖、《当代》文学拉力赛冠军、浙江省优秀文学作品奖等。出版长篇小说《零年代》《等待呼吸》，小说集《街上的耳朵》《两个人的电影》《谢雨的大学》《昆城记》《给我一个借口》《我的逃亡日子》等多部。现为《江南》杂志主编，浙江省作家协会副主席，一级作家。

生

西 元

在这里，有个海拔五百多米的高地。向北望去，是好似一面湖水的山谷。谷底有雾气、薄冰和积雪，当阳光照耀在上面，仿佛盛满了熔化的金子。二斗伢子总是梦见自己变成一只黑色大鸟，展开遮天的双翅在高地上空缓缓盘旋。黑色大鸟孤独地尖叫着，那叫声奔向太阳，奔向天空，奔向云朵，奔向层层叠叠波涛一样的群山。二斗伢子盯着自己映在大地上的影子，慢慢低飞，向高地主峰落下去。一瞬间，那里燃起了地狱般的焦红色大火，黑色大鸟痛苦地嘶叫着，再一次飞向高空，久久不肯离去……

当年，十六岁的二斗伢子第一脚踏上高地主峰，小腿就陷在了土里，一直没到膝盖。这是一种被成千上万颗炮弹炸成灰尘状的黑色浮土，像炉膛里烧过的稻草灰。他之前没见过，之后也一辈子没再见过。尺把深处以下，才能踩到碎石块、弹药箱和散落的枪支、子弹壳，还有僵硬的肢体和躯干。阵地上光秃秃的，没有任何草木，不远处立着半截炭黑色的树干，树皮早已被气浪剥光，无论来年春风怎样吹拂，也绝不会再活过来了。

二斗伢子不知道在他之前，有多少茬部队守卫过、争夺过这个高地。他跟在指导员身后，爬进一条朝西北方向的坑道。它的洞口有汽油桶粗细，里面坍塌了两三米深。只因还有个碗口大小的通气孔，新上来的部队才发现了它。掘开洞口，只见十七八米深的坑道里坐着或躺着二十几个人，全都是伤员，大腿上搭着步枪，或手里抓着手榴弹。他们脸色灰黑，薄薄的皮肉包着颧骨、下巴，隐隐露出骷髅的轮廓。目光直勾勾的，狠狠盯着你许久，像盯着敌人一样，眼珠子也不转一下。这里又热又憋闷，还有股很可怕的气味。爬着爬着，二斗伢子手中的蜡烛慢慢熄灭了，后来才知道是因为坑道里没有多少氧气。指导员轻声说道，我们是来接替你们的部队。你们打得很顽强。现在，大家伙儿可以下高地了！坑道里没人动弹，似乎一时还没听懂他在说什么。指导员又轻声重复了一遍。一个声音从黑暗里小心翼翼地问，有水吗？二斗伢子把一名伤员拖出坑道。他还活着，只是身体轻得吓人，像个婴儿。伤员很久没见到阳光了，双眼痛苦地紧闭着、颤抖着，直到军用水壶里的水流进他干裂得像刨花的嘴唇时，才有几颗泪珠从纸一样薄的眼皮下钻出来。

二斗伢子一个一个给伤员喂水，一个一个问他们部队的番号，二十几名伤员竟然来自十三支连队。二斗伢子默默地想，问出了多少番号，就意味着有多少支队伍曾经在这里打过仗。可是，他们走的时候为什么不把伤员带上呢？琢磨一阵子，二斗伢子明白了。那些队伍上来后，就再也没下去过。还活着的，其实就是眼前这些伤员。不远处，他听见指导员对担架连的人说，没有他们，高地早丢了！不管多辛苦，一定要把这些人都活着送到师医院！过了一会儿，指导员又说，坑道最里面还有不少牺牲的战友，一起抬走吧！

一

夜，是乌蓝色的。二斗伢子抬起头，鼻尖上方贴着银河。密密麻麻的星星又冷又远，细细听去，隐约传来轰响声，那是来自天空深处的声音。挖了一夜战壕，二斗伢子真希望这夜再漫长一些。指导员坐在他旁边，用后背使劲儿靠了靠刚砌好的掩体,看是否结实。二斗伢子也坐下来,一个东西硌在后腰眼上。他知道,那是埋在工事里的美军士兵胳膊肘。

指导员问他,你怕吗?二斗伢子问,怕什么?指导员说,死啊!二斗伢子说,不怕。指导员问,屁股底下就埋着死人,你不怕?二斗伢子说,鬼子都死了,还有啥可怕的?不怕!指导员问,从坑道里拽出来那么多战友的遗体你也不怕?二斗伢子说,那时心里只想着报仇,不怕!指导员呵呵一笑,又问,你个小牛犊子,就从来没感觉到怕?二斗伢子说,从来没感觉到过。指导员不笑了,说,没感觉到怕,不是真的不怕。等你心里有了它,并且知道怎么面对它的时候,才是真的不怕。二斗伢子嗯了一声,却不太服气,心想,怕了就是怕了,还说什么不怕?

回到坑道里,二斗伢子坐在老兵李大棉裤旁边。老兵打过不少仗,在东北,在湖南,在广西,在海南岛都打过。只见他往铝饭盒盖里倒了薄薄一层炒面,用小手指甲仔仔细细地翻弄,像犁地一样,把其中的谷壳、沙粒挑出来。然后,再用中指、食指和大拇指把炒面搓成中药丸一样的球,小心地放进嘴巴,连口水也不喝,就生生咽进肚子里。二斗伢子说,老李,喝口水呗,小心刮破了嗓子眼儿。李大棉裤摇摇头,说,水?过三天你再跟我说喝水的事儿吧。你没看见咱们上来时,那些人都干成什么样了?

李大棉裤又说,等会儿美国人的炮弹打过来,你要学会分辨。听我说啊,如果是"呜儿呜儿"发尖的声音,那是远炮,你不用理它。如果是"呼———噗"一下过来,带着风声,那就是近弹,你赶紧卧倒,能多快就多快,亲爹叫你也不要管。还有子弹的声音你也记着点,"吱儿吱儿"的声音说明它早就飞过去了。凡是打到你身上或近处的子弹,你根本听不见。我说你个娃儿,别不当回事儿,多少人还没学会,就没了!二斗伢子用肩膀拱了李大棉裤一下,问,老李,你怕死不?李大棉裤说,肯定怕呀!活人哪有不怕的?二斗伢子又问,那是啥感觉?李大棉裤说,每个人可能都不一样。我吧,就像喉咙里黏着一口痰,吐也吐不出来,总是让你喘不过气来,弄不好还能把你憋死。他接着说,不过,也有个好处。你虽然甩也甩不掉,可它却总在提醒你,别冲动,别逞能,只要仗还没打完,就时时刻刻都别放松了警惕，小心、小心再加小心。许多人的死，其实都是因为心里头那根弦儿松了。他们本应活得更长久———

突然间，二斗伢子只见李大棉裤的嘴一张一合，却听不到任何声音。然后，蜡烛晃了一下，一片漆黑。坑道口那碗大的一丁点儿光也扑哧一下，没了。接着，后背被坑道壁撞了一下，像被坦克碾过似的，骨头咔嚓咔嚓直响，胸膛紧紧箍着肺叶子，却一口气也吸不进来。一声接一声的巨响震聋了二斗伢子的耳朵，以至于什么也听不见。他蜷起身体，死死抱住脑袋，任由筛子一样的坑道把他抛到空中，撞在墙上，再摔在地上。二斗伢子在黑暗里上下翻飞，昏昏沉沉、气若游丝，搞不清这是在哪里，不记得自己是谁，也不知道为什么来这里。渐渐地，他觉得自己变成了一团微弱的亮光，像萤火虫似的飞在无边无际的黑夜里，又像一束瘦小的火苗，随时会被狂风吹灭……

炮击过后，美国兵就该上来了。有人扒开坍塌的坑道口，拽起手榴弹箱，猫着腰冲进战壕，一边往死里喘着粗气，一边忙不迭地拧下手榴弹柄上的铁皮盖子。二斗伢子在坑道里跌倒了，胳膊和大腿被人重重踩了几脚。他使了几次劲儿，还是没立起身子，后面的人便从他的背上急匆匆爬过去，锤子一样的膝盖头快把他的脊梁骨压断了。有只手揪住二斗伢子的棉裤后腰，拎小鸡一样把他拎出坑道，颠簸了上百步，扔在了一个炮弹坑里。二斗伢子扭过脸，看到这人是机枪手大老张。大老张的手紫红色，手指头又粗又壮，每根都像茄子。他把机枪架好，瞄了瞄，对二斗伢子吼道，这两箱手榴弹归你！

二斗伢子还是第一次离这么近看到美国兵端着枪向上冲。他有点慌，手榴弹一个接一个向下甩，却不知道炸到敌人没有。他哪也不看，除了脚下的手榴弹箱，似乎世界上什么都不存在了。大老张给了他一个大脖溜子，喊道，看准了再甩！那手榴弹都是拿命换来的，运一箱上来就得少一个人！二斗伢子愣了一愣，盯着大老张的手，又摸了摸发烫的后脖梗子。过去，二斗伢子挺怕这双紫红色的大手，因为大老张开玩笑时总是没轻没重。现在，却觉得这手挺亲切，若不是它，自己非得给踩死在坑道里不可。一巴掌过后，二斗伢子清醒多了，每次把手榴弹抛出战壕之前，总会把半个脑袋探出去，瞅瞅鬼子已经冲到哪儿了。

不知过了多久，那只手又重重地拍了一下二斗伢子的肩膀，并且紧紧抓住他的领子。二斗伢子一片空白的脑子开始慢慢转动，并且记起了一些东西。他哆嗦着，向高地下方望去，只看到了美国兵的后背和屁股。他们挤成一小团一小团，向远处跑了。二斗伢子腿软绵绵的，稍不用力，准会跪在地上。他抹了一把满脸的鼻涕和泪水，心想，原来仗就这么打啊！他感激地扭过脸，想对大老张笑一下，道个谢。可是旁边的那挺机枪枪管给炸弯了，大老张也不在身边。二斗伢子把胳膊探向肩膀，把抓住自己领子的那只紫红色大手掌拿到眼前。这是大老张的手，只是从小臂一半处炸断了，慢慢滴着血，指甲缝里的污泥似乎都还留着体温。二斗伢子隐约记起来，机枪被炸坏了，敌人冲上了高地，大老张用手榴弹砸碎了一个美国兵的后脑勺，自己也被工兵铲劈断了一条腿。最后，他拎着爆破筒和两个鬼子抱在一起，接着是暴雨般飞过来的石子、土块和血肉。

二

打退敌人第一次进攻之后，指导员就一直让二斗伢子留在坑道里，守着电话机。这个黑色的家伙一声不吭地摆在那儿，二斗伢子盯着它，有点走神儿。他总在想大老张的那只手，心里不好受，又怪怪的。大老张他怕过吗？二斗伢子思量着，就那么一眨眼的工夫，大老张肯定也是没细想过。春天那会儿，部队还驻守在别处，有只白羽毛的红嘴小鸟大概是被炮弹炸昏了头，糊里糊涂地落进了坑道。没有人去管它，大老张却把小鸟握在手心里，将嚼过的炒面吐在指头上，逗它吃。后来，他还用树枝编了个笼子，养着小鸟，直到它能飞了，才把它放走。几十年后，二斗伢子依然清晰地记得大老张伸出那根紫红色粗手指去喂小鸟时的画面和他又欢喜又天真的表情。或许，只有这样的人才有勇气拉响爆破筒吧。

不过，也容不得二斗伢子胡思乱想，坑道外面的仗一直在打。敌人的炮火覆盖高地时，战友们撤进坑道。待美国人发起冲锋时，他们再出去，把敌人击退。如此反复，从日出一直打到日落。越来越多受伤的人被抬进坑道，到处是呻吟声、叫喊声，有人在找水喝，有人在找卫生员。不久，有人把连长抬了进来。他腰部的衣服炸烂了，汪着一摊血，并且还像泉水一样向外涌。指导员把他放在电话机对面的短坑道里，跪在地上给他擦脸上的血污，耳朵贴在他嘴上听他讲话。坑道里很吵，那里也很黑，二斗伢子没看清连长的脸，也看不清指导员的表情。过了一小会儿，指导员把自己的军用毯子盖在连长身上，抓起枪，匆匆跑出去了。

借着电话机旁蜡烛的一点光晕，二斗伢子看到连长露在毯子外面的脚旁边慢慢流出血水，像细细的小溪一样，越流越多，越流越长。他瞅几眼连长的脚，又回过头瞅几眼静默的电话机，觉得一切都很陌生。铃声响了，二斗伢子猛地抓起听筒。有人问，你是谁？二斗伢子慌了一下，忙答，我是九连文书二斗伢子。对方说，让连长接电话。二斗伢子犹豫了，答，连长受伤了。对方说，还活着吗？二斗伢子扫了一眼连长脚旁越积越多的血水，答，大概是死了。对方严厉地问，活着就是活着，死了就是死了，到底是活着还是死了？二斗伢子答，死了。对方又说，我是师作战科张科长，你写一个电话记录，马上交给指导员。二斗伢子找出纸和笔，答道，准备好了。对方说，限于明日上午十时前，将近日以来战斗总结报告交师前指，作战科科长张某某。二斗伢子答，记好了。对方很温情地问，二斗伢子，你还好吗？二斗伢子答，都很好。对方说，你的文章越写越好了，最近那篇登在咱们师出的战地报纸上了，你看到没？二斗伢子说，水都送不上来，报纸更看不到。对方沉默了片刻，道，我这儿有支钢笔，明天上午要是你来就带回去吧。

二斗伢子给师部送过几次文字材料，而且都是交给张科长。有一次，张科长问，这份材料是你抄的？二斗伢子点点头。张科长说，抄得不错，但有错字，你过来，咱们一起改过来。那一次，张科长教会了他五个字。不知为什么，二斗伢子印象特别深，之后再没错过。临走时，张科长还对他笑了，说如果哪次材料里一个错字都没有，就送他一支钢笔。张科长把那支亮晶晶的黑色钢笔给他看了，很漂亮，沉甸甸的。还有一次，二斗伢子替张科长送了封信，是给军文工团的一位女同志的。她收下信，给了二斗伢子一双布鞋，让转交给张科长。两个人收到对方东西的时候，表情都很平静，像是刚刚还见过面似的。

抬进来的伤员越来越多，慢慢就摆不下了。于是，死了的就被叠放在坑道最深处，活着的也尽量往里面躺。太阳变成浓红色，稀稀溜溜地挂在西边的天上。敌人停止了进攻，阵地上的硝烟像炊烟一样，告诉生者，这一天就要过去了。入夜，二斗伢子悄悄爬出热气腾腾的坑道，趴在一块结了冰的战壕土坡上，向山峰四周张望。从他头发上、领子里冒出一股股雾气。后背上的汗碰到冬夜里的寒风，让二斗伢子受了惊吓似的打了个激灵。北面的山谷，此时像除夕夜里的小村庄。敌人的信号弹、照明弹，还有各种型号的炮弹在里面爆炸闪光，机枪子弹拉出亮黄色的网，一刻不停。雪白的光亮处，能看到小小的马匹，还有人，他们被映得水银珠子一样闪闪发光，那是我们的运输线。

二斗伢子冻僵了，往回爬，坑道里挤满了人。他小声说，让一让。可没人动，好一会儿，有人说，还让个老六啊！你就从我身上爬过去吧。二斗伢子壮着胆子说，那我可就爬啦！他小心地爬着，从身旁身下身后传来叫声骂声，瓜娃儿轻点，老子的腿上有伤撒！个小鳖羔子，脚丫子都蹬到我脸上了！快下去，喘不过气来啦，肚子还流血呢！瞅瞅，你这一踩，又冒出来了！有人在他屁股上使劲拍了一下，有人狠狠拧他的大腿。二斗伢子疼得大叫道，都别骂了，我在执行任务呢！再骂，再骂你们自己爬出去吧！

爬到坑道中部，二斗伢子看到指导员正和几个人开会。这里热得要命，仿佛从雪地里一下子进了开水锅。手榴弹箱上的蜡烛软软瘫成一团，只剩下黄豆大的火苗，随时会灭掉。二斗伢子坐在角落里，昏昏沉沉地听他们说话。指导员说，连长死了，副连长也死了，排长只剩下一个。二斗伢子还听到，这一天里，连队伤亡了一大半，如果照这个打法，明天就得拼光了。有人说，那咱就换个打法，阵地上不放那么多人了。现在看来，这屁眼儿大的一块地方，一次上去三个人正合适，伤亡一个，补充一个。指导员说，那就这么定了……

二斗伢子扫了一眼尺把远处连长露在毯子外面的脚，血水干了，留下一摊黑色的硬块儿。他偷偷用鞋跟把旁边的干土踹过去，把血迹覆盖上。这时，有人在坑道口大声喊，咱们的人送东西上来啦！不久，爬进来一个人，一身一脸土，张开嘴说话，露出一口白牙，眼睛血红血红的，让人有点不敢问他话。那人从后背上扯下五个装满水的军用水壶，又从腰里解下一只布袋子，里面有三根白萝卜。最后，他扒开上衣，从怀里摸出一包油纸裹着的水果糖，上面还沾了一大片滑溜溜没干的血。他喘着气，用骂人一般的口气说，给俺开个收条，把这三样东西记清楚喽！水果糖本是某某某带着的，半道上炸死了。指导员递上一搪瓷缸水，那人一把推开，说，这水我怎么喝得下去?！发了好一会儿呆，那人爬起身，叹了口气，说，我得回去了。你们别嫌少，我们出来时是十五个人，只有我一个上来了……还不知道能不能活着回去。

那人走了，坑道里稍稍安静一些。有人低声说话，有人呻吟，有人磨牙，有人把手榴弹盖子拧开再拧上。一颗水果糖砸在二斗伢子额头上，把他砸醒了。他看到指导员正借着豆大的一点光亮写战斗总结报告，每个人都分到了一枚水果糖。属于自己的那枚在地上闪闪发光，二斗伢子拾起来，仔细端详，糖纸一角留有指甲大小的血迹。他犹豫了几下，还是狠狠心剥开了，把糖放在嘴里，将糖纸小心叠好放在挎包里。指导员似乎用眼角看见了，又甩给他一枚，正落在怀里。二斗伢子旁边坐着李大棉裤。此时，他正借着亮光，把炒面捏成小球，摊在手掌上，一颗一颗往嘴里放，吃得美滋滋的。二斗伢子问，大半夜的，就吃上了？李大棉裤边嚼边说，得着空就吃点呗，谁知道鬼子啥时候上来呀！

不知不觉，二斗伢子又睡着了。这回是指导员把他摇醒的，说道，战斗总结报告写好了。来来来，你再帮我捋一遍，看有没有不通的地方。

三

当二斗伢子从坑道里钻出来的那一刻，他觉得自己像魑魅魍魉一样，即使是朝阳那并不强烈的光,也刺得睁不开眼睛。他紧捂双眼,像挨了子弹那样在薄雪上趴了好久,世界才一点颜色一点颜色,一块形状一块形状,一把沙土一座土包,一枚弹坑一条战壕地恢复了原来的样子。刚才,指导员把战斗总结报告交给二斗伢子,让他穿过山谷,在上午十时前送到师前指。指导员还说,你大哥不是在三十四团吗,那个团这会儿就在师部附近休整。我再多给你半天时间,看看能不能见上一面,天黑前赶回来。二斗伢子跑出去十几步,又被喊了回来。指导员从手腕上摘下自己的瑞士手表,给了二斗伢子,说,看着点时间!二斗伢子急了,一把推回去,说,这是你花了两年津贴才买到的,我可不敢戴!指导员苦笑了一下,说,贵不贵重的早看淡了,东西就是拿来用的,坑道里还有个马蹄钟,挺准的。说罢,指导员把瑞士手表撸在二斗伢子手腕上,又在他屁股上拍了下,仿佛催一匹小马快点儿出发。

其实,二斗伢子心里还有一个人,那是他的霓云姐姐。二斗伢子的大哥叫九斗伢子,是他的亲哥哥。霓云却不是他的亲姐姐。她是师部文化干事,从重庆来的大学生,造桥专业毕业的。去年冬天刚过江时,被派到二斗伢子他们连采访。那会儿天寒地冻,连里面要求宿营时两个人两个人的抱在一块儿睡。霓云是个女同志,没人和她睡一起,几个晚上下来,给冻得哭了。二斗伢子年纪最小,指导员就把和霓云搭伙儿睡的任务交给了他。那晚,二斗伢子把霓云的脚抱在怀里,又轻又软,像抱着一束桃花似的。霓云也一样,还轻轻地给二斗伢子捏着脚心和脚踝。二斗伢子涨红了脸,说,姐啊!我的脚臭,也不冷,你就别抱着了。霓云说,净瞎说!冰天雪地的你脚能不冷?快睡吧!她一边说着,一边哼歌,一边给二斗伢子捏脚,直到他睡着了。其实二斗伢子没睡着,而是偷偷解开棉袄扣子,把霓云的脚贴着胸膛搂在怀里。他一直半梦半醒,一朵朵粉红色的火苗在寒冬夜空里漫天飞舞。

走下山谷的那一刻,二斗伢子就知道敌人的大炮已经开始瞄准,不知在哪棵树后的狙击步枪准星也正对着自己。他回头看了看那个小小的坑道洞口,又看了看头顶的天空。今天天气真好,碧蓝碧蓝的,偶有几片羽毛一般的薄云。一只黑色大鸟在太阳下方飞过,轻轻地挥舞着翅膀,盘旋了几圈,又尖叫着飞向远方。二斗伢子觉得自己就像那只自由的鸟儿一样,可以奔跑,可以欢笑,可以呐喊,去见久别的哥哥和姐姐。

在枯草和积雪上,有打了几个洞的铁皮水箱,有炸断了腿的骡马,有散了架的手榴弹箱,还有丢弃了的萝卜、苹果、香烟和罐头。所有那些在坑道里比黄金还贵重的东西,二斗伢子都不能停下来去捡。他像一头机敏的狸猫,一会儿向左跑,一会儿向右跑,一会儿趴在地上,一会儿又躲在树丛里。他想象着自己在和敌人捉迷藏,当敌人扣下扳机前的那一刻,他便一跃而起,从对方的准星里逃出去。有那么一小会儿,二斗伢子特别兴奋,快活劲儿一辈子少有,快要把身体胀破了。他差一点忘了还有个黑漆漆的东西在背后追着他,只需一刹那,就能把他变成尸体,和遗落在山谷里的那些物件没什么两样。二斗伢子还发现,这山谷其实是活着的。有一大群棕色的大蚂蚁排成队,努力地从裂开口子的布袋里搬运炒面疙瘩。还有田鼠从地洞里警惕地探出头,然后窜到丢在野地中间的木筐边,偷偷摸摸叼走几粒带壳的花生。在一处薄冰之上,竟还有根发了翠绿色嫩芽的白萝卜。那嫩芽冻在冰里,闪烁着太阳光,仿佛还会继续长大似的。有一次,当二斗伢子卧倒时,看见草丛里伸出一截灰黑色的手,手腕上套着一只瑞士手表,和指导员的这只一模一样。他只敢匆匆端详两秒,就再次爬起来向前跑。不过,他也看清了,那只表完好无损,最长的秒针还在一下一下跳动着,真是奇迹。

不知为什么,二斗伢子穿过山谷,还翻过了一座海拔一千来米的山峰,敌人却没开一枪,没打一炮,就像真的只是一只鸟儿从荒无人迹的大山中间飞了过去。而不久前,一支九十多人的增援队伍打这儿通过,最终只剩下十七个人活着进了坑道。到了山脚下,二斗伢子发现这里多出一处战地医院,密林里搭了十几个帐篷。他钻进其中一个,看有没有认识的人。帐篷里没什么光线,但生着火,很暖和。行军床上躺着没了胳膊或腿的人,但他们没叫,也很少呻吟,入神地看着帐篷顶上的某一处,周围静悄悄的。二斗伢子知道,能活着被抬到这里的人已经是很幸运的了。不远处传来嚎叫声，他跑过去看，原来是护士在给被凝固汽油弹烧伤的战友换药。当纱布从一大片一大片皮肤上揭下来时，上面带着血水和脓水，还有刚刚结好的痂。

有个帐篷里架着几口大铁锅，里面煮着医疗器具，雾气当中充满药味儿和腥味儿。一个穿白短褂子的女护士背对着二斗伢子，正在搓洗什么东西。她身边有几个可以给小孩子洗澡的大铁盆子，硬邦邦带血的纱布堆得老高。二斗伢子急忙跑到她面前，大叫道，姐！真的是你啊！女护士抬起头，正在走神的眼睛里慢慢有了泪水。她一下子站起来，把二斗伢子搂在怀里，身体颤抖着，用手仔细地摸二斗伢子。从头发开始，像寻找什么东西似的，抚过脖子，捏一捏胳膊、腰身，又摸过大腿，连脚踝也一左一右地扭了几下。检查过之后，她再次把二斗伢子牢牢抱住，脸贴着他的耳朵，说，都是好的，姐姐真高兴！

霓云端详着二斗伢子，飞快打来一盆热水，往里扔了一小块碱。她按住弟弟的脑袋，先是把头发好好揉搓了一遍，又把脸和脖子彻底洗干净了。她捧起二斗伢子的脸，掏出一只用花蛤壳装着的擦脸油，从额头开始，然后是鼻子，接着是嘴唇和下巴，一点一点，一下一下把他的脸都涂了一遍。霓云仿佛看着一只刚刚洗干净的白瓷碗，用指尖轻轻拂拭，一颗灰尘也容不得留下。

这时，又来了几个穿白短褂子的女人，其中一个脖子上挂着听诊器。她走到近前，用手掌在二斗伢子的肩膀、胳膊和腿上来来回回拍了几下，开心地笑着说，这小伙子，长得可真漂亮！说罢，她从兜里摸出一只一寸见方的纸袋，里面有三粒维生素药片，塞进二斗伢子的挎包。另外两个女人也围着二斗伢子打量了一番，分别送给他一只装有消毒酒精棉球的小玻璃瓶和一双厚毛袜子。二斗伢子涨红了脸，故意把瑞士手表放在眼前看了看，就往师前指方向跑开了。他悄悄回头望了一眼，霓云姐姐孤零零地站在帐篷外面，一手捂着嘴，另一只手向他挥着。他觉得自己的心似乎被某种通人性的动物咬了一口，比如说马，比如说狗，比如说猫。不是那种死命地咬，而是小心地半含着，只在皮肉上留下牙印的咬。那颗不管不顾的心里头,就这么落下了一颗姐姐的泪水。

四

又翻过一座小岭,二斗伢子找到了师前指,时间是上午九时四十五分。不过,最后的时限又突然失效了。今日凌晨,敌机在这里投下三枚重磅炸弹,其中一枚把师前指一处隐蔽所炸塌了。当时,作战科张科长和两个参谋正在里面,把他们挖出来时都已经牺牲了。三人的遗体盖着白布单,并排放在一个矿洞里。十几个人围成半圆,师政委低声念了一份不长的悼词,师长拔出手枪,走到洞外,朝天打光了子弹,然后,猛一转身,头也不回地走了。那位文工团的女同志蹲下来,揭开其中一块白布单,给尸体擦去脸上的泥土。

没有人说话,洞里静悄悄的。过了很久,二斗伢子才记起了自己的任务。他来到师前指,看到隐蔽所恢复起来了,墙上重新挂上地图。张科长用过的木桌子断了一条腿,现在,断桌腿下面垫了两只木箱子。有个人坐在桌子后面,入神地瞅着笔记本。电话铃不停地响,新来的作战参谋接起电话或放下电话,然后用红笔或蓝笔在地图上标注。那人抬起头,皱着眉间,你是干什么的?二斗伢子挺直后背,答,我是三十二团九连文书,张,张科长让我们连送一份战斗总结报告。那人看了一眼二斗伢子,说,拿过来吧。这时,一个作战参谋跑到桌前,对他说,赵副科长,军长电话。那人把报告放在桌上,用块石头压住,起身走了。二斗伢子打量了一下隐蔽所内部,门口处有一大片烧黑的土,门框外层是焦的。屋角处原来有一张床,铺着褥子和被。现在,床板砸了个大洞,铺盖也不见了,上面堆了三个文件箱。其中一个文件箱上面摆着一只挂钟,玻璃前罩碎了,里面进了土,只剩下一根指针。二斗伢子记得上次来师前指时,这钟是挂在墙上的。

过了半个多小时,赵副科长才回来,军装的前胸和膝盖沾满了黄土,额头上还涂了一块碘伏。他看完战斗总结报告,道,你们连的电话线断了,那么我来问你,今天能撑得住吗?二斗伢子说,能。赵副科长又沉默了,盯着战斗总结报告，仿佛要从字里行间看出点什么。二斗伢子问，我可以回去了吗？给我签一张收条。赵副科长头也不抬，说，你先别走，晚上有一支加强连要上去，你地形熟，给他们领路。二斗伢子还想说指导员多给了他半天假，让他去看一眼哥哥。可他瞅着赵副科长额上的碘伏，动了动嘴唇，把话咽回去了。中午时分，有人端了碗面条过来，上面漂着油星，还卧了只鸡蛋。赵副科长对二斗伢子大声道，嘿！我说五九七下来的，专门给你做的，吃吧！他还从床下边掏出一盒猪肉罐头，用刺刀撬开，递给二斗伢子，说，这东西轻易不拿出来，也给你吃！

　　猪油味儿、白面香味儿把二斗伢子熏得晕乎乎的。从牙齿碰到面条的一刹那开始，他就像勒住一匹野马那样使劲勒住自己的嘴，好让自己多吃一会儿，也免得被噎住。他紧张得有点喘不过气来，胸口闷闷的，眼里有了泪珠儿。赵副科长的眼睛也湿了，拍拍二斗伢子的肩膀说，慢慢吃，别呛着，我还要开会，吃完你就睡会儿。正说着，外面来了人，问，在哪儿开会啊？他们有团长、政委、副团长，有营长、教导员、副营长，都是从前线下来的。这些人用拳头互相狠狠地捶着胸膛，笑着问，你他娘的还活着呢？哈哈！

　　面条和猪肉罐头下肚之后很久，二斗伢子的嘴唇上还蒙了厚厚一层油，又滑又腻。他一头倒在两个文件箱之间的床板上，像塞满了东西的实心麻袋一样昏昏沉沉地睡着了。在梦里，他看见了高地，一片火光和爆炸声。他很惊讶，高地怎么这么可怕？可很快又明白过来，现在高地真的就是这个样子。他还看见了一个人，好像是指导员，不过人影一闪而过，没看清楚，也没听见说话。似乎只是一眨眼的工夫，赵副科长便又把他从床板上拎了起来，拍拍他身上的灰土，把一张文件收条塞进他的挎包，说道，天黑了，队伍在路边等着你呢！走吧！钻出隐蔽所的那一刻，二斗伢子转回身问赵副科长，你怕死吗？赵副科长说，小兔崽子，问这干啥？二斗伢子说，瞎问问。赵副科长答，什么怕不怕的？明天要死了，今晚该干啥还干啥！二斗伢子指了指赵副科长前胸兜里的钢笔，说，那是张科长留下的笔吧？他答应过给我的。赵副科长扯了一下二斗伢子的嘴，拽出钢笔，笑着放在他手心里,说,要是有一天仗打完了,多练练字!现在,滚蛋!

头顶上有个月牙儿,在密密的树枝之间移动,把硌脚的冻土洒上一层银辉。山脚下有条大路,一支部队在黑暗里默默地向东急行军,速度很快,差不多在跑,到处是喘息声和啪啪的脚步声。二斗伢子站在道边,再向西走一小段,就要离开大路向山上爬了。他问急匆匆迎面而来的人群,你们是三十四团的吗?你们这里有个叫九斗伢子的吗?我是他弟,我叫二斗伢子。有人说,我们是三十四团的,但不认识九斗伢子。二斗伢子一遍一遍地问,仍然没人知道他大哥。赶路的部队排成一溜,像条黑色的长线,一眼望不到头和尾。这时,队伍外面走过来一个人,跟着警卫员,腰间有把短枪。二斗伢子拦住他,又问了一遍。

那人说,我是三十四团团长,你是谁?二斗伢子答,我是三十二团九连文书二斗伢子。团长问,你们团不是在五九七吗?二斗伢子从挎包里拿出文件收条,递给团长,说,我是下来送文件的,马上就要回去了,我想见一眼我大哥。团长双手放在二斗伢子肩上,使劲捏了捏,道,你们真是好样的。说罢,他转过身,对进行中的队伍大声喊道,九斗伢子你在哪儿?你弟二斗伢子想见你!听清楚喽,一个接一个往下传!于是,在夜色里,这句话此起彼伏,像大河上的波涛,一浪叠着一浪,声音越来越大,慢慢向远处传去。不过,好一会儿,这波涛似乎没有拍打到河岸就在遥远的地方消失了。二斗伢子有些懊悔,真是不该去问,或许大哥调走了,或许他受伤躺在医院里,或许当初就搞错了,他根本不在三十四团。二斗伢子擦了把眼泪,转身向山上爬去。

有个声音传来,经过无数个人的接力,越来越清晰。听得出来,每个传话的人都很高兴。于是,二斗伢子听到,九斗伢子当排长啦!现在急行军,他不能来见他弟二斗伢子啦!

九斗伢子当排长啦!现在急行军,他不能来见他弟二斗伢子啦!

九斗伢子当排长啦!现在急行军,他不能来见他弟二斗伢子啦!

……

五

路过战地医院时，二斗伢子闻到了浓烈的焦煳味儿，其中掺杂着树木和血肉烧焦的味道。不少水桶粗的大树被拦腰炸断，毁坏的帐篷像被撕烂的破衣服一样挂在残缺的树干上。抬伤员的民工说，战地医院被敌机盯上了，抽冷子投了不少炸弹。现在，医生和病人都转移到了那边的山洞里。一时间，二斗伢子脑袋里头空荡荡的。他急得忘了喘气，跑了上百米，冲进山洞，直到看见霓云捧着不锈钢盘子，胸前白褂子上满是血迹，镇静地站在手术台旁边时，才一下子瘫倒在墙角里。他闭上眼睛，艰难地倒着气，心里默默念叨着什么。生平头一回，二斗伢子觉得有点怕了，但不是怕自己死，而是真切地为另外一个人担心。

肯定有很长一段时间空白，因为二斗伢子睁开眼时，姐姐和另外两个护士正蹲在面前，焦急地打量着他。这两个护士二斗伢子都认识，白天见过面，还送了他一只装有消毒酒精棉球的小玻璃瓶和一双厚毛袜子。霓云拉着二斗伢子出了山洞，在一处用树干搭成的木屋前站下。

霓云问，这就回高地去了？

沉默了片刻，二斗伢子答，嗯。

他狠了狠心，问，那个脖子上挂听诊器的医生呢？怎么不见她？

霓云答，白医生没了。

下午？

下午。

霓云拉着二斗伢子向树林深处走了十几步。这里，有一块大树环绕的空地，铺满了干枯的黄叶。在树枝上方井口一样的夜空里，那片小月牙儿静悄悄地闪烁着清冷的光。霓云把二斗伢子搂住，他能感觉到姐姐的心在怦怦跳。而且，他还惊讶地发现，不知不觉间自己已经和姐姐一样高了，此时此刻，两个人的额头正贴在一起。月光洒在霓云脸上，她的睫毛在颤抖，两行泪水像夜色中的小溪一样从眼角流下，她的眉眼、鼻尖纤毫毕现。于是，二斗伢子就吻在姐姐的嘴唇上。

吻了好久，霓云说，我永远爱你。

二斗伢子问，什么是爱？

霓云说，爱就是把另一个人放在心上。

二斗伢子说，那我也永远爱你。

霓云说，要是你和我明天就死了呢？

二斗伢子说，那也是永远啊！

霓云用手抚上二斗伢子的眼睛，然后将他的双手放在自己又暖又软的腰上，紧紧地抱着他，脸贴在他的耳侧，身体在微微抖动。他没害臊，也没脸红，而是默默地抱着霓云，心底涌出千句万句浓浓的话想对她说。

二斗伢子道，姐，你冷吧？他解开棉袄扣子，像当初把霓云的脚贴着皮肤搂在怀里那样，把姐姐裹在棉袄里。

他又说，姐，你永远在我心上。

霓云道，嗯，你就这样搂着我！拥抱过一回，就永远在一起了。

霓云光滑的手绕着二斗伢子的脖子，亲吻他的额头、眉毛、眼睛，越过鼻梁，再次吻在他的嘴唇上。这一次，她的嘴唇烫得像燃烧的炸药，使劲吸着、吮着、挤着、压着……

从远处传来一阵呼唤声，二斗伢子，加强连都到半山腰了，你再不走，就追不上他们喽！

当二斗伢子回到高地坑道里时，指导员已经牺牲了。二斗伢子握起拳头，使劲地捶着脑袋，觉得是自己害死了指导员。临别时，他把瑞士手表摘下来送给了霓云姐姐。他觉得山谷里死尸手腕上的那块瑞士手表一定还在，回去时，豁出命去也要把它抢回来，还给指导员。可是，封锁线上的炮火太密集了，和白天完全不一样，二斗伢子就像闯进了一个光芒刺眼的迷宫，任何熟悉的东西都找不到。表没了，似乎冥冥之中注定着指导员也一起没了。现在，弹药箱上依旧燃着一颗豆大的火苗，新来的连长、指导员坐在那儿研究明天的仗该怎么打。

坑道里认识的战友已经没几个了。李大棉裤靠在对面短坑道里，一粒一粒把炒面搓成球，抿一小口水，再像吃中药丸那样把炒面球深深地放在嗓子眼儿处，使足了劲儿吞下去。二斗伢子坐到他身边，愣愣地瞅了半天他树根一样的喉结，想再问点什么。李大棉裤凶狠又厌恶地瞪了他一眼，低声道，把嘴给我闭上，别说话！然后，李大棉裤从兜里掏出来十来颗子弹，用破布一枚一枚擦得又红又亮，擦好了放回兜里。不一会儿，他又掏出来，重新擦一遍，如此反复。

第二天早晨，美国人的炮弹地动山摇之后，二斗伢子和战友们冲出坑道。他看到东方的地平线上空挂着一轮红彤彤的太阳，像一条从天而降的红色大河，用血一样的波涛把这个世界染得通红。二斗伢子深吸一口气，慢慢从战壕里立起身，迎着朝阳挺直了胸膛。然后，他沉着地拧开一只手榴弹柄上的铁皮盖子，对着正在冲上来的敌人猛地扔过去……

六

那场战役结束后，不仅仅是九连连长、指导员、大老张、白医生、师作战科张科长，李大棉裤、霓云、师作战科赵副科长也都相继牺牲了。古稀之年的二斗伢子说，当朝阳升起的那一刻，他突然明白了什么是死。打那儿之后，死就在他的心里生根发芽。这棵黑色的大树让他终生都在想一个问题：人，应该怎样活着？

（原载《钟山》2021年第1期）

作者简介：

西元，男，1976年生，籍贯黑龙江巴彦。1994年考入解放军南京政治学院，同年入伍，历任排长、组织、宣传干事、代理组织科长、营教导员，现为解放军某部创作员。就读于中国人民大学、北京大学，获文学博士学位。著有小说集《界碑》《疯园》等。曾获第二届《钟山》文学奖、第二届中华文学基金会"茅盾文学新人奖"、第三届华语青年作家奖、第七届鲁迅文学奖中篇小说奖提名等。现居北京。发表过作品《死亡重奏》《炸药婴儿》等多篇。

钟表匠

南 翔

一

如果不是假期而是工作日，又如果是工作日的某个傍晚，你在家里吃罢饭，想到深圳东门来逛一逛，乘地铁3号线或1号线到老街称得上便捷。尽管两条绵长的地铁线在此相会，站点下面，店铺纠缠，请你迟疑的脚步不要在下车之后盘桓太久。在偌多出口标识中，小心剥离出一个谦卑的C，沿着它的指引，很快就能从纷繁逼仄的商圈氛围中，快速走出地表，扑面而来的便是一片通明华丽的灯火。

一则因为疫情，深港两地一桥之隔的罗湖站，早已关闭；二则工作日期间的男女尚在宿舍与写字楼两点一直线的折返中，翘盼下一个周末的来临，夜色中的老街居然如此灿烂，又如此安谧。西华宫门前，赭红色的大理石条础上，镌刻着金黄色的"老东门商城"五个大字，石础上的红黄蓝三面旗子在夜风中一次次地张扬旋舞。无论是文山楼的银行与饭馆，还是宝华楼的服装批发，都看不到平常或节假日的人头汹涌，倒是沿街的小店铺，如火爆鱿鱼、章鱼小丸子，不时有过早穿上裸背夏装的姑娘上前问津。斜对面的烧仙草，是近几年才兴起来的一款果茶吧？两个着黑衣的精瘦而精神的后生子，不仅要手脚麻利地接待顾客，还不时快速打包就近去送外卖。

顺着新园路往里走，窄窄的一条小巷子，两边对开的店铺更加密集，多半都是日常生活的售卖，廉价的内衣，塑料盆桶，鞋帽，竹席……往北折过去，抬头是一个与小店铺尺度不合的大大的木版店招，上镌三字隶书：钟表匠。

近前便见一个颅顶虽还繁茂却已然一片花白的老者，低着头，老花的左眼皮上夹着一只放大镜，全神贯注地在给一块机械表清洗、调试。对面银匠店的敲打，烧烤店的煎炸，女性内衣店的吆喝，都不能企图通过听与嗅，夺走他一心一意的专注。

冷不丁有人在门前毫不客气地闷叫一声，修表师傅！

他会不由自主地呃一声，慢慢抬头，摘下放大镜，要么道，请坐。要么问，换电池，还是修表？

与别的修理店不一样，在他一米多长的玻璃罩子的工作台外，摆着一张红漆剥落的靠背椅。来者可与之面对面坐下来，钟表匠在左眼皮上扣上一只放大镜，起开表盖，更换石英表的电池或修理机械表，便一溜顺看得清清楚楚。除了对面的椅子，靠墙还摆着一张一模一样的椅子。靠墙的椅子是为顾客的同伴备用的。钟表匠的经手中，来修表者，一个人来，与一对儿来的，各占一半。年轻人，一对儿来的多一些；年长者，一个人来的多一些。

钟表匠就姓钟。

大约在七八年前初夏的一天，矮小个子、一头黑发染得与面容不相称的老周来修表，看见他的店招是："钟表修理店"五个字，跨进来那一刻自言自语道，店名也太直白了一些。言谈中得知店主恰好姓钟，略一蹙眉，拍手道，那就叫"钟表匠"好了。钟既是姓，又是你修理的对象，包括座钟，挂钟，落地钟……

由顾客而成为朋友的,老周不是唯一,却是给他题写了店招匾额的一位,从此相交日深。老周当时为用繁体还是简体写这个"钟"字,颇费踌躇。若不是跟老周那次闲聊,老钟并不晓得钟的繁体字,还有锺与鐘的区别。金童鐘是打击乐器,是报时器,是晨鐘暮鼓之鐘;金重锺是酒盅,容器,还比鐘多一个动词:情有独锺。用于人名,如钱锺书。

老周问老钟,锺与鐘在被简化之前,是两个不同的姓?你祖上到底是姓锺还是姓鐘?

这下把老钟搞糊涂了,钟之外有个繁体字锺,他是晓得的;却还有另一个同音的鐘姓,他姓了70多年的钟,竟然一无所知。

过了两三天,老周手握一个卷筒,打开一张皱巴巴的半生宣,竖写了"钟表匠"三字隶书。老周面露羞赧道,我给你写了店铺的牌子,你看看合用吗?一个是你不晓得自己祖上姓金童鐘还是金重锺,再一个是为了通俗化,现在年轻人多半不识得繁体字,就还是写了钟。

老钟见三个字写得虽嫌纤弱了一些,却横平竖直,工整有力,不由跷起了大拇指。老周高兴。就像一个从来都是挨批评的孩子,忽然在大会场受到了老师的表扬。

老钟找了一块一米多长的崖柏,一面刨光,就近在老街上请工匠将"钟表匠"三个字,依样大小凿在了木版上,刷上金漆。在门侧挂上这块店招的那一刻,老钟就像一个先前盐田码头出海捕鱼多日才返回的渔民,蓬头垢面、一身汗馊,被拉去理发剃须,又痛快淋漓地洗了一个热水澡,浑身上下都是劲儿。好长的日子,他上班下班,一进一出,都要在这块垂挂的店招前,停步磨蹭,前后左右都看看,最后端端正正地看一眼店招,再进去,或离开。

从此,钟表匠和老周成了好朋友,巧的是,两人还是同庚,一个比另一个大月份。

上了年纪的男人交友,跟孩童有些儿相似,最易从细节中获取养料。同庚老周的这个取店名、送店招的细节,深深地鼓舞了素来性格内向的老钟。更何况打那以后,老周隔三岔五过来吃茶,闲聊。精瘦的老周茶量惊人,食量也与他一米六五左右的体量不相称。往往是一壶铁观音,或者凤凰单枞,要冲兑好几次,喝得底色全无才罢休。中午老钟带他去过街的茶餐厅吃盖浇饭,从自己的一份扒拉一半给他,老周还比老钟先吃完。一碗号称紫菜汤的,漂浮的紫菜比百岁老人的头顶还要吝啬,老周每次也是喝得点滴不剩。边喝边说,不要浪费。

一次午饭,老钟问老周,你也有过饥饿的记忆?

老周道,我们这个年纪的人,过了七十,往八十路上奔的人,又不是生活在钟鸣鼎食之家,哪里会没有饥饿的经历!话头一转,却又道,我们家也算是侨眷。

老钟一愣问道,哪里的归侨?

老周狡黠一笑,反问道,你猜猜呗。

老钟不假思索道,深圳光明农场主要是越南归侨,华侨城主要是印尼归侨。你们家总归是东南亚回来的?

老周呵呵呵笑道,你可能听都没听讲过的一个南美的小国,苏里南。南美洲最小的一个国家,却比我们广东省小不太多,是西半球唯一一个不是荷兰王国组成体成员,却使用荷兰语为官方语的国家。人口真少,现在也不到七十万吧。我家老爷子在那里的时候,人更少。

老钟嗷了一声,说是真不晓得。只晓得广东人去东南亚,去欧洲、美国、加拿大,南美洲就晓得古巴有华人。

老周纠正道,古巴不在南美,属于北美,准确地说,是加勒比海地区,那里还有牙买加、海地、多米尼加等国家。

结识了老周这个话痨,老钟才晓得自己是多么笨嘴拙舌,又是多么孤陋寡闻。

即便他是一个钟表匠,除了摆弄钟表他胜过老周,相关钟表的知识,尤其是钟表历史的来龙去脉,老钟多半只有聆听的份儿。那天过五一劳动节,老钟没歇业,叫来老周,午饭叫了几份烧卤:烧鹅、肥肠、鸡翼,酒是45度的江小白。就在门口支起一张折叠桌子,把两张红漆靠背椅端出来,椅子喧宾夺主,显得比桌子还高。小店铺门口吃饭哪能那么讲究!多余之物常常是城管扫荡的对象。好在既然是一年一度的劳动者节日,两个穿制服的过去了,扬起的手臂,释放的也是招呼的善意。

老周喜欢喝茶,无论红绿黑白……是茶都喝;老周也喜欢吃酒,白酒、洋酒、红酒、啤酒、客家酿酒……是酒都行。几口白酒下肚,各式卤菜也吃了几箸,连片红粉早已飞上突兀的两颧,他用手背揩过嘴角,问,明万历二十九年,也就是1601年,意大利人利玛窦已经49岁了,他第一次走进紫禁城,此人从西洋带来了很多稀罕之物敬献给万历皇帝,如圣母像、八音琴、三棱镜、十字架、自鸣钟,还有世界地图,当时叫《万国全图》。你晓得皇帝在他先后进贡的四十多件礼物中,最中意的是什么东西吗?

老钟见同庚卖关子的得意劲儿,有意往偏冷的地方猜,圣母像?十字架?八音琴?这些都是皇宫里面没有的啊!要么是世界地图?皇宫里面也没有。皇帝老儿一直以为中国是世界的中心,看到《万国全图》,只怕会大吃一惊吧?!

你讲得一点没错。老周说着,端起即将倒尽的小瓶白酒,有点犹豫。老钟变戏法似的又拿出两瓶递给他。老周高兴道,皇帝老儿当时的心情跟我现在一模一样,龙心大悦!因为他看到了自己脚下的版图全貌,也晓得自己的领土到底还有多大了。当然也晓得了,并非普天之下莫非王土也!

老周手舞足蹈道,万历皇帝最喜欢的是一大一小两座自鸣钟。一座大的是铁制,装在一只精工雕刻的大铁盒里,盒子上饰有很多金龙。一只小的,一掌多高,完全镀金,装在一只镀金的盒内,都是欧洲制造的极品。两只钟表并没有镌刻外文,都是投其所好地刻上了汉字,最巧的是,钟盘外都有一只手指示时间。皇帝当然也有时间观念,希望精确地把握住时间。你想想,我们那个朝代,用的还是铜壶滴漏之类的计时器啊!把皇帝老儿喜欢的,按照现时年轻的人的讲法,不要不要的……

老钟领悟了,道,皇帝一高兴,利玛窦出入禁地也就容易多了。

老周道,到底是明白人,利玛窦来中国为的是传教,哄得皇帝开心了,进出方便了,传教也就顺风顺水了!这两座自鸣钟,是吾国皇宫里最早出现的近代机械钟表。万历皇帝朝夕把玩,爱不释手。利玛窦要调试钟表,养护钟表，一个蓝眼睛、高鼻子的洋人，留居北京，进出紫禁城，也就通了方便之门。

老钟吞吞吐吐道，没想到你这么懂钟表……这几十年，我不仅修钟表，还陆陆续续收购了一些旧钟表，改日请你去看看。

二

老周听说，同庚的旧钟表收藏并没有放置在儿子家里，而是在晒布路边上一个老旧小区金锦苑的房子里，便答应随时可去。此前，老周听老钟讲自老伴肺癌去世之后，已经跟儿子一家一道生活了十多年，便断然回绝了上门去坐坐的邀请。老周的回答是，如果是你独自的家，我会去。跟儿子媳妇孙子在一起，我大大咧咧的，就不去了，免得讨人嫌。

或许也是一人居住惯了，老周确实落拓不羁，老钟也就不勉强。老周主动告诉他，就一个儿子，平生教子无方，儿子因为嗜赌，离婚三次，把一个好好的家败得干干净净。自己退休太早，勉强拿一份低廉的社保，够得上自己赁房独居而已。在讲到老婆20多年前跟一个马来华人去了槟城，倒也是一份清醒的自责：是我那时候太好吃懒做，又酗酒，她看我无可救药，也没有money，就狠心抛下我和儿子，跟人家走了。

老钟心想，儿子是不是跟随了你以前的影子啊？嘴里却鼓励他道，我看你现在不是这样啊！

老周道，鄙人早痛改前非了，提前从一个没出息的单位退休之后，我还做过搬运工，给单位看过大门，守过仓库。况且，再有酒喝，我一次也没醉过！还每天坚持冷水浴，早晚跑步10公里。我们这号人，拼的就是身体好！他妈的别的都是浮云。

老钟喜欢看他调子高昂，即便带着浮夸，也自有一份兴兴头头的鼓舞，不喜他的低沉，赶紧给他筛酒道，再喝两杯。真的没见你醉过。我其实羡慕能吃能喝的人，这样的人都有劲道！

老钟之所以要这样表达，是窥见老周喜爱边吃边聊，但又不想白吃，眼红腮赤的,每次都要带点小东西过来,两斤砂糖橘,或者两斤洗净的荸荠。

一个经济上完全支付得起一位谈得拢的朋友过来小吃小喝,打打牙祭的人,那种对友开怀获取的愉悦,远不是几张钞票可以兑换的。老钟又得小心呵护他的自尊,在他明确表示不愿意去儿子家之时,终于向他敞开了自己的钟表收藏,那可从来都是自己和亡妻生前的盘桓之所,儿子工作忙,两个孙辈功课忙,来过有数的几次,也是匆匆一顾,无所用心。

两周后的一个周日,老钟带老周来到距离老街一站之遥的晒布路。一个细叶榕环绕的旧小区内,细雨过后,泛出一股湿热的草木气息。拉开锈迹斑斑的铁门,登上4楼,老周的步子太快了,老钟跟上来已是气喘吁吁。

门口钉了一块牌子:有闲斋。

老周站在门边立定,摸着刮得溜青的下巴,吟道:无空道里两位匆匆客,有闲斋里一个大忙人。

进来之后,立即听见一片久违的高低错落、清脆悦耳的钟铃声。

老钟揩了一把汗道,我们虽讲是同庚,你的身体、劲头,比我小去不止十岁啊!

老周有些歉意,赶紧给老钟搬来一条凳子道,我一个人快走惯了,走路也是一溜儿小跑。说着四下里看去的眼光骤然放亮道,你收藏了这么多钟表啊!上次跟你去香港中环看旧表,并没有看你下过狠手啊!

老钟张大嘴呵呵道,这是二三十年的积攒,也有的是香港过来修表的让给我了。

这是老式小区里标准的两室一厅,都不大,三间房都放满了挂钟、座钟和落地钟,外壳有木制的,有铜制的,有珐琅瓷的,色彩则明黄,军绿,湖蓝,孔雀蓝……足有几百件吧!细看有德国的三塔五音座钟,法国的皮套座钟,日本的铜方钟,20世纪40年代美国为中国制造的24小时时辰座钟——钟盘上除了罗马字母,还有子丑寅卯……十二时辰。一溜儿屉柜里,则摆满了各式老表。窗前,一座紫檀镂花的座钟足有一人多高,上面是菜盘一般大的钟盘,下面垂吊一个拳头大的金色钟摆,前后还有两个小钟摆,错综晃荡,铿然作金属声。

钟王啊！老周站在这个钟王面前，双手交叉举过头顶，一比高低；又反手而下，在裆前交叉，做兜着状。

老钟扑哧一声，喷溅在老周脸上了。

老周保持立姿道，我下面要是有这么一个雄壮的钟摆，多好啊！

老钟揶揄道，三个钟摆都给你，也只能是空摆啊，英雄无用武之地？

老周站在窗边，诡秘一笑道，这你就落伍了，要跟上时代的节奏喔。遂问老友在哪里淘到这么多旧家伙？是不是把这么多年的退休金都投进去了？

窗外的一棵菠罗蜜，被砍去不少枝叶，有两条丝瓜蔓攀缘而上，几条嫩绿的丝瓜顶着鲜艳的黄花，有两只红眼、黑头、黄背的大黄蜂围绕着黄花相互纠缠，嗡嗡嘤嘤。

老钟不好跟他述其详，有些他中意的旧物，出手个两三万换取一件总是有的，眼前这个钟王并非最贵的，他的退休金不低，况且还有一个做外贸公司的儿子，尽孝，总是鼓励老爹买自己适意的东西。所谓养儿防老，并非仅指儿子在经济上的扶助，同样要紧的是给父母精神层面的礼赞。儿子两方面都做得出色。可这些都没法给老周讲。老周的各种职业跌宕起伏，如今拿着的社保还不及老钟的三分之一；更兼一个儿子进出看守所成了家常便饭，孙儿的抚养费便得从老周贫寒的养老金里挤牙膏尾子一样挤出来。行动略显迟缓，眼神儿透亮的老钟，早就看出老周一方面是想跟对脾胃的人聊天，再一方面也是想来就着点可口的吃喝。

现如今，还有谁家会为吃香喝辣犯愁呢？尤其是在一座沿海一线大城市。老周的家境令老钟看到了城市生活的另一面。为此，老钟每次都主动邀请老周过来，大的由头是节日、生日，小的由头多了去：在收破烂的陈老头那里找出了几本旧书——老周喜欢看各种旧书，记性又好，这为丰富他的谈资做了不浅的铺垫。请老周来看一只旧表，本地顾客送来的大都是新表，偶尔也有港客送一只旧表过来维修，这些旧表无疑都是有来头的舶来品。如果港客要立等可取，往往就会讲讲这只表背后的故事。蜿蜒曲折的故事后面藏着如泣如诉的人生，每当港客述说到动情之处，钟表匠便暗暗叹息，老周要在场就好了！

两人曾相约从罗湖桥过关，去过九龙尖沙咀，中环皇后大道中等几个旧钟表店观赏。

老周几次叹曰，我们只有过眼瘾的份儿！

看到心痒难熬，且价钱还合适的。老钟过两天再单枪匹马来一趟，悄悄买走。他不能当老周的面，当场刷五千元以上的货款。灯红酒绿的香港，百物昂贵，原本就玩心重，口味重，情意重的老周，钱囊羞涩，却又自尊心太强，老钟有心帮他一把，却感觉无从下手。

此刻，面对"有闲斋"陈列这么多老物件，老钟忽然后悔事先没有做一些敛藏，心中很是忐忑。不晓得老周是否看出来，其中便有两人在香港看过之后叹息告别的钟表？譬如窗边那只德国赫姆勒的铜机械座钟，开价过万元港币了。

当时老钟盘桓再三，回来之后辗转反侧，终于还是在第三天又独自过罗湖桥买了回来。

记得好像是在摩罗街，老周喜欢一只纪念版的仿百达翡丽怀表。那只母本百达翡丽生产于1933年，是一只独一无二的18K黄金超复杂功能怀表，拥有900多个部件的手工制作，据说能够精确走时2100年，拥有24项复杂功能。在1999年的苏富比拍卖会上，此老物件以1100万美元成交。老周在钟表店柜台前的夸夸其谈，把一溜儿香港营业员都惊住了。他们打电话给老板，同意降价百分之二十，把这种带有限额版编号的仿表，卖给眼前这位识货人。

尽管钟表匠委婉表示，过个把月便是老周72岁生日，愿意借此机会送一只他的心爱之物作为纪念。老周依然坚决摆手道，贵重之物不可轻受，折煞一把老骨头！言下颜上，一点留恋的意思都没有。

老周抱着膀子一一看过去，偶尔做两三句点评，钟表匠皆认作金石之论。不由心下喟叹，要早几年认识老周就好了，一路过来，自己在收藏钟表上，啃泥沙，走麦城的教训也是有的，后来学乖了，便是谨慎有余，放胆不足。有一个见识高的老友在身边，就不至于缩手缩脚！

老钟不时在旁边睨他，一圈儿看完，未见他眼露惊奇，一颗七上八下的心才始放下。

老周对大他月份的钟表匠叫道，老哥，你这里还缺一个人！

老钟睁大眼，画出一个问号。

老周道，缺一个女人！你想想，你的儿子，孙子，对这些都不感兴趣。顶多是你百年之后，两根脚把子一伸，他们做了财产继承。你需要一个女人，体己的女人，跟你来来去去也好，上上下下也好。说到这，他暧昧一笑道，人在，东西在，跟你分分钟分享的人在，这才是最紧要的！公不离婆，秤不离砣啊。儿子，孙子，跟你的分享都是有限的。

老钟再用疑惑的眼神问他，那，你呢？

老周知彼知己，道，我跟你不一样。囊中羞涩，顾得了肚子就顾不到面子，就更不要去做低三下四的勾当，免得连累人家。你呢，脑壳是脑壳，脚是脚，站得直，梗得起。只要你放下眼风，只怕想上来"有闲斋"的女人家，要拿号排队啊！

老钟大乐道，你这么抬举我，是在给我灌迷魂汤啊！我自己是怎样的分量，我自己是晓得的，我还没有老年痴呆啊！

老周一脸正经道，我不是开你的玩笑，如果你有心找一个老伴，要抓紧。我就看到太多的女人，也包括一些男人，各种原因独处以后，口口声声为了儿子或女儿，他们要读小学，读中学，读大学，还要结婚生子……让自己的一二十年空转了，到老了儿女飞出窠去，孤孤单单，才想到自己也要找个伴，晚了，很多人事方面，力不从心啊！

老钟头回见老友这么认真，应道，你讲得好啊。

老周不依不饶问，你到底有无相好？这么多年修理钟表，就没看到过一个中意的？如果没有，我给你介绍？不瞒你讲，独身女人，年纪大小的我都认识一些，我若有你条件的一半，早都扑上去了。

三

五月末的一天，深圳天气已经呈现炎热之象。刚从冷气袭人的地铁三号线出来的老周,感觉到热气扑面。他赶紧脱下一身深灰色的皱巴巴的西装,快步走进商城,来到钟表匠的店铺前,却见不同寻常的一幕:店铺没开门!

他看看左手腕的一只拼装表——这是钟表匠送的,也是钟表匠修表之余的拿手好戏,可以把不同的零部件拼装在一起,式样和走时却一点不亚于某些品牌。

已经过十点了,老钟从来没有这么晚来上班的。问过左邻右舍,都讲没见钟表匠今天来过,不可能去其他地方了。

老周有一些儿发慌,想起老钟前一段表述过胸口有一些发闷,夜半也会闷醒过来。老周提醒他日常服用一些速效救心丸,床头也要有硝酸甘油片,以备不时之需。当然最好是去医院做个心脏CT之类的检查,那样才放心。如果他儿子没空,老周可以陪他去做。老钟答应了好好好,可还是讲,这些天或许是劳累了,夜里没睡好。空下来去罗湖中医院找一位熟悉的医生开几剂中药吃,这么一把年纪,气虚、血虚总是有的。

老周就笑他,你白天劳累了不假,一个光杆司令,夜里去哪里累哟?!我看也是活动太少了,坐得太多了!"有闲斋"的人要真得闲喔,得空跟我去爬几次梧桐山,就什么病都好了!

老周站在街里打电话。几次都没人理睬。回转去乘地铁,刚到C口台阶边,电话打过来了,正是老钟。他说昨晚小中风了,就近住在罗湖中医院。老周惊问,不要紧吧。老钟道,不要紧,今天还要继续做几项检查。老周说过去看看他,老钟犹豫道,过几天吧,医生说这几天要检查,要稳定,最好电话都少打啊。

挂了电话,老周回味老钟的声音,虽然疲惫一些,却与平日是一样清爽的,完全不像他先前一位做茶庄的朋友,中风以后讲话呜哩哇啦的,心便放了下来。

三天之后的一个上午,老周迫不及待地过来医院看望老钟。大概是因为检查无大碍的缘故,老钟要坐起,被老周摁住。老钟告诉老友,那天半夜起来撒尿,脚不听使唤,走得迤哩歪斜。心下紧张,嘴里就叫喊起来。好在儿子、儿媳和孙子同在一个大家庭居住,听得叫声都过来了,也不敢乱动，扶他在客厅沙发坐下，给他含服速效救心丸的同时打了120呼急救车。进医院做了核磁共振，左脑一根小血管堵到了，吃点中药，扎扎针，大概一周左右就可以出院。说着双手拍拍胸脯，表示好人一个。

老周道，你住在医院我才好来看你啊。几天不见你，还是见老了，胡子拉碴的。说着便从身边的床头柜里，扒拉出一把电动剃须刀来，给老钟剃胡须，修鬓角，剪鼻毛。老钟听话，闭着眼睛，很受用的样子。左眉弓忽然一弹，二弹。

老周遂问，想什么来着？是不是还有哪个相好的，一只表还在店里，如丝瓜藤一样弯弯绕绕，牵牵绊绊？

钟表匠睁开眼，好似在追忆什么，半刻才道，那天儿子送我到医院以后，我有一段短暂的失忆，恍恍惚惚的，想不起怎么来的医院。事后就警觉，要是就这样走了，或者完全失忆了，那怎么得了啊！

老周笑道，到底有心上人放不下啊？告诉我，是阿芳，还是阿珍？

钟表匠道，不是的，是店里还有几块修好的手表，一直没人来取。

老周不以为然道，不取就是不要了呗，现在不作兴戴表了，有些表也不值钱，人家懒得跑，如果要的东西，早就来了啊。像是在机场、旅店、商场寄存柜里的东西，时间过了，人家就清理掉，你不必记挂。

钟表匠坚决摇头道，他们要不要是一回事，我找不找又是一回事。我是一个小店铺，不是大旅店，大商场，我要趁着现在还没有倒下，还没有痴呆，找到那些修表客，一只只送回去才好。

老周愣了一下，似乎头一回见同庚这么固执，不由得附和道，好好好，我跟你一块去找。对着他的耳道加了一句：若是找出一个阿芳，归你；再找出一个阿珍，归我。

钟表匠忽然捂住他的嘴，推开他的同时，叫了一句，阿珍来了！

原来是护士长带两个护士进来查房了。

护士长胸前吊了一个工作牌：袁品珍。护士长阿珍大声安慰钟表匠，各项检查结果不错，送来诊治也及时，以后要注意不可以过度劳累。转身问老周，你是他什么人？朋友？同事？

老周呵呵道，朋友，同庚。

护士长直言道，他不喝酒不抽烟，是不是太过劳累了？你作为他的老朋友，要多劝他休息。

老周道，他平时的工作，是劳作，也是休息，修理钟表，是不是坐得太久了？

护士长忽然想起来了，从白大褂的衣兜里掏出一只机械表来道，这只表停摆一年多了，你那天讲起自己是修表师傅，方便的时候你给看看。

钟表匠端坐起来，接过表正反两面看看，摇了摇，放在耳边听了听道，这是一只中低档的"世家表"，你看上面的四个字母，S，A，G，A。港资企业，在东莞凤岗生产的，深圳书城北区大台阶边上有他们一个门店。可能是游丝，或者摆轮出了问题。我手头若是有工具，马上就可以拆开看看。

钟表匠讲解的时候，老周观察到身边的护士长很用心地听着。阿珍护士长五十多的年纪吧，丰腴的身体把一件不收身的白大褂都撑得饱满，浓眉大眼，圆脸厚唇，像阿姨一样亲切，不像他十年前做阑尾手术经历过的一位护士长，脾气火爆，凶神恶煞一般。不由得心生好感，找出一嘟噜好词儿，夸赞钟表匠的技术一流，价格公道，不仅在东门老街，在整个深圳修表行业，都是人中龙凤，马中良驹。

老周夸张的绘声绘色，把护士长逗得直乐。一旁两位年轻的护士却不苟言笑。老周心下发问，现在20来岁的年轻人都怎么了？逗她们一笑，比登天还难！

老周便说要去东门取工具。

护士长阻止道，不急的，什么时候你上班了再带去吧。现在都有手机看时间，哪里像过去啊！

老周盯着护士长道，是啊，现在的手机取代了过去手表在家里作为奢侈品的地位。

护士长半是肯定，半是否定。讲起20世纪80年代初，她从韶关乐昌考上省卫校，老爸给买了一块瑞士手表送给她，花了三百多块钱，引起姐妹们强烈的不满和嫉妒。那时节父亲的月薪不到一百块钱，要养一个八口之家。母亲没有正式工作，每天在铁路上的一个采石场挑土方、装车皮、打石头。拥有一块新手表比现如今买一款 5G 智能手机，可是打眼得多了！

老钟遂问，还在吗？老瑞士表有很多牌子，梅花表、浪琴表、欧米茄……老物件留着是一个念想。

护士长眉眼一低道，说她父亲十年前得肠癌去世了。瑞士表应该还在，好像是梅花表，回去找一找，如果能修好，就送来修理，给大学毕业的女儿留作纪念。父亲打小就很宠这个聪明伶俐的外孙女。

老钟连道好好好，他讲自己修过很多老式手表，要么是物主本人怀旧，手表相关读大学或是结婚的纪念日，等等；要么是物主不在了，他们的后人想留下一个念想。前一种情况比后一种情况多很多。物质丰裕的年代，后人留一只旧表来怀念先人，这种情况，已经是凤毛麟角了。

言下唏嘘。

护士长眉眼一挑道，她父亲生前留下的一只法国野马表，她还好好地存着，要与梅花表一起找出来送去东门让钟表匠镀镀金。

钟表匠道，镀金谈不上，上点油，调试一下，我会让它们一定走起来。

护士长问，钟表匠让一只停摆的钟表走起来，是不是跟我们看见一个抬进来的病人最终站起来，走出去一样高兴啊？

钟表匠连声道，那是那是，一个道理。

检查完毕，护士长出门时感叹，时间过得太快了，一眨眼，我毕业都快 40 年了，上个月还回韶关参加中学同学的聚会，过几年都要退休了。时光要是走得慢一点，要是能够倒转回去，才好。

老周冲着护士长的背影道，我们老钟，有本事让你们家的梅花表和野马表一起倒转啊。

四

老周和老钟再一次在东门"钟表匠"见面，已经是炎炎夏日了。

经此一病，钟表匠觉得自己精神气逊色了很多，有时候去"有闲斋"，上4楼都要停一两歇。老周看同庚两眼依然光亮,聚焦手下精细的游丝摆件,依然不差分毫,便给他打气,你得闲少坐多运动,跟我爬梧桐山去。再就是要有想头,想头就是油和火,你看那些大艺术家齐白石,毕加索……年过九十都还有创作热情,靠的是什么?

老钟从老周一脸暧昧的笑褶子,就能读出他的不怀好意,呛了一句道,你是火烧炀了一根红烛,还想硬挺!又道,我现时最想做的,真心实意地讲,就是尽快把一些表物归原主!

老周道,我这不是帮你来了吗。

两人坐下来,将一些无人领取的手表归类,一共六只,两只国产版,四只进口表。有的留了手机,有的仅留下姓氏。

一个下午,老周不停地对照留单打电话,总算联系上了三个人。

钟表匠嘟囔道,这三个我都打过电话,奇怪就是无人接听。我以为他们都死了呢!

老周给他分析,一个是死者的电话号码多数不会长期保留的,再一个是你要接着打,现在接着打的电话要不是快递,要不就是有事情。那些骚扰电话,不会很快接着打,怕挨骂的!

老钟佩服老周的见识。陆续过来取走三块表的,一个是旧表廉价,不想要了;一个是马大哈,居然给忘了;还有一个是父亲的手表,父亲去年病逝,手机给了女儿备用,女儿认为来电不是找自己的,很少接电话。

还剩三块,仅留下姓氏。

钟表匠这才觉得,一直留双联单的做法失之简单了。姓氏加电话,再加住址,方保稳妥。

老周不让钟表匠焦虑,说是可以辗转通过派出所的朋友,查户籍所在,没有大问题的。也不让老钟日日坐在门店,带他去逛深圳各种博物馆。

半个月光景,去了七八家博物馆,如后海登良路的钢结构博物馆,那里不仅有钢结构在中国乃至世界的发展史,还收藏了纽约双子星座被恐怖分子炸毁之后的钢构残骸;如龙华上围村的熨斗博物馆、电影博物馆,光明村的惜物博物馆,都有不少分门别类的老物件;还有地处民治的一个香港人的 700 多台老钢琴收藏——全是国际博物馆级别的钢琴，最近还收罗到李斯特晚年用过的一台，据说是目前世界上最丰富的钢琴罗列了，是一部缩微的钢琴建造史，可惜久久找不到一处阔大而合适的陈列馆，稀世珍品多半都还在打包中昏睡。

老钟佩服老周能玩，会玩，带他一道玩……若是早几年认识这位同庚，自己的晚年生活一定会丰富很多。

这段时间，老周忙里偷闲，通过派出所找到了所余三块表的三分之二物主，一块西铁城，其物主已经移民新西兰，委托她的外甥女代收了。一块卡地亚，物主患了老痴，连家人也不认得了。他当时是跟老伴一起来修表的，或许他老伴也被疲惫的看护生活消磨掉了大部分的精神和体力，形容憔悴，勉强挤出来的笑脸含着一抹苦味。老大姐拿到那块已经磨蚀的腕表时，两眼灿然一亮道，这只表是他 1994 年第一次出国开会，在比利时给我买的，说是给我们 20 年前寒酸婚礼一个弥补。被他的病情拖着，修理单也找不到了，我也忘记了你们的钟表店在哪里，在人民路那边去转过几次，始终没有找到。我记得，肯定不是大商场里的修理柜台，明明记得是路边一家小店，却又忘记在哪条路上了。你看看我这是不是也有老年痴呆了？……

卡地亚物主的两口子是空巢家庭，一个儿子在加拿大，一个女儿在英国，有一个湖南岳阳的护工在家帮衬。护工说，你们来了，头一回见阿姨讲这么多话！

老大姐更是热情地留两人吃饭，被他俩婉言谢绝了。

从老大姐家出来，老钟和老周都很兴奋。一块旧表，修理之后，千辛万苦，物归原主。物主高兴，钟表匠快乐，助力者老周也欣喜。老钟与老周回到东门，问都没问，老钟带头走进了一家海鲜餐厅。老周步履迟疑发问，要这么奢侈吗？

老钟昂扬道，以后我们每个月至少来奢侈一次，吃一顿大餐。

老周哈哈乐道，你总是关照我，晓得我像《西游记》里的猪八戒，贪食贪色……

老钟断然道，后面一条我管不到你，前面一条可以管，管食饱管喝醉。

老周连声道，要得要得！人生得一知己足矣，斯世当以同怀视之。

老周连讲了两遍，老钟听懂了，道，你真是有才啊，讲得我都感动了。

老周道，我一介武夫，一个吃货，一个榕树坨坨脑壳，哪里能讲出这么有味道的话来！我是借花献佛，这是鲁迅当年送给他的好友瞿秋白的。

老钟道，不管你是从哪里借到的，你这样想，我就蛮感激你。

老钟越来越觉得这个常来"蹭吃蹭喝"的老友不可多得，人到晚年，身边有这样一个知冷知热，兴趣蛮多，好讲，好玩，好乐的人，真的好。如果老伴还在身边，当然可以做很多的弥补，却也不是全部。为什么早没有意识到朋友的重要呢？是没有遇到，还是忽略了寻找？儿女辈都有自己的前程，都有自己的忙。现在意识到了，见到老周是一个觉醒，老婆和体己的朋友，这是一架天平上的两只等重的砝码，老婆过早地走了，现在来了一个老友。虽讲出现得有点晚，但也是一个不可缺少的弥补啊！

钟表匠一心想帮老周一把，他自己已然没有了再找一个老伴的意愿；老周应该还有这份野心或雄心，老周缺少的不是心愿和体力，先天的底子和后天的调理，都令这位同庚精神昂扬。同庚跛足的是经济条件，还有机会。老周口口声声，自己都养不活，哪里还能再养活得了一口子？天下却也不是清一色的乌鸦吧，一定也有像我这样喜欢你的女人，不图你任何东西，就喜欢你的讲谈，热闹，坦坦荡荡，两人一道去各处看好看的！

老周却把头摇得像拨浪鼓道，现如今，女人跟男人不一样。我是嘴里噬荤啖素，心里是不发那一份愿想的。

老钟想了想道，你是五月初五端午节的生日，那是6月14日，我们一道去一趟江西庐山吧？在山上给你庆生，去庐山很方便的，你说过想去看看庐山植物园，那是国家最早的一座亚热带山地植物园！

老周略一犹豫道，可以啊！你还有一块表没有找到物主，如果送返了，你就完全轻松了！

老钟道，是啊，搭伴你的劳心劳力，不然前面五块表，靠我都难得一一送回去！

剩在钟表匠抽屉里的是一块德国造朗坤女表，单子上只留下孤零零"刘女士"三字，再就是日期2018年4月13日。钟表匠依稀记得那是一个50岁左右的女士，肤色很白，微胖，操湖南还是湖北口音。

老周挠头道，那就没法去派出所查了，刘是一个大姓，在深圳怕有十几二十万人吧？大海捞针啊！

老钟道，那是不是贴一些招贴呢？来我这里修表的，要么是港客，要么是方圆不超过五里的。

老周道，现在贴那些小招贴不容易，城管和搞清洁的，都会干预，刚贴就被人撕了。不过，我们可以到一些小区去贴，街上反倒没有人看这些招贴的。

老钟大大叫好，还是老周脑瓜子好用。如果把这个物主找到了，他就可以歇业了，留下更多的时间跟老周天南地北去逛荡。

老周道，你修理了一辈子钟表，若是有本事让时光倒转你就赢了！

老钟一愣道，你还想重当一次后生仔，再结一次婚吧？

老周道，我想多出去走走，看看外面的大世界啊！

老钟道，好的，多出去走走，趁着还没老成一条丝瓜络啊！

俩同庚击掌为誓。

五

老钟又中风了。

距离去庐山不到一周，往返行程都由儿子在网上订好了。

这一次跟上次不一样，是在家里吃晚饭，忽然哧溜一下就倒在桌下了。不过就那一瞬间，不过十几秒便恢复过来了。却把家人吓了一跳，赶紧再送医院。检查结果，是上次堵的脑血管旁支，又出现一个小小的堵点。

这就不敢去庐山了，若是出远门奔波，劳累，又来一次中风，谁能料到是何种后果呢！

钟表匠对阿珍护士长讲，没想到才个把月，我们又见面了！

自从上次在医院见面，老钟已经修好了护士长当年读卫校的纪念物梅花表，护士长父亲的遗物野马表倒没什么问题，上点油就好了。

护士长会同医生看了他的片子之后，严肃地对老钟道，一而再地中风，虽然都是一过性的，但控制不好，休息不好，就怕有更大的中风突如其来。

老钟嘴里不以为意，过了七十了，古稀之年了，够本了。心里却有一些嘀咕，对老周道，不仅要跟你去庐山、黄山，还想跟你去新疆、西藏呢！这一向怎么老往医院跑呢？我以前多少年都没体检过，除了老婆住院那一段，医院对我来讲是最陌生的地方啊！

老周安慰道，此一时，彼一时。既来之，则安之。等你好了，锻炼锻炼，去哪里都是我们自己拿主意。只要有身体，还有 money，何事不可为？哪里不可去？！

老钟感慨，把你的身体，我的 money，捏拢来，就可以乘长风，破万里浪了。

这次中风之后，虽跟上次一样，没有留下什么后遗症。钟表匠却觉得自己的精神气和记忆力都有明显的衰退。老钟对着老周鸣不平道，我一辈子不烟不酒，你以前是烟酒都来，现在是只喝酒不抽烟，身体却比我好得多，老天爷对我不公平啊！

老周道，老天爷很公平啊，给了你一个孝顺儿子，两个听话的孙儿，还给了你一身修表技术，所以不愁吃穿。如果再给你这啊那啊，我老周上下捋一把光溜溜，没有一点出息的人，岂不是要一头去撞墙？

老钟安慰老周道，庐山暂时去不了了，深圳还是可以到处溜达的。

原本早就可以出院了，儿子担心老子的身体没好透，让他权把住院当疗养。护士长道，有这么一个贴心的儿子，也当是有了一件贴心小棉袄了。

住院之际，他俩偷偷地溜出来，陆续去了深圳湾公园的白鹭坡书吧，去了观澜版画博物馆，去了盐田灯塔图书馆，去了光明玻璃桥……去得最多的还是晒布路的"有闲斋"，面对四壁环绕的各式老钟，凭窗，据几，品茶，有时很长时间无话，就是相对而坐，听着满屋参差错落、滴答滴答的钟声，高亢的高亢，低沉的低沉，都是中老年了；也有呢，清脆的是后生，娇羞的是靓妹。

从中午坐到下午，一壶凤凰单枞总也续不够。

一抹阳光欢快地跳进来，像是一个调皮捣蛋的男孩子，举一支巨大的颜料笔，胡涂乱抹，将两个年过七旬的老友，涂抹得一身铁铸，一脸辉煌。

出院之际，已经快到老周的生日了。钟表匠的儿子却提出周末一家开车去粤北始兴，儿媳妇是始兴人，她的奶奶过百岁生日，叫儿子一家一定过去。儿子告诉老子，之所以让他在医院多待一段，就是为了养好身体，去始兴好好玩一玩。见老爹有点反应不过来，儿子强调，始兴有世界生物保护区——车八岭国家级自然保护区，还有全国重点文物保护单位、"岭南第一大围"——满堂客家大围。

钟表匠诺诺。

那一瞬间，他想到的是老周。他鼓起勇气问儿子，可不可以带一个老朋友一道过去。

儿子不假思索道，当然可以。

儿子从没见过老周，可多次从老爹嘴里知道有个同庚，经常一道出去玩。自从姆妈去世以后，老爹一个人出入伶仃，有个老年玩伴，那是一个好啊！人多更好啊，家里过年才置换的一辆七座英菲尼迪SUV正好派上用场！

可是，老钟把这个好消息告诉老周之时，老周断然回绝道，你们一家三代出行，我去凑个什么热闹啊！见老友满脸失落，老周悦色道，等你回来，我们再一起去珠海转转，珠海有好多海岛，什么外伶仃岛，万山岛……好好玩啊。

老钟点头，说是早回，跟他一道去珠海。

去始兴之前，老钟将东门老街的"钟表匠"店铺关张了。

老周帮他拾掇，桌椅板凳之类，送人的送人，左右不要的，就都给收废品的捡走。

两人告别之时，老钟给了老周一把挂着座钟饰物的"有闲斋"钥匙，叫他得空去开开门窗，通通风。如果想在里面吃茶，冰箱里各式茶叶都有。

老周接了钥匙，笑道，一个人吃茶，寡淡。

老钟正色道，最好你能带一个人去，带什么样的人我都不管。

六

老钟跟随儿子一家去始兴已经第三天了，老周忙忙碌碌的，一直没有去"有闲斋"，心里头却总有点空落落的。

这天一早接到老钟的微信：生日快乐！你今天去一趟"有闲斋"吧，在窗边立柜最上面的一个大抽屉里，有一样我给你备的礼品。

老周嘀嘀咕咕，送什么礼品啊？我又不是后生靓妹！磨磨蹭蹭，直到午饭后才赶过去。

这一向深圳多雨，午饭前后的一阵雨恰被他躲过。进得金锦苑小区，上楼开门，开灯，开窗，回头忽然发现那只夺目的紫檀镂花的座钟正在——倒着走，再一转头环视，发现所有的滴答滴答的座钟，都在步调一致地倒转，倒走，倒流！

他睁大眼，呆立了片刻，蹑手蹑脚走到立柜边，慢慢地拉开最上面的一只抽屉，一张巴掌大的洒金红纸上是八字隶书："生日快乐 青春不老"，与一条金色丝线相连的是在香港摩罗街看到过的——一只纪念版仿百达翡丽怀表。

老周胸中涌动，两眼瞬间发涩、发蒙。

他双手扶着立柜，慢慢地合上抽屉，坐下来。

窗外丝瓜蔓上的两只红眼、黑头、黄背大黄蜂一前一后飞进来了，满屋的钟声金灿灿，亮堂堂，万花筒一般地旋转。

作者简介：

南翔，本名相南翔，教授，作家。著有小说、散文、评论《南方的爱》《大学逸事》《前尘：民国遗事》《女人的葵花》《叛逆与飞翔》《1975年秋天的那片枫叶》《当代文学创作新论》《绿皮车》《抄家》等十余种，在国内多种文学期刊发表数百篇作品，数十篇被文摘、月报和选本转载。作品连续两届提名鲁迅文学奖短篇小说奖，四度登上中国小说排行榜。小说获上海文学奖、北京文学奖、鲁迅文艺奖等20余项。

临渊

张惠雯

这样的天气让人想出门走走。在持续多日的强光和燥热之后,终于有了个阴天,竟然还吹起一点儿风,但不至于阴得让人担心会下场大雨。午饭后,我带上钓具到河边去。我想,上午下过一阵小雨,鱼可能会多一点儿。我这种想法是没有什么科学根据的,只是我的感觉,这感觉大概出自雨滴落在水面和鱼儿在水下游动都会激起涟漪的联想。很可能我是错的,不过那也没关系。天气至少很凉爽,在河边坐坐、吹吹风,好过待在家里。

我是新手。这是我第三次钓鱼,也是第一次河钓。前两次我都是去养鱼的鱼塘里钓。在鱼塘里钓鱼就像拐弯儿抹角地买鱼,无论多么生的手都能钓上来鱼,鱼好像晕晕乎乎地直撞钩,而且钓上来的都是大个子笨鱼。在鱼塘钓鱼除了容易,就是方便收拾,钓上的鱼他们称过重量就帮你清理干净,你要是需要,鱼塘的厨房还提供烹饪服务,或炸或烤或烧都可以。

听人说过这河里有鱼,趁着今天天气好,我就来了。从县城里过来大概是四五十里路,开车将近二十分钟。河上有座老水泥桥,从桥那里往上游去一段,有个已经废弃不用的水闸。水闸上盖着两层楼房,以前大概是水闸工作人员的住处，现在做了什么用途不知道。我以前去别的地方有几次经过这座桥、看到这个废弃的水闸，它总是引起我的一点儿遐想。我想，一个人住在水上的房子里，每天望着河流，听着流水的声音，应该是一件很舒服的事。

我把车停在桥东头的停车场。桥东的这一片地方叫"湿地公园"，其实就是河边的一片被开发出来的空地，建了个停车场，挖出的两个花坛里摆了些盆栽的花，靠近河边的地方又修了一个观景的亭子。在空地的中央，竖立着一个二三十米高的瞭望台式的建筑。

在湿地公园的岸边（已经砌上了水泥台阶），我看到有两三个钓鱼的人，河对岸也有两个人。我挎着渔具包、背上折叠椅、手里提着一个塑料桶，往桥上走去，想看看桥西边钓鱼的人会不会少一些。来到桥上，我发现西面的水边只有一个人。我想，为什么钓鱼的都聚集在桥东头儿？或许东边鱼多些……我犹豫了一下，还是去了西边。我想，反正不过是打发时间，鱼多鱼少都无所谓。

河面上浮着一层薄薄的水汽，像沉得很低、要散不散的雾。可能因为上午下过雨，河水的气味很浓。这种气味儿很难形容，有一点儿腥，掺杂着泥土、青草甚至水中生物的气味儿，还有一点儿发涩的金属的气味儿。我从有点儿陡的河堤上下来，看清了水边坐着的是个六十来岁的男人。我想找个离他远点儿的地方，但发现这一带的岸边水草丛生，杂乱而浓密，有的河岸还比较陡，要找个平坦点儿的地方放椅子和支架不容易。他在唯一一片平坦的、伸向水边的沙地上占据了一个中心位置。我逡巡了半天，最后还是在离他不远的地方找了块地方放下我的东西。我尽量不看他，而是专心致志地把我的折叠椅放好。它很轻便，就是左右两组钢管儿撑起来的一块黑色帆布，上面还连着一把歪歪斜斜的防晒伞。我正在调整椅子的位置时，听见他问了句："来钓鱼啊？"我"嗯"了一声，转过身对他点点头。我看到一张非常随和的、笑得发皱的男人的脸。这样，我们就算是打过招呼了。

我绑上饵、把鱼线抛下水，把钓竿用支架支好……什么都弄好以后，我在椅子上舒舒服服地坐下来抽根烟。我不喜欢拿着杆儿像个静物一样地坐着，所以我不是个真喜欢钓鱼的人，我喜欢的只是这样无所事事地坐着，没有熟悉的人在你周围，没有喋喋不休的规劝、亲密到让人压抑的气氛，我喜欢的就是到这么个空阔的地方呼吸一口空气。我往河的上游望过去，越过桥，我又看到远处废弃的水闸上的房子，像一处残破的空中楼阁。

"小伙子不经常钓鱼吧？"我突然听见老头儿问我。

"不经常，刚学的。"我说。

"看得出来，呵呵。"

我也笑了一声，作为答复。

"第一次到这儿来？"他又问我。

"对。"

"我说呢，以前没碰见过你。经常来这边钓鱼的几个小伙子我都认识。"他说。

我心想，这是碰见爱聊天的老头儿了，不过也没关系，和陌生人聊聊打发时间也挺好。

"桥那边有几个人，那边钓鱼的人多些？"我问。

"我不喜欢到桥那边钓，有个什么湿地公园，人太杂。人一杂鱼都吓跑了。钓鱼不就图个清静吗？"他说。

"这地方是更清静点儿。"我说。

我转过头去，往河的下游看。河大概在半里多开外的地方转了一条不大的弯儿，转弯处的芦苇丛长得高而茂密。再往前去，岸边有个村庄，笼罩在树丛里，影影绰绰。我站起来，双臂往上伸展几下，准备沿着河岸往下游走走看看。

"小伙子，也不管你的竿儿了？万一鱼咬钩了呢？"他笑嘻嘻地提醒我。

"哪会这么巧。"我转过头对他说，"我往前面走走，一会儿就回来。"

"去吧，去吧，年轻人就是坐不住。我帮你照看着。"他说。

"那谢谢大伯啦。"我说。

他这时说他姓蔡，大家都叫他"蔡老师"，他也比较习惯人家叫他老师。

我说:"蔡老师,抽烟吗?"

他说:"偶尔也抽一根,倒是没有烟瘾。"

我从兜里掏出烟盒,抽出一根烟递给他。他腾出一只手接,又说:"你看我这手占着……"

我说:"没事儿,我给你引着。"

我掏出打火机,给他点上烟。

他很用力地抽了一口,满足地眯了下眼,说:"还是这东西解乏。"

我笑笑,没说话,心想这下我可以走开一会儿了。

我刚转过身,又听他在我背后说:"小伙子真懂事,现在懂得尊老的年轻人可不多。"

我只好又转过头对他说:"蔡老师过奖了。"然后,我加快脚步沿着长满杂草的河岸往下游走去,我想走去河流转弯的芦苇丛那边。

天气真不错,凉爽,风从河上一阵阵地吹过来。我走过的地方,青草丛里的蚂蚱雨点儿一样迸飞,隐匿在水里还是草丛里的一些虫蛙在鸣叫,空气里似乎不断泛出、翻滚着生命的新鲜泡沫。只有在人迹稀少的地方,人才能嗅到生活的这种鲜活气息。而在拥挤杂乱的城里,四周围绕着熟悉你、盯着你、随时评判你的人,人却像暴晒蔫儿了的植物,像关在笼子里、完全失去了念想的动物。也许因为岸边的青草湿润,我的运动鞋前面都湿了。走到那片芦苇丛边缘的时候,我在水边找到几块小石头,用力往芦苇丛里扔进去。我想,如果有野鸭什么的住在里面,它们会被石头惊起、飞出来,这些动物都是非常敏感的。但石头扔进去,没有野鸭飞起来,也没有别的动静。我在那里站了一会儿,心想下次来的时候带把铲子,铲掉一小块儿青草、铲平一小片地方,然后我就可以在这里单独钓鱼了,或者说只是单独待着。据说河流拐弯儿处会有更多的鱼,不过我一点儿也不关心鱼,我只是喜欢这个空荡荡的、有芦苇丛的地方。

我朝来的地方看了一眼,看见那个人还是一动不动地原地坐着。在这里,时间也像是一动不动。我想找个地方坐下,但到处都是湿漉漉的草。

我在靠近水边的地方蹲下来抽了一根烟。我想，也可能我真的是个对什么都漠不关心的、心灰意懒的人，是我父亲瞧不起的"没有本事"的人。我考上了一个二本，读完了大学，在两个不同的县城机关当了相当长时间的临时工后，又先后被解聘。为了这个事，我父亲打了不少电话，找过一些人，但也没用，毕竟他已经退居二线了。我自己呢，像是辛辛苦苦地兜了一个大圈子又回到了原地。在我离开第二个单位、待在家里的这一年多来，父亲对我越来越失望，有时候甚至想对我大发脾气。我想，如果不是他老了，而我年轻力壮，他可能会像我小时候那样揍我一顿。我母亲虽然处处维护我，但我感到她也筋疲力尽，她整天为我发愁，还想着不要让父亲因为我发愁发怒……有一天晚上，我从房间里出去，想去冰箱里拿一罐饮料。我听见父亲暴怒的声音说出来的两个字——"废物"，我听到母亲压低声音急切地制止他，而他还是连说了两次"废物"。我知道他们在谈论我，而父亲正怒不可遏。我在过道里僵立了一会儿，过后才意识到自己紧握着拳头。最后，我什么喝的也没有拿，又轻手轻脚地回到房间、关上门。并不是我没有那个勇气冲过去揭穿他，我只是怕我母亲尴尬，我不想让她为我忍受更多的忧虑、委屈。她这一辈子都是这样，忍耐、伺候着这样一个丈夫，小心翼翼地应对家里的两个男人，试着扑灭家里所有的火。但我和我父亲之间的矛盾根本不可能解决，他看不惯我，我更看不起他。他是一个假装威严的小男人，一个内在市侩，一直善于在自己的妻子、孩子面前大发雷霆。他退休以后，常常哀叹世态炎凉、人们再也不在乎他。但我在单位时，逢年过节，他就催促我去给领导们送礼，我不去，他认为这是我没本事、没材料的证明。他说的"材料"、"本事"无非就是觍着脸挨家挨户给领导送礼、说谄媚话的本领，无非就是当奴才的心安理得。我的确没本事像他那样在机关里混一辈子，混到副局级，但我也不会变成他那副样子，我觉得当个混混当个闲汉都不至于像他那么滑稽可笑。

我把烟头使劲儿踩灭，起身慢慢地走回到原来的地方。我扫了一眼我的东西，惊讶地发现桶里有一条六七寸长的草鱼。

"我帮你拉了一竿子，"老人笑得很得意，"新手好像运气都特别好，人不在都能上来鱼。我在这儿蹲了半天,也就钓了三条小鱼。"

我扫了一眼他的桶里,确实只有两条半大的鲫鱼,一条比我这条差不多小一半的草鱼。

我连声道谢,打开渔具包准备拿饵料。

"找饵食呢?我都给你绑上了。我看你的是粮食饵,我用的是蚯蚓,不比你那个差。"他说。

他的过度热情倒让我不好意思了。我不知说什么好,只好又说了"谢谢"。

"开门红啊,好好钓吧,钓鱼就是要坐得住。"

我在椅子上坐下来,拿出手机翻看,偶尔瞟一眼河水,以及漂在水面上的浮子。

"小伙子运气好啊,今天天气也好,天凉些,鱼也舒服,下过小雨,水里含氧量高,鱼活跃。"

"你真有经验。"我夸了他一句。

"也钓了好几年鱼了。"他说。

我朝后靠在椅背上,盯着鱼线下水的地方。阳光比刚才稍微强了一些,天似乎想放晴。眼睛望水面望得久了,会被那些细碎、无声跳跃的小光点弄得虚晃,河面仿佛变成了一面反光的镜子或是一团明亮的烟雾。我又刷了下微信,没有人给我留言,所以,没有人找我或是想着我。我把手机放回裤兜里。我觉得眼睛有点儿疲劳了,就闭上了眼睛,心想,在水边晒着太阳睡一觉倒不错。

但过一会儿,我听见他在对我说话。

"小伙子,你今年多大了?"他问我。

我不得不睁开眼,回答:"三十一了。"

"正当年啊,而立之年。"他文绉绉地说,又问我,"成家了吧?"

"还没有。"我说。

"在哪个单位上班?"

"不在单位,自己做点儿小生意。"

"那更好啦，当老板，自己挣钱自己花。"

我笑了一下，明白没法休息了，索性从兜里掏出两支烟，先燃上一根递给他，接着自己也点了一根。

他抽着烟，眯眯笑着说："我家姑娘和你年纪差不多，也就比你大两三岁。"

"你家姑娘？……她也在县里工作？"我只是随口问了一句。

"哪有。"他的表情立即严肃起来，眯着的眼睛也睁大了，"我家姑娘老早就考大学考走了，她先在武汉上的大学，上的是华中科技大，上完大学就出国读博士，去了美国，硕博连读，直接读博士。"

"那真厉害！"我赞叹道，喷出一口烟。心想这老头儿倒是个见多识广的，恐怕也是个喜欢吹牛的。

过一会儿，他脸上的表情放松了一点儿，恢复了那种谦逊的老好人神态："我家姑娘只比你大三岁，说不定你们还上过同一个高中呢，那你肯定听说过她的名字，蔡晓婷，你听过没有？她考试老是全级第一第二，没有下过前三名，学校里老是表彰，照片天天贴在光荣榜布告栏。你读的是一高吗？"

"不是，我读的三高。"我说。

"那你可能就不知道她了。"老头儿有点儿失望地说。

"她在美国哪个地方？"我问。

"印第安纳州，上的是印第安纳州立大学。"

我想，老头儿应该不是在瞎吹牛，起码他知道印第安纳州，知道这个州的人恐怕不多。

"那你姑娘已经在美国安家了吧？"我笑着问他。

让我讶异的是，他的脸突然变得通红，表情也有点儿古怪。但随后他笑得更厉害了，笑得都咳嗽起来："没有，哪有？唉，正让人发愁的时候，我这天天发愁呢……现在的姑娘都不愿意早结婚早生孩子。都三十多了……"

我想我不便于再说什么了，毕竟这是让他发愁的事。他也没再说什么。

我假装查看了一下我的钓竿，毫无必要地调整了一下支架，又把手机拿出来看看。仍然没有任何人给我发信，于是我开始点看别人的朋友圈。

突然，我听见他叫了一声。

"拉啊，快拉。"他喊道。

过了两三秒，看到浮子在动，我才意识到他是在对我喊，我赶紧丢下手机去收竿儿，但拉上来的是个空竿儿。

我听见他叹了口气。

"没事儿，空竿儿是经常的事儿，新手嘛。再等等。"我这么说倒像是安慰他。

他瞅了我一眼，说："小伙子性子真好，一点儿也不急。"

我笑了笑。

接着，他又说起他姑娘，又提到我和他姑娘年纪差不多。

"我跟她说过多次，找爱人还是找我们中国人，最好是老乡。外国人和咱们吃饭说话都不一样，硬要一块儿过，那不是做难吗？"

我附和他说："你说得好像也有道理。"

"这道理一说你就明白了，是不是？可我那姑娘……唉……"

"你是说她找了个外国人？"

"不是，不是，"他连声否定，"她不是还没结婚嘛。"

突然，他低呼一声"对了"，就把鱼竿放在地上，在他身边的一个破破烂烂的黑色旅行包里翻找起来。

我好奇地看着他，不知道他想起了什么。过一会儿，我看他翻出来一个黑色硬皮笔记本。

"你看看，你看看，这里有我家姑娘的照片。"他凑过来，给我看夹在本子里的一张相片。

我想，他该不会是想给我介绍对象吗？这也太荒唐了，他姑娘在美国。

我看了一眼，有点儿吃惊，因为照片上的姑娘很年轻，看起来只有二十出头，不像是三十几岁的姑娘。那姑娘穿着一件格子衬衫，扎着马尾辫，戴一副近视眼镜。相片上的人说不上漂亮，但看起来也端正清爽，有一股浓浓的学生气。

"她看起来很年轻啊，还像个大学生。"

"是以前的照片了，刚要出国那会儿拍的。"他"嘿嘿"笑着，用袖口擦了擦相片，好像拿出来看一下就给它染上了灰尘似的。

"一看就是好学生。"我说。

他还在仔细翻看着那个本子，皱着眉头，好像在找什么东西。

果然，他很快又轻快地喊着"在这儿呢，你看看这儿"，我识趣地凑近、接过他递上来的笔记本，他翻开的那页贴着一块旧剪报。剪报上的新闻里有一张小照片，和我刚才看的那张彩色照片里的女孩儿是同一个人。她仍然扎着马尾辫、戴着眼镜，只是因为报纸陈旧发黄，这张照片更模糊，而因为模糊，她显得更好看了一点儿。剪报上的文章标题是"热烈祝贺我校学生蔡晓婷获全国大学生物理竞赛二等奖"。报纸最上头那行注明日期和名称的小字全都模糊得认不出了。我想，这应该是他女儿学校的校报。他不愧是个老师，把这些资料都整理、保存得很好。

在我例行公事地又说了几句夸奖的话之后，他又把本子要回去，开始寻找下一页……我说不上感兴趣，也说不上厌烦，我想，反正也只是坐在这儿等鱼，看看关于一个姑娘的信息也不错。于是，我又耐心地看了他让我看的其他照片、剪报，听他给我详细讲解她的各种奖项和荣誉（他的记忆力清晰得让人吃惊），甚至还看了她的博士录取书面通知的复印件（一封末端有一个完全看不清楚的字母签名的英文信）……

老人终于郑重其事地把本子收回到他的包里。我想，他恐怕是不经常见到他女儿的，所以这个本子对他来说是很珍贵的东西，连外出钓鱼都要带在身上。然后，我们俩都专注地钓了一会儿鱼。其间，他钓了一条大概一两斤的草鱼，我又拉了一次空竿儿，但最终钓上来了一尾二三两重的鲫鱼。钓上了两条鱼，我觉得第一天河钓的运气已经不错。我这时想往桥那边走走看看，但我想到如果我离开，他又会主动照看我的鱼竿儿，这样倒像是我爱给人添麻烦。我朝桥那边望过去，又看到水闸上的房子，问他知不知道那些房子现在是派了什么用场。

"平常都没有人住了，空着，夏季防汛时候乡水利所的人可能用几天。"

他果然知道。

"这房子属于哪儿管?"

"归乡水利所管吧。"他说,"怎么问起这个?"

"没什么,随便问问。"

"小伙子想搞什么项目?"他笑嘻嘻地看着我,一副深谙世事的样子。

我这才突然想起来,在他心目中,我是一个"生意人"。

"这房子废弃了挺可惜的,房子建在河上,做餐馆或度假旅馆都挺好。"我想这么说比较符合我的"身份"。

他也朝水闸那边看了一会儿,然后转过头赞许地说:"小伙子头脑灵活!"

我说:"哪里,只是空想一下。"

"唉,我早和我姑娘说了,要找就找个中国人,最好是家乡人。要是找的人像小伙子你这样……"老头儿说着,重重地叹口气。

我吓了一跳,赶紧说:"不敢当,不敢当,我一个做小生意的,哪里配得上你姑娘那样的学霸。"

他说:"小伙子,你不知道,我这么大年纪了,早明白过来,找对象,学不学霸的也不重要,关键是人品。你别看我年纪大了,我看人还不眼花,我和你处了这么半下午,就知道你人品好。现在像你这么尊老、懂得客气的年轻人真不多!还会做生意……"

"小生意。"我澄清。

"不管做什么生意,"老头儿有点儿激动地挥一下手,"我觉得姑娘找对象就要找你这样老实、勤快的小伙子,又是老乡、知根知底。"

我觉得他说得有点儿忘情了,提醒他说:"现在年轻人恋爱都不告诉家里人,可能你姑娘早就找好了。再说,你想帮忙也帮不上,她不会听你的。"

他好像怔住了一下,然后有点儿沮丧地摇摇头,说:"没有结婚都不算。"

我笑了下。我想,人老了真容易糊涂,竟然还认为能在结婚这种事上给远在美国的女儿帮忙。

这时，他像是猛地想起什么似的盯着我："哎呀，只顾说我姑娘，忘了问你了。你怕是有对象了吧？"

我顿了顿，说："有了。"

"哎呀，我就说嘛，"他脸上汕汕地笑着，显然有点儿失望，"哪里的姑娘这么有福气，机关里上班的？同学？"

我说："是老同学。初中时就认识。"

"那真是青梅竹马。"

"算是吧。"我说，转眼望着河水。这会儿天又阴下来，水上的闪光暗了些，一点儿也不刺眼了。我想，既然不得不说话，我也随便讲讲我的故事。反正他是个空气般的听众，连我的名字也不知道。

我说："我们初中时，她坐在我前面一排。我那时候就喜欢她。"

他是个不错的听众，懂得及时提问："那你俩那时候就恋爱了？小伙子你这是早恋啊。"

"没有，那时候我们当然没有谈恋爱，就是偶尔说说话。我觉得她对我说的话比对别的男生说得多……这我确实有感觉。后来，我们没有读同一个高中，就中断了联系。我以为可能再也联系不上了，没想到，我考上大学后，有一天，我收到一封信，就是她写给我的。"我说着，把手插进口袋，想掏根烟来抽。但我犹豫了一下，手捏了下烟盒，又拿出来了。

我接着讲："她给我写了一封信，说是偶尔从一个老同学那里打听到我的地址。我那时在郑州上学，她在苏州上学。我们就开始互相写信，没事儿就写信……"

突然，我觉得"写信"这件事似乎有点儿不太真实，至少他听起来可能觉得不真实，现在还有几个人会相互写信？尽管有时候我躺在那儿、想某个人的时候，我感觉我心里在给她写信、说了很多只可能写下来的话……

于是，我说："然后我们就联系上了，我们经常联系，发短信息、微信聊天。后来，我就去苏州看她了，她在苏州大学。我第一次去看她的时候，还下着雪,我们说着走着,差不多在她学校里走了一晚上……那个情景现在还记得。"

"这就恋爱上了?现在这姑娘回老家了?"他立即问到了实际的问题。

"没有,她还在苏州那边工作。"

"那怎么行?两地分开。"

"问题不大,经常见面的。"

"那姑娘也是好人,愿意等。"

"她的确很好,少见的好人。她想等到在那边事业稳定了,然后我就过去,是这么打算的。"我说。

"总得结婚,结了婚总得住在一个地方。"他关心的似乎只是结婚。

"现在谁也不急着结婚。"我笑着说。

"也是,现在的年轻人都不急着结婚,像我姑娘,都不能对她提'结婚'两个字,提了就恼。"他说着直摇头。

"我女朋友也不喜欢听劝婚,两边父母提这些,她也不高兴的。不过,早晚的事。"

"小伙子还得熬啊。"他说着笑了。

我也笑了下,说:"习惯了,也挺好,反正每个月都能去看她。自己没事儿的时候还能出来跑跑、钓钓鱼什么的。"

我说完,手又不争气地插进裤兜里,但我就像和自己赌气似的,只是紧紧地捏住烟盒,然后又松开了。我知道我说的人是谁。有一天早晨,下着小雪,我在学校门口遇到了她。没有其他人,因为我们俩都迟到了。我看到她走在我前面,忍不住叫了她一声。她回过头看着我,很惊讶,我自己也很惊讶。我们在这种惊讶、静默的气氛中呆立了一会儿。后来,一看到她,我心里立即生出一种毛茸茸的暖意。我也能感觉到,她有点儿喜欢我,或者至少对我特殊一点儿。她几乎不和其他男生说话,却常常从前排转过身和我说话,虽然说的都是类似询问作业、嘲弄老师的话。当她和我说着、笑着,当我看着她的时候,那种毛茸茸的感觉就在我心里疯狂滋长,有时候我不得不把双手紧握在一起,假装无聊地把指关节掰得噼啪作响,而这样的动作、响声肯定让她觉得十分幼稚可笑，察觉到这一点我又觉得无地自容……有的人会一直藏在你心里，但对熟悉的人你没法说起，你遇到一个陌生人，就会突然想说说关于她的事。

最后，我还是忍不住拿出来一根烟。我向他示意一下，他摇摇头说："不抽了，不抽了，今天抽了两根，已经过瘾了。小伙子烟瘾挺大。"

"也没什么瘾，就是没事儿。"

我抽烟的时候，他安静多了。我想，他现在终于不再对我讲他女儿了，大概觉得我没什么希望了。

我注意到河上的光暗多了，水从银色变成了青灰色。就在我快抽完那根烟的时候，我感到似有似无的雨点落到了我脸上，凉丝丝的，在这温热天气里倒让人觉得舒服。

很快，老头儿也感觉到雨了。他放下鱼竿，从旅行包里扒拉出来一件黑塑料布一样的老旧雨披搭在身上。

"准备的东西真全。"我说。

"经常钓鱼，什么都得有。"他说。

我抽完烟，感觉雨点比刚才稍微密了一点儿。虽然雨还是很小，但河上已经漫起来一层雾，感觉我坐在四处弥散的温暖的雾中。我很想再坐一会儿，可担心雨下大了，从这里走去停车场毕竟还有段距离。

我起身，开始收拾东西。

"这就走了？"老头儿有点儿惊讶地问。

"对，回去还有点儿事。"我说。

我看看桶里的两条鱼，决定把鱼送给他。他很惊讶，我说其实我就是打发时间，拿回去我妈也不爱收拾，她怕家里腥气。他推脱了一下，立即接受了。看得出，他很为这意外的收获高兴。

"小伙子人也大方，我是不会看走眼的。你下次什么时候来？"

"我也说不准，"我说，"哪天有空说不定就跑来了。"

他连声说好，说他都是在老地方钓，让我来了还到这边来找他。

跨过桥以后，我感觉雨反而小点儿了。在停车场，我正把渔具包和折叠椅放进后备箱时,听见有人喊我。我转过头,看见以前单位的一位同事正笑着从车道对面朝我走过来。

"你也来钓鱼?怎么没看见你?"他问我。

"我在桥西头,你是不是在这边钓?"我问他。

"是啊,我一般都在东边。你不经常来吧?西边钓鱼的人不多,地方太荒。"

"我第一次来。"我对他说,"西边没什么人,不过我遇见一个蔡老师,他说他总在那边钓。"

"蔡老师啊?"那个人表情暧昧地笑了。

"你们认识?"我问。

"经常来钓鱼的都知道他。他是不是对你讲了他女儿的事?"

"对啊,你怎么知道?"我有点儿吃惊。

"每个人都听他讲过。他碰见谁就对谁讲他女儿,还给人看照片,要是没有结婚的,他就想给女儿介绍对象,挺瘆人的。"

"瘆人?也说不上瘆人吧,估计当家长的都这样,吹起来自己孩子没头儿。"

他皱了下眉头:"当然瘆人。他肯定没和你说,他女儿早就死了。"

"死了?"我怔住了。

"是啊。你要只听他讲,绝对不会想到他女儿死了。不过,我们经常来钓鱼的都知道,有人认识他,知道他女儿的事儿。说起来挺惨,他女儿去美国读博士,被她的美国男朋友枪杀了,大概就是争风吃醋的事儿吧,都好几年前的事儿了。老蔡很有意思,他逢人就讲他女儿,就像她没死一样。知道的都躲着他。"

"这样啊……"我不知道说什么好。

"挺可惜的,一个乡村教师好不容易培养出来个留学生,就这么被老外杀了。"

接下来,他又问起我的工作,问我现在去了哪个单位。

"没再找工作,不适合坐机关,现在自己做点儿小生意。"我说。

"哪方面的生意？"他问。

"小生意，网上的。"我说。

"给个网址呗，回头帮你吆喝两声。"

"不用不用，主要是和厂家联系。"我急忙说。

"做大生意了，那就帮衬不上了。"他笑笑。

我们又寒暄了两句，就告别了。我坐在车里，从后视镜里注意到他的车开走了，才慢慢把车倒出去、开车上路。

我想起那张照片，老头儿拿给我看的那张照片，那当然看得出是一张旧照片，但我还是不能想象那是一个死去的人的照片，我还盯着那上面的姑娘看了好一会儿，当他喜不自禁地给我讲他女儿，而我还以为他想把女儿介绍给我……想到这儿，我简直觉得有点儿恶心！我想摆脱那张照片给我的印象，但我越不愿意想它，照片上那女孩儿的样子越是一直在我脑海里浮现出来，越清晰、鲜明。像我在停车场碰见的那个家伙说的，这确实挺"瘆人"的。有一阵子，我觉得我握着方向盘的手在发颤。我让车慢下来，打开车窗，拿了一根烟抽。过一会儿，我的手终于稳住了。我觉得我平静了一点儿，甚至能够理解他了。我想，他能怎么办呢？也许那是他能找到的唯一的办法，也许他只能在那一次次谈话中使她复活……

渐渐地，另一个女孩儿的脸覆盖住了照片里那张陌生女孩儿的脸。那是我大学时的女朋友，我们恋爱了两年半，最后还是分开了。我现在还能在朋友圈里看见她。她毕业后留在了郑州，嫁给了一个开美容院的郑州人，现在有个四岁多的男孩儿。她的样子已经变了很多，我感觉她整过容了，却并没有变得更美。她那些过度美颜的照片看起来非常古怪，整个脸型都变了，以前她是很可爱的圆脸，而现在不知道是整容还是P图的缘故，她的下巴很尖削、脸颊凹陷得厉害。偶尔，我们会在微信里聊上几句，彼此说话的口气就像我们从未恋爱过、从未在一起睡过觉。然后，我又想起另一个女孩儿，是我第一个工作单位里的女孩儿。我们也谈了将近一年，也睡过。她现在也嫁人了。我有时在街上碰到她，她开着一辆白色轿车，烫着一头密密的细小鬈发，隔着车窗玻璃，我也能看到她浓妆艳抹，样子和那些在机关单位上班的庸俗少妇并无二致。从她的眼神里，我看出她对我的失望，正像我对她一样失望。

偶尔想起过去的她们，想起当年在街上一起闲逛的时光、在卡拉OK厅的昏暗中的亲吻抚摸，心里可能还会热那么一下，但这热也很快就冷却了，尤其看到现在的她们，就觉得过去的影子像越来越薄、越来越脆硬的纸片。在我的幻想里，最经常出现的反而是那个我从未碰过的女孩儿，就是那个我在下雪天的校门口遇见的、坐在我前排的女孩儿。她在我心里藏得那么深、盘旋得那么久，我已经以无数种方式脱过她的衣服，在形形色色的古怪地方、以各种各样的方式和她睡过，以至于我觉得我们之间已经建立了一种深得可怕的关系……尽管初中毕业以后，我就再也没有见过她。

我开得很慢。乡镇小柏油路上也没什么车，灰尘倒很大，不时有鸡啊狗啊贴着路边跑或是横穿马路……马路两边是细高的绿杨，后面是一马平川的田野，田野上的某处是忽隐忽现的、仿佛总被笼罩在淡淡的烟雾中的村庄——典型的中原乡村的景色，可能几千年来都是这样。只是日光强烈的时候，这片大地看起来明亮、干燥，阴天或雨天则更美些，腾起一层淡绿色烟雾，仿佛水彩画。它一直就是这样，一片没有任何奇观的平原，它的美平铺直叙得让人忧伤，像是生活本身：平铺直叙、令人窒息，又无穷无尽。

当我的车开进乱哄哄的县城，在我最熟悉的杂乱街道上缓慢行驶，原野带给我的那种无端的忧伤、窒息感缓解了一点儿。当一个人仿佛悬浮着，当你漂在无论是语言、幻想还是现实喧闹、惯性的浮沫上，即使你下面是生活的整个深渊，那种载浮载沉、置身事外的感觉也能让你多多少少感到解脱。我想，他煞有介事地给我讲了一个死者的事，讲得仿佛她是个活着的人，而我呢，我给他讲的故事则完全是虚构。我们两清了。

（原载《十月》2021年第3期）

作者简介：

张惠雯，1978年生，祖籍河南。毕业于新加坡国立大学商学院，现居美国波士顿。小说刊发于《收获》《人民文学》《花城》等文学期刊,并获得多个文学奖项。已出版小说集《两次相遇》《在南方》《飞鸟和池鱼》等。

终于等来了一封信

刘庆邦

七月十五定年成,是说到了每年农历的七月十五,当年秋庄稼的收成如何,能收八成,还是能收九成,基本上就定了盘子。这年还不到七月十五,高粱还在孕米,玉米还在吐缨,芝麻还在开花,年成如何尚未确定,方喜明的亲事却定了下来。所谓定亲,是方喜明得到了男方的认可,男方家已经托媒人给女方送了彩礼。方喜明得到的彩礼没有现金,只是几块做衣服的布料和一方包布料的红围巾。定亲也是定情,定情不在于礼轻礼重,哪怕是一块手绢,或是一片树叶,都可以成为定情之物。方喜明是重情的人,定情之后,她就把自己的心和那个人的心连在了一起。方喜明对那个人的名字已烂熟于心,连睡梦里都不会叫错。但她在口头上从没有叫过那个人的名字,仿佛一叫就会牵得心上疼一下似的。还有一个说法,把已定亲的对方说成对象。什么对象不对象,对这样的说法方喜明也很不习惯,也说不出口。她还是愿意按传统的说法,把跟她定亲的人说成"那个人"。因那个人所在的村庄叫张楼,如果嫌只说那个人不是很明确,她顶多在那个人前面加一个定语,说成张楼的那个人。张楼张楼张又张,张楼那个十九岁的人儿啊!

　　他们两个定亲不久,张楼的那个人就到一个山区煤矿当工人去了。临去当工人的头天晚上,那个人和方喜明约了一个会,会面的地点是在一座小桥上。半块月亮在薄云中忽隐忽现,不知是月在走,还是云在走。桥下的流水静静的,若明若暗,反映着碎银子一样的月光。遍地的庄稼在抓紧最后的时间向上生长,一片苍茫连着一片苍茫。庄稼地里虫鸣十分繁密,有着千翅万翅齐弹奏的绵长悠远效果。他们两个在桥上站了一会儿,说了几句话。方喜明送给那个人一双她亲手做的鞋,那个人握了一下方喜明的手,两个人的相会就结束了,一个走向桥东,一个走向桥西。

　　那个人这一走,不知何时才能回还,方喜明心里难免空落落的。那个人在家时,他们见面的机会其实并不多,可他们毕竟同属一个大队,偶尔看见那个人的机会还是有的。比如大队在一个打麦场上召开全体社员大会,方喜明会在会场上看见那个人。再比如,那个人曾在大队毛泽东思想文艺宣传队里演过节目,跟同在大队宣传队演过节目的大队会计孟庆祥是好朋友,那个人去大队部找孟庆祥说话,方喜明有时也会远远地看见他。还有,今年春天方喜明去镇上赶三月三会,在熙熙攘攘的千年古会上也看见了那个人。她穿过一道巷又一道巷,挤过一条街又一条街,当终于在人群中看到她的那个人时,她心头轰地一热,像达到了最终目的一样,就回家去了。是的,在那些情况下,他们没有接近,更没有说话,只是看一眼而已。而且,她看到了那个人,并不能保证那个人同时也看到了她。能看上一眼就够了,一眼三春暖,能看到那个人一眼,足以让她心满意足,温柔无边。她还能要求什么呢!那个人这一远走,她想看到那个人就不容易了,不光夏天看不到,秋天看不到,冬天看不到,恐怕到明年春天都不一定看得到。那个人还在家的时候,虽说他们两个不在一个村庄,但那个人所做的很多事情方喜明都想象得到,知道他怎样戴着草帽锄地,怎样挥舞着镰刀割麦,怎样在深不见人的棒子地里掰棒子;还知道他怎样爬树摘桑葚,怎样下河摸鱼,怎样在雪夜的煤油灯下看书,等等。那个人去到一个陌生的地方,方喜明的想象没有了依据,无从想起,就什么都不知道了。这样一来,他们两个不仅从地理和空间上拉开了距离，从心理和想象上似乎也拉开了距离，真让人发愁！方喜明想叹一口气。想到心到，她真的叹了一口气。她叹得轻轻的，颇有些我想叹气不敢叹的意思，但她的叹气还是被自己听到了。她吃了一惊，生怕她的叹气被家里人听到，说她有了心事。她叹气时，娘在家，妹妹在家，弟弟也在家。外面下着小雨，娘在纳鞋底子，妹妹在拆一件棉衣，弟弟在写作业，他们各人做各人的事情，似乎并没有听到她的叹气。或许听到了跟没听到一样，对她为什么叹气并不关心。心事都是自己的，从心事的角度讲，每个家里人也都是别人。自己的心事自己承担，跟别人有什么关系呢！

这天下午，生产队里给女劳力安排的活儿是翻红薯秧子。下过雨后，太阳一晒，红薯秧子长得格外旺盛，满地绿汪汪的。红薯秧子贴地蔓延，秧子下方会生出一些白色的根须，扎进土里，秧子走到哪里，根须就会扎到哪里。在农人看来，如果红薯秧子上的根须扎得太多，会分散整棵红薯的营养，影响红薯主根根部块茎的发育和生长。而翻红薯秧子的目的，是把那些扎在土里的根须扯断，让红薯秧子和红薯叶子上的全部营养，都集中在根部的块茎上，保证红薯长得又大又红。方喜明踏进红薯地里，和女劳力们一起翻红薯秧子。她们不能揽得太宽，每个人一趟只能揽两垄，左边一垄，右边一垄。不管左边还是右边，她们都是用右手翻。她们蹲在一尺多深的红薯秧子丛中，也是蹲在两垄红薯中间的地沟中，一边翻扯红薯秧子，一边向前移动。她们从一棵红薯的根部那里抓到红薯秧子，一抓就是一大把，像抓到姑娘粗壮的头发辫子一样。她们一律把"头发辫子"翻到了后边，恰如姑娘家的头发辫子都拖在身后一样。有的红薯秧子根须扎得少，她们翻起来很轻松。有的红薯秧子根须比较多，根又扎得比较深，抓地抓得比较紧，她们需要使劲儿拉扯，才能把红薯秧子揭起来。当根须被揭断时，会发出一连串裂帛一样好听的声音。在密匝匝的红薯叶子下面，有蝈蝈、蟋蟀等多种昆虫在合唱。它们的合唱虽然有高音，有中音，也有低音，但听起来十分和谐。翻红薯秧子的队伍翻到它们跟前时，合唱队暂时分散，它们的合唱暂时停止。队伍刚刚翻过去，它们便迅速集结，合唱重新开始。红薯叶子的正面是墨绿色，背面有一些发白，红薯秧子一翻过来，绿色就变成了白色，远看如开满了遍地白花。有的红薯秧子的根须由于抓地太紧，根须没有扯断，倒把红薯秧子扯断了，白色的汁子冒出来，散发出一股股浓浓的青气。方喜明听娘说过，以前还是各家各户种地时，有人翻红薯秧子是手持一根顶端削尖的木棍，站在地里挑着翻，那样就不必一直蜷窝着蹲在地上，身体会舒展一些。自从土地归集体所有之后，社员们翻红薯秧子就不再是站着用棍子翻了，都是蹲在地里翻。方喜明从没有站着翻红薯秧子的经历，自从她成为生产队的一个女劳力，第一次和女劳力们一块儿翻红薯秧子时，就是身体重心向下，蹲在地里用手翻。她从不觉得这样翻红薯秧子有什么不好，在她看来，翻红薯秧子是最简单的劳动，只动动手就行了，根本用不着动脑子，比梳头发辫子都要简单。

她干活儿时虽然不用动脑子，可她的脑子并没有闲着，一会儿想到东，一会儿想到西；一会儿想到天上，一会儿想到地下。不管她想到哪儿，总是离不开一个人。那个人不是别人，只能是张楼的那个人。那个人不在地面上种庄稼了，跑到那么远地方，钻到地底下挖煤去了。方喜明在打铁的铁匠炉那里见过煤，知道煤都是黑的，都是从最黑最黑的地底下挖出来的。但她想不出来，地底下到底有多深，究竟有多黑。方喜明下过的最深的地方是她家的红薯窖，见过的最黑的地方是红薯窖下方储藏红薯的地洞。红薯窖还不到一丈深，她觉得已经很深了，比老鼠和黄鼠狼打的洞子都要深。储藏红薯的地洞当然很黑，黑得她感觉好像没有了白眼珠，只剩下黑眼珠，连红薯都变成了黑薯，一摸就能沾一手黑。一个红薯窖尚且这样，那挖煤的煤井，又不知深成什么样、黑成什么样呢！在那样又深又黑的煤井里挖煤，那个人害怕不害怕？要是害怕的话，那个人会怎样？这时方喜明一抬头，看见天上飞过一只鸟。据说一只鸟一天可以飞很远，她想，这只鸟也许是从那个人挖煤的地方飞过来的，她暂停翻红薯秧子，两只眼睛盯着那只鸟。可惜那只鸟没有降低飞行高度，没有放慢飞行速度，更没有停留，一直飞了过去。鸟越变越小，从一个高粱穗子，变成一粒高粱；再从一粒高粱，变成一粒芝麻；后来连芝麻也看不见了。直到这时，方喜明还从没想到过，那个人会不会给她写一封信，那个读过中学的人会不会给她写信说说在煤矿下井的情况。她只想到，她每天想那个人，不知那个人会不会想她。要是她只想那个人，那个人并不想她，那就不好了。

立秋之后，第一个被人们打上标记的日子是七月初七。有戏里唱道：年年有个七月七，天上牛郎会织女。这只是一个故事，一个传说，并不是一个节日。元宵节、端阳节、中秋节，还有春节等，都是节日，人们都不会忘记，家家都要正而八经地过一过。七月七就不一样了，是不是把它当成节日，会因人而异。把七月七当节日的，会把它说成七夕节、乞巧节，夜晚会仰脸在天河两边找一找牛郎星和织女星。而不少人根本不把七月七当回事，稀里糊涂地就过去了，连向天空看一眼都不看。方喜明怎么样呢？她能记起这天是七月七吗？在以前，日子如流水，一天又一天，她跟大多数人一样，也很少能想起七月七来。就算偶尔能想起来，也是因为娘的提醒。娘的说法是老一套：今天是七月七，喜鹊又该去天河上搭桥了，牛郎和织女又能见面了！听了娘的提醒，方喜明虽说知道了那天是七月初七，也想起了传说中的放牛郎和七仙女的故事，但她觉得那样的故事遥远得很，隔着千层云，也隔着万里风，跟她一点关系都没有。她听了也就过去了，只从耳朵里过，没从心里过，该薅草就去薅草，该拾柴还去拾柴。今年可不一样了，心上有了牵挂的方喜明，无须任何人提醒，一大早就记起了这天是七月七。仿佛她还没有完全睡醒，七月七就醒在了她前头，七月七似乎对她说：方喜明，你已经是有主儿的人了，不能再糊涂下去了！方喜明赶紧说：不用你说，我记着哩！这个日子让方喜明心里突地一跳，就一下接一下跳了下去。她有点儿欢喜，还有点儿发愁；有点儿想笑，还有点儿想哭；觉得这一天有点儿短，还有点儿长，不知怎样才能度过去。

这天下午，女劳力的活儿是钻进高粱地里打高粱叶。高粱的叶子是高粱生长的标记，高粱每向上拔一节，就要长一片叶子。等到高粱长出穗子，整棵高粱秆子上就会伸展出好多片叶子。高粱的叶子又宽又长，秋风一吹，叶子会发黄，但叶裤子还紧紧穿在高粱秆子上，不会自行脱落。打高粱叶子的用意与翻红薯秧子一样，是为了避免营养分散，把最后的养分都集中供应给高粱的穗头。打高粱叶子的女劳力，要逐棵逐棵、自上而下，把高粱秆子上叶片全部打光，打成光杆，打得有些发红的高粱穗头像高擎的火把一样。中间休息的时候，一些家里有小孩子的妇女，从高粱地里走出来，匆匆回家奶孩子去了。方喜明没有回家，她一个人登上高高的河堤，在河堤上整理了一下头发，想到应该以水为镜照一下，就沿着河内侧的堤坡，下到水边去了。这是一条纵贯南北的河流，南边通淮河，北边通黄河。在发大水的时候，淮河的鲤鱼可以通过这条河北上，先进入黄河，再逆流西游，以实现跳龙门的愿望。河水在春天是浑的，在夏天也是浑的，一到秋天就变成了清的。方喜明一直不能明白，秋天到底有着何等神奇的力量，一下子把浑浊的河水变得如此清澈。河水一清到底，能看到水底有些臃肿的草根，嵌在黑泥里的白蛤蜊片，谁扔在水里的半块儿生红薯，还有天上的朵朵云彩等。方喜明一到水边，就把映在水中的自己的脸看到了。按理说，她对自己的脸应该最熟悉。可不知为什么，她每次看到自己的脸，都觉得有些陌生似的，想看，又不敢多看，好像多看一眼就有些不好意思。在她静静地看自己的时候，一些小鱼游了过来，在她"脸上"游来游去。西边的阳光透过水面，照在小鱼身上，小鱼呈现的是斑斓的色彩。小鱼干什么呀！她觉得小鱼这样的表现不是很好，就以手撩水，把小鱼赶跑了，赶到对岸去了。

这条河也是一道分界线，河对岸的河堤就是张楼的河堤。从河堤的外侧往下走，就是张楼生产队的庄稼地。方喜明相信，这条河不是天河，只是一条地河，河不能把她和她的那个人分开。这样想着，她就顺着河向北边望，一眼就望到了那座小桥。那个小桥不是喜鹊搭起来的，而是用石头砌成的，结实得很。那天晚上，她和那个人的约会，就是在那座石桥上，她送给那个人一双鞋，那个人拉了她的手。想到这里，方喜明的心一下子柔软得不行，眼里顿时充满了泪水。

七月七这天，方喜明仍没有想到那个人会不会给她写一封信。人虽然已经长到了十八岁，从一个小姑娘长成了大姑娘，但因她没有收到过别人写给她的信，她自己更没有给任何人写过信，脑子里几乎没什么信的概念。

直到中秋节那天，方喜明在路上碰见了孟嫂，孟嫂一上来就问她：张东良走后给你来信了吗？

没有。

这个张东良，他怎么还不给你写信！他走了都有两个多月了吧？

两个月零十九天。

你看你记得多清，有整又有零。你是不是每天都在想他？

谁想他，我才不想他呢！

孟嫂笑了，说：还说不想人家，你看你的脸红成啥了，恐怕比鸡冠子都红。

方喜明不由得摸了一下脸说：嫂子最会笑话人了，你再笑话人，人家就生气了！

这个喜明，都是定过亲的人了，还这样害羞呢！

方喜明愈发害羞地、长长地叫了一声嫂子，说不是。

不是什么，你敢说你不想张东良！

对于张东良这个名字，她在心里隐着藏着，小心翼翼，从不敢叫出口。可嫂子不管不顾，叫了一声又一声。她想让嫂子叫，又不想让嫂子叫。嫂子叫了，好像是替她叫出来的，她一听心里就是一动。她不想让嫂子叫呢，是觉得嫂子叫得太随便了，也太多了，嫂子一叫，她心里就是一疼。她轻轻跺了一下脚，当真生气似的转过脸去。

好好好，嫂子不说了，嫂子跟你孟哥说说，让你哥留点儿心，只要看见张东良给你写来了信，让他马上告诉你。

直到这时，方喜明似乎才醒悟过来，人离开了，互相之间还可以有书信往来。那个人参加工作去了，短时间内不可能回来。可既然他们定了亲，那个人如果没有忘记她，就有可能给她写一封信。她知道，那个人念书多，识字多，写封信不是什么难事。她觉得自己真傻，傻得一点儿气儿都不透，怎么就没想到写信这一层呢！亏得孟嫂提醒她，给了她一个盼头，不然的话，她每天看天天高，看地地远，看云云起，看水水流，一颗跳荡不止的心真不知往哪里放。方喜明还知道，她所在的大队包括五个生产队，也就是五个村。外面的人来了信，公社邮电所的邮递员只把信件送到大队部，由常在大队部值班的大队会计把信件全部接收下来，然后趁各村的干部到大队开会时，大队会计把信件分发给各村的干部，让他们捎给村里的收信人。大队会计不是别人，正是孟嫂的男人孟庆祥。

  此后，方喜明到孟嫂家去得多一些，她所在的村庄叫方庄，方庄不是很大，只有几十户人家。在军阀混乱的民国年间，方庄的寨墙被凶恶的土匪队伍打开过，庄子里的男女老少几乎被杀得一个不留。方庄现在的住户都是从周边的村庄迁移过来的，等于为方庄在人口上填补了空白。方庄的人口既然是重组，赵钱孙李，姓氏就比较杂。方喜明一家虽说姓方，却不是方庄的原住民，他们是从东边的方营迁过来的。迁过来的第一代是爷爷和奶奶，到她这一代是第三代。在地里没活儿的时候，方喜明手里拿着针线活儿，一转一转，就转到孟嫂家里去了。头天晚上下了雨，呼雷闪电的，下得还不小。第二天上午，雨还在下着，只是下得已经很小，零一下子，星一下子，下与不下差不多。大雨小雨都是秋雨，雨水带来的寒气一波比一波透衣。方喜明去孟嫂家时，里面穿了一件长袖的单衣，外面还披了一件夹衣。不知怎么养成的穿衣习惯，他们这里的人习惯披衣服。衣服本来有袖子，他们的胳膊却不穿在袖子里，就那么往肩膀上一披。不管是秋天，还是冬天，都有人披衣服。人在干活儿的时候，绝不可以披着衣服，要是披着衣服，就不像干活儿的样子。这样对比起来，披衣服似乎与休闲连在了一起，人显得轻松一些。

  孟嫂正在家里吵孩子，吵得雷一声，电一声。见喜明来了，她就不吵了，对喜明笑脸相迎。孟嫂心里明白喜明为何淋着小雨到她家里来，因她问过张东良给喜明来信没有，喜明就上了心，就惦记上了张东良的信。还因为外面来的信都是先从她男人手上过，她男人离信近一些，她离她男人近一些，喜明就想跟她走得近一些。归根结底，喜明还是为了信，要是张东良给她来了信，她想及时得到信息，收到信。孟嫂能够理解喜明的心情，这些定了亲的女儿家啊，定了亲就有了心思，谁能不想郎呢？但孟嫂不能把喜明的心思说破，一说破喜明就不好意思再到她家里来了。她们说昨夜的大雨，说喜明手里正在纳的袜底子，说孟嫂的两个不听话的孩子。孟嫂家门口两侧各栽有一棵石榴树，石榴树上的石榴都摘去了，剩下的都是树叶。夜里的大雨，把树上的叶子打落不少，叶子还在树上时，不见得有多少黄叶子，可一旦被雨水打落在地上时，树下的地上落的大都是黄叶子。黄叶子落在湿地上显得有些漂亮，像细碎的金箔一样。喜明对孟嫂说：这些发黄的石榴叶子真好看！

你孟哥也说好看，他说等地干了，也不要把石榴叶子扫掉。

只要在孟嫂家，总会说到孟哥。是孟嫂先说到孟哥的，她接着说孟哥就是顺嘴话，她问孟哥是不是又到大队部里去了。

吃过早饭撂下饭碗就去了，说是公社驻咱们大队的干部要在今天上午召开全大队各生产队的干部会议。一下雨就开会，一下雪也开会，开会开会，不知道有啥开头儿。开得你孟哥跟不着窝儿的兔子一样，家里啥事儿都指望不上他！

只要说到孟哥，不管孟嫂说什么，方喜明都爱听，谁让那个人跟孟哥是好朋友呢！两个人既然是好朋友，脾气应该比较相投，说话能说到一块儿。现在两个好朋友分开了，说不定他们之间也会互相想念。那个人没给她写信，会不会给孟哥写信呢？两个人都是会写信的人，那个人给孟哥写一封信是完全可能的。方喜明不敢问孟嫂，那个人是不是给孟哥写了信，只替孟哥说好话说：孟哥是有文化的人，有本事的人，大队离不开他呗！

成天价扒拉算盘珠子，那叫什么本事。要说有本事，依我看，你们家的张东良才是真有本事呢！

念头绕不过，人就绕不过。由孟哥引出了张东良，孟嫂又把张东良说到了。让方喜明没有想到的是，孟嫂在说到张东良时，还把张东良说成"你们家的"，这可怎么得了！方喜明顿时满脸红透，又不知说什么好了。

在来信不来信的问题上，方喜明还保持着耐心，孟嫂却好像没有了耐心，当方喜明再次来到孟嫂家时，孟嫂一开口就对她说：我天天问你孟哥，张东良为啥还不给喜明来信，你孟哥说他也不知道。

来不来信都没啥，他可能没顾上呗！

他不给你写信，你可以先给他写一封嘛，你也上过学，不是也识字嘛！

我哪里会写什么信，我一共才上过四年学，认识的那几个字，早就不知道忘到哪里去了。

你不想给他写信也可以，就拿上小包袱，坐上汽车找他去，当面问问他，走了这么长时间，为啥不给你写封信！

方喜明摇头，说那我可不敢。

那有什么不敢的，你跟他定过亲了，已经是他的人了，当然可以去找他。说到这里，孟嫂的样子变得有些神秘，还有些调皮，她压低声音问：喜明，我听别人说，张东良去参加工作走的头天晚上，他跟你在小桥上有个约会，约会的时候，他那个你了吗？

那个是哪个？哪个才是那个？喜明似乎懂得嫂子问话的意思，但又不敢懂，有些懵懵懂懂。她的脸红了又红，说嫂子，你说的是啥呀？

我说的啥，难道你不明白吗？这个喜明，你是真糊涂，还是故意跟嫂子装糊涂？

方喜明当然不会忘记，那个人在那天晚上握了一下她的手，握得还很有劲，她手上忽地就出了一层汗。她不知道，这个不知算不算嫂子所说的那个，要是握手也算那个的话，方喜明连这样的那个也不敢说。她说嫂子，你不知道你妹子是个实心的人吗！

心实的人才灵透，我看妹子灵透着呢！妹子不想说，就不说，就当嫂子啥话都没问。

我说了也没啥，那天晚上啥个那个都没有。

真的呀，张东良真是个大傻瓜！

孟嫂把话说到这样的程度，方喜明就不敢轻易再到孟嫂家里去了。说事情来得突然，也不算突然，因为方喜明对有的事情盼望已久，心里早有准备。这件事情的到来说成"终于"比较合适，因为方喜明等啊盼啊，终于把事情盼来了。

这天傍晚收工后，方喜明正在家里洗红薯，切红薯，准备烧红薯茶，孟嫂的大女儿手里举着一封信向方喜明家跑来。小姑娘一跑进方喜明家的院子,就喊着说:喜明姑姑,喜明姑姑,有你的信,俺爹俺娘让我赶快给你送来!

我的天哪,那个人总算来信了!方喜明一听,马上放下没切完的红薯,从灶屋里迎了出来。她伸手欲接信,又发现自己的手是湿的,就赶紧在围裙上擦手。她把手擦了一遍又一遍,确认自己的手一点儿都不湿了,才从小姑娘手里把信接过来。接信时,她舍不得捏到信封的中间,只捏到信封的一个角,仿佛捏到信封中间会把里面的信捏疼似的。拿到信后,方喜明的心跳得很厉害,一怦一怦,从心上一直跳到手指头肚子上。不光手指头在跳,信封里面的信好像也在跳。方喜明不烧红薯茶了,解下围裙,从灶屋转到了堂屋。

娘还在灶屋里准备烧火,看到喜明收到了信,她也替女儿高兴。女儿的心思娘知道,女儿动不动就往孟嫂家里去,盼的不就是远方的来信嘛!今天总算把信盼来了,不知女儿有多高兴呢!娘跟到堂屋问喜明:是不是张楼的那个人给你来信了?

喜明不想让娘知道,说:我也不知道。

你不知道我知道,不是那个人给你写信又能是谁呢?

不知道,就是不知道。

娘跟女儿说笑话:你这闺女呀,接到信像是被火燎着了一样,就是存不住气。好了,做晚饭的事儿你不用管了,赶快看你的信去吧。

过了寒露到霜降,白天一天比一天短,夜晚一夜比一夜长。到每家开始生火做晚饭的时候,天已经黑下来,灶屋里发出的都是灶膛里红红的火光。来到堂屋里,方喜明本打算点上煤油灯开始看信,但她擦亮火柴后,突然有些走神,眼看火柴燃起的一朵火要烧到她的手,她还没有找到煤油灯。她把火柴吹灭,不打算在家里看信了,把信装进口袋里,向院子外面走去。她要是在家里看信,家里人不但会看到她看信的样子,说不定还想知道信的内容。信是属于她一个人的,跟她胸腔子里的那颗心差不多,她不想让任何人知道信的内容,连她看信时的样子也不想让人看到。出了院子,她走到自家屋子后面的一个水塘边去了。天是黑下来了,能闻见村子里浓浓的炊烟味儿，却看不见炊烟的颜色。方喜明知道，天都是刚黑下来的时候显得黑，过上一会儿，等月光洒下来，星光开始闪烁，天黑得就不会那么结实了。水塘那边就是生产队里的庄稼地，地里的秋庄稼收去了，已经种上了冬小麦。方喜明把信封从口袋里掏出来，对在眼上看。因心里事先有自己的名字，尽管夜色朦胧，她还是在信封上把自己的名字看到了，一点儿都不错，是方喜明三个字。看到自己的名字后，她第一次觉得自己的名字很不错，喜不错，明也不错。她的名字，经那个人的手一写，像添了彩一样，更加不错。名字后面没有什么称呼，只有一个收字。这没关系，连她自己都不知道怎样称呼自己，那个人就更没法儿称呼她。信封是用牛皮纸制成的，下面印着某某矿务局某某煤矿革命委员会的字样。方喜明把信封摸了摸，觉得信封的两头儿都封得很严密，她不知从哪头儿拆才能把信封拆开。她不想撕信封，担心撕信封时会把里面的信纸撕破，那个人是怎样把信封封上的，她最好怎样把信封拆开。谁家的羊叫了两声，还传来了拉风箱的呱嗒声，方喜明从信封的一角，果然一点一点把信封揭开了。她把一根手指伸进信封里一探，就把里面的信纸探到了。她没有马上把信抽出来，信的内容作为一个悬念，她想把悬念再稍稍保留一会儿。那个人会给她写些什么呢？他会不会写一写他在地底下挖煤的事情呢？他会不会说说他身体的状况呢？他会不会表达一下对她的思念呢？他会不会告诉她到春节时是不是回来过年呢？……

　　夜下来了，月亮升起来了。别看月亮只有半块，洒下来的月光好像并没有减半，跟整个月亮的亮度是一样的。月光照在水塘边的芦花上，大团的芦花似乎比白天白得还要大。月光照在水塘那边的麦田里，能看到田里新生的麦苗儿分成了行，一行又一行。就着月光，方喜明把那个人写给她的信看到了，她看得有些失望，还有一些想哭。她把信看了一遍又一遍，还是有些失望，有些想哭。信纸只有一张，信的内容只有一句话：我希望能看到一封你的亲笔信。她天天想，日日盼，盼望那个识字多的人能给她来一封信。信终于盼来了，就是这么一封信，就是这么一句话。这能算一封信吗？这是一封什么样的信呢？那个人说是希望，实际上提的是一个要求，要求她给那个人回一封亲笔信。方喜明打了一个寒噤，想到这句话背后的意思是在怀疑她，怀疑她到底识不识字，会不会拿起笔来写一封信。怀疑就不是相信，怀疑的口气总是冷冰冰的，怀疑的文字也是拒人的，能拒人于千里之外。

家里的晚饭做好了，方喜明的弟弟到屋后喊大姐回家吃饭。

方喜明说：我今天不饿，不想吃了。你们先吃吧，不用等我。

天上星星不少，每一颗星都像是寒星，望一眼都足以让人身上起鸡皮疙瘩。娘又到屋后喊喜明回家吃饭，娘走得静悄悄的，一直走到水塘边的喜明身边，才说：喜明，回家吃饭吧。

我说了不饿，不饿就是不饿！

天冷了，霜该下来了，老站在外边，会冻着的。

冻不死我！

你这闺女今天这是怎么了？张楼的那个人在信里跟你说什么了？

什么都没说！

什么都不说，那他给你写信干什么？

娘，你别问了好不好！

那孩子该不是变心了吧？

变心，这叫什么话！方喜明抗议似的又叫了一声娘：你胡说什么，再胡说我就生气了！

好了，娘啥都不说了，跟娘一块儿回家吧。你要是不回家，娘就在这里陪你站着。

烦人不烦人哪！喜明这才跟娘一块儿回家去了。

要不要给那个人回信呢？信是一定要回的。那个人要求她写亲笔信，等于在对她进行一场考试，不管考试能不能及格，她都不能放弃，都要接受考试。方喜明会纺线，会织布，会绣花子，描云子，但她从没有写过信，也从没有想到过这一辈子还要写信。写信不能当饭吃，也不能当衣穿，干吗要写信呢！信不信的，和她这个识字很少的人有什么关系呢！现在她才知道了，人生在世，不光是干完家里活儿，干地里活儿；不光是吃饭，穿衣，还要做点儿别的。比如说，人在一起，就要说说话，不说话就说不过去。人不在一起呢，就要互相通通信，不通信就不合常理。在没收到那个人的信时，她每天都有些着急，好像整个人都是为等一封信活着，收不到信，活得就不踏实。现在终于把信盼到了，起码证明那个人没有忘记她。有来，就要有回。不回信，就算输理。输理的事她万万不能做。写信对方喜明来说是很难，但纵有千难万难，她千方百计也要克服困难，把信写出来。

方喜明去镇上卖了几斤红薯片子，换回三角零七分钱，她把钱包在一块被叫作驴皮布的粗布手巾里，到邮电所里买了信纸、信封，还有八分钱一张的小小邮票。方喜明记得听人说过，写信不能用铅笔，最好是用钢笔。她弟弟还上小学，用的就是铅笔。要是能用铅笔写信的话，她借用一下弟弟的铅笔就可以了。用铅笔写字的方便之处在于，如果把字写错了，可以用橡皮擦掉重写。也许正是因为铅笔写的字可以擦掉，时间长了字迹也容易淡化，人们才不用铅笔写信。而钢笔太贵了，方喜明不知道要卖多少斤粮食，才能买得起一支钢笔。村里有钢笔的人是有的，孟庆祥孟哥的上衣口袋里就成天别着一支钢笔。方喜明知道，村里有的人家收到了信，大都是请孟哥给念一念，然后再请孟哥给代写一封回信。她不会请孟哥替她写信，只打算借孟哥的钢笔用一用。

在给那个人写回信的时候，方喜明也不想让家里人看见。这天半夜里，她等家里的人都睡着了，才悄悄爬起来，到堂屋的屋当门，点上煤油灯，开始趴在桌边写信。信纸在桌上铺好了，钢笔也拿起来了，她却不知道写什么。她看看笔尖，笔尖也看看她，彼此似乎都有些陌生。她看看灯头，灯头也看看她。她跟灯头倒是很熟悉，可灯头不但一点儿都帮不上她的忙，还摇头晃脑的，像是在笑话她。她觉得有千言要讲，不知讲哪一句更合适。她觉得有万语要说，也不知哪一句可以写在纸上。面对钢笔和纸张，方喜明像是突然明白了一个道理，原来人说话和写在纸上的字是不一样的。说话像落叶，一阵风就把叶子吹走了。写在纸上的字是有根的，一扎就把根扎深了。说话像刮风，风刮过无影无踪。写在纸上的字像石头，石头可以永远保存下来。在纸上写信可真难哪！做一个人可真难哪！

外面是阴天，天黑得像墨一样。后半夜起了北风，风还不小，把院子里的桐树和椿树刮得呼呼响，把树上最后的叶子都吹落了。有一片桐树叶子，大概被风吹落后又被风旋起，啪地贴在门缝上，把方喜明吓得一惊。

天将明时，方喜明总算想起了一句话。那个人给她写了一句话，她给那个人的回信也是一句话。她觉得这句话比较合适，甚至让她有些激动。话一写到纸上，仿佛立即扎下了根，并很快变成了石头。

她一字一字写下的回信是：你放心，松树落叶我都不会变心。

（原载《上海文学》2021年第6期）

作者简介：

刘庆邦，1951年12月生于河南沈丘农村。当过农民、矿工和记者。一级作家。著有长篇小说十二部，中短篇小说集、散文集七十余部，《刘庆邦短篇小说编年》十二卷。短篇小说《鞋》获第二届鲁迅文学奖。中篇小说《神木》《哑炮》获第二届和第四届老舍文学奖。长篇小说《遍地月光》获第八届茅盾文学奖提名。长篇小说《黑白男女》获首届吴承恩长篇小说奖。长篇小说《家长》获第二届南丁文学奖。长篇散文《陪护母亲日记》获第二届孙犁散文奖。曾获北京市首届德艺双馨奖，首届林斤澜杰出短篇小说作家奖。多篇作品被译成英、法、日、俄、德、意大利、西班牙、韩国、越南等外国文字，出版有七部外文作品集。曾任中国作家协会全国委员会委员，现为中国煤矿作家协会主席，北京作家协会副主席。

河马按摩师

邱华栋

1

高光的故事还是由我来讲吧,我来讲可能比较靠谱。我知道高光来肯尼亚,纯粹是自找的。他做梦都想不到自己会来到非洲的肯尼亚,在内罗毕安顿下来,过上了小日子。

东非大裂谷穿越了肯尼亚,肯尼亚还有五百多公里长的海岸线,是东非风景最壮阔、最优美的国家。肯尼亚的首都内罗毕,号称东非小巴黎,是非洲最繁华的城市之一。这座城市有几百万人,当然大部分都是黑皮肤的。这让我们这些黄皮肤的和一些白皮肤的人看上去比较扎眼。

一般人很害怕来到非洲,都传说在非洲容易得怪病,这倒是真的。在非洲染上疟疾,已经很好治疗了。有的病就很奇怪。有一次,我看到在高光的诊所里,来了一个在内罗毕的中国工程公司发包的项目上干活的小伙子,他的胳膊上隆起了一个包,不知道是怎么回事。

高光把这个包割开之后，里面就流出来一包小蛆虫。原来呀，这个小伙子曾经被一只奇怪的飞虫叮了一口，结果胳膊上就长了这么一包虫。

在内罗毕找高光的诊所很容易，这家伙一开始来肯尼亚的内罗毕，就开了一家诊所，你一进门，就能看到在厅堂里立着一个铜人。就是中医医院里面常常能看到的铜人，裸体铜人，身上的经络和穴位都画出来了。

在内罗毕开一家中医诊所，针灸、拔罐、刮痧，在有的国家会引发法律官司，说大夫搞巫术，虐待病人，吃不了兜着走。内罗毕人是慢慢相信起中医的，一开始，我估计，这个中国铜人会让来看病的内罗毕人感到害怕，以为中医是巫术，可要是你看见高光给前来治病的黑人身上扎上银针，那就更觉得这家伙很神奇了。

他的针灸技术非常高超。有一次，我得面瘫了。这种病俗称鬼吹风，不知道怎么回事，晚上没有睡好，或者中午在小货车上打了一个盹儿，醒过来，我就发现我的嘴歪了，半边脸不能动，一只眼睛的眼皮子也不能闭合，光流泪，这就很奇怪了。

我就来到高光的诊所。他一看见我的症状，就笑了："歪嘴子，哈，刚才在你前面还来了一个。"

他带我走进里间，我看到一个黑人小伙子坐在那里，右脸上扎满了银针。这个家伙也是面瘫患者。于是，我也坐下来，让他往脸上扎银针。

此前，我从来都没有针灸过。我是中国人，我知道这个，但我没扎过针灸。只见高光穿着白大褂，拿出来一个盒子，让我坐在那里，从盒子里取出来长长的、长长的、令我感到恐惧的银针，看着我的脸，用指头一边触摸，一边问我的感受，然后，瞅准了我脸上的某个穴位，就开始扎银针了。

一根根的银针被他扎着捻着，就钻进我的右半边脸上了，奇怪，一点也不疼，还不流血。这针灸就是这么神奇。然后，他让我和那个同样扎满了一脸银针的黑人小伙子，并排躺在两张小床上，拉过来像是台灯一样的东西，末端伸出来一个圆饼形状的、黑乎乎的玩意儿，插上电。

原来是烤电器，对准了我们两个面瘫患者的扎满了银针的半边脸，就这么烤上了。烤电半小时，我的半边脸在银针的作用下，皮肉开始逐渐跳动起来，瘫痪的脸部有了一点蚂蚁走动的感觉。就这样，我和那个黑人小伙子接连扎了三天银针，烤了三天电，我们的面瘫脸，很快就好了。

我就感觉到第一天我的右脸上本来已经完全瘫痪了，跟不上大脑的指挥和使唤，可忽然，在烤电器下面，扎满了银针的半边脸上有蚂蚁在爬，很痒。第二天，我感觉脸上不再是蚂蚁在爬，而是一条条的蚯蚓在爬，热乎乎的。第三天，感觉我脸上的那些蚯蚓就连接起来，让半张脸开始活动了。我的面瘫被高光就这么治好了。

在高光的中医诊所里，不仅有针灸，还有艾灸、刮痧、拔罐、中医理疗按摩等项目。有时候，你一进他的诊所就能闻到艾草焚烧的香气，烟雾缭绕的，那是在艾灸了。碰到有那么一两个黑人小伙子光着脊背走出来，背上一连串的红色血印子，圆坨坨，看着很吓人。

不过，内罗毕人已经知道这不是中医在搞酷刑，而是一种"去火"的诊疗方法。再说了，他们的电视台老早就报道过中医这些在他们看来多少有点奇怪的诊疗方法，内罗毕人就见怪不怪了。

高光的诊所里，除了一楼的诊室和治疗室，还在二楼设了一个按摩理疗室。高光的老婆魏娜带着三个内罗毕黑人姑娘，在那里为客人推拿按摩。魏娜是一个长相妖娆的女人，说话嗓门高，动作麻利。她喜欢穿紧身的衣裤，这一点和黑人妇女穿紧身裙、裹出性感臀部的打扮一样，难怪高光会动心。据说这两人是一个县的老乡，这对痴男怨女走在一起，也是上天注定。

魏娜在二楼，指挥三个黑人姑娘按摩推拿，生意非常好。各种肤色的男人都来一探究竟，想了解这中医按摩推拿到底是什么玩意儿，会不会是他们想歪了的事情。结果，男人们发现，几个黑人姑娘绝对是真的在推拿按摩，把他们推拿得酸爽舒适，嗷嗷叫。

黑人姑娘手法很娴熟，都是魏娜一手教出来的。不过，这几个黑人姑娘干活不用心，在内罗毕，一般雇人干活，发的都是周薪，每个星期五，一发钱，那几个姑娘就不见了。请求按摩的客人还在诊疗室外坐着排队呢，害得魏娜直骂娘，只好亲自上手，给客人推拿按摩。

等那几个姑娘把钱花完了,她们就回来了。

魏娜就和她们签订协议,但还是没有办法,当地姑娘说辞职就不见了。魏娜的按摩理疗室就不断地招聘。后来,来了两个中国中年妇女,她们是跟着务工的丈夫从中国来的,这按摩推拿的队伍才算稳定下来。

2

高光的中医诊所在经历很多当地政府的刁难、小流氓的滋扰和资金链的紧张等挑战之后,刚刚站稳脚跟,就遭到了一场蚂蚁的疯狂袭击。

有一天,高光早晨起来,在院子里刷牙,忽然发现院子的墙根处,一片肥厚的叶子旁边,鼓起一个褐黄色的土包,墙根怎么能长一个疙瘩呢?

他就走过去看,看不出那是什么,也不像是蜂巢。要是马蜂窝,肯定有很多马蜂在那里出出进进的。这土包一点动静都没有,可似乎还是在从内向外扩展,就跟肿瘤似的。他刷着牙,想了想,觉得这土疙瘩不影响院落,就不再管了,回到了房间里。

第二天,就在诊所当院的中间,隆起了一个土包,这让他吓了一大跳。他赶紧让我来。

我这个比他资格老的新内罗毕人一看,就笑了:"这是蚂蚁窝。你完了,你招惹了它们,它们要占领你的诊所了。"

高光不信,拿出来两把铁锹,让我们把这蚂蚁窝土堆铲平了。一铲之下,根本就铲不动。那蚂蚁窝非常坚硬。我说:"这玩意儿比石头还硬。"

高光不相信,走过去拿拳头捶了两下,发现几乎像木头一样硬。那种蚂蚁窝是黏土构造的,他拿着铁锹,又是铲,又是捅,结果只是在蚂蚁窝上砸出一点痕迹而已。

高光很无奈地看着我,我这才从自己背的包包里,拿出来一个电钻。我把钻头安好,让他把电线插板从屋子里引出来,我把电钻的连接电线插好,一开动,电钻嗞嗞响着,飕飕地转着。

我走过去，把电钻抵在蚂蚁山的中间。电钻很厉害，很快就把蚂蚁窝钻了一个洞，很多又黑又大的蚂蚁遭到我的袭扰之后，从洞里面爬出来。我不管它们，继续在蚂蚁山的各个部位都用电钻钻出眼。然后，让高光拿着一把锤子，一顿乱锤，蚂蚁山轰然倒塌了。

大家这才看到有大量的蚂蚁在土堆里面爬动，密密麻麻的，真的很吓人，因为蚂蚁太多了，多到你根本就无法去消灭和移除的地步。这时，围观的黑人妇女们却欢呼雀跃起来，用当地语言喊着，手里多出来了几个盆盆碗碗的，走过去在蚂蚁窝里面抓着什么。

我一看就知道了，她们抓取的，是蚂蚁窝里面的蚂蚁卵，那可是绝美的食物，最棒的蛋白质。那几个黑人妇女跟过节似的，手里的盆碗都装满了蚂蚁卵，这才心满意足地离开回家。高光看得目瞪口呆："她们是拿回家炒菜吗？"

我笑了："当然啊，蚂蚁卵在非洲可是好东西。不过非洲人不怎么打扰蚂蚁的，他们从不去捅蚂蚁窝。"

那天，我用电钻把墙根处和院子里的这两个蚂蚁窝给搞定了。高光让诊所伙计接着把坍塌的蚂蚁窝碎片铲平，院子里很快变得平平整整的。

高光很得意："你看，蚂蚁窝没了，它怎么能斗得过我。"他又叫魏娜往那两个蚂蚁窝的"遗址"处喷了消毒水、药用酒精，总之对待蚂蚁是一副赶尽杀绝的态度。

我笑了："这蚂蚁可狡猾了。你吃不了兜着走。"

高光得意地打了一个响指："谢谢你，兄弟，今天免费拔罐。"

第二天，在他的院子里，又崛起了两个小土堆。肯定又是蚂蚁窝，而且坚硬无比。他大为光火，又把我叫来，铲除这蚂蚁窝。

我这一次没有拿电钻，我告诉他："老高，我告诉你，这非洲的蚂蚁真的不好惹，最好的办法就是和平共处，相安无事。你不要再去动它们的窝了，这里本来就是人家的国土。说不定某一天，那些蚂蚁就真的撤退了，那个时候我再来帮你彻底荡平这些蚂蚁窝。"

高光想了想，摆了摆手："妈的，听你的，算啦。由它去吧。"后来，他的中医诊所院子里出现了三座蚂蚁窝小山，比一个人还要高，而且坚硬无比，还在继续生长。高光听了我的话，他发现这非洲的蚂蚁真的不好惹，它们的群体太过庞大，也不怎么去理会蚂蚁窝了。

来来往往就诊的人，也绕着走。大队的蚂蚁在这三座蚂蚁山内外奔走，排成长长的行列，蔚为奇观。以至于有到内罗毕旅行的国内旅游团，先到他的诊所观赏那两米多高的三座蚂蚁山。高光的诊所就经常有很多游客，在那里指指点点，啧啧称赞，这非洲的蚂蚁山的确很壮观，之后，就在高光的诊所里艾灸、按摩、拔罐，倒也给他招徕了些生意。

就这样，过了大半年，有一天，天阴得厉害，看样子内罗毕要下大雨。半夜，瓢泼大雨终于下了下来。第二天，我来到诊所，发现蚂蚁搬家了。三座蚂蚁山外面一只蚂蚁都没有，里面肯定空空如也。我就告诉高光："那些蚂蚁搬走啦。"

高光说："太好了，那你给我把蚂蚁窝钻成碎片吧。"

这一次我又帮了他的忙，院子里的三座蚂蚁山算是彻底铲平了，因为蚂蚁真的搬家了。

3

我和高光熟悉了之后，我听说，他来到内罗毕，是魏娜一定要他来的。魏娜希望他们俩一起出走，躲得远远的，就这么从中国躲到了肯尼亚的内罗毕。这样的话，老家的人就都不再议论他们了。在他们老家的县城里，在街上转一个圈，就都认识。好事不出门，坏事传千里，高光和魏娜的绯闻早就传遍了小县城，因为高光是一个有家室的男人，而魏娜是从南方回来的女人。

那个时候，正是高光的中医小医院在县城里生意最红火的时候，结果闹出这么一档子事儿。他和魏娜的事情一出来，马上就有人传出来他们在宾馆里幽会的视频，虽然不是很清楚，但熟悉他们的人断定，那搞事情的男女，就是他们俩。他们走到街上，总感觉有人戳戳点点的。

高光的老婆李冬梅知道后，就要和他离婚。高光一开始不愿意，后来就同意离婚，把房子、车子和抚养费都给她，把女儿也给她带了。

这样，魏娜就和高光住在一起了。

他们在县城西边买了一套房子，住在那里。可是不行，高光的小舅子——李冬梅的两个弟弟可都是坏种，他们晚上在高光新家的门上抹大粪，到处散布他是王八蛋负心郎。他们还把他新买的车子的轮胎扎破，把他和魏娜新家的窗户玻璃砸破几个洞。

关键是高光开着一家中医小医院，从此生意一落千丈。往常，他的中医医院不大，但门庭若市。

高光的父亲是中医大夫，已经去世了，高光从小耳濡目染，就知道点中医。父亲曾经手把手教他，希望他长大了能考进中医大学，子承父业。但高光不务正业，不好好学习，高中毕业去参军，当了野战军的汽车兵，跑遍了西南地区那些危险的山路，最远到过西藏阿里，几次历险，差点死了。在部队里的医院他倒是专门学了一年的医疗救护，算是有了从医的经验和证书。

几年之后，高光复员回来，他先是转业到了市消防总队，有一次火灾他们没有处理好，高光受到处罚，离开了消防队。

那怎么办？他就回到老家县里开了一家中医小医院。高光看病，不乱收钱，病人没钱也给看病，正所谓悬壶济世、医者仁心。

可自从他把老婆孩子抛弃了，和县城里那个有名的浪荡女魏娜搞在一起，他在他们心目中的形象就毁了。尽管很多人都是一屁股屎，可看别人成了落水狗，不仅不同情，还要往他脑袋上扔大粪。县城里的人都不来找高光看病了。

过去都说高光是个老实疙瘩，怎么让魏娜给搞定了呢？他们背地里议论纷纷，魏娜早晚得甩了他，就跟人家甩了她一样。

传说魏娜在深圳打工的时候，认识了一个老板，被包养做了二奶。后来那个老板生意做不好了，跑路了，就不管她了。她又不愿意去打工，吃不了那个苦，就回到老家的小县城。可她的穿着打扮就像个招摇过市的二奶，谁都不敢招惹她，特别是男人，还有点怕她。

他们到处传闲言碎语，说高光和她勾搭上的时间，是她到高光的中医小医院去看妇科病的那个遥远的下午。那天下午被别人传得有鼻子有眼的，就好像他们当时都在高光的诊所里围观一样。

话说那天下午，魏娜扭着水蛇腰，穿着高跟鞋，溜达来到了高光的中医小医院，要看妇科病。男大夫看妇科病，都是比较让人有想象的事情。但中医医生无论看什么病，都要先把脉。

他们说，高光把手往魏娜的脉上一搭，和她射过来的目光一对上，他立即被她电到晕眩，当场崩溃了，也就丧失了男人的底线。之后发生了什么就不好说了，总之，他们说，高光把中医小医院的门关上，让助手小李子回家，然后和魏娜在检查患者的那张床上做了好事。

高光被他们传说成这样，老是被人指指点点，这日子很难过。他也是哭笑不得。可他脾气好，觉得无所谓，心想过一阵子，也就不会有什么了。

魏娜却很生气，她说："狗屁小县城！在深圳就不会这样，没有人关心你是怎么生活的。真讨厌！我们得离开这里，走得远远的。"她咬着自己的右手无名指指甲说。后来，她想到一个办法：咱俩去非洲，躲得远远的。

哎呀妈呀，高光一听，就头大了。去非洲，亏她想得出来。非洲遍地都是大象、河马、狮子、老虎、野牛、羚羊、豹子、鬣狗、鳄鱼、角马、蟒蛇、蚊子、蚂蚁，人人住草棚，吃红薯、土豆，高光连想都不敢想的事情，她敢想。

她不仅敢想，而且还让她在肯尼亚的内罗毕办公司的亲戚发来了邀请函，凭借这封邀请函，他们就能办签证，就能去肯尼亚的内罗毕进行商务考察，就能在那里待下来，也开一家中医诊所。

就这样，他们俩跑到内罗毕来了。

刚开始来东非的时候，高光真的担心肯尼亚到处都是野生动物，可来到了内罗毕，他们发现这是一座大城市，高楼林立，好几百万人在这里生活，不仅中国人不少，世界各地来的人也很多，这里也很自由，可以开赌场，枪支买卖也很容易。

魏娜的好几个远房亲戚都在这里扎根了，都做中非贸易，有做木材贸易的，还有做矿石贸易的，都干得不错。他们就在内罗毕待下来了。

高光、魏娜住在内罗毕南郊，租了一个小院子，里面是二层楼。办理了很简单的注册手续，他的中医诊所就在内罗毕开张了。

4

不知道为什么，我第一眼见到魏娜，就感觉到她早晚要离开高光。因他俩根本就不是一种人。男女关系要稳定，得看这两人是不是一种人。高光是一个特别踏实的人，干什么都是一把好手。可魏娜是一个天生就对自己已经拥有的生活感到不满意的女人，她总要折腾自己，顺带把和她在一起的男人也折腾个够呛。这不，把高光鼓弄到东非的内罗毕，就是她的一次梦想成真。可这一次的梦想成真，让她接着又生出来一个梦想，你要是问她下一个梦是什么，她又不会告诉你。魏娜好高骛远，她不知道自己真的要什么。她要什么？钱吗？不是的，她似乎也很缥缈。

有一次，我在诊所拔罐，和她说话聊天。我问她："魏娜姐，你们还得回河北老家吧？你们俩生不生个孩子呀？"

魏娜就说："少操别人的心，瞧瞧你自己，跑到内罗毕打零工，你的老婆在哪里呢？"

她说到点子上了，我自己的老婆在哪里，我还不知道呢，正所谓少年不识愁滋味，我还想不了那么多。现在，很多中国公司在非洲有建设项目，我经常去参加一些建筑工程的施工，我是电焊、瓦工、木工都会一些，不愁没活干。不过，常来高光的诊所，我倒是对中医很感兴趣，常常和高光一起聊天，开始学习针灸和把脉。

在非洲，动物很常见，它们都不怕人。人和动物常常混居在一起，即使像内罗毕这样的大城市也是这样。在城市里，常常看到两群猴子为了争地盘，在街道上和商场附近打架，打得歇斯底里、大呼小叫、旁若无人。

有时候，城市菜市场里，人们熙熙攘攘络绎不绝，正在买菜卖菜，忽然眼前掠过一道黑影，原来是一只老鹰从天而降，瞬间伸出爪子，把市场上某人正待售卖的鸡给抓走了。行车的时候，忽然从道旁的树林里，窜出来几只野猪，排成行列，旁若无人地穿越马路。我在建筑工地干活，有一天一群非洲大象闯了进来，吓得刚从中国来的建筑工人不知所措。我眼疾手快，赶紧从工棚食堂取出工人们中午要吃的香蕉和苹果，拿给了那些大象。大象们慢吞吞吃了水果，这才撞坏铁皮大门，扬长而去。

某天我一觉醒来，听到窗户玻璃有敲击的声音。我拉开窗帘，看到不知从哪里飞来的两只野鸽子，正在窗台上问候我呢。它们也不怕我，闪着清亮的眼睛看着我。我找了一点面包屑给它们吃。吃完了，它们就飞走了。

我知道高光到内罗毕之后没多久，得过一次疟疾。这病在非洲曾经是绝症，现在好治了。可当时还是让他难受了一阵子，发烧、打摆子、浑身酸疼、体感寒冷、拉稀、视力模糊、全身无力、性欲减退，这些词都是他给我描述的感受。可性欲减退这个词还是让我乐不可支，得病了，还胡思乱想，难怪魏娜经常骂他。

他们在内罗毕生活了一年多，魏娜的肚子也没有鼓起来。魏娜那个时候想要孩子了，还专门弄来了非洲男人见面都很神秘地互相问问"吃了吗"的那个东西——那个东西非常"斯壮"，是一种块茎类植物，叫作"穆豪根"——也就是非洲男人壮阳的东西，让高光吃。

高光吃了，除了眼睛发亮，也没有什么惊人之举，让魏娜感觉他有如神助。高光把那个"穆豪根"给我吃了，我的肚子胀得很大，其他部位也跟着胀大，可无法排泄，吃了泻药才拉出来。果然非常"斯壮"。

在我的记忆里，也就是院子里的蚂蚁搬家之后的一个月，有一天，诊所来了一个男人，是个白人，改变了他们的生活走向。

这个男人骑着一辆自行车，胳膊上盘着一条蛇。他来诊所是来治疗，因为他被蛇咬伤了。他竟然会中文！他说他叫霍华德·弗兰克，是个美国人。

高光一看他胳膊上盘着的那条蛇，就知道他受伤并不重，给他清理咬伤，给他煎服解毒中药汤汁，说，你中毒不深，这蛇毒性没有那么大。

那天，我也在诊所里，我正在研究他的那个中医铜人身上的经络和穴位，听到他们用中文说话。霍华德·弗兰克是一个记者，他告诉高光，他常年在亚洲跑，在中国的长江流域生活和采访了六年，写了一本英文非虚构《滚滚长江天际来：大河边的中国人》，还上了《纽约时报》图书排行榜。他的脸颊边上，有一层黄色小绒毛，在阳光下闪亮。他的皮肤发红，个子很高，笑容可掬，喜欢戴墨镜，穿着摄影师喜欢穿的那种有很多口袋的军绿色裤子，很强壮。

他说，他很喜欢中国人，这次来肯尼亚是来寻找他的弟弟。他的弟弟在非洲做生意，可今年忽然没有了音信，他的老父亲从美国打来电话，要霍华德·弗兰克在非洲找他弟弟，他就从中国的重庆来到了内罗毕。

魏娜那一天从楼上下来，看到了霍华德·弗兰克，这一眼就觉得有点不一样，我感觉魏娜有点小兴奋。她跑过来看霍华德·弗兰克胳膊上盘着的那条蛇。那是一条好看的花蛇，还在咝咝吐信，她就尖叫起来，声音怪怪的。

她说，你把它放生了吧，你老是抓着它，它肯定要咬你呀。

霍华德·弗兰克笑起来，他把蛇递给了魏娜。魏娜的脸很红，很害怕那条蛇，打算躲开。霍华德·弗兰克抓住魏娜的胳膊，把那条蛇盘在了魏娜的胳膊上。

魏娜咯咯笑着，忽然又被朝她吐信的蛇吓哭了。她一甩手，那条蛇从她的胳膊上滑落在地，游动着身子，跑进草丛中不见了。

5

霍华德·弗兰克后来就住在高光诊所二楼的一个房间里，他给魏娜预付了三个月的租金，说，三个月的时间，要是我找不到我的弟弟，就打算再回到中国。

那段时间里，聘用我当电焊工的内罗毕一家中国公司承包的建筑项目完工了。他们要接着转战坦桑尼亚的新工程，也愿意聘用我。可是我不愿意去，我喜欢内罗毕，喜欢肯尼亚。我就在高光的诊所里学习中医诊疗，给高光当助理。

每天早晨，吃了早饭，霍华德·弗兰克就骑着自行车出门去了，到处打听他弟弟的下落。但每天傍晚他都是一个人回来的，表情落寞。

他弟弟看来是一个神秘人物，是不是在肯尼亚贩卖军火？说不定呢，我和高光小声议论着。

魏娜就说："别瞎说了，我看弗兰克就是一个好人。他还给了我一根辟邪的非洲黑木雕呢。"

我们就一起看霍华德·弗兰克给魏娜的一根黑木雕。那是一个非洲女性身形的木雕，带着原始的美感和性感，不知道怎么回事，看着就像是魏娜的身形。

一天天就这么过去了。霍华德·弗兰克总也找不到他的弟弟，他也不说他找弟弟的难度有多大，为什么找不到弟弟。每次回来，他总要带回来一些非洲人制作的东西。有一天，他带回来一面非洲木鼓，是一段镂空的木头做的，外表用羊皮蒙着，羊皮上画了拙朴的图案。他把鼓送给了魏娜，魏娜不要，说，你会打鼓？那你打鼓给我听。

霍华德·弗兰克就坐在那里，用两腿夹着那面木鼓，用双手拍打起来。他打鼓的声音很规律，到后来越来越激动，鼓声非常有节奏，结果唤起了周围遥远的地方，也隐隐传来了非洲的鼓声。原来，是别处的黑人在呼应他，也敲响了自己家的鼓。

魏娜就兴致大发，在院子里跳起了舞。魏娜的舞姿妙曼，非常有节奏，这更证实了她可能曾在娱乐场所工作过的传闻。霍华德·弗兰克兴致勃勃，高光脸色阴沉，躲到屋子里不出来了。

也就是在那段时间，高光的中医诊所院子里，出现了一次壮观的动物大战。

中国人喜欢说一阵秋雨一阵凉，可在内罗毕，下完了雨反而更热。那场雨很滂沱，霍华德·弗兰克坐在长廊下面，看着外面的雨，双腿夹着他的木鼓在敲打。鼓声中，一只、两只、三只……越来越多的青蛙，是的，我们都看见在草丛中、树木背后，很多青蛙在雨水中跑出来，开始汇聚到诊所的院子里来。

霍华德·弗兰克的鼓声更加密集，青蛙涌现得更多，雨声也更大，哗啦啦的，青蛙扑嗒、扑嗒地跳出来，越来越多了，非常多的青蛙在雨声中伴随着鼓点在跳跃，哎呀，真的是奇观啊。

我们都惊呆了，诊所里所有的人都出来了，大家都站在走廊里，看着院子里的青蛙有几百、几千只，在那里蹦跶。呱呱呱，呱呱呱，呱呱呱……哎呀，这是青蛙在合唱呢。青蛙的合唱高低起伏，有混合声部，有领唱，还有低音伴奏。

我们正在那里看青蛙大合唱，魏娜忽然尖叫了一声。她指着墙头说，看那里！我们看过去，发现了新的情况。一条蛇正在翻墙进入院子，接着，从可能进入院子的任何缝隙，都出现了蛇的身影，一条条的大蛇、小蛇，黑白相间的蛇，花蛇，红黄色的蛇，都来了，都来了！这么多的蛇在雨中咝咝吐信，向院子里爬来，发出了雨声中的另外一种声音，令人恐怖，令人不知所措，大家都惊呆了。

霍华德·弗兰克更加兴奋了，他使劲地拍打着羊皮木鼓，让鼓声在雨声中变得更激越。一条条蛇扑向了在院子里雨水中蹦跶的青蛙，张开血盆大口去吞没青蛙，青蛙纷纷逃窜，使劲朝天空蹦跶，可越来越多的蛇加入追捕青蛙的队伍里，蛇的游走很迅速，青蛙的蹦跶很绝望。

这场大雨中的青蛙和蛇的大战，或者说蛇对青蛙的围剿非常壮观、激烈。我们都看呆了。这个过程持续了很长的时间。霍华德·弗兰克打鼓打累了，魏娜竟然顶上了，她把鼓拿过来，夹在自己的双腿中间打，为青蛙和蛇的大战擂鼓。

魏娜打鼓打累了，高光也兴之所至，把那面羊皮木鼓拿过来，继续用双手摇鼓。高光打鼓打累了,我接着来,我把那面羊皮鼓打得嘭嘭响,我兴奋异常,因为青蛙和蛇的大战正酣。

忽然,有一条蛇疾速向走廊里的我们游过来,很快就到了霍华德·弗兰克的身边,一下子就攀缘上他的腿,游走到了他的胳膊上。啊,正是他曾经带到诊所里的那条蛇,它又回来了,只是,它刚刚吃了两只青蛙,肚子鼓出两个疙瘩。这条蛇认出了霍华德·弗兰克,它和他嬉戏了一阵子,就游下去,一下子攀缘着魏娜的腿,也游走到了她的胳膊上,像是认识她一样,实际上当然也认识她,朝它吐信。

魏娜这次一点都不害怕了,她小心地摸着蛇的冰凉皮肤,和这条蛇对视。这条蛇的目光很清澈,它很喜欢魏娜,它举着自己的上半身左右摇摆,就像跳舞一样。过了一阵子,它俯身游走了,不见了。

院子里的青蛙和群蛇大战到了尾声,一条条大蛇、小蛇都吃饱了,青蛙数量急剧减少,雨声停歇下来,鼓声慢下来。不多一会儿,剩下的青蛙蹦跶走了,吃饱的蛇也游走了。一时间,院子里安静下来了,仿佛刚才那一幕,就是一个幻觉和梦境。

高光跑到院子里,在泥地里仰天大笑,可天空一滴雨都没有了。

晚上大家都喝多了,高光喝醉了,他倒在一楼诊疗室的小床上睡着了。魏娜也喝了很多酒,她在跳舞,霍华德·弗兰克在弹着一种叫踏巴巴的非洲乐器。那类似冬不拉的弦乐器,在木头架子上安装了一个骆驼皮蒙制的共鸣箱。他弹拨起来,我们听到了沙暴来临的激烈,听到了情欲勃发的沸腾。

月亮出来了,非常明亮。我没有喝多,我很有自制力,我感觉今晚有事情会发生。

果然,歪倒在一层诊疗室椅子上装醉的我注意到,在二楼的一间推拿按摩室,魏娜先进去了。停了一会儿,我听到霍华德·弗兰克的脚步声也进去了。接着,发出了遥远的猫叫声,或者是河马的呼哧呼哧喘息的声音。在这样一个奇特而怪异的夜晚,他们一定做了烈日对沙漠做过的事情。

6

第二天,雨过天晴,天气大好。一觉醒来,我发现高光急得像热锅上的蚂蚁。原来,魏娜已经不见了。显然,她和霍华德·弗兰克一起消失了。或者说,她是跟着弗兰克私奔了。

这是我本来就预料到的事情。可高光却没有想到。他在团团转,在二楼霍华德·弗兰克居住的那间屋子里寻找蛛丝马迹,最后,只找到了几张纸,上面有些英文字样。

我抓过来,翻译成中文给高光听:"这个,好像是他写的什么文章的大纲,嗯,他在写书,这本书叫作《百万中国人在非洲:第二大陆》。难道,这个霍华德·弗兰克是个调查记者?他来非洲不是找他弟弟的,而是写中国人在非洲的?他也许是个间谍。"

高光气急败坏地说:"他写啥都和我无关,他是什么人我也无所谓。可他把我老婆魏娜带走了,这是夺妻之恨。我一定要找到她,我一定要杀了他!"

我劝慰着高光,说,你不要着急,先稳住心神,过两天,可能魏娜自己就扫眉耷眼地回来了。她跑出去,在非洲这地界,无论如何,都没有生活的经验和能力,肯定还会回来的。

高光的眼睛渐渐亮了。他听了我的话,说,等等看,看看魏娜是不是会回来。也许她真的会回来。

高光就这么等了一个月,魏娜还是没有音信。

在这段时间里,高光自己被小风一吹,也面瘫了。他指导我给他针灸,烤电。他对我说,魏娜是铁了心跑了,还是被弗兰克给害了呢?我要去找他们,我一定要找到他们。

我无言以对。我知道有时候生活就是这样,突然带来它的重锤,给人以重大打击,让你猝不及防。人性的复杂性就是一个深渊,谁都看不清,闹不明白。比如我，怎么能想明白魏娜会跟着弗兰克离家出走呢？高光这么好的一个中国男人，背井离乡，跟着魏娜来到了非洲肯尼亚的内罗毕，她怎么能抛下他，说走就走呢？

可事实是，这样的事情真的发生了。

有一天，诊所里来了几个基库尤人。

基库尤人是肯尼亚古老的土著部族，他们生活在肯尼亚的东部。听说高光能够诊治失眠症，其中一位饱受失眠症影响的基库尤人部落的首领找到了他，让高光给他治疗失眠症。

高光熬了汤药，味道很不好闻，在诊所里弥漫。他让那个头戴装饰性花环的部落首领喝了三天汤药。结果，那个基库尤人部落首领果真不再失眠了。

奇特的是，这个部落首领让懂英语的翻译给我听，我又翻译后告诉高光，这个部落首领根据自己的测算，知道高光的老婆跑了。她跑到了肯尼亚的大河边，后来，又走过了肯尼亚最高的山——肯尼亚山。她一直在路上走着呢，不知道她要到哪里去。你要不要去找她？

高光兴奋起来了："当然，她是我老婆，我当然要去找她。"

然后，几个基库尤人就走了，留下了诊所里怅然若失的高光在发呆。

"这么说，她还在路上，她还活着呢。"高光告诉我这个情况，"我要去找她。"

"那你的诊所怎么办？"

高光双眼发亮："留给你了，兄弟，我看你无论是针灸、刮痧、拔罐、烤电、抓药、把脉问诊，样样都很在行。你只要穿上我的白大褂，就能坐诊了。我得去找魏娜了。"

高光在某一天开着他的皮卡，终于前去寻找魏娜了。我不知道他会如何寻找魏娜，到哪里去找魏娜，但他上路了。

我听从他的话，穿上了白大褂，坐在他的诊所里开始了行医。这事儿是不是很奇妙？真的很奇妙。

7

等到我在他的诊所里坐诊了一年多，也感到厌烦的时候，我也上路了。毕竟我只是一个三脚猫，我是临时替补高光，当上了中医大夫的。我要去找高光。人人都要在路上，每个人都有多种可能性。这就是非洲的魅力，你来到了这里，在非洲，一不留神，你就会变成另外一个人。

我听说，高光去了肯尼亚的一条大河边。那条河叫作塔纳河，是肯尼亚最大的一条河，发源于肯尼亚山上的冰川，也带给了肯尼亚旖旎的风景，养育了大量的动物，也养育了很多肯尼亚人。

我驱车前往那里，在波光粼粼的塔纳河边寻找高光的足迹。

我走啊走，在河边的当地人部族的茅屋处，找到了保护动物组织的几个人。他们住在那里，救护失去母亲的大象，救护被偷猎者割掉犀牛角的犀牛，救护长颈鹿，救护飞鸟，特别是脖子受伤和腿部受伤，不能飞翔、落单在水面上的火烈鸟。

我说明了来意，我说，我来找一个中国人，他叫高光，你们谁可曾见过他？那个人脸上有点坑坑洼洼的。

他们告诉我，去年，确实有一个姓高的中国人在这里住过，可能就是我要找的那个人。有意思的是，这人救助了一头失去母亲的小河马，每天给那头小河马按摩。河马快速长大了。我知道成年之后的河马块头很大，一般有三四吨重。这头河马每天白天都要去塔纳河，和一个河马群在一起，晚上就回到高光所在的茅屋里，让高光给它按摩。

"什么，他变成了一个河马按摩师？"我啼笑皆非。可在非洲，一切皆有可能。这说明，高光还没有找到魏娜，可他变成了一个动物保护者，他参与肯尼亚保护动物组织的工作里了。

"是的，"那个动物保护组织的一位高大、硬朗的白人女性告诉我，"那头河马简直就像是高先生的孩子，它每天晚上都要回到高先生的身边，让他给它按摩。"

"他是怎么给它按摩的?"我哈哈大笑,想象不出高光怎么给一只河马按摩。

"用手给它按摩,按摩它的头部、脖颈、背部、脚,还有屁股,按摩河马的每一个部位。这头河马很懂事,它来找高的时候,就直接进来,趴在高给它准备的一个由两块木头搭建的槽里,下面铺着干草,闭上眼睛等待高的按摩。它很享受人对它的按摩,它上瘾了。直到有一天,它被盗猎者打死了。"这个女人的眼圈红了。

"盗猎者打死一头河马干什么?它没有象牙、犀牛角和虎皮那样的价值啊。"我很惆怅。高光给河马按摩的故事太有意思了,可怎么能就这么结束呢?

"盗猎者喜欢吃河马的肉。他们杀掉一只河马,会立即把河马内脏取出,架起来烤制,制作成烟熏烘干河马肉,带在身边,作为干粮,继续和我们捉迷藏,在森林里、裂谷中和大草原上,进行他们的盗猎活动。"

我沉默了。我能想象到这只通人性的河马,在被盗猎者杀死之后,这件事对高光的心灵带来的冲击。

"后来呢?河马死后,高光去了哪里?"

"那只河马被杀之后,他得知了情况,就跟着一支保护动物的巡逻队,朝着肯尼亚山国家公园的方向去了。"

我决定到肯尼亚山国家公园去寻找高光。我们每个人都在世界上寻找着什么,可总也找不到,高光、魏娜、霍华德·弗兰克和我,都是这样的,我们都在非洲寻找着别样的人生。

内罗毕到肯尼亚山国家公园的距离是 190 公里,我已经走了 100 多公里的路了。那里有一座海拔 5199 米的肯尼亚山,是非洲的第二高峰,有雪峰和森林,有各种各样的动物在山上栖息。我猜想,高光一定在肯尼亚某座青山的高处,等待着我前去和他会合。

(原载《作品》2021 年第 1 期)

作者简介：

邱华栋，1969年生于新疆昌吉。15岁开始发表作品，18岁出版第一部小说集，被武汉大学中文系免试破格录取。曾担任《中华工商时报》文化版主编、中青出版总社《青年文学》杂志主编、《人民文学》杂志副主编、鲁迅文学院常务副院长。在职研究生学历，武汉大学文学博士，研究员（教授），中国作协书记处书记，主席团委员。著有长篇小说12部，另外还创作有中篇小说30部，以及短篇小说180多篇。共出版有长篇、中短篇小说集、电影和建筑研究、文学评论集、散文随笔集、游记、诗集等110多种版本，800多万字。多部作品被翻译成日、韩、俄、英、德、意大利、法和越南语等外文发表和出版。曾获第10届庄重文文学奖、《上海文学》小说奖、《山花》小说奖、老舍长篇小说奖提名奖、《人民文学》林斤澜小说奖，《十月》李庄杯优秀短篇小说奖等。

萨赫勒荒原

朱山坡

抵达尼日尔首都尼亚美的那天晚上,是一个叫萨哈的尼日尔黑人来机场接我。因为天黑,我看不清他长得怎么样、面部有什么表情。从机场到宾馆,我和萨哈几乎没说什么话,他跟我想象中热情奔放、擅长胡侃的非洲人形象不太一样,一路上拘谨得略显尴尬。第二天,天还没有完全亮,萨哈便推开我的房门,将我从床上提起来,简单收拾一下便出发了。我无法弄明白我的房门为什么未经同意而被粗鲁地打开。这个时候我才发现,他的脸憨厚纯朴,身材中等,看上去很强壮。只是他的性子有点儿急,收拾东西,走楼梯,跨过路障,风风火火的,我的行李箱被扔进车里时我还来不及提醒他小心轻放。我有些不愉快,但不能怪他,因为我已经被告知,哪怕一路顺风,从尼亚美赶回津德尔中国援非医疗队驻地也要走完整个白天。总队领队反复叮嘱我们,一定不要走夜路。上个月,在卢旺达的一支中国援非医疗队就因为赶夜路出了车祸,虽然没有出现重大伤亡,但使馆一再强调:出门在外,安全第一。萨哈觉得他的责任十分重大,不仅要负责我的安全,还要保证车上的药品食品一件不少地送达驻地。

"日落之前必须赶到。因为夜幕降临,魔鬼也跟着降临。"萨哈对我说。非洲人习惯日出而作,日落而息,不习惯走夜路。夜路不是给人行走的。看得出来,他是一个经验丰富、值得信赖的老司机。

我们迅速出发。

按原计划安排,我本应在尼亚美法语强化班培训半个月,下个月初才赶往津德尔接替援非满两年的老郭,但老郭突然病倒,紧急送回尼亚美,抢救无效,前几天去世了。我和他的遗体在空中擦肩而过。老郭一走,津德尔地区医疗队就缺少拿手术刀的医生了,而那里等待做手术的病人排起了长队。我只好提前出发赶赴津德尔。

从市区出来,很快便走上了横跨尼日尔东西部全境的"铀矿之路"。此路全长有一千多公里,津德尔就在路的另一头。由于年久失修,路况很差,坑坑洼洼,像国内的乡村公路。车在路上走,像一艘驳船漂荡在风急浪高的海面上。我坐在副驾,双手牢牢抓住右侧顶上的扶手,时刻担心被抛出车窗之外。萨哈开车很专注,对我的狼狈和紧张熟视无睹,应该是习以为常了。我时不时提醒他"开慢一点儿",但他把我的话当成了耳边风。为了安全,我还是忍不住一次又一次提醒他慢一点儿,但越是提醒,他开得越快,仿佛故意跟我较劲。越往前走,越辽阔、越荒凉、越凋败。村落和车辆越来越少,天色越来越明亮。已是深秋,满眼萧瑟,举目苍茫。

萨哈给中国援非医疗队当司机有三年多了,在尼亚美就看得出来,他对中国医生的信任和爱戴发自肺腑,源自骨髓。他比我年长十几岁,总是用父亲一般的目光看我,让我有些不自在,但又觉得很有安全感。我对非洲大陆的了解仅限于书本和影视,对这里的一切很陌生,所以很忐忑,尤其是两个人行进在如此辽阔的大地上,前路迢迢,我心里更加惶恐。萨哈话不多,不愿意跟我闲聊,但对我偶尔提出的疑虑,他总给我满意的解答。有时候,他还忍不住纠正我的法语发音。我按他纠正的发音再练习三遍,他满意地转过脸来朝我露出厚肥的嘴唇保护下的洁白整齐的牙齿。

萨哈话多起来是因为进入了一个一望无际、渺无人烟的荒凉之地。

"萨赫勒大荒原。"萨哈说,"穿过去就是我们的驻地了。"

我想象中的萨赫勒荒原跟看到的完全不一样。它太辽阔、太平坦、太荒凉！不像新疆的戈壁滩，也不像内蒙古的大草原，这里简直看不到人类活动的痕迹。路边全是荒凉的灌木、荆棘和草甸，并朝着四周蔓延开去。一堆堆，一丛丛，像是一个又一个部落。每一棵树、每一只鸟、每一根草，都仿佛相处了千年，早已经看腻了彼此，却又不得不互相为邻，紧挨着搀扶着度过漫长的岁月和亘古的孤独。开始时我对此等风景感觉很新鲜，甚至有些兴奋，仿佛处处有惊喜，但很快便审美疲劳。因为此景近处是，远处也是，比远处更远的地方还是，仿佛全世界都是，像懒惰而马虎的画家留下的巨型草图。画家来不及完成它，或压根儿不懂得如何完成它，便在被孤独折磨死之前赶紧逃之夭夭。路的前方偶尔有风刮起的黄土，黄土里偶尔有羊群和野牛乍现，以及空中盘旋的黑鹰和乌鸦。环顾四周，在荒野里只有我们这一辆车，渺小得像一只爬行的蚂蚁，此刻我觉得我们不应该闯进这个原始的寂静的世界。最让我绝望的是，无论头抬多高，也看不到路的尽头。毫无疑问，这是世界上最孤独的公路，从荒凉通往荒凉，从寂寞通往寂寞。

　　我问萨哈，穿过大荒原要多久。

　　"日落之前。"萨哈脸上的淡定让我惊讶。

　　何时才日落呀？这太阳似乎才刚刚升起，那么高迥无际的天空，太阳会落山吗？极目远眺，毫无尽头，山在哪里？

　　"山在我的心里。"萨哈说。

　　我刚想哂笑，萨哈突然肃然起来。

　　"老郭就是一座最高的山。"萨哈拍了拍方向盘，仿佛是刻意提醒我，不容我置疑。

　　怎么突然说到老郭了呢？

　　我故意对他隐瞒实情。"我不认识老郭，只知道他是天津市著名的外科医生，曾给非洲几位总统做过手术，医术很高明。"

　　"你怎么不认识老郭呢？"萨哈惊讶地质疑我，并朝我投来不满的目光。也许在萨哈的眼里，我只是乳臭未干的新手，他不相信我能取代老郭。

我说:"中国有很多跟老郭一样技术高超的医生。"

萨哈说:"我知道。但老郭不仅仅是一个医生……你竟然不认识老郭!"

因为我说我不认识老郭而惹萨哈不高兴了,因而又走了很长的路,他都不发一言。眼前令人忧伤的苍凉和不知道何时才走到尽头的绝望,让我也不想说话。

"我一共有过七个孩子。夭折了四个。"萨哈说。

不知道从什么时候、什么地方开始,萨哈突然开了口。他说"夭折了四个孩子"把我镇住了,我好久才反应过来,直了直身子:"怎么啦?怎么会这样呢?"

我知道,在疾病和饥荒的多重打击下,尼日尔的死亡率很高,尤其是儿童。在国内培训时,看纪录片或听期满回国的同事讲述得知,在瘟疫流行的尼日尔一些地区,人命如草芥,尸体随处可见,人走着走着倒地就再也爬不起来。

萨哈没有回答我的疑惑。或许他觉得我压根儿就不应该有这样的疑惑。因为在这里,死亡不分年龄,是一个常识。他又陷入了无边无际的沉思。

我想打破尴尬的沉默,刚要向萨哈打听一下老郭的故事,萨哈突然一个急刹车,我的头狠狠地碰到了车窗上。当我抬起头,萨哈用手指了指车头前面,一条身材臃肿的蜥蜴正慢吞吞地摆着尾巴横穿公路,不慌不忙,霸道得像是大荒原的主人。我明白了,是萨哈给蜥蜴让路。

我感觉我的额头肿了。萨哈若无其事地说,还好吧?也不向我道歉什么的。我说,有点儿晕。但萨哈并不理会我,车子继续往前走,加快了速度,身后扬起的尘土遮住了公路。

"要不,我们聊聊老郭?"我说。

萨哈的脸上突然布满了悲伤,连皱纹的缝隙里都堆积着难过。好一会儿也不吭声,只是喉咙咳了咳,像是被什么卡住了。看到此等情景,我也不好再提老郭了。萨哈也没有了说话的兴趣,面包车像辽阔海面上的飞鱼跳跃着前进。我担心车子会散架,双手紧紧抓住车顶上的扶手。但萨哈的驾驶技术真不错，车子跃起落地都很平稳，没有左右摇晃得很厉害。我不再提醒他"开慢点儿"，因为我也希望他尽快带我走出这个寂寥的大荒原。

荒原越来越苍茫，阳光越来越刺眼。我看着干旱的土地，喉咙突然有冒烟的感觉。我拿起矿泉水吸了一大口，然后把头探出车窗，朝饱受干渴之苦的灌木、荆棘和草甸，以及那些可能隐匿其中的动物用力地喷洒过去，希望能滋润一下它们。

"你真是一个傻瓜！怪不得不认识老郭。"萨哈看了我一眼，摇头道。

"我后悔没有从国内带来足够多的水，否则我能把整个大荒原都浇灌一遍。"我说。

萨哈笑了，用力踩了油门。车像一叶扁舟跃过海面。

车子跳跃之间，我的肚子饿了。这个点，也是午饭时间，但萨哈没有停下来歇息片刻的意思。我可受不了饥饿，从挎包里掏出一包饼干。萨哈不吃我递给他的饼干，也不吃车上公家的食物，只吃自己随身携带的粟饼和水。我听说了，萨哈自尊心很强，从不贪小便宜，从不吃别人的口粮。他一边开车，一边啃了一半粟饼，喝了一小口水，算是午饭。剩下那半块粟饼，他不忍再啃，放回衣袋里。我不相信那么高大壮实的一个人吃那么点儿就饱了。我可不那么省，但在萨哈面前也不好意思吃得太奢侈，只吃了几块饼干和一瓶从北京带过来的八宝粥。饭后，我迅速有了睡意。尽管车子一路颠簸，我还是迷迷糊糊地睡着了。

不知道睡了多久。我是被萨哈又一个急刹车惊醒的。当我睁开眼睛时，看到车头前站着一个身材高瘦的黑男。他双手张开，拦住了车的去路。

我大吃一惊，以为碰到劫匪了。在尼亚美的时候已经被告知，近年来由于旱灾，尼日尔遭遇了大饥荒，疾病盛行，饿死、病死的人随处可见，人们求生的欲望超过了对法律和戒条的敬畏。有些地方并不太平，常有劫匪出没。去年法国一支医疗小分队在穿越萨赫勒荒原时便遭遇了悍匪，两个医生和一个司机被枪杀。我心里下意识地说了一声：完了！

萨哈倒很镇定，伸头出去，朝那个黑人质问说："尼可，你要干吗？"

原来萨哈认识他。我悬起来的心顿时放了下来。

那个叫尼可的男人走过来跟萨哈哗哗啦啦地说:"我等你们两天了。三天前,有人看见你的车子往尼亚美走,我以为你昨天回来。如果今天等不到你,我会疯掉的。"

萨哈扭头对我解释说,一个熟人……郭医生给他的老祖母做过手术。

尼可朝我草草地瞧了一眼,对我说:"他是我爸。"

他指的是萨哈。我仔细一对比,他们还真有几分像。尼可虽然长得很高,脸也黑得成熟,但仔细一看也就十五六岁的样子。萨哈知道无法隐瞒,耸耸肩对我说:"是的,他是我儿子。"

此时的阳光已经变得很柔和,有了黄昏将近的意思了。

尼可穿着一件灰白相间的衬衣和一条白色的中裤,赤着的脚脏得黑乎乎的,是一张温顺老实的脸。

萨哈说:"祖母还好吗?"

尼可说:"情况很不好!本来她快要不行了,一听说郭医生得病,她又活过来了。"

萨哈说:"你告诉她,还早呢,不要急着上天堂。"

"祖母要去津德尔看郭医生。"尼可焦急地说,"郭医生是被魔鬼缠上了,祖母说要给他驱魔。"

萨哈说:"郭医生去了尼亚美……"

尼可说:"祖母说了,只要魔鬼还缠着郭医生,即使郭医生回到了中国,她也要去找到他。"

萨哈说:"没……没必要。"

尼可说:"祖母说了,她必须救郭医生。"

萨哈说:"郭医生能自己救自己。"

尼可说:"祖母说了……"

父子两人争执起来,各不相让。

我大声地劝了一声:"你们不要吵。"二人安静了一会儿。突然,尼可醒悟了似的,对父亲的话产生了疑虑:"郭医生不可能去尼亚美的,他不会丢下津德尔不管。祖母的心比眼睛更明亮,你骗不了祖母……"

萨哈无可奈何，对尼可吼了一声："我没有骗她！魔鬼也没有死缠郭医生。什么事情也没有。你赶紧回家去。"

尼可偏不相信父亲，要把头伸进车里来看个究竟："说不定郭医生就在车里面。"

萨哈一把推开他说："车上什么也没有……"

其实车里堆满食品和药物。津德尔，乃至整个尼日尔都缺这些东西。在国内很平常的东西，在这里却十分稀缺，甚至比黄金还珍贵。萨哈对自己的儿子都如此警惕，不让他看到车里的东西。

"如果见不到郭医生，祖母是不会瞑目的。她只剩下最后一口气了。她要我等到郭医生。她说如果等不到郭医生，我就不必回村里了，让我跟着魔鬼走。"看样子，尼可固执起来比父亲萨哈更倔。

我知道，在非洲部落中，祖母和母亲的地位很高，她们的命令和遗言是不能违抗的。

萨哈转过身来把嘴巴凑近我的耳边，轻声而严肃地说："不要告诉他郭医生已经去世了。"

我答应萨哈。尼可的目光越过萨哈落在我的脸上，他从我的帽子认出我的身份了："你是中国医生?"

我向他点头致意。他向我露出纯真而谦卑的笑容。

也许因为我的原因，父子二人冷静下来，不再争执。萨哈的脸上露出了慈祥的神色。

"你回去告诉祖母，郭医生的病已经好了。没事了。过段日子他又会回来的。"萨哈对尼可说。貌似老实的萨哈说起谎来竟然一气呵成，毫无障碍。

"真的吗?"尼可盯着父亲的脸问。

"是真的。尼亚美的中国医生很厉害，把他的病治好了。"萨哈说，"世界上没有中国医生治不好的病。"

萨哈看了我一眼，希望我出语相助。为了打消尼可的顾虑，我挤出笑容对尼可说："是真的。郭医生休息几天就回来。"

萨哈说："缠在郭医生身上的魔鬼也松手了，放过了他……"

我附和说："是真的。现在郭医生一天天好起来了。"

尼可很高兴，竟然手舞足蹈起来。萨哈突然变得有些悲伤，转过身来，不让尼可看到他的神色，朝着远方看了一眼，不经意地发出一声叹息。

"太好了，祖母可以放心了。"尼可兴奋地说。

尼可向后退了两步，让我们的车离开。萨哈说："回去照顾好祖母！你就告诉她说，郭医生现在很好，他很快就回到津德尔。"

尼可频频点头，像孩子一样向我们挥手告别。我也向他挥手说再见。

萨哈重新出发，但刚走出十几米，他又停了下来，跳下车，往回跑。我也看到了，身后的尼可瘫倒在路边！

职业的直觉和惯性让我赶紧跳下车，向尼可直奔过去。

萨哈扶着尼可坐起来，问他："怎么回事？"

"我饿。我感觉我快饿死了。"尼可说，"我在这里等你们两天两夜了。我以为天上会给我掉下一块粟饼，但连一滴露珠也没有。"

我摸了一下尼可的额头，好烫啊，而且他的身子在颤抖，还在流鼻涕。

"他没有什么问题，只是饿了。"萨哈轻轻推开我，轻描淡写地说。

我返回车上，从我的挎包里取出一块黑麦面包、一罐上海产的炼乳，跑到尼可跟前，塞给他。尼可端详着炼乳，双手震颤了几下。

"喝吧，是好东西。"我催促尼可。至少它能迅速补充能量。

但萨哈阻止了尼可打开炼乳，从自己的衣袋里掏出半块粟饼，正是午饭吃剩的那半块，送到尼可的嘴里。

尼可狼吞虎咽把粟饼吃完，喝了我递给他的半瓶水，很快便恢复过来，脸上慢慢绽放出生命的光彩，像一根快要枯死的草被甘露唤醒。

萨哈从尼可手里夺回我塞给他的炼乳和黑麦面包，还给我。

"你不能送他任何东西。"萨哈说，"因为对其他人不公平。"

什么叫公平？人都快饿死了，公平还那么重要吗？

"真主对每个人都是公平的。我们不能去破坏真主的旨意。"萨哈好像在给我普及常识。

我尊重常识。但尼可盯着我手里的炼乳，眼睛里充满了强烈的渴望，"能送给我吗？"尼可羞怯地问我。

他怕我拒绝，赶紧补充说："我想让祖母尝尝。我发誓，她一辈子也没见过这东西。我不会动它，我只给她尝。"

不顾萨哈严肃的反对，我答应尼可说，可以。

尼可似乎一下子恢复了力量，从萨哈怀里站起来，举着炼乳，向我表示感谢。

萨哈看到我态度坚决，也不作声，愧疚地闭上了嘴。尼可双手把炼乳紧紧地抱在胸前，生怕父亲把它抢回去还给我。

我和萨哈要走了。尼可突然有点儿舍不得，走近我拉住我的手，看了他父亲一眼，胆怯而害羞地对我说："我……我想跟你去津德尔……"

萨哈忍无可忍了，突然恼羞成怒，一把打掉尼可拉着我的手，厉声地命令他："你还想干什么？回家去！"

萨哈威严和凶狠起来连我都胆寒。

尼可诺诺地退回去，眼神里忽然塞满了绝望的神色。

我惊愕地看着不近人情的萨哈，有点儿意外，而且很尴尬。这让我想起了小时候父亲对我的样子。

萨哈推着我回到车上，继续前行。

为了把刚才耽误的时间抢回来，他把车开到了最快。

前面是一片绵延数十里的灌木黄叶，使世界变得金黄。我相信这是大荒原为了取悦我而变换的风景。当然，它也让萨哈的怒火迅速平息下去了。

也许为了缓解刚才的尴尬，萨哈把车速放慢下来，主动跟我聊老郭。

去年，郭医生，也就是老郭，给尼可祖母做过摘除白内障的手术，使她瞎了十五年的眼睛重见光明。你不知道，尼可祖母看见了亲人和草木的模样可高兴了，一连好几天都像小孩子一样又喊又叫，还像一只野鹿在荒原上撒欢儿。去年，我的两个儿子患脑膜炎，都快死了，也是老郭治好的。

尼可祖母对老郭感恩戴德，视他为儿子。上个月，她就是沿着这条公路，一个人走了十二天。鬼才知道，她是怎样在这条公路上度过十二个日夜。当她突然出现在津德尔中国医疗队驻地时，衣衫不整，蓬头垢面，像一株干渴的树，让大家大吃一惊。我也吃惊不小，我还有点儿生气。我斥责她，你跑来这里干什么？你是怎样来到这里的……她是赤脚走路来的。靠吃野果和露珠走过了漫漫长路——穿越大荒原，路上差点儿被饿狼和野狗吃了。她是要去见老郭的。她说，十二天前的夜里她做了一个梦，梦见老郭被七只萨赫勒荒原恶魔缠住了，她看到老郭很难受、很危险，惊醒过来，从床上翻身下地，二话不说，谁也没有告诉，马上推开门，乘着星光和月色就出发了。她是来解救自己的儿子老郭的。在我们这里，萨赫勒荒原恶魔，专门对人世间最好的好人下手，死缠烂打，比毒蛇还恶毒，比鬣狗还可恨。尼可祖母要带老郭回我们的村子里做一场法事，替他驱魔。每个月的某一天，先人的魂灵都聚集在村子里，她要借助先人魂灵的力量才能将老郭身上的恶魔驱散。那时候老郭的身体没有什么问题，只是经常超负荷工作有点儿疲倦而已。而且，你们中国人不信邪，不把老太太的话当回事，都劝她不要胡思乱想。

"我能看见它们。它们像毒蛇一样折腾郭医生。"老太太固执地说，"我是萨赫勒荒原活得最长的人，它们也不害怕我。过去我在黑暗里活了十五年，它们不害怕我。现在我的眼睛看得见了，它们终于害怕了。但仅靠我一个人的力量赶不跑它们。先人的魂灵比活人固执，不愿意到津德尔……"

老郭不相信这些乱七八糟的东西，况且，他哪有时间去做无聊的事情？他太忙了。任凭老太太怎么说，他都无动于衷，坚决不肯跟老太太走。排队等他做手术的人都责备老太太，嫌她干扰了老郭工作。老太太蹲在手术室门外哭，哭得很伤心。老郭安慰她说："我没事，身体好得很，你不要把眼睛哭瞎了，瞎了便看不见那些恶魔了，它们就不怕你了。"

老太太听老郭劝，不哭了。她知道劝不动老郭，央求我把老郭送到她的村子里去。

"你是我的儿子，郭医生也是我的儿子。我们的先人围着火堆坐着等他。再不去他们就要散了。"老太太对我说。

我对她说："你看看,那么多病人要医治,郭医生哪走得开呀?"

"忙也得顾性命呀!荒原上的野兽还想方设法活下去呢。"老太太怒对我说。

老太太在驻地纠缠了大半天,大家都有些不耐烦了。我劝她离开,不要耽误大家工作。她不听我的,还要我把老郭强行"抢走"。我们僵持着。我快要跟她吵起来了。老太太比母牛还要固执,一辈子都是这样。那时候,我宁愿她的眼睛没有被治好,那样就不会打扰老郭他们了。

"我也不知道母亲什么时候离开驻地的。"萨哈说,"回去后便病倒了。尼可说她快不行了。"

我听说了,中国援非医疗队工作量很大,经常超负荷工作,生活环境恶劣,营养跟不上,常常有累倒在岗位上的,更大的危险来自疾病的侵袭。非洲有各种传染病,一不小心便会感染上,这给中国医护人员带来很大的威胁。萨哈说,老太太离开驻地后不久,老郭便出事了。那些天他每天都要做两三台手术,经常连续工作七八个小时,本来他身体就比较瘦弱,终于扛不住了。那天给一个病人做完手术后,他突然昏倒在手术台前……

太阳早已经开始西斜,我看见地平线上的霞光了。但我的视线模糊不清,因为泪水不知道什么时候溢了出来。

萨哈突然把车停了下来,质问我："你认识老郭,对不对?如果你不说实话,我就把你扔在这里喂狼。"

我怔怔地看着萨哈。他是认真的。

我只好说："他是我的博士导师。"

"你为什么要对我隐瞒?"萨哈说。

"老郭也对你们隐瞒了实情。他有心脏病,医学上比较罕见的心脏病,很危险,一般仪器检查不出来。除了他自己,这个秘密只有我知道,他要我替他隐瞒。他说哪怕他死了,也要替他隐瞒。"我说的都是实话,"两年前,本来是我来这里的,但老郭跟我抢。他说他一定要去援非,这是他最大的心愿。"

我哭了。老郭是我的恩师。平时他一副玩世不恭的样子，但他是省内最顶尖的医学权威，一说到医学，他比谁都严肃，对细节比谁都严苛。我们经常为学术上的事情争论不休。虽然我的业务能力在三百多名医生的单位里只输给他一个人，但他没少当众责怪我。在工作中我没少跟他顶撞，同事都说我和他是冤家师生，可是我内心对他无比崇敬。然而，在外面，我从不说我是他的学生，以此博得别人对我刮目相看。

"我担心我把老郭的秘密说出去，所以我干脆说我不认识他，这样你们就不会向我打听了。"我说。

萨哈满意地拍了拍我的肩头："我原谅你了。我们继续走吧。"

我没有替老郭永久地隐瞒秘密，有些自责。但把秘密说出来，这让我心里很舒坦。

我想起送老郭去机场的那天，阴雨连绵，春天的气息竟然让我们有些伤感。因为他放心不下身体不好的师母和准备高考的儿子。我最后一次问他：非得要去吗？他依然坚定地说，要去。此时，压在心底的悲伤突然翻滚起来，溢出我的胸膛，在大荒原弥漫开去。

萨哈好像有心灵感应一般，猛然拍了拍方向盘，发出一声重重的叹息。

"老郭到津德尔报到的那天，也是乘坐我开的车。就像今天这样，坐在你的位置。但他没有你那么木讷，他对大荒原的风光无比喜欢，不断用相机拍照。不过，那时候是春天，是大荒原最美丽的季节。"萨哈说。

是啊，一路上我竟然没拍一张照片。其实，秋天的萨赫勒大荒原也很漂亮。

车子朝着太阳滑落的方向飞驰。几只乌鸦盘旋在车的上空，不断发出饥饿的喊叫，不像是保驾护航。

我突然想起刚才尼可脸额发烫，身子发抖。我那时以为只是他在烈日下晒了那么久，饥渴到了极点才那样的。但职业的直觉和敏感让我醒悟过来，我猛叫了一声："停车！"

萨哈下意识地刹住了车，疑惑地看着我。

我说:"掉头!"

"为什么?"萨哈对我命令式的语气有点儿不满。

"我们回去看看尼可。"我说,"我怀疑他患上了疟疾。"

萨哈没有马上掉头,脸上也没有震惊和焦急之色。

"疟疾很危险。会死人的。"我说。我第一次到非洲,经验还是不足,敏感性也不够,我为刚才自己的疏忽大意感到羞愧。如果老郭在,他肯定又会把我骂得狗血喷头。

萨哈重新启动了车。但他没有掉头,而是继续往前开。

医生的责任感让我对萨哈的麻木生气,大声命令他:"掉头!"

萨哈没有听从我的命令。可能我不是领队,只是中国医疗队的一个新兵,没有资格命令他。

我提高嗓门再次要求他:"尼可很危险,我是医生,我请你立即掉头救人!"

萨哈沉默了一会儿才平静地回答我说:"我知道尼可很危险。经验已经告诉我,他就是患病了。他只是患病而已。但天黑之前我们必须赶到津德尔驻地!"

我明白。萨哈说的是对的,但我不能见死不救。掉头回去,我能给尼可治疗,给他打一针,给他几片药物,耽误不了多少时间。救人比按时抵达更重要吧?

我把语气放得柔软,恳请萨哈:"尼可是你的儿子,他回村子里会传染其他人。"

萨哈说:"也许是村子里的人传染给他的。这里到处都有疾病,每天都有人死去。在死亡面前人人是公平的,连老郭也不能例外。"

我说:"你真冷血!我来尼日尔是治病救人的,不是来听你普及狗屁常识的。如果我错过了救尼可,我会内疚一辈子的。老郭在天堂看得一清二楚,他不会原谅我们。"

萨哈脸上依然没有什么表情,好像尼可是别人的儿子。他不打算回头。

"你已经送给他一罐炼乳。这对其他人已经不公平。你看看这个大荒原,每一棵树、每一棵草,都忍受着饥渴,每年都要枯死一次。你拿着几瓶水去救活几棵草,但救活不了整个大荒原。用不着担心,到了明年春天,荒原上的一切又会重生。"萨哈若无其事地说。也许他看见过太多的死亡,所以不再有惊讶和悲伤。

我乞求萨哈:"回头吧,救救尼可。"

萨哈不为所动,淡淡地对我说:"老郭,你们中国医疗队,已经救了我的两个儿子,治好了我的老母亲,如果我再让你们救尼可,村里的人会说我替你们开车是为了谋私利、得好处。我宁愿死也不能那样做。"

原来,萨哈不返回救儿子还有这样的一个理由!也许这才是真正的原因。

"在萨赫勒荒原,死并不可怕。好人死后能上天堂。"萨哈说,"你应该看得出来,尼可是一个好人。老郭也是。"

看萨哈的表情,他是认真的。没有商量的余地。他的脚没有松开油门。

"日落之前我们必须赶到驻地。"萨哈说,"他们等着药物救人。"

日落时分,荒原更加苍茫。天色慢慢暗淡下来。我忍不住回头看,但飞扬的尘土遮住了一切。

我总感觉尼可在我们的身后,一路追赶着,向我招手,乞求我救他。我仿佛听到了他奔跑的声音,他用最后的力气向我们冲刺。他快要追上来了,但萨哈加快了车速,似乎在故意摆脱尼可。

地平线在遥远的前方,太阳朝着地平线缓缓下坠。大荒原很快便要到尽头了。

我如坐针毡,几次要推开车门跳下去,但车速越来越快,车子像是要飞起来。我狠狠地瞪了几眼萨哈。最后一次瞪他时,意外地发现他已经泪流满面,泪水重重砸在方向盘上。我一下子便瘫软在座椅上。

夜幕降临前,我们终于穿越萨赫勒大荒原。抵达津德尔驻地时,已经是繁星满天,月牙挂在头顶上。

到了津德尔驻地的第二天,我便接替老郭开展工作。病人出乎意料的多，药品省着用。听说很多病人在送来驻地的途中便死了，亲人便将他们就地掩埋。我跟同事们每天都救治不少病人。我的手术水平得到了同事们和病人的认可，说我不愧是老郭的学生，这让我很高兴。但我时不时地想起尼可。他本应该是我到非洲后第一个救治的病人。我不知道他现在怎么样了。萨哈经常外出，大约是两周之后，我才再次见到萨哈。

我自然而然地问起尼可的情况。但他对尼可避而不谈，只说起尼可的祖母。

"当天晚上，她喝了一口尼可带回去的炼乳，半夜里便去世了。"萨哈说，"她说她喝到了世界上最好的东西，肯定是她的儿子老郭带给她的，圆满了，可以满嘴乳香去见祖先了。"

我听后很欣慰。不过，话说回来，炼乳真的好喝，那是师母在我出发前塞到我行囊里最好的东西。她说，老郭也喜欢喝这个牌子的炼乳。我本想到了弹尽粮绝之时才喝的。

"但是，请你不要见怪。"萨哈遗憾地告诉我，"尼可欺骗他祖母说，炼乳确实是郭医生送的。"

我耸耸肩，张开拿着手术刀的双手，向萨哈表示我并不在意。但我向萨哈提了一个要求：再次穿越萨赫勒荒原时，我想顺便到萨哈老家的村子里看看。

萨哈沉吟了一会儿才答应我：

"等到我们先人的魂灵聚集时，你也许能看到尼可的祖母。"

我很期待。到了那时候，我真的希望还能够见到尼可。

(原载《中国作家》2021年第8期)

作者简介：

朱山坡，1973年出生，广西北流人，现工作于广西民族大学文学影视创作中心。出版有长篇小说《懦夫传》《马强壮精神自传》《风暴预警期》，小说集《十三个父亲》《蛋镇电影院》等，曾获首届郁达夫小说奖、第五届林斤澜短篇小说奖、广西文艺创作铜鼓奖等。

灰
地

林培源

一

隔着客厅玻璃门,他听到两个儿媳在说话,高的声音讲:"我昨天送货回来,在公路上看到了,烟很大!"低的声音问:"烧死人无?"高的声音答:"这就唔知了——"闭着眼他也能想象阿华说话的表情。她消息灵通,总是能把听来的小道传闻讲得传神,仿佛自己也亲历了一般。阿洁只是应和,蚊声细语的。红木茶几摆了一盘樱桃,阿华斜倚沙发,阿洁坐在扶手椅上,身子朝前倾,伸手捏起一颗樱桃。

他在楼梯口立了一阵。耳鸣又犯了,耳道像灌满了水,客厅的说话声听起来嘤嗡一片响。他大口吞咽、呼吸,但不管用。这是年轻时跟人打架留下的后遗症。问过好几个医生,得到的结果都是,耳膜没破,免担心。可是耳鸣的毛病一直未见好。现在时不时就会听见回音,一阵叠过一阵,如同有人手持利器狠狠地刮擦铁皮。

过了许久，那股潮水慢慢退去。他迈进客厅，阿华、阿洁的说话声停了。她俩同时和公公打了招呼。

他从喉咙底部发出"嗯"的一声，拖过一张塑料椅，坐了下来。

阿华靠坐在红木沙发上，挺着个大肚子。怀孕后，她的脸浮肿，眼袋凸显，肚子圆得像只皮球。阿洁看那样子也快了。他至今都很自豪，在同一年给两个儿子摆了喜酒，创下的纪录在乡里无人能及。两个新妇前后脚嫁进门，家中逐渐热闹。很快，他就要当阿公了。

他的目光缓缓扫过她们身上。股骨的部位酸胀得很，他侧了侧身，挪了个舒服的姿势。

窗外日头照进来，客厅墙上瓷砖映着倒影。这次，音乐的轰鸣涌了过来。昨夜酒局上，他靠在沙发上睡过去两次，醒来时抓住陪酒女的手。她化了浓妆，年纪足可当他女儿，说话时假睫毛扑闪扑闪。他们脸贴着脸，低声说话。他时不时抬眼盯着对面手握话筒、脸涨成猪肝的老头，揣摩刚签下的那纸合同是不是吃亏了。而她咯咯笑，下巴肉嘟嘟，假睫毛快掉下来。酒酣耳热之际，他突然说起一桩事来：乡里有个开钢筋铺的老板，工场挨着马路边。老板让老父亲夜里睡在工场的铁皮棚，以防有人盗钢筋。那段路坡度很大，空气对流强。冷月降温，大风刮了一宿。隔天巡工场，老板发现老人家冻死在了铁架床上，浑身硬邦邦的，像条咸鱼干。从此以后，他再也不敢跟人吹嘘盖别墅花了 500 万元。

故事说完，他看了陪酒女一眼。她脸上掠过一阵惊讶，接着捏起酒杯，灌了一口。

他自讨没趣，将她的肩头搂过来，另一只手沿着大腿往上，摸进了裙底。

散场时他独自走出包房。酒吃得有点多，头犯晕，胃酸一阵阵地往喉头涌。包房通往楼梯的路不长，他像是踏进坑坑洼洼的战壕，不断抬脚，侧身，落脚。之后，他狠狠跌了一跤，巨大的疼痛登时将他攫住。头顶灯光炫目，他瘫坐着喘气，额头渗出硕大的汗珠。缓了很久，他扶住楼梯爬起来。走廊空荡荡的，他们都去了酒店。手机铃声一遍遍地响，他摸出来凑到眼前，话还没说，手机电量耗尽，自动关机了。

阿华还在说着昨日的火灾，嘴巴像机关枪一样没停歇。那是镇上一家塑料玩具厂，起火处据说是库房，囤积的货物用防尘布罩着，火烧了个把钟头才扑灭。两天前，保洁公司的清洁工在厂内收垃圾，有人怀疑工人丢失的钱包是他顺走的，双方差些打起来。清洁工打电话给他，他闻讯过去调解，要厂里调监控。盯了半天，也没看出什么动静。负责那片区域的清洁工是个矮胖的河南佬，监控证明他是冤枉的，走的时候，他骂骂咧咧，朝地上吐了口浓痰，身子晃来晃去，像只瘸脚鸭子。

他站在玩具厂的水泥埕，看着河南佬离去。机器吭哧吭哧，他感到心脏被春来春去。站了没多久，他就像个因不满厨师手艺而愤怒离席的食客，行出了大门。隔日，玩具厂就起了火。大火烧得蹊跷。他想到河南佬那愤怒的表情，眼底灼灼作痛，好像火烧到了胸口。起火的地方不会是库房。地方上的老板，个个会耍花样——厂里有保险，眼下这样的时节，天干物燥，随便一把火便能烧起来，只要扑得及时，还能捞上一笔赔偿。他望着窗外的天空，想象消防车鸣着警笛，从国道另一头疾驰来，围观者让开一条通道，消防员冲下，架起水枪，速战速决，如同完成一次编排已久的演练。

这些操作他再熟悉不过了。刚起家的年月，为了租占一块工地，他没少花心思。请人吃饭、洗浴，上酒店泡一晚夜总会，白兰地、人头马，红的、白的，喝了吐，吐了喝……只要酒喝得够多，玩得够尽兴，就能搂住对方，额头抵着额头称兄道弟。现在他双脚踩着的地方正是当年的工场。这里背靠国道，挨着镇政府，往前是一口大池塘，坐南朝北，视野开阔。懂风水的人都说此地聚财，是块好地方。当年他的目标很明确，先把地承租下来，生意做大了再将租的地收入囊中。他有个隐蔽的愿望，要起镇上最高的楼，每次从水利渠边经过，那栋六层高、贴着马赛克瓷砖的别墅总会引起他的注意。他停下来，抽支烟，细细观赏。日头照在瓷砖上，亮晶晶，白晃晃，像嵌着夺目的宝钻。有那么一瞬间，他的双脚自行离地，沿楼梯行至顶楼，风吹得他的的确良衬衫猎猎作响，远处的老厝区和近处的新洋房尽收眼底。

他的房子早已取代那栋陈年别墅，成为镇上唯一装了电梯的民宅。楼有八层高，从远处看很像一座灰色水泥塔。施工队见过他请人设计的图纸，指出房子格局不科学，譬如缺少独立阳台，也没有留出足够空间用来挂空调外机等。他并不在意，自己的房子，想怎么起就怎么起。乡里人议论，好好的风水毁了。被诟病得最多的还是布局，从外面望不到阳台，四处密封，有人打趣说，像一口只进不出的棺材。入宅祭神那天，他亲自点燃鞭炮，厝边头尾出来围观，妻儿站在一旁。他望着鞭炮噼啪作响，红色纸屑扬起落下，想起当年许下的心愿，鼻头发酸，冒出热泪。

工厂起初为平房，铁皮屋顶，里边是做工的地方，外面是宽大的水泥埕，被砖头围墙圈起来。工厂主要承接木工和铝合金门窗的活。开始时他招了三个工人：一个哈尔滨来南方打工的，一个邻近的饶平人，一个本地人。三个工人里，哈尔滨人跟他时间最长。当年哈尔滨人下岗了，搭火车南下，一路打零工，先到北京，再去河南，接着绕道江西，落脚在这个省尾国角的小镇上。饶平人负责木工活，本地人则跟哈尔滨人搭手做铝合金。那个年头，政策宽松，经济跟着好转，乡里人纷纷做起了生意。一夜之间，似乎个个鼓起了腰包，新厝区就是那时候起来的。他预感到，挣钱的好时机到了，便也动起了心思。起初他囿于资金短缺，拉不起建筑队，只好求其次，先搞装修。乡里人起新厝入宅，除了循例购置厚实锃亮的红木家私外，剩余的吊顶、水电和门窗等，他的团队都能包办。这是稳赚不赔的生意。

真正让他发家的，还是那些铝合金窗。铝合金轻便、牢固，成本不高，是那个年代的时尚。他的工队从购置材料到制作组装，一条龙服务，加上价格公道，乡里起新厝的都来找他。生意最忙时，工队一天要转四五家。材料用三轮车拉过去，后来三轮车不够用，他索性搞了辆二手的五菱皮卡。铝合金窗做好后，他给厝主散烟，游说他们在窗外焊上不锈钢防盗栏。乡里治安不好，小偷小摸、入室盗窃的都有，该防的还是要防。工人们于是又掌握了一项电焊的技能，焊接时手举面罩，火星闪闪喷溅，煞是夺目。

一晃二十余年，他的工人流水一样换过一批又一批，只有哈尔滨人牢固得像根柱子。每次他到外地谈生意,哈尔滨人都会跟上。有哈尔滨人在,他觉得安心。头几回去夜总会,哈尔滨人坐在一角,看老板们唱歌嬉耍,连陪酒女的手也不敢摸。后来这种场合去得多,他的胆子渐渐大了起来,几杯洋酒落了肚,耍起来比谁都疯。

他想起初次见面的时候,哈尔滨人拖着一只沾满了灰尘和油污的旅行袋,几缕刘海贴在额头上,从头到脚蹿出一股酸臭味。他嘻嘻笑着,老板包吃住吗,一个月多少工资?从那刻起,他就知道,此人身上有股不服输的劲头,是干事业的好帮手。哈尔滨人年纪大了以后,鬓角花白,啤酒肚也日渐隆起。他现在是工队监工,平时除了工作,最大的爱好是去海钓。海钓是个费时费力的爱好,一出海往往都是一整天。哈尔滨人从老板手里买下那辆旧雅阁,闲暇时呼朋唤友,开车去海边。常去的地方是饶平的三百门和柘林,租附近渔民的舢板出海,钓上来的海鱼(什么金鲳啦,黄立啦,春指啦),扔给店家。现杀现做,肉质鲜美,配上几盅白酒,简直快意人生。

他陪哈尔滨人去过一次,上了舢板晕船,感到眼前天旋地转,船刚开,他就让船家掉头,上岸歇息了。哈尔滨人笑话他,上床倒可以,上船你不行。哈尔滨人的潮汕话讲得和本地人无异,不过该用谐音时,他还是蹦出了东北腔。他坐在岸边歇息,觉得大海起伏无定,还是地上叫人安心。

凌晨那个电话就是哈尔滨人打来的,今早醒了酒他才拨回去。响过几遍,无人接听。他把电话拨去哈尔滨人家。哈尔滨人的老婆哭哭啼啼说,这个死人一夜未归,不知是不是又出海了。他张嘴说了些什么,电话那头絮絮叨叨,他不耐烦,挂了电话。

墙上的电子时钟嘀嘀嘀报时,他顿觉眼皮沉重,连着打了几个哈欠。

二

开车出门的路上,他又打了电话,语音提示,您所拨打的手机已关机。路过哈尔滨人常去的那家茶铺时,他停好车,走进去喝了几杯茶,问过一圈，无人知哈尔滨人的行迹。

回家时，他神色凝重。妻子问发生了什么事。他答，哈尔滨人唔知去哪里了。妻子说，他去哪里关你什么事？还想被他拖累吗？他闷声不响。过了一阵，他喊妻子帮他涂活络油。

午休时，他褪下裤子背转过身，镜子里映出屁股处显出的乌青。妻子用力揉几下，他疼得龇牙咧嘴喊疼。接着，她在乌青处重重拍了一把，声音响脆，他受不住痛，张口就骂。妻子哈哈笑，还喝酒吗？他不说话。妻子道，睡醒了去阿贵那里看看。

阿贵的跌打铺开在阿华的花店对面。铺面不大，红漆的"祖传，专治跌打久积"招牌被风吹得来回晃动。阿贵做了二十多年跌打师傅，生意一向红火。每次他去花店，要从跌打铺门前经过。铺内光线暗沉，客人坐在长条椅上，他看到阿贵的身影，有时坐下，有时站起。阿贵有双粗壮的手，手掌厚实，指头圆滚滚的，揉捏抓握，恰到好处。大凡被"抓"过的人无不称赞，说阿贵的手过神奇，探雷针一样，总能准确探到痛处，来回推移之间，疼痛消去大半。除去治跌打，阿贵还卖些跌打酒和药丸。跌打酒和药丸都是祖传秘方。药丸口服，跌打酒涂搽，二者互补，疗效更好。销路最广的是自制的药丸药酒。生意好的时候，远近的漳州、饶平人也闻讯而来。靠这片铺头，阿贵养大了一儿一女，还盖了一栋四层新厝。当年地基打桩，就是他们工队做的。

因为打桩的事，他领教过阿贵的"咸涩"。大到钢筋，小到水泥，阿贵都亲自验收，核对价钱，一分一厘不肯吃亏。工程收尾后，余下的款项迟迟不到账。哈尔滨人说，荣哥，你开个口，我上门找阿贵讨。他劝哈尔滨人勿冲动，阿贵迟早会还的，乡里乡亲，总要顾个脸面。果然，大年三十那天，阿贵提了一条烟、一双柑，笑眯眯登门来了。

大红包摆在茶几上，他给阿贵沏了滚烫的一杯茶。

这天下午，他将黑色奥迪停在村委会门口，走到花店。花店对面有棵大榕树，枝叶繁茂，遮挡了暴烈的日头。沾了榕树的光，阿贵铺头的红漆字招牌和绿色枝叶相映成趣。

这时辰本应是最热闹的时候,但跌打铺却门窗紧闭。

他正犹豫要不要开车去医院骨科看看时,听见了阿华的声音。

"爸啊,帮我扶一下。"阿华的电瓶车停在了对面,车后座架着一只宽大的铁丝篮,筐里装满鲜花。他循声望去,红的粉的,被日头照着,很是惹眼。

他走过去,把倾斜了的铁丝篮扶住,解下绳子,将一篮花从车后座抱下来。

这家花店,阿华嫁来之前就在经营。花店所在的位置很好,旁边是个十字路口,再过去是学校、镇政府和村委。从前,这里是阿华父亲养家的杂货铺,老人家年纪大了干不下去,因为租不出去,荒废了些时日。阿华一开始打算把杂货铺改成服装店。妹妹说,乡里服装店太多了,女装男装童装,什么都有,你卖不过人家。

有次阿华骑摩托车去邻镇,路过一家花店,铺面崭新,铺前花花绿绿,一个穿围裙的女人,扎马尾,蹲坐在那里修剪花枝。阿华把摩托车停在路边,看得入迷。

镇上素来有在祠堂摆喜宴的风俗,办喜事要迎亲,迎亲就得装饰婚车。这是典型的一次性买卖,只要把口碑做出来,不愁没出路。阿华当下打定了主意,回家后上网看视频学扎花。白天研究,夜里睡觉前也看,绸带如何搭配,花的品种和颜色如何选择,用什么材料固定,扎什么样的形状更方便快捷,都一一牢记。试验失败了十几次后,她终于摸到了扎花的精髓。她将扎好的花拍照,印刷广告图片,挂起招牌,花店就开张了。除了装饰婚车,店里也摆点盆栽、插花卖。夜幕降临,招牌上的霓虹灯亮起,"蓝蓝花店"四个字格外耀眼。

两个儿媳中,他对阿华印象最好。阿华读书时学过会计,去年他名下的装修队和保洁公司结算,都是阿华一手包办。往年要花几日才完成的工作,阿华用电脑摆弄摆弄,三下五除二就算好了。哈尔滨人开玩笑说,小心公司给你撬走咯。

阿乐在镇上一家玩具厂做设计,除了上班,多数时间都会来阿华店里帮忙，给盆栽和花喷点水，清理掉烂了的叶子。人手不够时，阿华喊亲戚朋友过来。停在水泥埕上的婚车，堵住了半条路，厝边头尾的孩子跑出来围观，顺手捡起掉落地上的彩绸。

去年过完年，阿华翻修了铺面，跑工商局注册了营业执照。这次，她的目光盯在了母婴用品上。港货走俏时，镇上有七八家店在卖港货，主打美赞臣、惠氏、雅培、雀巢这些大品牌。后来香港"乱"，货物流通不顺，进货价提高了，生意不好做。她嗅觉灵敏，将注意力转移到海外市场，找了个在澳大利亚留学的表亲做奶粉代购，鲜花生意从此沦为副业。

怀孕七个多月来，阿华一直没歇过。阿乐在厂里加班，阿华原本打算让公公载她去拉货，转念一想，他的奥迪是新买的，后备厢放不下那么高的花束。

两人在店里忙活，周围是堆得高高的奶粉罐、尿不湿和童装。他让阿华搬了张矮凳，坐着剪花茎，减轻腰臀的疼痛。阿华看他坐姿僵硬，问他怎么了，他说，跌了一跤。没提喝酒的事。阿华说，去医院看看吧？我有个同学在那里。

他摇摇头，等阿贵开铺吧。

过了一阵，他问乡里谁摆酒。阿华答，阿贵啊，他蕴仔明日结婚，今夜迎亲。

他若有所悟，难怪今日没开铺。

阿华附和道，欢喜事忙不过来，歇几日无所谓啦！

他问，阿贵摆了多少桌？阿华说，六十六。他听了，眉头皱起来。去年给儿子办喜宴，年头年尾，两场加起来拢共百来桌。他记得清楚，小儿子摆酒时，来的人太多，坐不下，有一桌只能摆在祠堂外的水泥埕上。

他瞥见柜台上缀着流苏的红色喜帖。他起身拆开，一手漂亮的行书映入眼帘。阿贵不单治跌打功夫出名，字也写得好。镇上文体活动中心是他常走动的地方，过年时老年人协会组织赠春联的活动，阿贵都积极参与，两张八仙桌一拼，毛毡垫底，红色对联纸铺开，唰唰几笔，雄浑大气的对联就写成了。那年除夕阿贵还钱时，还特地赠了他一副，他差哈尔滨人贴在了新的工场大门上。

阿华说，爸，阿贵派的喜帖在这里，我和乐哥忙，你代我们去？

他没说要去食喜酒，也没说不去。缀了红色流苏的请帖看起来如此碍眼。

阿华这时指了指靠里边的厕所说，哈尔滨人昨晚找我拿钥匙，说借铺头睡一晚，也不知发生了什么事。早上我过来开铺，发现厕所没有冲水，臭死了。

阿华话音未落，他差点跳起来：哈尔滨人什么时候走的？

阿华摇头说，钥匙放在门垫下，人不知去了哪里。

他听着这些话，觉得太阳穴一缩一缩的，像针扎过。正琢磨着的时候，手机响动起来。

他走到花店门口，随后把玻璃门拉上了。

电话那头，哈尔滨人哑着嗓子，声音听起来暴怒无比，连骂人都不说本地话了。

龟孙子，老子弄死他！

他问哈尔滨人到底什么事，有问题先参详。

参详个屁！我没受过这么大侮辱，他妈的糊弄谁呢？人没死，老子赔点医药费得了！

哈尔滨人的说话声带着恼人的回响，他把贴在耳边的手机往外推了推。

他说，我正四处找你。

哈尔滨人说，我在山顶。

山顶哪里？

听到哈尔滨人的回答时，他着实吓了一跳。耳鸣又开始了，他让哈尔滨人往外走几步，找个信号好的地方。

手机里传来一阵窸窣的响动。他问，你上山的事有无人知？

哈尔滨人说，除了你，我谁谁也不敢联系。

他思忖着哈尔滨人的话。花店门前人来人往，把榕树投下的影子踩得稀碎。他叮嘱哈尔滨人先返回去，暂时勿出来。

三

  日头照得地上反光，像一面磨坏了的镜子。他站在花店门口抽烟，不停地走动，皮鞋将门槛踢得啪嗒作响。阿贵的跌打铺仍旧大门紧闭，榕树下卖草粿、粿汁的摊档生意正热闹。这时，他看到阿文和阿洁走过来了。阿洁挎一只棕色提包，一身派头看起来像要去行街。

  阿文退伍三年，还剃着在部队时留的板寸头。和大哥阿乐比，他显矮，也瘦弱一些，笑起来眼睛眯得厉害。当年他干的是勘测水文地理、侦察敌情的侦察兵。在部队三年，他出了好几次任务，通常是二人同行，身着数码迷彩服，挂满野外露营的装备，活动于沿海丘陵深山一带。从山腰上，能清楚望见金门，野外露宿时，他和队友专拣新修的墓地，墓前铺好光洁的水泥，方便搭帐篷。有的墓修得豪华，还凿了蓄水池，用来洗漱再好不过。退伍回来那年，阿文四处闲晃了一段时间，才答应父亲去接手保洁公司。哈尔滨管这个叫"转正上岗"。镇上的环卫和垃圾处理都是他们家承包的，这是一桩垄断性的买卖。县里搞"创文"，镇政府每年投入不少，钱因此都落了他们家的口袋。乡里人都知道，这一家和镇长、书记搭台唱戏，连驻扎在后山兵营里的垃圾也靠他们收。有了这层便利，他们无须报备就可自由出入兵营。

  阿文让阿洁先进去店里帮忙。

  他弹掉烟头，告诉阿文，哈尔滨人现在在后山的防空洞。

  阿文一脸吃惊，他躲去那里做什么？

  他往下压了压手掌，示意阿文说话小声。没办法啊，他不上去，会被打死。

  阿文说，那里是随便能上去的吗？

  他顿了一下，补充道，先顶过这个风头吧。

  阿文盯着地上的烟头，运动鞋用力踩上去，像踩死一只无辜的蚂蚁。

  他说，我不方便出面，你买点吃的喝的，开车送上去。

阿文迟疑了一阵，接过车钥匙揣进口袋，扔下阿洁，兀自去了。

阿华喊他进去喝茶。他看到阿洁半只身子杵在原来他坐的矮凳上，露出一段圆圆的腰身。阿华靠着柜台坐定休息，肚子显得更大了。他站在花店门口，觉得周遭空气紧缩，将他团团围了起来。他去洗手间洗手，看到垃圾桶里丢满了烟头。

他在超市门口赶上了阿文，阿文抱起一只塞得满满的纸箱，正往后备厢放。

他打算一起上山。阿文说我来开车。他不让，也不管臀部还酸胀着，一屁股坐上了驾驶座。车拐进国道的时候，他问阿文，视频还在传吗？阿文冷笑，当然了，现在乡里无人不知，哈尔滨人买间破厝，行了衰运。

他叹气道，我早就叫哈尔滨人莫买那间厝……你知那里以前谁住吗？劳改犯！我小时阵，你阿公阿嬷警告，那人刚坐监出来，专门食蕴仔。后来我才知，那人在东司墙上写了侮辱毛主席的话，被批斗，关了"牛棚"。没多久转去劳改，摘帽之后回来乡里，没人接收他。老人组筹了点钱给他做生活费，算作安抚。谁知当时他脑子坏掉了，时不时发作，经常骚扰厝边头尾，到处偷鸡摸狗，每次被抓到都装疯。看他那个样，无人敢动，怕发作起来，提刀砍人。

阿文问，后来呢？那人怎么样？

他说，死在那间厝内，尸体发臭，双目给老鼠咬出来了。

阿文眼神发愣，谁给他收尸的？

一个远房亲戚，出点钱把人埋了，顺手拿走了厝契。哈尔滨人不久前找到那人，现在七老八十，见到钱，双目都看花了。

阿文不屑，哈尔滨人以为捡了个大便宜。

所以说，做人莫贪心，哈尔滨人不信邪，他要是听我建议，请个风水先生，拜拜地主爷，一定不会出事，那间厝地阴气太重了。

阿文掏出手机，点开那条到处疯转的视频。

视频里人声嘈杂，他的视线直直地落在前方。山路在眼皮底下朝前铺展，道旁草丛在风中摇来摇去，仿佛夹道同他招手。他心情越发沉重，眼前浮现福圭老人从废墟里被人背出来的惨相：一身洗得发白的睡衣，头歪向一侧低垂，手和脚耷拉，太阳穴破了口，鬓角赫然一道长长的血迹。拍视频的人大喊："大家人看，福圭伯间厝塌了——"镜头随后横扫过去，对准那面倒下的墙。福圭老人小卖部搭的是简易瓦棚，木杉横楹断了，石棉瓦散落地面。从镜头里依稀可以辨识货架上花花绿绿的酱油瓶和泡面包装。灰尘搅得到处都是。小路上堵满了人，个个抻长脖子，警察拉起警戒线，将围观者隔开。镜头迅速晃回，一个清癯的背影早已隐没在救护车上。车缓缓开走，人群一阵骚动。

视频到此结束。

福圭老人八十多岁，慈眉善目，像尊菩萨，是乡里出了名的好人。他的小卖部开了几十年，没卖过假货，也不短斤缺两。乡里人都道，福圭老人命真硬，躲过这一劫，必定活过百岁。眼下，人人都在唾骂哈尔滨人，说他好死不死，买那间厝做什么？墙体多年失修，早就不稳，倒下来压垮了小卖部的屋顶，屋顶砸向货架，正好斜斜横在福圭老人的眠床。清早，厝边头尾还沉在睡梦中，屋顶倒塌的巨响把众人惊醒。福圭老人蜷缩在货架和墙壁的夹角里，满头满脸被灰尘覆盖，侥幸死里逃生。

这事掀起了轩然大波，不断发酵，很快上了县电视台的新闻，记者一番渲染，歌颂当地政府和公安办事有力，保卫了人民群众生命财产安全。只有乡里人知内情，他们议论，哈尔滨一个外乡人，老老实实过日子，有套厝可住就要满足，不应贪心再置一间。有人补充，哈尔滨人这是要留条后路。他儿子不孝，挣的钱拿去赌了，出这么大的事，不赔个倾家荡产，也要丢去半条老命。

果然，福圭老人前脚进医院，他的儿孙们便纠集一伙人，浩浩荡荡，去找哈尔滨人讨说法。

这是前几天的事，加上玩具厂那场离奇的大火，一时成了镇上人人乐道的新闻。

他一想到这些就头疼不已。烧坏的库房和他无关，倒塌的墙也和他无关，可他就是难受，似乎有人专门和他作对，故意生出些事端叫他应接不暇。

恍过神来的时候，车子停在了营房外埕上。

他亮出通行证，朝站岗哨兵挥了挥，钢盔罩眼、双手紧握钢枪的哨兵，朝他们点了点头。

四

此处是个天然堡垒，用军事术语形容，叫易守难攻。四周是山，满坡绿树，山腰圈了很长一围铁丝网，戒备森严，营房的几栋建筑错落中间，紧凑规整。如果不是出操时的哨子声和口令声，外人根本不知这里藏了一支部队。

他没有朝营房大门走去，而是拐左上了一道斜坡。

阿文抱着纸箱随在身后，时不时停下，朝后方回望。从山腰处俯瞰，白色围墙内停了辆军绿色吉普车，训练场有人跑步，双杠单杠，沙坑鞍马，和他当年所在的部队很像。

天近黄昏，日头擦过山林边沿处。阿文走得慢。起初阿文和部队管后勤的人接触时，还是一副正襟危坐的样子，双手搭住膝盖，拇指食指互相顶着，不断掐指尖——这是当年在部队严守纪律留下的习惯，但凡遇上正式场合，就会这样。

再往上走时，阿文问，哈尔滨人不在里面？

哈尔滨人没有通行证，哪里敢进去？后山这里一共有两处防空洞：一处被军营围起来，给部队演习；另一处就是他们要去的地方。这片山林本来归镇上管辖，自从部队驻扎后，虽无明文禁令，但无人敢上来，都怕枪子不长眼。

说起防空洞，阿文在学校接受国防教育时听老师提起过，那是好多年前的事了。做侦察兵的年头，他和战友漫山遍野跑，进过山洞避雨，也未见过真正的防空洞。听父亲说哈尔滨人藏身其中，他倒生出好奇，想要探个究竟。

前几日落过雨，泥水淤积山路，鞋底踩过，吱吱呀呀。他想起小时候，有一年热月连下了几宿暴雨，海边溃堤，海水发狂，漫过田野，冲进了乡里。那时没有现在这般通畅的排污系统，水灌进来，像长了脚，闯进各户人家。锅碗瓢盆、竹椅、柴薪……但凡漂得起的，全让海水拐了出来。鸡鸭鹅咕呱乱叫，顺水凫走；狗扒拉在漂浮的门板上，伸长舌头；猪困于圈内，挣脱不得。跑得及时的人家早早躲去山上，走得慢的只能攀上自家厝顶，无奈地看着洪水四下流淌。不到半日，乡里有如遭遇劫掠，远近哀号不断。如今他踏着山路，还能感受孩童时逃命的恐惧。水像蛇游于身后，紧追不舍，父亲将他驮在肩头，顶着齐腰深的水朝前走。他小小的手紧紧箍住父亲脖颈，身体哆嗦起来。

他问父亲，我们为什么要去山顶？

父亲说厝塌了，我们没地方好去了。

后来他懂事了，才知道有间风吹不跑、水冲不走的大厝，是何等切要的事。

这些经验，阿文这辈人自然无法体会。登至半山，他停下来叉腰歇息。有风吹过，山林簌簌作响。他朝山下望去，整个小镇隐没在一堆灰色之中。他的目光越过被烧坏的玩具厂房，在一片低矮的厝区徘徊，最终落在自家楼顶上。那里耸立着高高的贮水箱，铁皮裹身，通体锃亮，像一枚随时准备发射升空的导弹。

拐过一道斜坡后，他停住了。斜坡朝上，凿了几级台阶，山体爬满野草、何首乌和叫不出名的植物。他们右首的山坡垂下来一蓬马缨丹，上面缀满小花，里边淡黄，外边玫粉，每朵花蕊不到指甲大小，衬着暗绿色叶子。父子俩靠近时闻到一股臭味。那是马缨丹发出的，当地人叫它臭花。垂下的臭花挡住了防空洞的一边，花岗岩砌的洞门爬满了苔藓。

他在洞口点亮了手机手电筒，摸索着朝里走。

洞有一人多高，顶上呈拱形，花岗岩石板铺地，墙体的下半部分砌了花岗岩，上面抹了水泥，有的地方剥落，露出黑乎乎的沙石，隐约可见"激发爱国热情，共筑地下长城"的字样。从洞口往内走，空气越来越湿。阿文双手紧抱纸箱，慢慢适应了洞内的阴冷和幽暗。

阿文点亮手机的手电筒，光线照得父亲影影绰绰。他们边走边说话，发出的回响像水花撞到岸边，再缓慢地荡回。

阿文惊叹道，这个洞什么时候有的？

他答，我小时阵就有了，听你阿公讲，最早这里是个山洞，防日本鬼子的。后来为了躲台湾的炮弹才修成现在这样。当年发大水，你阿公背我，在这里躲过。

经过一间地下室时，他停下脚步。阿文差点撞上去。此时，他们都没说话。地下室传来细微响动。手电筒的光亮赫然照见一只人影。哈尔滨人瘫坐地上，手遮额头，身上盖了件衬衫。

哈尔滨人像是从垃圾堆里走出来，几日不见，老了许多，眉角爬满皱纹，浑身散发着一股难闻的汗酸味。不远处的地方，散落一只矿泉水瓶，里面盛满了黄色液体。

他将手机翻过来，立在墙边照明。这时他看见哈尔滨人脸颊有道细长伤疤，忙问怎么回事？

哈尔滨人说，半夜摸出去洞口，被臭花的刺割着。

阿文打开纸箱，翻出吃的喝的递过去。哈尔滨人拧开宝矿力的盖子，仰起脖子，咕咚咕咚喝起来，又撕开一袋吐司，取出一片，捏成团，塞到嘴里。因为吃得太快，他噎得咳嗽起来，好不容易缓过神，开始打听山下的情况。

出事后，哈尔滨人说他想出去躲几天，他没答应。他跟乡里人打交道，知道内情，这帮人平日和气，实际上对外乡人并不待见。哈尔滨人本来就理亏，一跑，更洗不清了。

哈尔滨人说，当年老父死了，他回东北奔丧路上，一直犹疑要不要回来。他到此地二十余年，户口迁了，厝也买了，但钱到底买不来信任啊。说到这里，哈尔滨人几欲落泪。那天面对福圭老人那帮儿孙，他纵有暴躁的脾性，也吓得萎靡，只能站在门口，进不是，退不是，拼命道歉。有事相参详，医药费我来赔……

他赶到哈尔滨人家门口，遇上双方在激烈争吵。哈尔滨人被众人围堵，扯开嗓子，喊得脸红脖子粗，但声音很快被盖过去了。妻子站在哈尔滨人身后，又骂又叫，不断抹眼泪。有人将他们家门口的花盆推倒了，几朵淡粉色的海棠花，被众人踩成了碎渣。

福圭老人的大儿子做家私生意，店开在公路边。这人精得很，他料定哈尔滨人凑不出那么多钱，不过有个老靠山，靠山出面，钱的事自然好解决。

双方坐下来谈赔偿。听到对方开口要20万元，哈尔滨人憋不住，张口骂爹骂娘，你们这是要我命！他将哈尔滨人摁住，喝令他闭嘴。他知道，如果不答应只会吃大亏。待老人家的伤情鉴定出来，不论轻还是重，他们一定会拿来做文章。不如现在签字商定，两不拖欠。

赔偿福圭老人的钱自然由他出。按理说，钱落了口袋，加上老人伤势并不严重，这桩矛盾应该就此打住的，可事情坏就坏在，哈尔滨人的儿子在赌场熬了几日，输红了眼，眼下正是要钱时候。得知父亲赔了人家20万元，他急得暴跳起来，当晚拉了一帮同伙，撬掉家私店门锁，将值钱的酸枝木沙发、明式贵妃椅等悉数搬出，用卡车运去倒卖，自此跑路，了无踪影。

警察通过监控，锁定了主犯，顺藤摸瓜，把哈尔滨人拉去派出所录口供，要他老实交代儿子行踪。他问警察儿子抓到要判几年。警察反问，特大盗窃案，你说呢？哈尔滨想到自身惨状，儿子此刻又不知流落何处，想到了伤心处，呜哇哭了起来。

哈尔滨人说，从派出所出来后，他不敢回家，借阿华花店窝了一晚，天未亮，就跑来山顶了。

他点了点头。

荣哥，我买间厝地，给自己留条后路有错吗？

他说，错不在你，不用自责。

我阿瘟好赌，屡教唔改，能怪我吗？

他说，不能怪你。

荣哥，你的恩情，我这世人还不尽。

他说，不讲这些见外话。

洞内光照晦暗，哈尔滨人握住他的手，看看阿文，又看看他，双目发红。

三只歪斜的影子，叫灯光拍在了湿漉漉的洞壁上。

五

天刚擦黑，山林阒寂，远处阵阵虫鸣。夜风吹上来，阿文在洞口蹲守良久，待到月亮升高，半山腰传来突突突的引擎声，才转身返回洞内。

垃圾车每晚9点会准时停在营房门口。他们掐算好时间，等河南佬把垃圾车开走的时候，让哈尔滨人搭着车离开。

从上山到现在，半日过去了。他们父子二人从斜坡上缓缓走下，远远和哨兵打了声招呼。月影下，哨兵站得笔直。

哈尔滨人取道另一边，行至山脚下，穿过一片荔枝林，低伏在路边候着。

他们在营房门口站着。没多久，河南佬拖着两只半人高的垃圾桶，吃力地走了出来。见到老板，河南佬脸上的表情有些吃惊。

他给河南佬派了烟，河南佬接过来，别在耳郭上，点头哈腰，问他们有什么吩咐。

阿文插话，等你搞完垃圾再说。

河南佬满脸疑惑，来回几趟，终于将营房的大小垃圾运完。垃圾车的长方形车斗上，填满了鼓鼓胀胀的黑色垃圾袋，酸臭味很快溢出来，飘在空气中。

这段时间，已足够哈尔滨人从防空洞离开，去往约定的地点。

这次轮到阿文开车，他坐副驾。车掉过头离开了营房，垃圾车紧跟着，一前一后，绕山路缓行。他摇下车窗，目光在茂密黢黑的山林间巡视。车灯压过土路，一截又一截，两旁树影婆娑，草丛摇曳。他清楚地听到轮胎碾过沙石，发出咔嚓咔嚓的细响。

路旁闪出来一个人影。他让阿文停下车，推开车门，走了下来。哈尔滨人佝偻着背，定定站着，没敢往前再踏一步。他朝河南佬招招手，河南佬停住车，从敞开的驾驶座上跳下来。他附在河南佬耳边，把事情交代完毕，塞了一卷钱过去，河南佬接过钱，放进裤兜里。哈尔滨人这才跑过来，抓住垃圾车的车把，登上了驾驶座。阿文掉转车头往前开，让开一条道。河南佬发动引擎，车朝前开去，留下突突突的声响。月光下，他看到两只头颅变成了暗影，和夜色融成一团，模糊地消遁了。

回到家里，他像是跑过一段漫长的赛道，瘫坐在沙发上，一时没了言语。

乌青处擦过活络油，烤熟一般热辣生疼。无论如何，阿贵开了铺，定要找他捏一捏。

这天深夜，月光透过窗缝，照落在床边。他爬起身，走出房门，搭电梯，上了顶层。

贮水箱发出呼呼声，他站在底下，抬头望天，半片月亮的淡影沉下去了。从山上返回的路上，他问阿文，我们这么做对吗？阿文说，爸，这么多年，谁人都知你对哈尔滨亲如兄弟，问心无愧就好了。他陷入了沉思，望着往前延伸的公路，猜测哈尔滨离去后的行踪，当年哈尔滨从北方过来，也曾路过这里。

他点燃一支烟，凉风习习，烟灰拂落，吹在了睡衣上。

他想起好多年前，有一天他在工场喝茶，哈尔滨人疯了般冲进来，闷声不响，抡起地上一根钢管，坐上三轮车骑了出去。他恍过神的时候，赫然看到日光下，哈尔滨人裹在头上的毛巾渗着血，鲜红一片。

到了出事的地方，他远远看到有个人弓着背，倒在地上哀号不止。地面散落着凌乱的电线、三合板和烟头。哈尔滨人背对他，露在毛巾外的一小块后脑勺青筋毕露，似乎每根血管都在跳动。

那次斗殴的后果是双方私了。作为哈尔滨人的老板，他不得不替哈尔滨人擦屁股，将伤者送到卫生院检查，赔了医药费。

哈尔滨人告诉他，老父亲跳楼，死了。老人家在一家毛纺厂当了半辈子会计，熬到快退休的年纪，遇上厂里改制，领了遣散费后就离开了。老人家下岗后找了几家，都没人愿意雇他。那年头，风水轮流转，谁他妈想得到，国企也会垮？撒泡尿的工夫，啥也没有了。自从下岗，家里日子越过越糟糕。如果不是这样，谁稀罕来你们这儿呢，累死累活，还要遭人白眼。哈尔滨人顿了一下，眼圈发红。看到寻呼机上熟悉的号码时，他一走神，手中的电钻滑落，砸到了站在身后监工的厝主脚板。那人嘴巴不停，用本地话羞辱他。哈尔滨人不会讲本地话，也听不懂。厝主喷着唾沫骂他"死父仔"，他一下子被点燃了，抓起厝主衣领，之后就陷入混战。不巧厝主是个退伍老兵，哈尔滨人长得虽粗壮，也不是他对手。酣战一半，他朝哈尔滨人头上扣了一砖头。

在火车站的时候，他塞了一只信封给哈尔滨人，信封内装了2000块钱。

哈尔滨眼窝蓄满泪，接过信封，转身朝进站口走去。

第二天，工场停了电。还是热火天，他坐在摇椅上，心烦气躁地扇扇子。本地人说，哈尔滨人欠我一包烟，会不会去了唔返？他头也不抬，回了一句，谁知道？饶平人买来西瓜，打了一桶凉飕飕的井水，将西瓜泡进去。日光明晃晃，他的视线落在上下浮动的西瓜上面，想起了哈尔滨人圆溜溜的脑袋。他来这边没多久，就到发廊剃了个光头。你们这里热，光了头凉快。哈尔滨人本来颧骨就高，头发剃光，眉目显得更粗犷了。如今一晃而过，哈尔滨人每天敲敲打打，风里来雨里去，骨子里越发粗粝，说话时乡音未改，一激动语速就快，别人需要吃力辨认，才能听清他嚷些什么。

谁也没料到，回去不到半个月，哈尔滨人就回来了，头皮剃得更亮了，里里外外，像是换了一个人。

哈尔滨人说我自幼没了娘，这次回去把房子卖了，今后窝着不走啦。

过了没多久，他招募了新的工人，开始承接大小新厝打桩的活计。以前起厝，地基都是人工夯实，浇筑水泥，钢筋起柱。有了机器打桩，地基能打得更牢，楼盖得更高。卖机器的人拍着胸口说，台风刮不动，地震也不怕。打桩机的投入虽不少，但能节省人力，挣得更多。那一年，哈尔滨人当上了包工头，娶了他介绍的对象，隔年开春，迎来了一个白白胖胖的儿子。

这些,竟像梦那般邈远了。此刻小镇在沉睡,路灯昏黄,照得他两眼发慌。他听到远处传来手持礼炮砰砰砰的巨响,那是阿贵家的婚车半夜迎新娘。他的目光扫过新厝老厝,没有一栋房屋比他家高。恍惚间,池塘上浮起一簇淡蓝的光焰,颤悠悠,明晃晃,由远及近地飘过来。他觉得冷,便将烟头弹出去,火星闪了闪,随即熄灭。

(原载《花城》2021年第3期)

作者简介:

林培源,青年作家,广东澄海人,清华大学文学博士、美国杜克大学东亚系访问学者(2017—2018年),主要从事中国现当代文学、小说叙事研究。小说见《花城》《作家》《大家》《青年文学》《小说界》《广州文艺》等刊物。曾获第二届"《钟山》之星"年度青年佳作奖(2020年)、第四届"紫金·人民文学之星短篇小说佳作奖"(2016年),出版有小说集《小镇生活指南》(中信出版社,2020年)和《神童与录音机》(北京十月文艺出版社,2019年)等,作品入选《2019年短篇小说》(人民文学出版社,2020年)《2019年中国短篇小说20家》(中国青年出版社,2020年)等选本。《神童与录音机》获选《晶报·深港书评》"2019年度虚构类十大好书",小说集《小镇生活指南》获选《亚洲周刊》2020年十大中文小说。

如是我闻

郭文斌

平时妈妈不是这样的，一进门，我扑上去，她总要迎上来，狠狠地抱住我，亲一下。可是最近变了，看到我扑过去，她惊恐地往后退，就像我是老虎似的，一边躲着，一边说，宝贝，等妈妈换完衣服。我继续往前扑。她就一直退到大门外。我追，她就把门拉上了。

爸爸就过来抱住我。妈妈很快地进门，绕过我，像是有什么防着我。用手背打开卫生间的门，洗手。平时妈妈洗手总是用盆子接住，然后冲马桶。最近变了，让水直接从洗手池流下去。然后到阳台换衣服，冲澡，换上睡衣，再把手机从衣服里掏出来，用消毒纸消毒，把消毒纸扔在垃圾箱里，再洗手。给我买的橘子，放在柜子最高处，怕我直接取。每次我要吃，她就取几个，在水龙头上冲洗。然后让我洗手，再给我。我洗手时，她站在我旁边，一定要让我按她教的六步洗手法洗，我的手都快洗成肥皂的颜色了。

一次，我没有洗手，在厨房取了一块饼子吃，妈妈跑过来夺掉。我问为什么。她说，不为什么。现在每次吃东西前，都要先洗手。只要妈妈在家，每当我看电视时,她就守在我旁边,怕我把手指放在嘴里吮。只要发现我的手往嘴里放,她就拿竹竿敲我一下,我的手背都被敲肿了。她上班时,就把竹竿交给爸爸,让爸爸严加看管我。

受到如此对待的,不但有我,还有爷爷、奶奶。我明显地感觉到爷爷奶奶有些不高兴。一天,妈妈去上班,爷爷给我爸说,当年他种庄稼时,到吃早干粮的时间,拿起饼子就吃,抓过牛粪的手,拿着饼子,也没觉得不卫生,恰恰一年四季不害病,你们倒好,每天少说也要洗一百次,却药罐子不倒。我不懂你们讲的科学,但我们知道,太阳一照,清风一吹,啥毒都没有了。你们关键是不晒太阳,太阳太阳,它是无比的阳气。现在,你们整天阴在家里,光靠洗手就能把病防住?如果洗手就能把病防住,成天洗手就好了,还要医生做啥?

爷爷还说,首先,我要感谢你们的孝心,把我们老两口接到城里来,但我如实告诉你们,你们城里人把日子过错了。整天关在水泥匣子里,还不如鸟自由。作为人,怎么能没有自家的院子,怎么能不接地气。吃的菜没有太阳的味道。乡下生活虽然清苦,没有你们方便,但有味道,菜嚼在嘴里,有一股太阳香味儿,面吃在嘴里,有一股太阳香味儿,你们每天高价买回来的菜,哪里有菜味儿。

爸爸说,爸你说得对,城里人的确需要反省。

奶奶说,关键是,城里人脸上没有笑,我和你爸到马路边,看到大多人都愁眉苦脸的,不像咱乡下人,吃的是粗茶淡饭,可一脸的快乐。老人们常讲,一乐神就来,一愁鬼就来。

爷爷说,在老家,想去谁家串门就去谁家,但我和你妈来你这里这么长时间了,没见谁来家里串门的,对门姓啥,都不知道,真是奇怪。

我说,对门太可恶了。一次,我和他们家女儿在电梯碰上了,我要把我的拖拉机给她,那个女孩说谢谢哥哥,刚要接过,就被她妈妈一顿吼。

晚上,我把爷爷的话讲给妈妈听,妈妈有些不高兴地说,怎么不在我面前说。

爸爸说，从一定意义上说，爸说得有道理，这次疫灾，本来就是反自然生活方式造成的。

妈妈说，现在说这些都没用，关键是做好防控，谁防得好，谁就活命。

爸爸说，防控没错，但过度防控也是灾难。再说，心理学也告诉我们，恐惧本身会降低人的免疫力。用老子的观点来讲，清静自正，无为自化。用《黄帝内经》的话讲，正气存内，邪不可干。稻盛和夫在《活法》中讲了一个故事，当年他的伯父患了肺结核，他父亲天天在身边侍候，没有被传染，他躲得远远的，却被传染上了。用现在很流行的吸引力法则来讲，你恐惧什么，什么就会找上门，所谓心想则事成。你吃个橘子都要洗一下，打个鸡蛋都要洗一下，当你洗的时候，就已经假定病毒已经在橘子上，你的心里就已经落下了一个病毒波。

妈妈说，但我又动了一个洗掉病毒波的念啊，说明它已经离开了。

爸爸说，但这个过程，恐惧的情绪在运行，它在降低我们的免疫力。我觉得，你最近尿频，就和这种情绪伤了你的肾有关系。

妈妈说，是吗，我最近尿频吗？

我说，爸爸说得对，以前，你一觉睡到大天亮，最近，老是起夜。

妈妈说，那是妈妈起来看新闻。说着，妈妈把我搂进怀里，说，咱不讨论了，专家说，早睡有利于提高免疫力。

爸爸说，恐慌给人们造成的伤害一定意义上不比病毒本身轻。如何才能降低恐慌，不少心理专家都在建议，但都在技术性层面。我觉得，要想真正解决人们的恐惧，必须从形而上层面进行。首先要解决信心的问题，信心一倒，免疫力就丧失了。而要树立信心，就要坚定信任，对大逻辑的信任。要不断地暗示自己，该发生的，迟早会发生，不该发生的，永远不会发生，如果我的生命不该现在结束，概率性感染事件不会发生，即使发生了，也会治好，如果我的生命活该现在结束，即使不得肺炎，也会以其他方式到来。而决定生命何时结束的，是每个人的生命力存量。因此，国难当头，在尽量做好科学防护的同时，一定要放松心情，心怀善念，尽己所能，捐款捐物，增加生命力存量，至于安全本身，交给上天。

妈妈说，你说得好听，谁来给十四亿中国人讲这些？

爸爸说，随缘量力，你至少可以给你的亲朋好友讲啊。

妈妈说，那能救几个人？

爸爸说，星星之火，可以燎原。

妈妈说，还是老老实实听院士们的话吧。

我本来都睡着了，却被爸爸和妈妈吵醒。我听到妈妈在指责爸爸，说他不该在微信朋友圈发那么多为中医叫好的文章。

爸爸说，我转发的可全是官方文章啊，不是《人民日报》的，就是中央电视台的，要么就是学习强国的，这可是记者从抗疫一线采集来的数据啊，但凡用中医的，差不多百分之百的有效，成本又低，又没有后遗症，还能减轻病人痛苦。

妈妈说，中医像你说的这么神奇，国家为啥不重用？

爸爸说，白岩松不是说了吗，因为它不能带来利润啊，而中医传统本身就是反利润的，孙思邈的《大医精诚》你学过吗？

妈妈说，道德代替不了科学，中医像你说的那么神奇，顺治就不会死于天花，他是皇帝，身边该有多少名医。

爸爸说，那是个例，如果中医无用，我们怎么成为人口最多的民族，五千多年来，保证了这个民族如此绵延旺盛的，难道是西医不成？

妈妈说，那是因为这个民族太能繁殖。

爸爸说，建议你关注一下世界防疫史，瘟疫在中华大地上发生次数很多，但都没有造成灭绝性灾难，但其他民族则不然，许多文明，都是因为瘟疫中断的。不管你认可不认可，我有一个判断，这次疫情过后，国家会更加扶持中医，中医一定会走向世界。

爸爸正说得起劲，妈妈突然下床了。爸爸问干吗。

妈妈说，忘了开消毒灯。

爸爸说，有必要吗？

妈妈说，当然有必要啊。

爸爸说，说句你不爱听的话，你该消消你心里的那个毒了。

妈妈就站在床边，看着爸爸。

爸爸说，对不起，但你不觉得，这个家越来越像医院了吗？也太过了吧？谁家像你这样，用消毒液擦地板，用消毒液洗菜，现在，居然用消毒灯来杀毒了。古人讲，内毒不生，外毒不染。

我看到妈妈的眼珠都要鼓出来了，就伸手堵了爸爸的嘴，说，早点睡觉有利于提高免疫力，不想把我妈给惹笑了。

这几天，爸爸除了给我和爷爷奶奶用艾条熏神阙、关元、气海、胃脘、足三里这些穴位，就是不停地打电话，让人往武汉寄口罩、寄书、寄光盘。给人们说，要给大自然说对不起，真诚地说，我曾经的生活方式错误，从今天起改正，今后应该更加有爱心，对家人，对动物，对植物，对一切存在，尽可能节约，尽可能爱护，不要把自己的幸福建立在其他生命的痛苦之上。怀着感恩心生活，感谢大自然，感谢阳光、空气、粮食、水，感谢一切生命，感谢为我们的生活做出保障的所有人，特别感谢国家，感谢白衣天使，感谢所有奉献者，更要感谢祖先，为我们留下让子孙绵延的中医。

爸爸还说，要怀着敬畏心生活，敬畏大自然，敬畏天地，敬畏一切生命，包括细菌。怀着平等心生活，善待万物，不要把自己凌驾在万物之上，每个生命都有在宇宙中平等存在的权利。无数的古圣先贤和中外科学家都证明：感恩心是免疫力，敬畏心是免疫力，平等心是免疫力，爱心是免疫力，你看，钟老，八十四岁的人了，在抗疫一线，工作量那么大，怎么没有被感染。另外，从投影学原理来讲，底片换了，电影就换了，心换了，境界就换了。如果灾难是一次教育，现在，我已经改正了，它当远去。如果灾难是一次唤醒，现在，我已经醒来了，它当远去。如果灾难是一次鞭策，现在，我已经行动了，它当远去。

爸爸还建议人家用线上集体阅读降低恐慌。他说，他鼓励一些平台开展的线上集体阅读效果很好。每天晚上七点半发一集能让人放松的中华优秀传统文化电视节目，比如《记住乡愁》，一小时后大家分享，早晚用喜马拉雅读一遍《道德经》，发到群里打卡，群内不准发任何和学习内容无关的内容，违者出群。从大家的反馈得知，参加学习后，恐慌普遍降低了。

他说，心理暗示本身就是能量。当我们观看比较安静、安详的节目时，恐慌就降低了。现代物理证明，任何事物都由三要素组成，信息、能量、物质，当他的念头离开恐慌源，恐慌也就消失了。这一次新冠肺炎疫情比较严重，有病毒本身的原因，有防护不到位的原因，还有一个重要原因是自媒体太发达了，信息传播太快太多，造成的恐慌比曾经任何一次都严重，可以说，有相当一部分是由于恐慌造成免疫力下降而感染的。生活中有许多实验，人在不知道病情时会活得很好，一旦知道，生命力就丧失了。过度的防疫信息发布，对人的身心伤害是很严重的。在古代社会，疫情在国家没有控制之前是不发布的，就是害怕造成大面积恐慌。

爸爸还把我们平时做的实验用上了。他说，我和儿子曾经做过一个实验，把草莓分成几组，每天给它爱的暗示，保持新鲜的时间就长，说明它的免疫力提高了。给它恨的暗示，特别是冷漠暗示，草莓很快就腐烂了，说明它的免疫力降低了。在这个时候，我们特别需要一些正面的心理暗示来共渡难关。

爸爸还说，过度防疫除了对人的心灵造成伤害，对环境的污染也太严重了。有些人都用消毒液擦地板了，这肯定是防过头了。消毒液本身对人是有伤害的。无论是物质的过度防疫，还是心理的过度防疫，都会走向反面。

当有人问，我们家用啥方法降低恐慌时，爸爸介绍说，每天陪儿子读经典，尽量少看手机信息。他说，中华经典本身就有一种免疫力，能够给人提供正气，提供放松感。《大学》讲，"有所忿懥则不得其正，有所恐惧则不得其正，有所好乐则不得其正，有所忧患则不得其正"。当人被负面情绪左右，正气就丧失了，正气一丧失，免疫力就降低了，正念生正气。昨天有位朋友反馈，自从参加线上阅读群，不再失眠了，而且养成了读经典的习惯，一有空就读，读进去，渐渐地就把疫情淡忘了。

就在爸爸说得带劲时，有人敲门。最近，妈妈回家，不拿钥匙开。

爸爸说，我太太回来了，我得给她开门，我们回头再聊。

我接过爸爸手里的手机，像往常一样大声说：

武汉加油！中国加油！

（原载《北京文学》2020年第12期）

作者简介：

郭文斌，著有畅销书《寻找安详》《农历》等十余部；有中华书局版精装八卷本《郭文斌精选集》行世。长篇小说《农历》获第八届茅盾文学奖提名，短篇小说《吉祥如意》先后获人民文学奖、小说选刊奖、鲁迅文学奖。作品被签约译向20多个国家。现任宁夏作协主席，中国作协全委会委员。

老婆上树

晓　苏

1

白露过后是霜降。没错，我清楚地记得，就在霜降那天下午，两点多钟的光景，一个戴发套的中年男人突然来到了我家门口这棵柿子树下。

当时，我和我老婆廖香正在树下吵架。中年男人是开着一辆半新不旧的红壳子轿车来的。下车的时候，他的发套不小心被车门刮掉了，直接掉在地上，像一个打翻的鸟窝。在发套掉下来的那一刻，我匆匆看了一眼他的脑袋，光溜溜的，好似一把葫芦瓢。中年男人觉得很不好意思，马上从地上把发套捡了起来，灰都没拍，赶紧又用它罩住了他那个有点难看的脑袋。

戴发套的中年男人一来，我和廖香立刻就停止了吵架。吵架毕竟不是一件光彩的事情，我们不能让一个外人看笑话。再说，这场架从上午十点多就开始吵了，至少吵了三个钟头，实在是不能再吵下去。说老实话，我也没力气吵了。廖香只顾着跟我吵架，连午饭也没空煮，我们早已饿得前胸贴着后背了。我爹我妈单独开伙，虽说煮了饭，但看着我们挨饿，也没胃口吃。儿子这两天放月假，没去上学，也一直饿着肚子，一个人坐在门槛上不停地吐酸水。

我给中年男人上了一支烟。他接过去，一点燃便仰起头，双眼直直地看着柿子树。树顶上还剩下几百个柿子，估计有七八百个吧，都红透了，像谁在那里挂了一片红灯笼。这一回，中年男人倒是特别警惕，老早就用一只手托着后脑勺，以免发套再次脱落。

廖香尽管对我横眉竖眼，怒气未消，但在客人面前还是没忘礼节。她很快进屋端出了一杯茶水，双手递给了戴发套的中年男人。接茶杯的时候，中年男人嘴上说了一声谢谢，眼睛却没有离开柿子树，两颗黑黢黢的眼珠瞪得又圆又大，如同两枚牛黄上清丸。仰头看了一会儿柿子，中年男人的嘴巴不知不觉裂开了一条口，随即便流出来一股涎水。涎水悬挂在他的嘴唇上，长长的，亮亮的，仿佛一根泡过的粉条。中年男人可能感到不太雅观，便慌忙伸出一条舌头，麻利地把涎水舔进去了。他的舌头红得发紫，让我猛然想起了廖香前天给我刚做好的那双绣花鞋垫。

我想，戴发套的中年男人肯定是被树顶上的那些红柿子迷住了。廖香也看出了他的心思，眼睛顿时涨大了一圈。这个时候，廖香扭头看了我一下。不过，她的目光刚一碰到我的眼睛就躲开了，脸一下子变得通红。因为，我们这次吵架，正是由树顶上剩下的那些柿子引起的。

在油菜坡这个地方，差不多每家每户都有柿子树。要说起来，柿子其实并不稀奇。但是，别人家的那些柿子树，结的都是卵柿子，籽多，瓤少；我家门口这棵柿子树，结的却是奶柿子，籽少，瓤多。老垭镇有一家柿饼厂，每年一过白露，厂里的采购员就会骑着摩托车来村里收柿子。他们虽说什么柿子都收，价格却天差地别，卵柿子两块钱一斤，奶柿子一斤卖到四块，整整翻了一倍。这棵柿子树给我们家挣了不少钱。用廖香的话说，它简直就是一棵摇钱树。

可惜的是，我家这么好一树柿子，却没能都变成钱，少说也浪费了五分之一。要找原因的话，主要是这棵柿子树太大了，又粗又高，没有人能够爬上去。我们卖出去的那些柿子，都是站在板凳上用夹竿夹下来的。夹竿倒是很长，但再长也伸不到树顶。没办法，树顶上的那些柿子就只好留在上面喂鸟了。鸟们倒是高兴，总是一边吃柿子一边发出快活的叫声。廖香是个爱钱如命的人，每当看见鸟们在树顶上吃柿子，心里就难受得要死。她不止一次地跟我说，它们哪是在吃柿子？简直就是在啄我的心啊！有时候，她还会顺手从地上捡起一块石头，咬牙切齿地朝树顶上打去。

戴发套的中年男人到来的这天，上午九点钟的样子，镇上柿饼厂又来了一个采购员。他从摩托车上跳下来说，今年的奶柿子又涨价了，每斤涨到了六块。那会儿，廖香正坐在柿子树下给我爹我妈洗衣裳。我爹我妈虽然单独开伙，但年纪大了，手脚僵硬，衣裳都是廖香给他们洗。一听说奶柿子涨了价，廖香顿时就坐不住了。她丢下衣裳，猛然从板凳上弹了起来，像一支点了火的冲天炮。廖香一起身就命令我说，你赶紧爬到树顶把那些柿子摘下来吧，一斤六块呢。采购员连忙拍手说，太好了，我正是冲着你们的这些柿子来的。

我却呆呆地站着没动，像一截枯死的树桩。从内心来说，我也想爬上树顶把那些柿子摘下来变成钱，但我不能爬，也不敢爬。我的体形不好，虽说肚子大，但胳膊太短，压根儿抱不住柿子树。再说，我的胆子也小，朝树上看一眼都头晕，更别说爬上树顶了。

廖香见我没有动静，就气不打一处来。她愤愤地问我，你怎么愣着不动？我红着脸说，这树太大了，我不敢爬。廖香用鼻孔冷笑了一声，指着我的鼻子尖说，你一个大男人，连一棵树都不敢爬，真是连个女人都不如！

我听出了廖香在讽刺我。因为我晓得，她是敢上这棵柿子树的。廖香身材瘦高，四肢细长，胆子也大，小时候在娘家曾经爬到枇杷树上吃过枇杷。只是，在我们这一带，女人是不能上树的。哪个女人要是上了树，人们就会说她不懂规矩，还会骂她没教养。听我爹说，廖香当年上枇杷树被她爹看见了，气得她爹火冒三丈，当即从墙角抓起一根竹棍，将她从树上扑通一声打落下来，差点摔断了一条腿。从那以后，她再也不敢上树了。

廖香正对我感到失望，儿子做完作业从屋里出来了。廖香一看见儿子，两只眼睛豁然一亮。她指着柿子树问，儿子，你敢爬上去吗？儿子说，敢。廖香激动地说，儿子真行，像个男子汉！等你摘下柿子卖了钱，我给你买双肩包。儿子一听喜疯了，撒腿就跑到了柿子树下，接着就要往树上爬。

然而，我没让儿子上树。他正要爬的时候，我一个箭步冲上去将他捉住了。你不能上去！我黑着脸说。儿子拧过头来问我，为啥不让我上？我说，这树太粗太高，上去危险。这时，我爹我妈也来到了树下。他们听说儿子要上柿子树，脸都吓白了，赶紧把他拉进了屋里。

柿饼厂的采购员一直等着买柿子，等了一个多钟头，最后还是空手而归。当采购员骑上摩托车离开时，廖香的眼窝都被我气红了。我预感到，她十有八九要跟我大吵一架。果不其然，采购员刚走，廖香就冲我吵了起来。她龇牙咧嘴，手舞足蹈，声如破竹。开始，我和她对着吵。后来，我吵不动了，她便一个人吵，从上午一直吵到下午。如果不是有人来，真不晓得她要吵到什么时候。

戴发套的中年男人一直仰着头，盯着树顶上的柿子，看得眼都不眨。至少看了一刻钟，他才把头放下来，同时掏出一张名片递给我。直到这时，我才知道他从县城来，是县演讲协会的会长，名叫高声。

2

我老婆廖香只读过一年初中，不懂啥是演讲。高声解释说，演讲是一门艺术，又像讲话又像演戏，不光要有动听的声音，还要有优雅的手势。高声是个破嗓门，说话发噙，好像喉咙里有一窝马蜂。他一边说一边摇头晃脑，让人担心他的发套又掉下来。不过还好，他时刻用手护着，没让它掉。

廖香对演讲不感兴趣，听了一会儿便进了屋。高声倒是蛮上心的，一个劲儿地跟我说演讲的事，滔滔不绝。他告诉我，再过十天，市里将举办第四届演讲大赛，每个县都要派选手参加。在头三届大赛中，本县演讲协会都推荐了选手，可惜只得了两个三等奖和一个二等奖，始终与一等奖无缘。作为本县演讲协会的会长，高声最大的梦想就是在这一届大赛上夺得一等奖。他说，一等奖不仅荣誉高，而且奖金多，前几届发的都是一万块，这一届可能还要往上涨。

其实，我对演讲也毫不关心。高声说得眉飞眉舞，我却无动于衷。我确实饿了，肚子里的蛔虫咕咕直叫，压根儿没劲说话。最主要的是，我心里一直在纳闷儿，不知道一个搞演讲的人突然跑到我家来干啥。

廖香进屋不久，我闻到了鸡蛋煮面条的气味，香喷喷的，好像还放了葱花。我扭头朝屋里看去，发现儿子已坐在门槛上吃面条了。看着儿子吃面条，我不禁吞了一口涎水。好在，我刚把涎水吞进喉咙，廖香也给我端来了一碗面条。

在我埋头吃面条时，廖香没折身进屋。她系上围裙，挽起衣袖，又坐到了柿子树下，接着洗上午没洗完的衣裳。那是我爹的一件褂子和我妈的一条裤子，还有他们各自的一双袜子。我爹我妈老了，不怎么讲卫生，衣裳穿不了几天就脏兮兮的。廖香偏偏又是一个爱清洁的人，看不惯衣裳上面有污垢，隔三岔五都要给我爹我妈洗一次。

摸着良心说，廖香除了把钱看得重，其实心肠并不坏，还特别勤劳，又聪明又能干。油菜坡的人都晓得，她是个刀子嘴豆腐心。每次给我爹我妈洗衣裳的时候，她嘴上免不了埋怨，但还是使劲地搓，使劲地揉，洗得干干净净。前段时间，儿子吵着要一个流行的双肩包，廖香舍不得买，却在他的旧书包上又缝了一条新带子，让他背着去上学。我天生一双汗脚，廖香虽然经常骂我脚臭，但一有空闲就给我做鞋垫，让我每天都有鞋垫换。她做鞋垫还绣花，梅花呀，桃花呀，牡丹花呀，都绣过。

高声没看廖香洗衣裳。他又仰头看那些柿子了，仍然用手扶着发套。发套上的毛又粗又硬，黑亮黑亮的，有点儿像杂交猪的脊毛。

廖香洗好衣裳站起来，正要转身去屋旁晾晒，高声突然激动地叫了一声，啊，多么迷人的奶柿子哟！他一边叫一边张开双手，仿佛要扑上去将柿子树抱进怀里。廖香一听高声说到柿子，两只脚马上停住不动了。她睁大双眼望着高声，满脸疑惑地问，柿子？难道你们演讲协会也收购柿子？高声说，我们协会不收购柿子，但我今天来你们这里，却与柿子有关。

高声没有一口气把话说完,像在故意卖关子。我和廖香都瞪大眼珠,竖直耳朵,等他往下说。停顿了好久,高声才对我们说出实情。原来,他还真是冲着我家这树柿子来的。更准确地说,是奶柿子。

市里有一个退居二线的老干部,被高声称作叶老。叶老现年七十三岁,虽然退下来了,但身上还挂了不少职务,比如市演讲协会名誉会长。会长虽说只是个名誉的,可瘦死的骆驼比马大,一切都是他说了算。叶老的母亲高寿,已经九十四岁了,却耳不聋眼不花,牙齿还能吃锅巴。老太太每天都要吃乡村的野生水果。据说,这是她的长生秘诀。在各种水果当中,老太太最喜欢吃柿子。但她嘴刁,从来不吃卵柿子,只吃红红的、鼓鼓的、软软的奶柿子。可是,今年奶柿子收成不好,市场上打着灯笼也买不到。这让老人家很不开心。叶老是个大孝子,为了让母亲吃到奶柿子,便四处打听,并愿意高价收购。高声说,他今天来这里,目的就是为叶老买奶柿子。

廖香听了兴奋异常,鼻头都红了,像是涂了一层红药水。她问高声,你咋晓得我们这里有奶柿子?高声说,老垭镇柿饼厂的人告诉我的。他们说,这方圆几十里,只有你们家有奶柿子。廖香连忙问,你打算一斤出多少钱?高声大手一挥说,只要能买到奶柿子,价格好说。廖香接着问,八块钱一斤,你要吗?高声说,别说八块,十块一斤我都要。廖香惊叫一声说,天啊,十块钱买一斤柿子,你不会是开玩笑吧?高声赌咒说,我开玩笑不是人。

高声显然不是开玩笑。我想,他跑这么远来买奶柿子,八成是买去送给叶老。他不是做梦都想夺演讲一等奖吗?肯定是想叶老在比赛时关照他。

廖香开始跟高声谈柿子的时候,我一直默默地呆在旁边,啥话也没说。后来,廖香越谈越来劲,我就忍不住泼了一瓢冷水。柿子价再高,你们也是白谈。我冷笑着说。高声一怔,问,此话怎讲?我说,这棵树太粗太高了,柿子摘不下来。高声一下子蒙了,半天无语。

沉默了好久,高声把目光落到我身上,愣愣地问,难道你不会爬树吗?我红着脸说,爬树倒是会,但这棵柿子树太粗太高了,我不敢爬。停了一下，我又补充说，假如我敢爬的话，这树顶上的柿子早就变成钱了。我话音未消，高声用嘴角笑了一下说，胆小鬼！我马上还嘴说，我是个胆小鬼，你可以爬上去嘛。他却说，我更不敢。我问，你怎么也不敢？他红着腮帮说，我长这么大，连桃树都没爬过。

廖香的情绪也一下子低落下来，仿佛一个鼓鼓的气球突然被针扎了一个洞。这时，高声把目光移到了廖香身上，将她从上到下认真打量了一番。打量之后，他无比惊喜地说，凭你这身材，肯定可以爬上柿子树。廖香说，爬上去倒是没问题，但我不能爬。高声奇怪地问，为什么？廖香迟疑了一下说，我们这地方，不许女人上树。高声大声追问，为什么？这是为什么？廖香不晓得怎么回答，猛然垂下头不说话了。我于是替她说，这是本地风俗。我话刚出口，高声手一甩说，荒唐！他显得很气愤，眉毛都竖起来了。我正打算再解释两句，高声又扩大音量说，现在是什么时代了？居然还歧视女性，真是岂有此理！

听了高声这番话，廖香马上把头抬起来了，目光炯炯地看着高声。高声快速朝廖香走近一步，用鼓动的口吻说，别管什么风俗了，赶快上树摘柿子吧。这树顶上的柿子，我都买了。廖香立刻又来了劲，颤着嗓门问，真的每斤十块吗？高声拍着胸说，君子一言，驷马难追。好！廖香先大叫了一声，随即扯下腰里的围裙往板凳上一扔说，我这就上树摘柿子。

我顿时慌了神，急忙劝阻说，廖香，你千万莫上树啊，当心别人说你伤风败俗。廖香却不理我，把我的话都当成耳边风。她麻利地找来一根棕绳和几个蛇皮口袋，胡乱地往腰间一缠，便撒腿朝柿子树跑了过去。

情急之下，我只好进屋去找我爹我妈，指望他们能阻止廖香上树。在我看来，对廖香来说，我爹我妈说话比我管用。

可是，廖香的动作太快了。我把我爹我妈从屋里找出来的时候，她已经爬上树顶，开始摘柿子了。这棵柿子树实在是高，我第一眼看到廖香时，竟然没认出来，还以为是一只松鼠。瞪大眼睛细瞧，我才发现那是我老婆。廖香的胆子真够大的，简直是胆大包天。她双脚叉开，分别踩在两个树杈里，左手抓住树枝，右手摘着柿子，一边摘一边往蛇皮口袋里放。她看上去没有丝毫的惊慌，压根儿不像身在半空。

我却吓坏了，冒了一身冷汗，生怕廖香一不留神从树上掉下来。我爹我妈吓得更厉害，浑身发抖，晃来晃去，仿佛在使劲地筛糠。儿子这时也跑过来了，一见他妈爬上了树顶，顿时惊叫道，妈，你不要命了吗？廖香听到了儿子的叫声，却没有当一回事。她勾下头看了儿子一眼，不慌不忙地说，儿子别怕，你妈命大呢。说完，她又忙着摘柿子去了。

高声一直站在柿子树下，仰着两眼，一眨不眨地看着树顶。当然，有一只手一刻也没离开他的发套。

大概过了二十分钟的样子，廖香摘下的柿子装满了一个蛇皮口袋。望着那袋鼓鼓囊囊的柿子，高声嘴巴都笑歪了。他一边笑一边跟廖香打招呼，让她把装满的口袋先放下来。其实，廖香早有准备。她从腰间扯开那根长长的棕绳，拴住蛇皮口袋，像一个打水的人朝吊井里放水桶一样，把那袋柿子放下来了。柿子刚一落地，高声就迫不及待地抓起一个，直接塞进了嘴里。好吃，又软又甜，真好吃！他边吃边说，还不停地咂嘴。

3

那天，我老婆廖香爬到树上摘柿子的时候，我们一家人始终没敢离开，都静静地守在树下，为她担惊受怕，提心吊胆。同时，我们也在心里默默为她祈祷，希望上天保佑她平安无事。

廖香在树上忙了一个多钟头，终于把树顶上的柿子摘光了，满满装了五个蛇皮口袋。直到这时，我才松了一口气，心想柿子已经摘光，廖香总该从树上下来了。我爹我妈，还有儿子，看上去也轻松了许多。

然而出人意料的是，廖香把五袋柿子全都吊到树下之后，却迟迟没从树上下来。她一动不动地站在树杈里，勾着头，眼睛向下，用痴呆的目光看着我们，好像在打量几个陌生人。我们都感到莫名其妙，以为她脑袋里出了毛病。我不禁有点儿焦急，大声叫道，老婆，你怎么啦？柿子都摘完了，赶快下来吧！廖香听见了我的喊声，眼睛动了动，还和我对视了一会儿。

但她没搭我的腔，也没有下来的意思。儿子也紧张起来，带着哭腔喊道，妈，快点下来呀，你不害怕我害怕呀！廖香认出了儿子，眼珠鼓了鼓，呆呆地看着他。但她没听儿子的，仍然站在树杈里，嘴上一声不响。后来，我爹我妈也心慌意乱了，同时仰起脖子，用乞求的声音说道，廖香，你抓紧下来好吗？我们家不能没有你啊！廖香听了浑身一颤，眼睛随即睁得又圆又大，久久地注视着我爹我妈。可是，她依旧没有说话，好像嘴上贴了封条。

不知不觉，廖香在树上又待了半个小时。高声这时看了看表，发现时间已经不早，也开始着急了。他放开嗓门问道，廖香，你怎么还不下来？这一回，廖香总算搭话了。她慢悠悠地说，我好不容易上一次树，想在树上多待一会儿。说完，廖香右脚向上一抬，左脚往后一蹲，居然又朝着树尖爬了几大步。

廖香离地面更远了，看上去越发像一只松鼠，离天倒是更近了，额头差不多挨到了云彩。天啊！我们拼命地叫了一声。

我的心一下子悬到了半空，两条腿不住地打哆嗦。我上气不接下气地说，老婆，你不要吓我呀，快下来吧！从明天起，我就出门打工去挣钱，免得你再为钱的事操心。以后，鞋垫我也自己赚钱买，再不让你熬夜为我做鞋垫了。我的话音未落，儿子陡然哭了起来，边哭边喊，妈，快下来呀！今后我保证听你的话，不再惹你生气，也不闹着买双肩包了。儿子的喊声还在空中回荡，我妈便仰天长叫道，廖香，快下来啊！你要是有个三长两短，我也不活了。从今往后，我和你爹的衣裳，都由我来洗，再不让你一个人受累了。

可是，不管我们怎么劝，廖香都不肯从树上下来。她看样子一点儿都不害怕，还慢条斯理地对我们说，你们别催我了，好吗？我几十年才上一回树，你们就让我在树上多待一会儿吧。听她这么说，我们都感到哭笑不得。

廖香接下来好半天没再说话。她瞪大双眼，高高地俯视着我们，目光明晃晃的，像两盏灯。

我爹虽然没怎么出声，但一直仰头看着树尖，脸色黑一块白一块，仿佛古装戏里的花脸。约莫又过了一刻钟，他突然把头放了下来，叹了一口长气，然后扭头进了屋里。进屋不久，我爹又出来了，怀里抱着一床棉絮。我好奇地问，爹，你把棉絮抱出来干啥？我爹没理我，大步朝柿子树走来，很快把棉絮打开，像铺床一样铺在了树下。直到这时，我才明白我爹的良苦用心，眼睛忍不住一酸，差点流出泪来。我爹虽说刚满七十，但头顶早就秃了，只好把周围的一圈头发留长，用它们把头顶盖住。他铺好棉絮直起腰来的时候，盖在头顶的长发都垂下来了，看上去像一把晒干的豇豆。

我妈是一个驼背，平时走路和做事都低着头，说话也不怎么抬头看人。但是，廖香上树之后，她却始终把头扬着，干瘦的脖子拉得又细又长，两颗深陷的眼珠从眼眶里凸出来，痴痴地看着树上。我妈那样子，显得非常吃力，不禁让我想起在电视上看见过的鸵鸟。

儿子越来越心神不宁了，两只手不停地晃动，一边抹泪一边抓耳挠腮，像一只发了疯的小狗。后来，他猛地张开双臂，抱住柿子树，接着就使劲往树上爬。可他手臂太短，压根儿抱不住树干，爬上去不到三尺高就滑下来了，一屁股摔在地上，好半天站不起来。

高声这时又看了一次表，仿佛急不可耐。他再次催道，廖香，太阳快落山了，你快点下来收柿子钱吧，我买了柿子还要赶回县城呢。廖香犹豫了一下，不紧不慢地说，请你再等等，我还想在树上多待一会儿。高声愣着眼睛问，柿子都摘光了，树上还有什么好待的？廖香突然放大声音说，你不晓得，我站在树上，看啥都和以前在地上看到的不一样呢。高声听了为之一震，眨了眨眼睛，口齿不灵地问，是吗？有什么不一样？廖香说，等我从树上下来告诉你。

廖香说完，突然把低垂的头抬上去了，同时转动了一下脖子，将目光投向了公牛岭那边的羊村。公牛岭真像一头高大威猛的公牛，雄踞在油菜坡西头，把那边的羊村挡得严严实实。如果不爬上这棵柿子树，廖香无论如何是看不见羊村的。她一看见羊村，就忍不住叫道，哈，我看见羊村了！她是这么叫的。叫声听起来十分欢快，有点儿像天上的流云。

又在树上足足待了十分钟，廖香终于从树上下来了。她的脚刚落到地面，我们一家人就赶紧围了上去，像迎接一个从天外来的客人。

儿子冲在最前头，一上去就抱住了廖香的一条褪，还把脸贴在了她的腿上。廖香急忙伸出一只手，轻轻地在儿子脸上抚摸，仿佛一头老牛用舌头舔着刚出生的牛犊。她接着又撒开五指，插进儿子的头发，像梳子一样梳了起来。梳着梳着，廖香情不自禁地闭了一会儿眼睛，显出很陶醉的样子。

我妈迈着碎步朝廖香走拢去，艰难地仰起头，用慈祥的目光久久地打量她，眼角闪着泪花。她发现廖香的脖子后面落了一片柿叶，马上伸手去摘，可手膀子太短，伸了好几下也挨不着柿叶。廖香赶忙蹲了下来，随即将脖子一歪，正好歪在我妈手边。我妈摘下柿叶后，廖香没让她扔掉，一把接过来放在眼前，看了好半天才扔。

我爹话少，只跟廖香匆匆打了一个照面，就收起铺在树下的棉絮，转身进了屋。进屋不到两分钟，我爹端着一杯热茶出来了。但他没有直接把茶杯递给廖香，而是先给了我，同时给了我一个眼神。我很快明白了我爹的意思，转手就把茶杯递到了廖香手里。廖香双手接过茶杯，当即喝了一大口。

高声最后走到了廖香身边，张嘴就问，你这柿子大概多少斤？我付了钱好赶路。廖香却说，不慌，高会长不是问我在树上有啥好看的吗？我还没跟你说呢。高声愣了一下说，哦，那你快跟我说吧。廖香没有立刻说，又瞪大眼睛，把我们一家人挨个看了一遍，然后才开口说话。廖香对高声说，爬上这棵柿子树之前，她从来没有认真地看过我们家里的人。直到今天爬到树上，她才看清楚这一家人真实的样子。

廖香首先说到了我爹。原来，她压根儿不晓得我爹的头顶秃得那么厉害，更不晓得他为人这么善良，这么细致，这么吃苦耐劳。她说，当我爹抱出一床棉絮铺到树下的时候，泪水一下子就涌出了她的眼眶。接下来，廖香说到了我妈。原来，她只知道我妈是个驼背，但不知道她的一举一动是那样吃力，那样费劲，那样可怜。她说，在我妈仰头劝她下树的那一刻，她的整个心都软了，如同一团棉花。紧接着，廖香又说到了儿子。原来，她一直认为儿子不听话，只会调皮捣蛋，没想到他还是挺懂事的。她说，听见儿子在柿下对着树顶放声大哭时,她的心顿时好疼好疼,像是被虫子咬了一样。廖香最后还说到了我。原来,她总觉得我这个人缺肝少肺,薄情寡义,没把她放到心上,现在才发觉我其实还是很在乎她的。她说,看见我在树下急得像猴子一样团团转,她心头不由猛地一热,还想到了"一日夫妻百日恩"这句俗话。

听廖香说到这里,高声突发感慨说,看来,你今天上树收获不少啊,不仅摘到了柿子,还增强了亲情。廖香补充说,我还看见了羊村呢。高声问,羊村怎么啦?廖香说,羊村从前比油菜坡还穷,现在却富了,到处都是楼房,车路也通了,我看见有轿车在村里跑来跑去。高声问,你今天才发现吗?廖香说,是的,羊村以前被公牛岭挡住了,在地上根本看不见,我今天爬到树上才看到。高声沉吟了一会儿说,有意思!

太阳快下山的时候,高声按每袋柿子一百斤给廖香付了钱,一共五千块。从高声手中接钱时,廖香颤抖着双手说,天哪,好多钱啊!她本想退一些给高声,但高声没要。

高声付钱后,立即把五袋柿子装进了轿车的后备厢。他说,他有可能会连夜赶到市里去,想早点把五袋红彤彤的奶柿子送给叶老,顺便再打听一下演讲比赛的消息。高声一边说,一边用手扶着发套,小心翼翼地进入车门,然后就急匆匆地把车开走了,车后扬起一路土灰。

4

我老婆廖香自从上树以后,完全变了一个人。在我爹我妈面前,她变成一个好儿媳;在儿子面前,她变成一个好母亲;在我面前,她变成一个好老婆。说句心里话,我真要感谢高声,感谢他那天怂恿廖香上树。

上树的第二天早晨,廖香天不亮就起了床。以前,她可不是这样,每天都要睡到日出才肯起来。廖香这天这么早起床,是为了给我爹我妈洗被子。时令进入深秋,气温陡然下降,我爹我妈晚上怕冷,便换上了一床厚被子。换下来的那床薄被子早已睡脏,可换下来后一直没有及时洗,像一堆垃圾被扔在墙角。我没料到，廖香这天会突然想起它。我早晨六点半钟从床上起来时，廖香已经把被子搓好了，正在水池里清洗。她脱掉夹袄，卷起衣袖，累得满头是汗。我爹我妈这时也起床了，看见廖香在为他们洗被子都很感动，连忙走上去，想给她搭把手。但廖香没让，手一伸拦住了他们，诚恳地说，你们都老了，婆婆身体又不好，快去一边歇着吧。我爹我妈听廖香这么说，心里高兴得像喝了蜂蜜。

吃过早饭，廖香换了一身打扮，说要去一趟老垭镇。我问她去镇上做啥，她说先保密，等她回来我就晓得了。油菜坡有开往镇上的面包车，每小时一趟。廖香是坐上午九点钟的面包车去的，不到十一点就回来了。当时，我在房子东头维修烤烟炉，我爹我妈在后门外猪圈里给猪添食，儿子正在堂屋里埋头写作业。刚踏上门口的场子，廖香就扯着嗓门儿喊道，儿子，你快点儿出来！声音洪亮，好像喜鹊在叫。儿子听到喊声，推开作业本，飞快地跑到了门口。原来，廖香是专门到镇上给儿子买双肩包去了。等我随后跑到门口时，儿子已把双肩包背在了身上，脸上堆满了笑，宛若一盘向日葵。

这天午饭过后，我接着维修烤烟炉。长时间没有烤烟了，炉壁上出现了很多裂缝，必须趁早用水泥浆把缝隙糊上。廖香收好碗筷也来到了炉边，问我要不要她帮忙提水泥浆，我说不需要。她说那她就去忙别的事了，边说边转身回了屋。过了片刻，廖香又出来了，手里拿着一双还没做好的鞋垫，正在往上面绣花。她这次绣的是玫瑰花，非常鲜艳。我故意打趣问，这么漂亮的一双鞋垫，是给谁做的呀？廖香怪笑一下说，给我相好做的。

我们正说笑着，大门口突然传来了一串汽车的喇叭声。廖香一听喇叭响，马上就往大门口跑去。出于好奇，我也扔下水泥桶，跟她去了大门口。

在大门口的柿子树下，停了一辆红壳子轿车，看上去十分眼熟，觉得像高声的那一辆。我正这么琢磨着，高升用手扶着发套从车门里出来了。嘀，是高会长啊！廖香大声叫道，显出很激动的样子。我没有和高声打招呼，心里有点儿奇怪，不晓得他为啥又来了。不过，我还是客气地对他点了一下头，并给他搬来了一把椅子，放在他的身边。

高声却没有坐椅子。他背靠车门站着,似乎没打算在这里久留。廖香进屋泡来了一杯茶,一边递给高声一边问,奶柿子送给叶老了吗?高声说,送了,昨天连夜就送到了叶老家里。叶老的母亲一口气吃了六个,不住地说好吃。叶老高兴坏了,还回赠了我一块普洱茶砖。廖香说,叶老高兴就好。我这时插嘴说,只要姓叶的高兴,你的演讲协会夺一等奖就十拿九稳了。开始,我以为我这句话会说到高声的心坎儿上去,没想到他一听脸色猛然变了,仿佛晴天变成阴天。

廖香很快看出了高声的变化,低声问道,高会长,遇到什么麻烦了吗?高声张了张嘴,没有出声。沉默了好一会儿,他才皱着眉头对廖香说,演讲比赛这件事,的确遇到了一点麻烦。今天,正是因为这件事,我才再次来到这里,希望得到你的帮助。廖香问,遇到什么麻烦了?高声说,据叶老讲,市里的演讲比赛提前了,时间就定在后天下午。我们原先准备了几个选题,可叶老认为没有竞争力,很难冲一等奖。廖香连忙问,那可怎么办?高声说,叶老建议我们赶紧换一个更有竞争力的选题。廖香眨巴着眼睛问,选题是啥?高声想了想说,选题就是故事。叶老的意思是,让我们换一个更好的故事。

这时,我又忍不住插嘴问,高会长,时间这么紧,你能找到更好的故事吗?高声犹豫了一下,猛地拧过脖子,凝视着廖香说,好故事倒是有一个,就是不知道廖香愿不愿意帮忙。廖香大吃一惊,用手指着自己的鼻尖问,我?我一个农村妇女,能帮啥忙?高声扩大嗓门说,我想请你代表我们县演讲协会去市里登台演讲,就讲你昨天上树的故事。廖香听了更加吃惊,几乎目瞪口呆了。我也吃了一惊,顿时成了哑巴,什么话也说不出来了。

高声却越来越起劲,显得信心十足。他眉飞色舞地说,上树的故事实在是太好了!廖香红着脸问,有啥好?高声打着手势说,你看,爬到树上以后,你看到的事物与之前在树下看到了相比,完全不同,比如你公公婆婆,你儿子,还有你丈夫。更有意义的是,一到树上,你的目光就越过了公牛岭,看到了乡村振兴给羊村带来的巨变,多么好的一个故事啊!廖香听到这里,眼睛忽然亮了一下,然后略带羞涩地说,真有这么好吗?高声点点头说,是的。叶老也说这个故事好。老爷子还说,只要你愿意上台去讲,一等奖大有希望。

廖香感到有点儿不好意思,脸一直红到了耳根。她急忙把头勾下去了,眼睛盯着自己的两只手。两只手交叉着端在怀里,左手扯右手上的指头,右手扯左手上的指头。指头也是红的,好像上了一层油彩。

过了一会儿,高声看了看表,神情严肃地问,廖香,你愿意帮我这个忙吗?廖香慢慢地抬起头,没说话,双眼直溜溜地看着我,显然是在征求我的意见。可是,我一时半会却难以表态,不知道如何才好。高声见我犹豫不决,突然承诺说,如果获了一等奖,奖金至少分给廖香一半;另外,从借用之日算起,到比赛结束回家为止,每天给她补助三百。高声刚把话说完,廖香就兴奋地叫道,哇!我听得出来,廖香已经动心了。到了这个时候,我也不好再拿主张,只好答应高声的要求,让廖香去市里参加演讲比赛。

廖香这天走得很急,几乎是说走就走了。她本来打算陪我们一家人吃过晚饭再出门的,但高声没同意。高声说时间太紧了,到了县城,还要连夜为廖香写演讲稿,让她先背下来,接着再反复排练,从声音到表情再到动作,每一个环节都必须设计好。廖香苦笑着说,时间再紧,我总得找几件衣裳带着吧?高声甩着手说,衣裳不必带,差什么,都到县城去买,县城买不到就到市里去买。他还说,演讲的服装需要精心挑选,对演讲者,从头到脚都要进行全新包装。高声说完,一把拉开了后排的一扇车门,催廖香快点上车。当时,廖香已经身不由己。她依依不舍地看了我们一眼,然后便上了高声那辆红壳子轿车。

好在,廖香这次出门时间不长,前后加起来只有四天。第四天的下午,高声用他的红壳子轿车把她送回了家。

廖香从车上下来的时候,怀里抱了一束鲜花。一看见这束花,我就晓得她演讲成功了。不过,我的目光没在花上停留,很快被廖香的穿着打扮吸引住了。她穿了一件橘红色的风衣,围了一条火红的围巾,还戴了一顶绒线帽。帽子也是红颜色的,让人想到被霜染红的柿子。看到廖香的第一眼,我差点儿没认出来。直到儿子从屋里跑出来大声喊妈，我才确信站在眼前的这个女人是我的老婆。听到儿子的叫声，我爹我妈也从屋里出来了。他们和我一样，也觉得廖香有点儿陌生，眼珠卡在眼眶里半天不动。

高声停好车也下来了。他换了一个发套，发套上的毛更黑更长，看上去像电视上经常出现的导演。高声一下车就给我们报告喜讯，说廖香的演讲轰动了全市，并且夺得了一等奖的第一名。他还说，这次一等奖的奖金果然提高了，每人一万五，廖香当场就分到了七千五百块。我们一家人听了都高兴不已，还抑制不住地鼓起了掌。掌声过后，廖香突然从包里掏出了一个大红的本子，笑容满面地对我们说，这是获奖证书，叶老亲自给我颁发的。

我们一家人正在欣赏廖香的奖证，高声又给我们透露了一个消息。他说，一个星期之后，廖香还要去省里参加演讲比赛，仍然讲她上树的故事。如果在省里拿了一等奖，奖金至少三万，而且还发一个金杯。说到这里，高声扭头问廖香，你有信心吗？廖香使劲地点了头说，有！高声对廖香的回答十分满意，一边说好，一边竖了个大拇指。

那天返城之前，临上车的时候，高声叮嘱廖香说，接下来就不要做其他事情了，应该一门心思为省里的演讲做准备。他还说，他过两天就来接廖香。

5

两天之后，高声真的又开着红壳子轿车来到了我家门口，一来就把我老婆廖香接走了。扫兴的是，廖香再回家的时候，高声却没有开车送她。她是自己掏钱坐班车回来的。因为，廖香去省里参加演讲比赛没能获奖。

廖香从省里回来，像患上了什么大病。她吃不下，睡不着，人也瘦了，颧骨一天比一天凸得高，脸上看不到一点血色。她也不怎么说话，成天闷闷不乐，默默无语。我们找她说话，她总是不理不睬，经常装作没听见。不过，在身边没有人的时候，她偶尔会自言自语。有几次，我在隔壁房里听见她说，明年还要去省里参加演讲比赛。她说得断断续续，有点儿像说梦话。看见廖香变成这么一个神神叨叨的样子，我心里非常难过，却又束手无策。

更让人难以接受的是，廖香从省城回来后就再没有做过家务活。我爹我妈脱下来的脏衣裳，在墙角那里一堆几天，她走过去走过来看都不看一眼。后来，我妈只好把她的驼背两头躬到一头自己动手，搓好了再让我爹去清洗晾晒。儿子在放学路上疯跑，一不小心被长刺的荆棘拉断了双肩包的一条背带。他央求廖香帮他缝上，但她一直没理。我的脚到了冬天还照样出汗，可鞋垫已经不够换了。床头柜上本来有一双做了一半的鞋垫，廖香却没心思把它继续做完……我渐渐感觉到，廖香虽说每天和我们生活在一起，但她好像把我们都当成了住在同一个屋檐下的陌生人。我感到很不是滋味，常常想哭，却欲哭无泪。

时光一晃到了冬月，天气越来越冷了，廖香的情况也越来越糟糕。冬月上旬的一个晚上，油菜坡刮了一夜大风。风声惊天动地，像一群饿狼在村里吼叫。就在这个刮风的寒夜，廖香突然失踪了。

廖香是半夜不知去向的。她开门出去的时候，我在半睡半醒中听到了响声，但没有在意，以为她去上厕所了。可她出门后差不多一个小时没有进屋，我这才觉得事情不妙，于是赶紧出门去找，一边喊一边找。但是，我喊破了嗓子也没听到她的回音，找遍了屋前屋后也没见到她的影子。后来，我爹我妈，还有儿子，都从睡梦中惊醒了，分头去找廖香。我们找了猪圈，找了烤烟炉，还找了种菜的大棚，却连她的头发都没找到一根。我还打了廖香娘家的电话，结果她娘家的人也说没看见。最后，我走投无路，只好拨了高声的手机，希望从他那儿得到一点线索。还好，手机一拨就通了。听到廖香失踪的消息，高声好半天没有说话。大概过了三分钟，他猛然产生了一个猜想。高声说，廖香不会又上树了吧？

高声的猜想让我脑洞大开。我马上跑到了柿子树下，打开手电筒，高高举起，往树上一照，果然看见了我老婆廖香。

（原载《作家》2021 年 8 月号）

作者简介：

晓苏，华中师范大学文学院教授，博士生导师。中国作家协会会员，一级作家。湖北省作家协会副主席。湖北省人民政府参事。先后在《人民文学》《收获》《作家》《钟山》《花城》《天涯》《十月》《北京文学》《中国作家》《上海文学》等发表小说500余万字。曾获湖北省"文艺明星"奖、蒲松龄全国短篇小说奖、林斤澜短篇小说奖、百花文学奖、汪曾祺文学奖、湖北文学奖、《北京文学》奖、屈原文艺奖、《长江文艺》双年奖、《作家》金短篇小说奖等。

事逢二月二十八日

朱 辉

1

时值正午,阳光灿烂,有风。东边房间的门开了,又重重地关上,一串清脆的足音,由近而远,款款而去。谛听中,足音的节奏变了,这是她在下楼梯,细巧的高跟鞋踩出舒缓的顿挫,听不见了。李恒全走近窗户,轻轻地把窗户推开,他看见那女人窈窕着身子,沿着楼前的小路渐渐远去了。

2月份,即使是正午风也还凛冽,像挟了针。他关上窗,躺到了床上。她这是去上班,每天都是这个时间离开,后半夜才回来。他的眼前,晃动着她的影子。她是做什么的,他并不明确,但他住到这里已个把月,了解她的生活规律。她过年后就回来了,只拖着个小拖箱,他知道是老住客。他起身,拉开了自己的门,门外立即飘来了一丝香气。四顾张望,楼道顶头的窗户明晃晃的,破了玻璃的地方露着蓝天;地上亮得像是蒙尘的镜子。没有人。一只老鼠窜到走道中间,停住了,歪歪头,嗖地没影子了。

这楼里只有香气是新鲜的，其余一切都破败陈旧。这是一栋老楼，所有的房间都朝南，门前是一条走廊，连接着盘旋的楼梯。走道的水泥地不知被多少人蹭了多少年，粗糙坑洼，只靠墙的地方还留有原来的地漆。墙大致还是白的，以白为主，墙皮脱落处是灰黑的，还遍布着更多奇形怪状的痕迹，鞋印当然一眼就能看出，可位置高得很奇怪；还有很多圆斑，顶上都有，李恒全上学不多，刚来时想了半天也没明白这是什么印子，直到他发现一只瘪气的篮球。它落在墙内的一个玻璃柜里。玻璃破了个洞，但还能看出"消防"两个字。

他喜欢眼前的香味。他似乎能看见香味，与阳光混合了，金粉一样弥漫。他深吸一口气，返身进房，从墙角的柜子底部拿出几样东西，拢在袖子里。

自己的门虚掩着，并不关上，他习惯性地给自己留好后路。女人的房间在他东边，隔一间空房。他步态正常地过去，贴近门。他看准了门锁，直起身子，双手配合着动作。没有声音，走道里没有声音，只有他的手能感觉到声音。吧嗒一颤，门开了。

他侧耳听一下，猫腰走了进去。他当然要轻手轻脚，却突然想起了什么，笑一下，坦然直起了身子。眼前的格局与他的那一间类似，一张床，一个立柜，一个桌子，但女人把桌子变成了梳妆台，一面镜子倚墙立着，前面随手摆着不少化妆品。大楼外风声呼啸，他看见这里的窗户下面，有一片水渍，跟他那里一样有点漏水，还有点漏风。

这是女人的住处，是她的房间。香味幽幽，奇怪的是，这源头的香味并没有走廊里浓。他这是第二次进来。他立即注意到，这里有了一些变化，窗户和门之间拉着的一根绳子，上次绳子上挂满了衣服，这次是空的。他拿眼一扫，看见那些衣服都已收在床上，还没有叠。衣服散乱着，红的、白的、淡黄的，还有一些难以形容的颜色，如半床的乱花。一只丝袜黑蛇般蜷曲着，另一只从衣服底下露着头。他忍不住要把它拽出来，手伸出去，又缩了回来。

他使劲地吸着房间的味道。上个月十五号，他呼吸到了久违的自由空气，在这里，他再一次嗅到了美好的人间气息。他的心脏狂跳，脸色绯红。如果可以，他真想把这些衣服叠好。曾经，他无数次钻到别人家里，带走一些东西，他不把别人家搞乱，只是为了不让别人发现，或者说晚一点发现。现在不同了，他可不想再回到那个肃杀的号子里。他绝不会再带走别人家一件东西。他一进门就看见了床头的钱包，小巧可爱，镶着玻璃钻，鼓鼓囊囊的，他习惯性地拉开，不少钱；立即又拉上了，摆回原处。钱包就在枕头边，枕头上垫着花枕巾，中间有脑袋留下的印痕。他终于没忍住，脑袋对着枕上的凹痕，躺了下来。

很香。他的手不听话，摸向那堆衣服。他闭着眼，手划拉过去。丝绸的滑爽，针织的粗粝。他的脸更红了，热烘烘的，像被人抽过。他腾地起身，走向了那张桌子。

瓶子，管子，小镊子，李恒全不太懂这些。女人好复杂。他能认出的只有口红，有好几管。忽然想起了什么似的，他右手伸进了自己的衣兜。就在这时，大风又加了一把劲，尖利的呼啸中，走廊里传来砰的一声。他被枪打中了似的一颤。他飞步跑出去，呆住了：他的门，被风吸上了。推不开了。

他一时有点发蒙。怎么办？当然，他立即就想起了自己的专长，这对他来说不是问题。曾经那么多的门，只要他看中了，差不多都不是问题。工具是现成的，就在裤兜里。现在的问题是，他还从来没有面对过这种情况，就是说，他要用技术打开的，是自己的门。他晃晃脑袋，摆脱了暂时的恍惚。手伸进裤兜时，他触到了一个东西，他一愣，快步跑回了她的房间，走到"梳妆台"那里，把兜里的东西摆了上去。那是一管口红。每次见到她，她的嘴唇都油光锃亮，红里发黑，他觉得这不够好看，老气。应该红一点，但不要黑。

他知道他还会再进来。这个地方让他留恋。他有点舍不得走，把桌上的几管口红都旋开了，一个个在自己的左手背上划一下，一排颜色。他认出了她最常用的那个，毫无疑问，自己带来的口红最好看。他恨不得当面告诉她。

当然不能。他那么多次看见她，从来不敢开口。也曾点头打过招呼，还冲她笑笑，可是她戴着墨镜，面无表情，也没搭理过他。他眼前总是浮现着她的墨镜，发黑的口红和她婀娜的身姿，这些是她的概括，通通被她的气味笼罩。

他仔细地关上她的门，回去，轻易地把自己的锁打开了。这栋楼所有的锁都差不多，A级锁，最容易打开的那种。他只需要不到十秒。上个月的那一天，在等待高大的铁门打开的那一刹那，他狠狠地在心里说：李恒全，你决不能再干了！永远不要再进来！他确实做到了。在进入她的房间前，他犹豫，挣扎，但制备一套工具对他来说太简单了，稀里糊涂地就去弄齐了。事实是，他确实没有拿她的钱，还用口红对她提了一个隐秘的建议。他管住了自己的手，准确地说，他只是管住了自己手的某一类动作，却没有全管住。不偷窃，却送礼，想到这个，李恒全咧嘴笑了起来。

以他的技术，这城市一半以上的锁，他可以视若无物。一切房子，无论它们多么规整呆板，或是曲折复杂，在他眼里，都只看见锁：无数的锁，一行行，一列列，凌空悬置。他那时的目标，就是要挑出最容易开、最值得开的那一把。现在这栋楼，地处城郊，周边拥挤简陋，住着各式各样的人。租金很低，都是些身份不明的男人女人，跟他也差不多。他能看出身份的，就是几个大学生，还有几个人大概干着他熟悉的营生。他不说破，也不搭理。既然已经洗手，那就不再沾惹。

2

李恒全出门时太阳已经偏西。他把那套家什摆到柜子底，上了街，匆匆而行。他其实没有目的地，没有家等着他回去，也没有锁等待他搞开。他从前上街，搜索，踩点，都是碰碰运气。现在他还是碰运气，不同的是，他希望的运气是一份工作。

工作不好找。除了开锁以及相关活动，他别无专长。他身子骨本来就不算强，精瘦，在号子里待了两年，早晨六点半吹哨起床，七点出工；晚上五点半收工，八点半锁门收封，十点睡觉。作息规律，三餐有时，倒长胖了些，不过干重活还是不行，吃不消。出来后，除了过年那几天猫在屋里，他一直留意着工作，但高不成低不就，左不行右也不成，他心里揣着朦胧的希望，在街上瞎逛，至少，自己觉得是在努力，突然，他眼前一亮，心里说：怎么这么笨呢，这不现成的吗？

一个小摊子，架子上挂着无数钥匙，一个招牌，上书"专业开锁"。不少街上都有这样的摊子，开锁的业务也肯定不少，因为并不是所有人都身怀绝技。那个专业开锁的汉子三十刚过就谢了顶，这会儿正在给人配钥匙。他把待配的钥匙和一个钥匙坯分别夹在台钳的两端，手一摁电门，两把钥匙同步动作，火花四溅，转眼间，钥匙就配好了。他迎着阳光瞄瞄，拿锉刀修修，说：好了。来配钥匙的是个少妇，她说：你要保用呀，不行还来找你。她掏出十块钱，接过钥匙走了。

他忍不住多看了那少妇一眼，又看看自己手背上的几道口红印子。这女的显然没有东边房间的那个女的好看，不过她的口红倒不黑。片刻就挣十块，不慢，而且可以光明正大地挂牌子。这老兄配钥匙要用电动工具，谈不上技术含量，不知他开锁是个什么架势。这老兄的头顶在夕阳下亮晃晃的。李恒全脸上不禁漾出笑来。配钥匙的老兄问：你什么事？

他一怔。他刚才想的是：是不是每配一把钥匙，这人就会掉一根头发呢？立即换了请教的笑，说：我没事。我看看的。你手艺不错啊。

那人嗯了一声，看着他。

是这样的，我看你这营生不错，也想摆个摊子。来学习学习。

配钥匙的说：摆呗。就摆我边上，这儿还有个空。

他连忙摆手说：不不，不在这。你放心，不抢生意的。我懂规矩。

你懂规矩？配钥匙的手一指钥匙架上的招牌：这你就不懂了吧？配钥匙开锁是特种行业，要到公安局挂号的——"的"字拖得老长，有一种注册登记的自豪。果然那招牌上有一行小字"开锁登记第×号"。配钥匙的补一句：我们开锁，都是公安派下的任务，接私活是犯法的。

李恒全被噎得说不出话。他拿起一把钥匙，朝眼前一举，看看，扔下；

又捏起一把钥匙坯,拿起锉刀直接开锉。他闭着眼,头扭向一边,盲锉。那配钥匙的眼看着他把钥匙往台子上一扔,走了。两把钥匙并起来,分毫不差。配钥匙的目瞪口呆。

事实上,他可没敢显摆。这是他的想象,解气。他笑笑,摆摆手就走了。就他这个身份,才出来,又去公安局挂号?他有这个技术,可这技术有案底。他信得过自己,但别人信得过他吗?他早已决意不再碰这块记忆,但他有艺在身,管得住手,这回却没管住腿,讨了个没趣。惯性太大了。

也不全是惯性。如果刚才来配钥匙的不是个女人,他可能就不会停在摊子前。他又抬手看了看手背上的口红印。印子基本已经看不见了,但那个黑口红的女人,仍在他脑海中晃动。

他初中时的那个女同学,声音细细的,身条也细长,但胸前已有了起伏。她头发有点发黄,自来卷,这一点与那个黑口红黄头发的女人有一点相似。他早已离开了她的生活,当然知道这两个女人没有一点关系,但他很想有机会跟她搭话。但要说什么,他不知道。她很有规律,下午出去,半夜回来,不知道她在外的这大半天,具体做什么。可这是不能问的,你问了,人家要是反问:你做什么的?他一个才放出来的人,只能扯谎。这天半夜,她回来了,脚步声有点杂乱。他人在床上躺着,耳朵却在走道里。有轻轻的说话声,两个人,另一个也是女的。他松了一口气。两个女人在房间里弄出不少动静,间或还咯咯地笑。第二天一早,东边的门里有响动。他飞快地打开门,走了出去。

黑口红的女人在关门,边上站着一个胖胖的女子。他大方地说:你好。黑口红的女人扭头朝他看看,墨镜晃闪一下。胖女人向他咧嘴笑笑。他立即看见,她的嘴唇红艳艳的,显然,他摆在梳妆台上的口红被用了。用在了一个外人的嘴上。他顿时瞪大眼睛呆在那里。转眼间她们已经走了。

他有点难过。她发现多了一只口红,就没有起疑心吗?可以想见,那胖女人一定狠狠地用过口红,像啃火腿肠那样;可以肯定,他的口红这会儿已经被胖女人摆在包里了。

李恒全忍不住想到她的房间去。他想验证一下,他摆的那只口红,还在不在。但他犹豫了，柜子底的家什已经拿在手上，不超过十秒他就可以进去。他想了一会儿，把家什又丢了回去。

兔子不吃窝边草，这句话，上点段位的人都知道；瓦罐不离井上破，常在河边走哪能不湿鞋，这里面更有切身的教训。站在她门前的那一会儿，恍惚中他面前的门，就是号子的门。这两个相伴出门的女人，说不定什么时候就会突然回来。

他确信自己那天没有进去。但他万万没想到，女人失窃了。门被撬了，乍一看完好无损，但他眼一扫就知道，是怎么开的。那是中午，女人出门前才发现少了东西。她把楼下的门卫喊来，自己站在一边抽泣。她说，钱丢了，首饰也没了。她倒老实，自己说首饰不值钱，但是钱有三千多块哩。

门卫能干啥，他连疏于看门的责任都赖得精光。他指着完好的门锁说：你看，哪儿有人进来过？也就你自己说。女人哭出了声，她实在是太委屈了。她争辩着取下了自己的墨镜，这是第一次不戴墨镜，她泪眼婆娑，并没有朝他这里看一眼。

那门卫挺胸凸肚，穿着制服，胸前还有"特勤"两个字。他很精明，完好的门是他推卸责任的有力帮手。女人一迭声地强调她真的丢了东西。门卫打开手电筒，东照照，西扫扫，最后又把光圈对准了门锁。大白天的，这手电筒无疑只是个道具。李恒全看不下去，突然说：这门确实被开过。他声音很大，爆破音似的，自己都吓了一跳。门卫皱眉看着他，说，你怎么知道？你有什么证据？李恒全还是没管住自己的嘴：不撬锁就不能开了？门卫往前走几步，盯着他说：哟嗬，和平进入，你懂得还挺多啊，我看你是个行家！他目光如炬。李恒全慌了，他结结巴巴地说：你盯着我干啥？我看人家一定是真的丢了东西。

有人帮腔，女人马上说你们不管，我就报警。门卫说：你以为警察吃饱了撑的要消食？你说丢了钱都要上门？你报呗。他一脸的满不在乎。李恒全顿时紧张起来，他比门卫更不愿意警察过来。他走到门边上，装模作样地打量一番，对女人说：门还真是好好的。是不是你记错了，还是摆在别的什么地方了？

女人真是个没主见的。李恒全的话立即起了作用，她嘟嘟哝哝着在自己房间里翻找起来。门卫对李恒全很满意，点点头就挺着肚子走了。

李恒全心里不好受。说什么都显得心虚。悄悄走了。他那身形步态，像猫一样无声，像老鼠一样警觉，与他当年做事得手后撤离，十分相似。

3

这楼里有很多老鼠。他厌恶老鼠。曾经，他也是一只老鼠，老鼠当然一眼就能认出同类。那门卫下楼后，三个年轻人从那头的房间出来了，他们脚步轻松，有个还吹了一声口哨。李恒全狠狠瞪了那边一眼，不等对面的眼光射过来，就转身进了自己房间。这几个小子的身份，他有九成把握，女人失窃八成也与他们有关。如果他们对她劫财劫色，哪怕他们拿着刀，他都不会装怂。但他们只是偷窃。一只老鼠指认另几只老鼠，其结果可能是一起被拍死。此后三天，他强忍住，没有再进女人的房间。女人的那个胖女伴没有再来过，她依旧独来独往。他突然想，说不定是那胖女人顺手牵羊呢？她可能也想到了这个，或许，她们已经吵翻了。这么一想，情况复杂了，他没有挺身而出指认偷窃者的内疚也减轻了。

那几天风雨交加。走道被鞋子们带了水，亮汪汪的。女人的行踪略有些不规律，有两天一大早就出门了；回来得也晚，有一天她居然第二天早晨才回来。这是不对的，女人这样不好。没有人管她，李恒全没资格管。他在走道上遇到女人，女人香味依旧，但混合了酒气。依然戴着墨镜，他看不见她眼睛的表情，但她朝他点了点头。这算是打招呼了。李恒全有点激动。无数的话往外涌，被他用嘴唇封住了。

他听见过她说话，有点口音，但肯定不是老乡。他不由又想起了初中时的女同学。他们那里结婚是要彩礼的，初中时他就盘点过，他出不起。等他手上的钱时多时少潮涨潮落，他却明白自己已经失去了娶她的资格。东边的女人身材妖娆，个子也高些，他无端觉得她们有一种相似。也许，只是她们的下巴都有点尖。

还有一个好。不论她是做什么的，却从来没有带男人来过。这真的好，不容易。她的房间是进过男人的，但她不知道。

风雨如晦，阴沉湿冷。风被大楼的尖角撕得呻吟，像报复似的，把雨水朝窗户里灌。雨一下，李恒全的窗户就开始渗水。雨稍一歇，他去街上买来了老粉和刮刀，调了胶，把窗户堵上了。他很细心，因为不是熟手又加了耐心，一寸一寸补好，批平。

剩下的腻子暂时没有扔掉，摆在墙角。他的眼前浮现出她的房间，那个窗户比他这边漏得还要厉害。他在床上躺了一会儿，侧耳听听，轻轻打开了自己的门。

他再一次进入了她的房间。

这是第三次，他记得很清楚。一进去就觉得暖和，暖和得不正常。他看见她的床前摆着一台取暖器，居然还是开着的！他吓了一跳，仿佛是自己的大意。他跑过去把取暖器关掉，摸摸床上的被褥，热，有点烫手。这东西也许一直没事，但说不定什么时候就会出事，出大事。他惊魂甫定，一时间竟忘了他为什么来。四处看看，窗户那里果然漏水，但情况倒比预料的要好一点。他愿意给他补墙，但不能当面跟她提。她如果反问：你怎么知道我这里漏水的？他跳进黄河也洗不清了。

房间里有点乱，比以前乱。香气和酒气带着热量弥漫着，简直把能见度都降低了。晦暗中，闻到的是她的鼻息。他想到了那只口红，但此刻已经没了兴趣。窗户漏下来的水汪在地上，像是小孩调皮撒的一泡尿。床上很凌乱，好女人不该这样的，但乱糟糟的被子和衣物，更家常了。他立即面红耳热，站在床前，身体直挺挺地倒了下去。这简直有点调皮，是她的床令他迷醉。他深深地呼吸，紧紧抱着她的被子，很暖和，超过了她的体温。枕头边有一只胸罩，他拿起来亲亲，抚摸着。

一时间他有些恍惚。心狂跳，手开始动作。半晌，他轻轻哼了一声，紧绷的身体断弦般松了下来。他腾地起身，看着自己的手上的胸罩，心跳难抑。

他闯祸了。他无数次进过别人的家，但像今天这样，还是第一次。这个房间注定要发生他的很多第一次。送口红也算是一次，后面说不定还会有。刚刚，躺在她床上，还没看到她胸罩的时候，他还想着或许有一天，他可以鼓起勇气说要帮她补窗户；如果她推辞，话又不太狠，他就以玩笑的口吻请她索性住到自己不漏水的那间去。现在，他觉得自己很脏。

这胸罩怎么办？正想着，一串巨大的声音鞭炮般炸响。他身上，手机。他吓坏了。这是一个疏忽，正因为他现在的目的与从前决然不同，他才轻忽了这个细节。以前他们的手机绝对是静音的。他像是被打了一梭子，身体洞穿。他飞快地蹿了出去。

他疾如闪电。在铃声的短暂间隙中，他已跑进了自己的房门。电话是老西打来的，他刚要接，又把手机扔下，他想起，女人的门还没有关！

手机还在响，催命似的。他的床上，那只胸罩被他带过来了，他飞快地塞在被子底下。他拿起床上的手机接通，立即又扔在床上。他接通只是为了让它不再响铃。他出门探头看看，跑过去，把她的门关上了。他拿起手机嗯嗯地听着，手随着心脏颤动。老西是当年的大哥，是他把李恒全带入了行。他那时只会翻人家门前的地垫，翻到钥匙就试着开，是老西教给他全套手艺。他感谢过老西，也恨过，现在不想再搭理。反正，他出来后从不主动联系。神通广大的老西在他一出来时就找到了他，给他钱，老西说：这是你应得的，你没有乱咬。但李恒全只肯要一半，似乎全拿了，就意味着要全盘接受老西的安排。他说我想找个工作，正式的，你能帮就帮。老西来过几次电话，前几次都是劝他跟着干，这次不同了，真的有个工作。老西说：保安，你干不干？

李恒全愣了一下。他有点心不在焉。老西在那边嘻嘻怪笑起来，嘎嘎嘎，像个鹅。他这一笑，李恒全脑子清楚了。他说：不干。老西不笑了，说：可别说我没帮过你，是你自己不干的。

不干。

语气很坚决，理由并不明确，他眼前浮现出楼下的胖门卫，他不就是个保安吗，虽穿着件"特勤"制服，但他欺负女人。这还不是关键，厉害的保安也有的，他当年被弄进去，可能就是栽在一个瘦保安手里。不堪回首。

他不想被往事纠缠。他是觉得，一个曾经的老鼠，现在要披挂上阵做猫，这特别怪异。他几乎一眼就能看出谁是老鼠，万一遇到以前的同行，那说不定就要惹麻烦。

4

他真的管住了自己的手，没有再开她的门；但他的腿也真的不太听话，老是要自动往女人的房间那边走几步。他很想给女人的房间放一点钱，可惜没有这个实力，反而带来了人家的一个胸罩。他不承认这是偷，可不是偷又是什么？太恶心了！他鄙视自己。他把手狠狠地在墙上抽了两下，发誓绝不再到她房间去——除非，除非他有机会把她的胸罩送回去。

至少应该提醒她取暖器要及时关掉，但怎么提醒，却是个难题。显而易见，她的生活不如以往那么规律了。这才是傍晚，通常这时间她是不会回来的。自从她的房间失窃后，他只要在自己房间，就会留意着她那边的动静。这有点像个守门人了，很可笑，他宁愿自己是个等待妻子下班回家的男人。这其实更可笑。她由远而近，足音清脆。她开门，进去；门关上，再出来时，已是第二天早晨。

他们在楼梯上相遇了。他买早饭回来上楼，先听见了她节奏明朗的脚步声，一抬头，眼帘中是两条穿着黑丝袜的小腿。他在转弯处站住了。她戴着墨镜，似乎正在看他，其实不是，她视线向下，是盯着脚下湿漉漉的楼梯。他说：你好。

这是不得不说话的局面了，但她没开口，只点点头。她依然戴着墨镜，如果不是他曾看见她摘下墨镜抹眼泪，他一定认为她眼有残疾，或者是个吊疤眼。楼梯间的玻璃破了，寒风呜呜钻进来，他身上紧了一下。她衣服单薄，但是好看，他的目光不禁落在她胸部，胸罩，他眼睛立即像被溅进了火星子，躲闪开去。他的脸发热，突然说：你，你还没吃早饭吧？给你。她愣住了。看不出她墨镜里是什么意思，但她肯定错愕。他的话却顺溜了，说：我吃不下，正好，见面分一半。说着把手里的塑料袋一扯，又扯出一个袋子；鸡蛋正好是两个，煎饼隔着袋子对半一撕，早饭一分为二。他的动作麻利，很卫生，很巴结。她不得不接住了，笑笑说谢谢。她动了一下脚步，问：你上次说我的门，不撬锁也能进去，是真的吗？

他吓了一跳，脸煞白：我说过吗？哦，想起来了。我相信你是真的丢了东西，故意帮你说话。我瞎扯的。

她嗯了一声，迟疑地说：我真的丢了东西。肯定是被人偷了。连衣服都偷。

他的脸像被抽了一下，火辣辣的。这时，倒是墨镜帮了他的忙，她看不见他异常的脸色。他急中生智说：偷衣服，那肯定是女人，女人偷了自己穿。

她不见得没听说过有男人专偷女人内衣，但不愿多说。她鼻子嗤了一下：恶心！

李恒全连连点头。女人说：我最恨小偷了！我以前逛街，手机就被偷了。

他立即说：我也丢过手机。谁都丢过。这是小事，倒是你一个人，水啊，电啊，要注意。她嗤一声笑道：你倒大方，小事，好在有你这个大男人做我邻居，我还胆大些，不过我还是要早点搬走。她笑笑，笑意漾出了墨镜的范围，抬手扬了扬手里的早饭，继续下楼了。

高跟鞋敲击着楼梯，一下一下，声声清晰。他呆在那里，半响才想起上楼。他脚步沉重，她丰腴的胸已然离去，但那个胸罩还在他房间里。这东西肯定很贵，她并不富裕。他仔细把胸罩洗干净了，阴天里，胸罩又厚，他经常摸摸，一直都不干。她的生活目前有点捉摸不定，他能确认她在不在房间里，但她会不会突然回来，那可说不定。

他原谅自己了。他当面提到了水、电，不知她有没有领会；总不能每天等她出了门，立即进她房间检查一下。她那么讨厌小偷，他李恒全现在也讨厌，但他无法忘记她说这话时的表情和语气。很久以后，他才偶然听说，她的丈夫因为盗窃，那时间正在服刑。也许，他们还在号子里见过哩。

李恒全出来一个多月了。2月很冷，也很小，转眼就临近月底。出来的时候，他计划尽快找到工作，2月份一定要解决。他完全没有意识到，2月比别的月份要短——实在不行，就学着当个泥瓦匠吧，这活儿技术含量很低。

到目前为止，他是个不着实的人，飘着。且不谈他的过去，就现在，他的工作没着落，老婆只知道一定是个女的；就连身份也可疑，至少，他确实又去拿过别人的东西。这么一想，他心里很憋屈。细雨绵绵，时断时续，据说春雨贵如油，有利于庄稼，可他再找不到工作，庄稼丰收了他也没吃的。他打了几个招工电话，都是生产线的，有一个"零基础"，下午可以去试试；又到街上乱逛，餐馆也是个去向，不能掌勺，洗碗端盘子也行，只可惜所有的餐馆都还没有开门，他连点个盖浇饭的地方都没有。他目前只吃得起盖浇饭，幸亏天气总是在往暖里走，他忍一忍，可以不必再添置冬衣。

总算还有一家开门的水饺店。他要了一碗吃完，把汤也喝了。这里离住处很近。路很窄，倒是四通八达，怎么走都走得通，到处都是卖各式小商品的摊子。一辆小轿车使劲地按着喇叭，催促一辆卖棉拖鞋的三轮车让路。他伸手帮了一把劲，把三轮车推上了路牙。路牙边蹲着几个男人，面前摆了几个三夹板牌子，上面写着：泥瓦工，专业堵漏，水电工。几个男人蓬头垢面的，一见他停下来，马上站了起来。他本来还想打听打听行情的，他们一站，他连忙摆摆手，继续往前了。不知道这几个男人，他们的老婆是做啥工作的？毫无缘由地，他突然想起了他的女邻居。

也就在这时，远处似乎乱了。有人在喊叫。他一下子没听懂，但他的眼睛立即就明白了：南边一箭之遥的方位，腾起了烟雾。

他跑到街的另一边，仰头望去。阴雨天气，烟被压着，低低地和水汽混合了，宽大的楼面中间像被谁泼了黑墨水，慢慢地洇散。大概是四楼，正是他住的那一层！他的鼻子飘进了刺鼻的焦煳味。

着火啦！好多人喊了起来。他怔一下，拔腿跑了过去。很多人都往那边跑，他不是第一个启动的，但绝对是跑得最快的。地面湿滑，无数人呼啦啦跟在他身后。乱了，街上全乱了套，有个女的摔倒了，手里买的菜落了一地。她大呼小叫地保护她的菜，跑到路边捡滚得老远的西红柿，有个人一脚踩碎了一个，立即就起了纠纷。好些人不跑了，站住了围观。他们只是爱看个热闹，哪边的热闹都一样看。

5

大楼周边好多人，乌泱泱的，所有人都仰着头，指指点点。着火的确实是四楼，浓烟很黑，夹着火星子从一个窗户里往外窜，噼里啪啦的。那是她的窗户！李恒全踩着湿滑的草地，绕到大楼南面。好几个人从大楼往外跑，男的女的，衣冠不整，十分狼狈。有人上去打探情况，他们都不答，只咳。可能已经烧了一阵子了，但没有人救火。他们都不是专业人员，这里也没有水。乱哄哄的。不知谁叫了一声：快报警啊！那胖门卫站在远处的草地上说：报啦！

李恒全跑到那门卫面前，大声问：她在不在里面？

胖门卫一愣，说：谁呀？

李恒全说：里面还有没有人？

那我可不知道，胖门卫嘟哝着，走到远处去了。一个小伙子裹着被子说：要不是呛醒，我就完了。小伙子面熟，贼头贼脑，咳嗽得像只生病的大白熊。你命大呀！他边上一个穿着红马甲的女清洁工说，说不定还有人！我第一个报的警，刚冒烟我就看到了，我好像听到有个女的在哪儿喊救命。她拿着扫把一指门卫：胖子！你应该一个门一个门地敲！

刹那间，李恒全脑子像是空了，又似乎塞得满满的。他拔脚蹿出，朝大楼飞奔。

踏上楼梯他就摔了一跤，鞋底的烂泥太滑。好在楼梯上烟雾还轻，李恒全右手抓着栏杆，三步并两步，飞快地旋转上升。烟雾渐浓，李恒全气喘如牛，烟呛得他呼吸有点困难。他掀起衣服捂上嘴，拼命向前跑。虽然视线有点模糊，但他熟悉方位。一只老鼠撞到他脚上，他跑得更快。他扑过去，使劲敲打她的房门。咚咚咚！

没有反应。门缝里往外挤着烟。侧耳贴上去听听，脸上感到热，却没有声音。里面有人吗？他大喊，你在里面吗？

隐约听到轻微的火花爆裂声。门是铁的防盗门，他使劲踢。楼下隐约有人喊：你使点劲啊！李恒全脚疼，但门很坚固。暴力入室从来不是他的专长。他飞跑到自己的门前，打开。他的房里暂时还只有轻烟，他扑到柜子前，弯腰伸手，立即又起身。跑出房门时他趔趄了一下，差点摔倒。他手里攥着那套家什，再一次站在她门前。

他犹豫了。她在里面，还是不在？

南面传来了消防车的鸣笛声。楼下鼓噪起来。笛声由远而近，却在远处停住了。消防车使劲地鸣笛，车顶的喇叭也在喊话。道路太窄，肯定是车进不来了。

他摸出了家什。如果她在里面，他这是救命。他救的是她，也是他朦胧的希望。时间就是命。可她如果真在里面，却还有意识，他开门进去必将被她认出，那怎么办？不是小偷，怎么会开锁？以前的失窃，难道不是你？！

他略有些迟疑，还是举起了那根铁丝。这是第一步，烟雾遮眼，他一时瞄不准。

烟雾呛得他眼睛流泪，但身为一个老手，不该手抖成这样，是他的心里腾起了烟雾。铁丝只要伸进去，他几乎不再需要试探，马上就可以进钩子，然后，啪嗒，门就能开……可她如果被他救出来，即使她当时不知道具体情况，事后，她又怎能不知道救命的人是如何进去的？谁有义务帮他李恒全保密？

他的手还在动作，但脑子发昏，感觉完全不对。他似乎看见她头发焦黄，脸庞发黑地伸手向他道谢，但她眼睛里有鄙夷，嘴角在冷笑。他哆嗦了一下——可他必须救她！他定定神，加快了动作。

没想到他曾经的提醒还是起了作用：她的门今天反锁了。这显然增加了难度，但也不过再多花几分钟。手上原本运用如意的铁丝这时却像是细树枝，又钝又软，额上的汗水挂了下来。

楼下乱哄哄的，人声嘈杂。有个人突然冒了一嗓子：你个鸟人在听壁脚啊?!一片哄笑。人声最擅长的是传递秘闻隐私，不知道他们是否也在为消防车进不来而着急。黑压压的人群一齐注视着这里，众目所聚——火可能还没全熄灭，所有人都将知道，那个救人的英雄原来擅长开锁。烟雾遮挡不了众目睽睽。

楼梯上响起了杂沓的脚步声，两个消防员冲了过来。你在干什么？高个子消防员厉声喝道：你怎么还在这里?!

李恒全立即把家什拢到袖子里，后撤一步。他还没想好说辞，那消防员骂道：你要钱不要命啦！快撤！

李恒全转身慢慢往外走。虽然来的只是消防员而不是警察，不管闲事，但他从前的经验还是近乎本能地阻止了他乱开口。他此刻只能默认这是他自己的门。很可能，她本来就不在里面。果真如此，一切就是最美好的。她安然无恙，他在事后或将有勇气告诉她，我曾为你担心，为你冒险冲上去……可是他转回身，对消防员说：这房间可能有人。我踹不开。

话音未落，她的房间里轰隆一声巨响，房间的门被水柱冲得直颤。水终于接过来了，房间里不断传来玻璃掉落的声音。李恒全指着门，正要再重复一句，走道里咣当一声，矮个子消防员已砸破了墙上的消防柜。他骂了一句脏话，操起手里的消防斧，对准门锁位置，狠狠砸了下去。一下，两下，三下五除二，高个子抬腿一脚，门开了。两个消防员冲了进去。楼下传来一片掌声。

他跟了过去。到处是飞舞的水，浓重的烟雾。还有酒气。还没等他看清，两个消防员已把人从床上连被子抱起，朝外冲去。李恒全躲闪不及，脚下一滑，一屁股坐在水里。手一撑，很疼。

她真的在里面！他的头像是挨了一记重击，嗡嗡的。他爬起来，跟在他们后面。经过楼梯的时候，他扬手把袖子里的家什扔掉了。她怎么样了？她会不会死？如果他一上来就把门打开，她一定不会死。他跟着她跑出大楼，湿漉漉地蹲在地上。

她被暂时平放在草地上。人群围拢过去；另有几个人靠过来，一迭声地打听情况。李恒全捂着头，什么也不说。上衣里的手机响了，一直响，不屈不挠。他掏出手机，这才发现手被划破了。伤口不大，他不理会。是老西的来电。李恒全在屏幕上点一下，拒绝了。屏幕上染上了血。他抬起衣袖擦擦，看见了屏幕上模糊的日期：2月28日。他觉得这日子好像与自己有关，却又有点犯晕。远处传来了救护车的声音。担架下来了。他挤过去。救护人员把她往上抬，连着被子一起抬。他帮不上忙，只看见被子上有红色的血闪了一下。她的头发焦了，缩成破烂的黑布片；头侧着，微微晃动。她的眼睛似乎睁着，正朝向他。他心中一震——这是她唯一一次注视他，而没有戴墨镜。

手机又响。救护车鸣着笛开动了。李恒全摸出手机，再一次看见了这个日期：2月28日。离他的生日还有一天。有泪珠滴落在屏幕上，洇着手指的血，他以为是雨滴。他生于2月29日，那是好几年才会出现一次的日子，一个经常不存在的珍稀的日子。今年，就没有那个日期。

（原载《钟山》2021年第5期）

作者简介：

朱辉，江苏省作家协会副主席，《雨花》杂志主编。江苏省有突出贡献的中青年专家，享受国务院政府特殊津贴，中宣部文化名家暨"四个一批"人才。著有长篇小说《我的表情》《牛角梳》《白驹》《天知道》，中短篇小说集《红口白牙》《我离你一箭之遥》《要你好看》《和辛夷在一起的星期三》《看蛇展去》《夜晚的盛装舞步》《午时三刻》等多部。曾多次获得紫金山文学奖长篇小说奖和短篇小说奖、《作家》金短篇奖、中骏杯《小说选刊》年度奖、汪曾祺文学奖等奖项。短篇小说《七层宝塔》获第七届鲁迅文学奖。

那人

周瑄璞

没想到,这辈子还能坐上一次飞机。

大玻璃外,各式各样的车到处乱跑,扁的宽的长的低的拉人的装货的大肚子的小短脸的,真是好玩,有的从来没见过。飞机在远处缓缓移动。建勋忍不住拍了视频,发了条微信。在他的那些去镇上饭馆吃次饭、去县里商场负一层逛回超市,都要发个朋友圈晒晒摆摆的微信好友里,坐飞机真是件大事了。那人,她也没有坐过飞机,她最远去过郑州。建勋的大张湾,全村人,除了在外工作的——那些人严格意义上已经不是他们村里人了——也没有谁坐过飞机哩。他们只是嘴上说过好多次,梦里坐过好几回。

一个开小加工厂,一个开小超市,一个倒卖粮食,都是有实业的人,他们自称全村三巨头,贵族能人,不太跟别人玩,只他们仨走得近,吃吃喝喝大肆喷空儿。前几天遇着一个西安上大学回来的学生,逮住了问人家,郑州到西安有飞机没?下次我们坐飞机去西安看你。那小伙子说,太近了,好像没有飞机,就是有也划不来,你坐车跑到新郑机场俩钟头,等飞机一个钟头,到天上可能也就飞四十分钟吧,还不如坐高铁。他们说,那不是想坐坐飞机嘛，我们飞到新疆再拐回西安中不中？总之他们说得很热闹，几天里都是飞机的话题，好像这个夏天非坐飞机不可，若不飞一回，半辈子白活，挣的那些钱白挣。可说了再说，到底没有行动。他们的买卖和业务最远也就是本县，没有飞到哪里去谈个业务的机会，就是经济再宽裕，也不会烧包得没啥事往哪儿白飞一趟，把自己的两千块钱扔出去。

而建勋，说飞就飞，很是果断。这次同去新疆干活的七个人，有四个选择火车，再咋说便宜五百块钱，现在火车也怪快的，三十六个钟头跑到乌鲁木齐，而你干啥事，三十六个钟头能挣五百块哩？省的就是挣的。建勋和那俩人，爽快地决定，就坐飞机了，多花五百块钱，天塌不下来。现在疫情期间，飞机票便宜，那么高级的铁家伙装住你飞三四个钟头，难道还不值八百多块钱？他们这次去新疆，这批活干完，二十多天，每人差不多能落万把块。坐一次吧，混了大半辈子，连飞机长啥样都没亲眼看过，没伸出手去摸过，真是憋屈。小萍也同意他坐飞机，她也没坐过，要不是在家看孙子，她真想一起飞去，给他们做个饭，给建勋做个伴。多少给点钱就中，不给也中，权当出去逛逛。

建勋他女儿六天前，在手机上给三个人买好了机票。那四个坐火车的前天半夜走了，他们今天才动身往新郑机场去，这就是优越性。他们将在乌鲁木齐会合，再坐汽车跑一天，到一个县里，给一个新建的胡萝卜加工厂进行装修，粉刷工是建勋，那几个是瓦工电工管道工地砖工。洪亮的儿子开车送到新郑机场，领着三个大男人，进入航站楼，排队，托运行李，办登机手续。小伙子也没坐过飞机，可他会问，会看各种标识，会说普通话，会在手机上查坐飞机的流程。一会儿看看手机，完成一个程序，再看手机，领着三个长辈对付这些在电视里常看到的场面。三个五十上下的男人，每人戴个口罩，乖乖地跟定一个小伙子，完全没有在自己地盘里的大大咧咧、高喉粗嗓，话都不敢说，大气也不敢出。四个人不愿分开走，必得看到另几个在眼前，就像春天里的小鸡娃，聚一堆行动才有安全感。别人托运的行李都是箱子，皮的、塑料壳的、厚帆布的，而他们几个是尼龙编织袋，里面装着铺盖和衣物，更里面卷着干活的工具和吃饭的碗筷小盆，其他再没啥值钱东西。就这，刚才在大门口，也得拿打包带杀了个十字扣，工作人员也像对待那些高级行李箱一样，给打包带上套了长白纸条。传送带一动，运到黑帘子后面去了，登机牌上贴了三张小票。建勋心说，不用贴，我们也能认出来自己的东西，全大楼里，就我们仨的不一样。建勋一闪念之间想，要是在新疆挣到钱了，何不买个大号行李箱拉回来？下次家里不论谁坐飞机了，也像城里人那样，潇洒推着走。

洪亮的儿子把他们送到安检排队的地方，告诉他们，进去后，按指示牌上找到31登机口就行。他又小声给他们说，跟前面的人不要离得太近，保持礼貌距离，进去后，按工作人员指挥的办就中了。然后小伙子站那儿，看他们排队往前挪。三个男人听话地点头，那是，不能凑太近，挨再近也不能插到前面去，插到前面也没用，飞机也不能拉住你先飞。

大男人变成小男孩，又乖顺又幸福，一点点往前挪，把紧张而兴奋的脸，掩在口罩后面，只露两只眼睛骨碌碌到处看，看哪儿都漂亮都新鲜。这么大的楼，要是让我一个人来粉刷，得干一年。人家让摘了口罩，看前面镜头，建勋向着屏幕里的自己笑笑，牙一龇，哎呀，真是老了，脸上的横肉全部往下坠。他前些天，自拍头像发朋友圈，配的文字：70后的我，已经开始老去。照片里的他刚刮了胡子，脸皮青着。这两天他慌慌着要坐飞机，也没时间刮了，起大早赶飞机，昨晚才睡了四五个钟头，更显出一些沧桑来。

随身的包、身份证、登机牌，放到小筐子里。工作人员做出的一切指示，都是那么必要，让人愉快，令人信服，必得照办。问他，有没有雨伞、充电器，这声音与问别人没有两样，不会因为他们是农民就省略这个项目，跟他们问那些大款大官上等人一样。他笑脸说，没有没有。他学着前面人的样子，走过去，让那个年轻姑娘拿着一个棍棒样的家伙嘀嘀嘀地安检自己，皮带扣也要摸摸，脚脖子也得捏捏。繁复的细节都是有必要的，这是坐飞机，去新疆，不是开着你的电三轮去七里头干活。他觉得自己正在被一套高级流程熨烫抚慰，不再是那个粗糙的农村人。村里人讽刺别人时常说，你能得上天了。现在，他就是要上天。再多一些的程序，再多一些的盘查和搜身，都是可以的。遗憾，没有了。三个人等齐，去找31登机口。哎呀，这才是8，每一个登机口，都跨着挺远的距离。好家伙，可得一会儿走。哈哈，那三人，再别喷着坐飞机了，光找登机口，得让他们这两个半瘸子走半天，还没走到，飞机就得飞跑了。那三个人里，一个年轻时在外干活腿被砸伤，一个股骨头坏死，一个痛风。前两个实瘸，后一个痛了瘸，不痛不瘸，净是吃出来的，有点钱烧的，酒肉撑得肚子滚圆，像怀了五六个月，脸蛋子肉横里长，家中冰箱里吃食堆得满当当。全大队里，也就只能他三个做朋友了，有几个钱，看不起别人。别人呢，嫌他们走得慢，也都不跟他们玩。他们呢，有车，也跟村里人走不到一块，半里路都开车。你再能，你能把车开到人家候机楼里？到了这儿，你得拿自己腿老老实实走路，来来来，你走走试试，你看这吭哧吭哧，快走一里地了。31还不是最后一个登机口，再给你来个58登机口，你去走吧，让你们那样腿一拐一拐，蜗牛般的爬，飞机早飞跑了。光这一项，你们就不配坐飞机，老实趴家里吧，哈哈。好像为了回击建勋的想象，身边滑过一个小电瓶车，上面坐着几个人，轻松驶过，再走几步，眼前又出现一条笔直的传送带，站上面不动，运着走。哼，这机场想得还真周到，有必要吗？腿不好就别出门呗。建勋不太高兴，我就偏不走这传送带，我又不是残疾，庄稼人把个十里八里都不算啥，何况这点路。他们三人，好像都是同样的想法，绕开中间移动的黑色通道，从一边向前走。

好容易走到31登机口，人少，位置随便坐，洪亮和儿子视频通话：好了，找到地方啦。一直听儿子话，分贝控制在挺小的量，他们一进入这个大楼，就走上一个自觉讲文明懂礼貌的场合，不用谁给你规定和提醒，这环境，叫你不文明都不中。手机对着31照一照，再对着建勋和另一个人照了照，这两个男人洋气地对小伙子挥手说，拜拜。只能说拜拜才跟坐飞机这件事配套。

建勋得以坐下来，那个一直盘桓的问题再次浮上心头。这个问题从前几天买了机票，就来到他心里，而且还有个类似于庄严和浪漫的想法：到飞机场再说吧，电影电视里的人，不都是在飞机起飞前，处理这些事情吗？

要不要给那人打个电话，发个微信？虽然三个月前就断了联系，可那个人，那些事，总也不能从心里抹去。他要给她打个电话，第一句话就是，我在机场，快要上飞机了。

建勋平常在家干活，骑着电三轮，四处跑着给人家刷墙粉白。去了先看场地，然后谈价，主家管一顿中午饭，每天工钱多少，或者全部干完给多少钱。有时候忙起来一个月休不上一天，扒明起早，天黑回家，活赶活，挨家跑，前面这家没干完，后面那家的电话就来了，预定住他五天后的时间。反正不管怎么搞价，怎样赶工，折合下来每天二百多块，少有冒出三百的时候，市场行情就是这样。有时候一个月能休息好几天。一歇下来，他心里就急，没活就等于没钱。

那人就是用电话预定了他。她说，那好，你过三天来吧。三天后他去了，骑着电三轮，后斗里放着刷子滚子铲子瓦刀，一路向东。是三间堂屋、两间旧东屋，连带一间厨房，全部粉刷工程包给他，谈好工价一千五百元，他说六七天能干完。这个时候他就想，小儿子要是在家，两人合伙，加班加点，三天就能搞定，钱拿到手。

大儿子前几年盖了房，结了婚，分出去另过。给他盖房娶亲借的钱刚还完。小儿子二十一，还不用忙着订婚。可现在又兴了在县城买房。凭你长得再漂亮的小伙子，女方头一条就是县城得有套房。一套房买下来，四五十万。简单装修下，买必不可少的家具，又得十万。也就是说，没有五六十万，儿媳妇别想娶进门。小儿子在上海送外卖，跟别人合租房子，吃住之外，一个月能落三四千元。他也曾给小儿子说过，一个人在外处处操心，吃苦受累，不如回来跟我一起干活，落的比在上海一点不少。刷墙粉白这事，不是啥太难的技术，学几天就会。

小儿子在大城市待惯了，过不了家里的日子。他问，那你将来结婚，不还得回来找对象吗？不还得在咱县上买房吗？小儿子不回答，反正就是不愿意回来。

主家夫妻俩和建勋一起，又叫了个邻居，把所有家具一起抬到屋中间，然后按建勋开的单子，男主人出去买白灰涂料。女主人在家，屋里屋外收拾、洗刷，和建勋说话。他们只有一个儿子，去年订了婚，已经在县城买好了房，且装修到位，这里借着劲把自己家里也粉刷粉刷，过年时来人，尤其接待新亲戚，好看一些。

第二天来干活，男主人不在家，他出去给人家干活去了，县城方便面厂开铲车，每月有固定工资。女的还是屋里屋外地收拾、洗刷，有时候进来看看，和他说几句话。中午做好饭，盛好端给他，他吃完，她接过去，再盛一碗给他，他吃完第二碗，坚决不要了，她不再勉强。她说，歇会儿吧，歇歇再干。他坐着，靠在大门楼的墙上，闭住眼睡着了。他每天中午饭后，必须得睡会儿，哪怕十分钟，起来就有精神，否则一下午心慌眼乏，光想发脾气。

第三天中午吃完饭，他发现大门楼里，多了一把躺椅，她把躺椅撑开，用干净抹布擦一遍，叫他睡在上面。大门始终开着，这是避嫌，好叫村里人看到。而她自己，关起堂屋门午休。吃得饱，小风一吹，他睡得沉沉的，还做了梦，儿子回来了，他们一起到县城看房买房。一睁眼两点半了，赶快起来干活。夏季天长，七点了还不黑，他想多干会儿。男主人回来了，带回半只烧鸡，留他一起吃晚饭，他不肯，收拾东西要走，当初说好的只管一顿午饭。可夫妻俩让得很实受，男的上手来拉他，他只好留下，她炒了两个素菜，还拿出一瓶酒。三个人吃完饭，他在黑下来的天光里，开上电三轮走了。

第四天一大早，儿媳妇过来说，孙子有点发烧。儿子在外打工，儿媳妇也干点零活，孩子白天小萍看着，晚上儿媳妇自己带。建勋开上电三轮，把娘儿俩送到南边镇上，医生叫做这检查那检查，他在那儿招呼了一会儿，想知道孩子发烧的原因，积食了，还是感冒了？儿媳妇知道他有工作，叫他先走，她给孩子看完后，回附近的娘家，建勋晚上过来接她就行。

建勋给儿媳妇留下一百块钱，刚走出不远，女主人打电话，直接问他，诶，咋还不来哩？平常这时候都干上活了。没有称呼，没有客套，更不会像城里人那样先问声你好。从那口气，建勋听出了点亲切和嗔怪，不是催着他来干活，而是操心他为何跟前几天时间不一样。那感觉是建勋这几天归她管了,她得知道他的行踪和快慢。他到了后,她问了孩子的情况,然后问他,晌午想吃啥饭?建勋说,啥都中。她到村后超市,买了块豆腐,擀了面条,中午吃了西红柿鸡蛋煎豆腐丁的捞面条,浇上食香叶子捣蒜汁,建勋吃了两大碗。下午临走,女主人拿出几根指头粗的小火腿肠,说儿子上次回来买的,拿回去给小孩吃。

再下一天,早上去的时候,路过一个集市,他停下电三轮,给她打电话,也是没有称呼,直接开腔:我路过集上,看要买点啥菜不,晌午吃啥饭?她问他,你想吃啥?他说,吃卤面吧?我买点肉。对方说中,对于他花钱买肉一事,并没有客气。他其实爱吃饺子,但他觉得受雇于人,提出吃饺子有点奢侈,做起来太麻烦。他买了半斤肉,一把豇豆角。她做了一大锅卤面,他吃两碗,她吃一碗,还有一锅底,给自己男人留到晚上吃。

再下一天他去的时候,她正在盘饺子馅。他问,咦,你咋知我爱吃饺子哩?她笑,世上人哪有不爱吃饺子的?建勋说,饺子好吃就是太费事。她说,又没事,多包点,他晚上回来也吃。

他觉得在这家做活,好像是跟女主人过日子似的。下午走的时候,他干脆问,明天需要啥菜,我顺路买上。她说,你要想吃啥改样饭,就买,不想吃的话就不用买,家里平常的菜也都有。她说家里两个字,建勋突然觉得好像是他俩的家一样。骑着电三轮出了村子,一种毛茸茸的感觉,轻轻拨弄他的心。建勋结婚二十七年,除小萍之外,再没亲近过别的女人,日子过得紧紧巴巴,永远在奔命一般。超生罚款,孩子上学成家,各种费用,全凭他一个人挣。早些年他也外出打工了几年,算一算,吃吃花花,落的并没有在家做活多,还要承受夫妻分离之苦。他就不信这些正当盛年的人,真的能半年不挨靠女人,不乱来不胡生法儿,也不出问题。他可受不了,他是人啊。于是他再不出去打工。他有粉墙刷白的手艺,在家里四处给人做活,也能挣钱,维持一家开支。守着自己老婆,多好的事。三个孩子都大了,能顾住自己,孙子也快两岁了,他怎么像回到年轻时的感觉,心怦怦跳。电三轮在公路上轻快地奔驰,西天的太阳热烈地下坠,像大火燃烧。立秋了,早晚不那么热,风吹得全身舒畅。他停下车子,站到路边,对着西边的天际看了一会儿，拍了照片，发微信朋友圈，配一句诗：夕阳无限好，只是近黄昏。以他的初中文化水平，也就知道这一句了。他觉得配得挺合适，应该能收获不少点赞。他希望那人能够看到。一旦把一个人叫作"那人"，就有点别样的意味了，亲近、酸甜与嗔怨，说不清，道不明。五十岁的人了，竟然也有了"那人"，那人知道不知道呢？是否把他也当成那人呢？直到夕阳坠落，他有点惆怅地重新骑上电三轮，在黑下来的天色里回家。电三轮颠簸的声音不再那么欢闹，车轮辐条轻轻地转动，声音小之又小，几乎静音。他整个人也是无声无息，包藏着什么秘密似的。进村遇到人，也不像平时那样大声打招呼，半条街都知道他干活回来了。他希望没有人看到他。他悄无声息回到自己家，孙子从大门楼里叫了声爷爷，竟然把他惊醒。从车上下来，孙子抱住大腿，他弯腰抱起孙子。小萍劈着声说，洗洗脸喝汤吧。他突然对这声音有些抵触，没有回应。

已经有一星期，建勋晚上没有表示主动，小萍有点意外，问他，咋了？不热乎啦？建勋说，眼看五十，半老头了，天天干活累成这样，还有啥劲。小萍一想也是。小萍比他大两岁，前年就绝经了，本对这事不热，只是应付加对付，同样一套程序，几十年了，也该消停了。

今天活儿收尾，下个活儿已经定下，建勋明天就到下一家，他突然有些惆怅，腻子细细地批，滚刷轻轻地动。那人出去买东西，整个院里屋里，就他一个人，他站在一个洁白的世界里，头上落了一层白灰，白脸盘白鼻子白眼扎毛，他觉得自己是个纯洁的孩子，怀着一颗呼应爱情的心，怎么再有几个月就五十岁了，真不敢想，小的时候看五十的人，那就是老头子，而自己怎么还像年轻时一样，会怦然心动呢，会微微脸红呢。那人，她也不年轻，她也不漂亮，她也没打扮，她就是那么妥妥帖帖顺顺当当的样了，院子里收拾得干干净净，饭做得清清爽爽，话也不多，嗓门也不大，句句都挺合适，好像你说什么她都能理解。不像别的村妇那般，松垮着，稀拉着，任由自己糟践下去，脏话粗话是家常便饭，顺口就来，她是收着，静着，仿佛总有约束与边界，只在界内活动，脏字从来不说。她连孩子也不多生，头生是个儿子就够了。在农村没有儿子当然是不行的，可有的人——

就像自己和小萍吧——生了儿子又想要个女儿，儿女都有了，再要一个最好。生来生去，关键是养孩子费事操心，把自己整得一路垮塌，不可收拢，还理直气壮，老娘就这一摊子了，咋着？当然不咋着，没有人敢对一个劳苦功高的农村女性再提别的要求，审美不是她们要负责的事。而她，一直是收拢得好好的样子，好像和多年前当姑娘也没啥差别。她买东西回来了，并没有进屋里来，在大门楼里收拾做饭。厨房里的家什，都挪到大门楼，因为家里有个干活的男人，大门一直开着，让人们看到她在院里或门楼里。不时有人路过，跟她说话，有的站在大门楼不走，东家西家南地北院打工上学挣钱订婚，说上好一阵，有的进来参观一下新刷的房子，顺带把他这个老师儿也看看。请来的手艺人，叫作老师儿，"师儿"字上挑，拐个小弯，含着点幽默与调皮，是对手艺人的尊重。这些年市场经济，年轻人不这样叫了，你干活我掏钱，就这么简单，啥"师儿"不"师儿"的，叫你个老张就不错了，或者只说，大张湾的。只有老年人会说，这家请的老师儿干活还不赖，电话你存上，明年俺家刷房也找他。多年来，建勋就是凭着这干活还不赖，不断有活儿找来。有的家本没有刷房计划，是看邻居家刷了房，有用不完的小半桶涂料，自己占个便宜，再买一桶，就着刷刷大门楼算了。而建勋讲价也不扱死，只要不是亏得太多，只要有活儿干，总比在家闲着强。慢慢地，他的出工半径越来越长，前些年是周围十来里，这两年是二三十里，去年还有一回，市里郊区的一家小厂子，不知从哪儿得了他的电话，让他找几个人，承包住他们的活儿。建勋找了几个人打下手，他负责监工和技术指导，来回一百多里，不能每天跑了，吃住在那，十二天自己竟然落了五千元。

好久没有她的说话声，是大门口没有人路过，还是她不在院子里？她在干啥呢？竟然没有一点声响。建勋像是站在大雪地里，四野寂静，他孤独一个，大仰着头，只有高处的滚子，饱蘸了涂料，肥墩墩地蠕动，所到之处，青白更添一层，过几分钟，慢慢变成深白，情绪更浓一成。第一遍的白，过于稀薄，盖不住里面的腻子，再刷一遍，盖严实了，但也还不是扎扎实实的白，要走上三遍以上，才能抓牢润透，涂料大军丝丝缕缕全力以赴，长在墙上，成为它的一体，成就厚实笃定的白墙。扑嗒一声，有一滴落在地上，更响亮的扑嗒一声，掉在盖着家具的大塑料布上，眼泪似的，跌落成一摊白花朵。满世界只有这零星的扑嗒声，敲打他柔软的心。

四五点就能干完，可他想慢点干，等到男主人回来，主家验工后，他拿到该得的一千五百块钱。整整七天，他吃了不重样的饭，芝麻叶稠面条、塌菜馍、胡辣汤、捞面条、卤面、饺子、米饭，不知是女主人本来就讲究，还是专意为招待他而做。北方人很少吃米饭，吃一次就显得挺隆重，因为大多家庭没有电饭锅，要把一个小钢精盆盛了水和大米，再放到大锅里蒸，很难把握干湿，而她今天中午，竟然蒸了米饭，干湿度很好。她炒了三个菜，两素一荤，小桌摆在大门楼里，还拿出那天晚上没有喝完的半瓶白酒，叫来邻居家一个侄子陪他吃饭。可能是提前说好的，那男人很顺当地来了。而她自己，碗里三样菜各夹一点，坐在堂屋门口的小凳子上吃，遥遥地跟两个人搭着腔。邻家侄子劝他喝酒，他没敢多喝，只抿了两口，怕一喝就睡得起不来。

不到六点，活干完了。他说，等你家人回来验验吧。她先仰头四处看看。其实这些天里，她不知看了多少遍，当着他的面看，他不在时也挑剔着看，可能心里早有定论了。她外行充内行地说，嗯，怪好怪匀称，都白着哩，比二十五年前新盖时还好，那时只有白石灰，哪有现在的涂料啊。六点了，男主人还没回来，她打电话，对方说，厂里加班，还得一钟头，你看着中就中。于是她拿出钱给他。他说，他不在，这些东西咱俩抬，恐怕你不中。她说，没事，就剩这几件了，他回来我俩慢慢弄，你在这儿喝罢汤再走吧？他知道这是虚让，她还没有动手做晚饭。他收拾自己的东西，女主人在院子里继续洗洗涮涮，她趁这些天倒腾屋子，好像把家里所有能洗的东西，都洗刷了一遍。他把简单家什放在电三轮的后斗里，心里头像有小刀轻轻剜弄着，也不疼也没流血，就是不舒服。她打开水管给他接了半盆水，叫他洗洗。他洗了手脸脖子。她将他送出大门外。他说，把我手机号存好，下次谁家有活儿，给我打电话。她点点头，说声嗯。

他一路骑着电三轮回到家。

第二天早上，他给她打电话，说他现在去下一家的路上，天不冷不热刚刚好。她说是啊，天凉了，干活不受罪。

　　他问她中午吃啥饭，她说，一个人好凑合，下一把面条就中了。

　　他干着活儿，一直想着，她在他粉刷一新的屋子里出入，手里拿着这样那样的东西，收拾，打扫，做饭，甚至躺在沙发上看电视。整个白天，她都一个人在家，而他却不在了。

　　他又换了一家，再给她打电话，说上一家干了几天，挣了多少。她为他拿到钱高兴，说，提住劲干，攒钱给小儿子在县上买房，现在都兴这了，谁也没法儿。她为他叹息一声，好像是挺心疼他。

　　过几天就想给她打个电话，其实在他心里，是要天天打的，可怕她烦，无缘无故的，打啥哩打，已经人钱两清，还有啥好说的？他趁摸着时间，等到想打这个愿望积攒得过于强烈，再也按捺不住，他才拨她的电话。问她在家干啥哩，她说刚洗了衣裳搭在院里，他想象着衣服静静地滴水，落在地下她种的青菜里，有时候她说没事看电视哩，他想着那个画面，洁白的屋子里，电视开着，她穿着碎花绵绸衣裤，歪在沙发上。

　　生活中的什么事，都想给她说说，这一家不好对付，吃的赖，给钱少；下一家挺大方，顿顿有肉，工钱也给得痛快；小儿子在上海，这个月挣得少往家里打回来不到三千，他的钱咱一分不花都给他存起来，将来给他买房；女婿外出打工，儿子在外干活，每年回来一两次，闺女和儿媳妇常年一人带着个孩子，年纪轻轻的，白天黑夜就这样一个人，真让人操心，可别再出点啥事；自己白头发又多了一些，头发掉了几根显出了秃顶的兆头；孙子今天说了句逗人笑的话……很少谈及他们两人之间，很少说你我这样的词。他俩之间有什么呢？啥也没有，啥也没有你凭啥给人家打电话说得这么起劲呢？她也并没有拒绝的意思，没有恶声恶气地说，干啥老打电话你操的啥心？她总是那么耐心地听他说，时不时附和几句，想法也都跟他的一样。

　　他问自己，这是什么行为？这就是人家说的外遇吗？出轨吗？电视上演的婚外恋？可是他并没有再去找她。但你心里装着她，天天有她，时时有她，这算怎么一回事呢？一直这么电话打下去，越说越热乎，会是个什么结果呢？都是成年人了，还能是什么结果？最后两个人想办法轰到一起呗。民间语言真是丰富，非正当男女搞在一处叫轰在一起，这个轰不是别人轰，全是内因起作用，是两个人热切地自发地往一堆凑，朝一起钻。

轰在一起的结果是什么呢？都有家有孩子，有脸有皮的，四五十岁的人了，出点事可咋办？

丢人卖赖折财生气。农村这样的事也不少，大都没有好的结果。一开始两人好也是真好，到最后打的闹的哭的流的，说是感情，其实论到根上还是钱，女的嫌吃亏了，不干了，翻脸了，突然告男的强奸，公安真的把男人带走判了两年；也有叫人当场拿住的，私事变成了公事，领一队人打到男方家里，赔钱赔东西。相好本是两人的事，却跳出一圈子人理论，只叫男的赔钱。建勋惊出一身的汗，自己儿媳妇都娶进门了，再叫人为这事打上门来，那才是丢人现眼。建勋几天没有再打电话，可总觉得心里空得慌，像是被谁摘去了魂。傍晚，他开着电三轮往家走，秋风浩荡，吹过大平原，又是西边火烧似的云彩，他不由停下车子，站在路边。苞谷都掰完了，玉米棵有的砍了有的没砍，在地里干枯地竖着；豆子快该收割了，衬着夕阳，铺上层金灿灿的热烈的橘黄，真是好看。暮色温柔，他的心也流淌了般，不由得又拨打电话，那人开口就问，咋好几天都不见信儿，忙啥哩，活多？多像小萍的口气，总是管着他挂着他的样子，他心里忽悠一暖，嗓子眼热辣辣的，要是人在眼前，必定得有所动作。他一时竟然不知该说啥了。那人说，身体咋样啊？到处跑着干活，得先吃好。他只说嗯嗯，好着哩，没啥，就是想你，总想给你说几句话心里才安生。那人不语，停一会儿说，那没事挂了吧。嘟嘟嘟，天边的夕阳往下坠去，嘟嘟嘟，惊心动魄的样子，好像掉下去就会爆炸似的。眼看只剩了小半拉，再下沉下沉，任谁也拽不住，整个地落入地平线，又不甘心似的，放出半扇光来，向上射着，是一句无望的长长的啊的呐喊。建勋挂了电话，一个人在路边，一直站到天黑，搁他年轻时的性子，定一气骑上电三轮，跑她村子外，叫她出来见一面，再开到县里，请她吃个饭，好好说说话，就像年轻人谈恋爱一样。他这辈子,基本没谈过恋爱,那时和小萍,是媒人介绍认识,按程序来,年节走动提礼,都是规范动作、公共行为,不兴单独见面。而跟这人,竟然是恋爱的感觉,可连她叫啥名字都不知道。他骑上电三轮,缓缓地走。天黑透,回到家里。

这样打电话,打来打去,为的个啥,最终目的,不还是想轰到一起去。轰这个词,真是形象,高热的冲动的突发的盲目的不计后果的飞蛾扑火的打闹嚷乱的……直至最后,失败告终,一哄而散。

有时候建勋就想不明白,人们为了这点事,费那么多周折,几头编瞎话,编不圆展,这儿漏了那儿破了,打打闹闹,哭哭流流,何苦来哉。可是,放眼望去,世人都在为这点事奔着,电视里,身边的,整天说的听的传的都是这事,此刻,自己也落入井中,无人诉说,没处抓挠,白天黑夜,思来想去,天天想打电话,想给她说这说那,说东道西,想听她的附和、劝解和最后的几句安慰鼓励,无非是叫他干活注意安全,吃饭吃好点,涂料有害应该戴个口罩这些最平常的话,可对他来说,是最动人的旋律。

电话继续打,建勋是一只缓缓胀大的气球,已经薄得透明,成为一个危险品,轻轻一碰就爆成碎片。总得做点什么吧。一想到要付诸行动,他头脑嗡的一声,空中飞来一记耳光打在自己脸上,人家搞婚外恋,都有经济基础,跟女方见面,难道空手去?得送个礼物吧,今后维持关系,除了感情外,还需要钱吧,可他又是个啥角色呢?到处干零活,为了攒钱给儿子买房,再热的天,一瓶水都舍不得买,几十里路干渴着,电三轮开得飞快跑回家里。建勋感到羞愧,快一米八的大男人,被钱给拿住了。

满面红光圆滚滚的大男人竟然日见憔悴,夜里偶尔还会失眠。胡子拉碴,他也不想刮,一早一晚,骑着电三轮在公路上奔跑。一个个村庄甩在后面,无论是夕阳无限好还是朝阳多美丽,他也没心情看了。到主家做活,他一语不发,铲墙皮,批腻子,粉白,仰着头刷呀刷呀,又生气又忧伤的样子。生谁的气呢?想起奶奶说的话,谁也别怨,怨自己没本事。眼看冬天来了,他对自己的情感生活来了一个大总结,痛下决心,再不打电话了!

大男人说到做到。建勋一个多月没打电话,那人也没有打来。快过年了，突然想起，她儿子要结婚了，微信里给她转了二百元钱，作为随礼。几小时后，她收了钱，说，到时你儿子结婚，也得给我说。他说，好的，两个字后面，给她献了六朵玫瑰，本来还有六个抱抱，想了想，删去了。第二天那人发来婚礼的酒店地址，让他大年初五来吃喜酒。他犹豫，去不去呢？去了能见见她，可是，见了又能怎样呢？一会儿想着应该去，一会儿觉得没必要去。到年根根上，突然武汉传出疫情消息，到处封锁，酒席办不成了。这样也好，省了他纠结。

走到哪儿把她装到哪儿，行走坐卧，吃饭睡觉，都默默跟她说话。这样总可以吧？不行动不出事不丢人，从头到尾，是我自己的事，沤烂在心里，我乐意，谁也管不着！此时坐在31登机口，马上就要到登机时间了，他怀着暖暖的酸酸的心情，就那么坐着，听着广播不断报出航班号。前面那些数字他听不懂，后面的城市全国各地都有，而那人也融化在播报里，一会儿上海，一会儿南宁，一会儿沈阳，跟每一个他从没去过的城市联系起来。

终于听见乌鲁木齐四个字，三个大男人相互看看，见身边的人站起身来，向登机口汇聚。又像怕走丢的鸡娃那样，三人一同起身，跟在一处，要走进一个他们此生第一次进入的空间。建勋将把那人，带入机舱，一起飞向高空。

（原载《芙蓉》2021年第2期）

作者简介：

周瑄璞，中国作协会员，陕西文学院专业作家。著有长篇小说《夏日残梦》《我的黑夜比白天多》《疑似爱情》《多湾》《日近长安远》，中短篇小说集《曼琴的四月》《骊歌》《故障》《房东》，散文集《已过万重山》。在《人民文学》《十月》《作家》等杂志发表中短篇小说，多篇小说被转载和收入各类年度选本，进入年度小说排行榜。获第三届中国女性文学奖。《多湾》入围花地文学榜，获得柳青文学奖。《日近长安远》入围第二届南丁文学奖，获第四届长篇小说年度金榜（2019）特别推荐。

名记小郭结婚
离婚附件

须一瓜

邀请函

亲爱的们、亲爱的天使们：

我要结婚了！有人射了我膝盖一箭，我也狠狠反射了她一箭。带着爱情甜蜜入骨的伤痛，我们决定互相疗伤一辈子。只要爱情的伤口不愈合，我们就互相疗愈到地老天荒。五月一日，请来为我们见证这个庄严的疗愈史开端吧！

呃，我的朋友有点多，她真正的朋友也不少。我们希望我们的朋友，只带着你们最美、最帅的形象，最有效的祝福，来吧！只要甜蜜祝福，不要红包（实在要给，就给吧）！

来吧，来吧，来吧！

谢谢各位微服人间的天使！

郭的丁携爱妻穆见可敬邀

三月二十一日

《小城时分》版面安排：2007 年 4 月 1 日　周日

版序	内容	广告内容	栏行数
1 彩色	时政	植树（公益）	17 行 ×2 栏
2 套红	本地新闻	房地产（巴黎之春）	19 行 ×4 栏
3 套	经济	春季服装展	19 行 ×4 栏
4、5 彩	4、5 版通栏 中国海洋周宣传（含软文）	分类广告	29 行 ×3 栏
6 套	小记者的春天	益生菌+拍卖	11 行 ×2 栏
7 套	美食侦缉组	莱茵湖畔（房产）	47 行 × 通栏
8 彩	凭栏国际	多又好超市商讯	19 行 ×4 栏

4 月 1 日《小城时分》周日海洋特刊 4、5 版通栏

伊鲁坎吉水母攻打厦城（跨版大通栏标）

本报讯（记者 郭的丁）：毒水母！伊鲁坎吉入侵厦城！专家目瞪口呆。

一周前，厦城环东海域，惊现伊鲁坎吉毒水母。作为世界最小的水母，伊鲁坎吉只有衬衫扣子大小，它能够轻易通过游泳安全防护网格。海洋观测人士谨慎预告，今天（1 日）雨后，将有更大批量的伊鲁坎吉水母攻打厦城。

伊鲁坎吉水母通常在非洲西海岸深处活动，不可能出现在东南海域的中国厦城。专家面对多份取样，反复目瞪口呆。专家们表示，这是一个惊人的历史时刻。伊鲁坎吉水母出现的地点、时间、规模，全部溢出了人类经验之外。数名水母爱好者称：这和地球气候变暖、洋流变化有关。

厦城望东大学海洋水母专家威廉姆教授说，伊鲁坎吉水母毒性强大，仅稍弱于首毒——澳大利亚箱形水母。它直径 0.6 厘米，但极其危险。其触手轻抚，即引发"伊鲁坎吉综合征"——最初的半个小时只是轻微刺痛，甚至令人不察，随其毒液进入血液、流遍全身，剧烈的疼痛感会让人疯狂难忍，随后引发四肢痉挛、心跳过快和高血压等并发症。吗啡也无法止痛，恐怖的疼痛可能持续一周。

威廉姆教授说，事实上，很难知道有多少人死于伊鲁坎吉水母，因为高血压、中风、心脏病和溺水都可能是由它们间接引起的。而人类对这一属水母的研究才开始起步，我们仅仅知道，每年夏季，是它们数量增多的时候。目前尚无抗毒血清。2002年在昆士兰外海，两名旅行者被伊鲁坎吉水母蜇后丧生。伊鲁坎吉水母主要分布在澳大利亚大堡礁及印尼周围水域，但在美国、日本也有类似这种水母蜇伤人的案例。

据厦城环岛博爱医院急诊科数据显示，一周以来，该院急诊人数比同期高发19%，扣除急性肠道疾病、海鲜过敏、溺水等突发急症，多人因为高血压、中风、心脏病不治。由于暖春如夏，市民多在环东海域的书法广场、音乐广场和雕塑广场，在海中戏水、浮潜，在沙滩徜徉，人群十分稠密。一名资深急救医生含义不明地表示，厦城人越来越懂得享受好天了。

本报一周前报道（详见《小城时分》3月24日7版 社会新闻头条），郊外一农家的楼顶水池，惊现有"水中大熊猫"之称的桃花水母。在中国几乎绝迹的桃花水母，生活在干净的江河湖泊之中，它是唯一的在淡水中生活的小型水母，古人称其为"桃花鱼"。桃花水母在体貌上和伊鲁坎吉水母相近，有外行人士戏称，里应外合，伊鲁坎吉水母漂洋过海，难道是来寻亲？

《小城时分》周日海洋特刊4版2条

知识网

人类不敌"海妖"

伊鲁坎吉水母，因澳大利亚土著部落Irukandji中关于可以置人于死地的隐形海妖的传说而得名。因此类水母犹如隐形海妖，杀人于"无形"。

纽扣大的伊鲁坎吉水母伞体呈立方体，有四个侧面，每个面所夹的棱都有一条中空的触手，触手的伸缩能力极强，收紧时仅有五六厘米，伸展开可长达一米，触手上的刺细胞成簇分布，因此触手犹如一串珍珠。伞部的四个面各有一组眼睛。有如八眼海妖。

被伊鲁坎吉水母蜇的人起初只会感觉到轻微的刺痛，但随着毒液的扩散，中毒者皮肤局部会出现红疹，并伴随全身阵发性剧痛（有的中毒者形容，这种阵痛犹如被放在火炉中烤），随后会出现肺功能障碍，及肾功能障碍，严重者会死亡。更糟的是这种水母极小，在水中用肉眼几乎看不到，它们甚至可以透过网眼，钻到游泳区的防护网内。人类束手无策。

2000年，伊鲁坎吉水母，突然啸聚悉尼海域。悉尼奥运会水上项目危在旦夕，驱赶、猎杀等抵抗行动，均告失败。但是，开幕式前一周，伊鲁坎吉水母，突然"快闪"般神秘消失。2001年，伊鲁坎吉水母军团，幽灵般聚会美国佛罗里达沿海水域，原本安全的海域，笼罩在剧毒水母的淫威之下。游客锐减。

《小城时分》周日海洋特刊5版2条

一说水母，你就想到凉拌海蜇

记者　郭的丁　实习生　楼小斌

一段时期以来，厦城剑麻小湾、剑麻大湾，陆续出现海蜇。剑麻小湾放置在海中的定置网，最多的一天，钻进了六七吨海蜇。都是伞径15厘米左右的海蜇。尽管海蜇的涌现，给定置网的渔获，造成了一定损害，但是，对于爱吃海蜇的厦城人来说，也算喜讯。

水母有三千多种，海蜇只是水母的一种。从历史上看，厦城海域只是偶尔可见大型钵水母，如黄斑海蜇、海月水母等，但今年海蜇来得有点规模化。

不只厦城。美国研究机构发现，近年来，多国沿海地区都出现"海蜇成灾"现象。如黑海，每立方米的海水中，最多竟能发现一千多个拳头大小的海蜇。大片大片"随波逐流"的海蜇频繁骚扰夏威夷、墨西哥湾、地中海、日本、澳大利亚，每年有至少1.5亿名各国游客被海蜇毒刺蜇伤。海蜇的过度繁殖，让各国沿岸渔业和旅游项目遭受了数亿美元重创。

看来，海蜇是大部分地球人的痛，其美味更非一般地球人能懂。但在中国，海蜇渔业有悠久的历史，最高年产量可达数十万吨。如果亟须，中国吃货可以组成义勇军，到海蜇重灾区见义勇为吃掉海蜇。

老厦城人凉拌海蜇一般流程是：将海蜇用淡水泡上两天；然后，在食用前切好后再用醋浸泡5分钟以上，如此，才能杀死全部弧菌，就可以安全享用海蜇美味了。

海蜇营养极为丰富，每百克海蜇含蛋白质12.3克、碳水化合物4克、钙182毫克、碘132微克以及多种维生素。中医医学认为，海蜇有清热解毒、化痰软坚、降压消肿之功。

《小城时分》周日海洋特刊4版3条

水母和人类的战争
谁是地球的最后霸主？

记者 郭的丁

有五六亿年历史的水母，好像从不认可人类是地球霸主。只要它们看人类不顺眼了，双方一交手，人类的局面总是难堪。

有一年，在日本，一伙越前水母拖住渔船，直接让日本人船覆人亡；就在去年，美国人想在澳大利亚炫耀最先进的航空母舰"总统号"，结果，招惹了成千上万不高兴的水母，它们直接攻占了核动力设备的冷却系统。美国人使用了杀虫剂、电击、超声波等反击，都无法驱赶水母。"总统号"被迫提前离开澳大利亚。"水母赶走美国军舰"成为当地报纸的头版头条。水母们还随心所欲地关闭人类发电站。1999年12月，五卡车的水母，忽然云聚，堵塞了菲律宾苏奥港发电厂的冷却系统，导致了该发电厂歇菜。日本浜冈核电厂的两座核反应堆，也因此被水母军团关闭过。

这个看上去死气沉沉的物种，恐怕是人类地球霸主的唯一挑战者。人类可能要对它的能力，重新评估。

它也确实身手不凡。

6.5亿年前的海洋中缺氧，硫化物多，许多生物都没能挺过来，但水母没问题。它们耗氧低、存氧能力强，有些水母甚至能够在水面把氧气吸入它们的"帽子"里，然后像带着氧气瓶的潜水员那样潜入缺氧的水中长达两小时。

它们有雷霆般的繁殖力+难死的魔性。和它们初遇战的人类，把水母们杀掉，再倒回海里，没想到，水母被杀时，会立即排出卵子和精子，直接在水里受精。并复仇似的暴量繁殖。而和平期，水母的繁殖力也是惊人的——雌雄同体、自我克隆、体外受精、自体受精、求爱和交配、裂变、合体、同类相食……只要是你能想到的繁殖方法，水母们都无师自通。

水母还很难死去。如果水母遇到困境，会"假死、负生长"，一些水母能够保持假死状态长达十年！有一种灯塔水母，几乎是不朽的。当它"死亡"之时，许多细胞会逃离腐烂的身体，然后以某种方式找到彼此，再次组合成息肉，再分离，变成一堆新灯塔水母，这一切在5天之内就能搞定。

水母固然先天旺族，但亿万年来基本克制。而成就水母族崛起的，正是自大的人类。

地球污染、气候变化、过度捕捞海蜇天敌、生态系统崩溃，水母坐大；而渔船随意扔掉海蜇和各类人造海洋建筑增多（如石油平台和输油管道）都是海蜇疯狂繁殖的诱因。在人类不断将"营养"（比如农场化肥）添加到海水中时，海水会耗尽氧气，鱼虾都难活；人类造成的全球变暖和海水酸化也是水母崛起的重要原因。当海洋变暖时，热带箱形水母和伊鲁坎吉水母会扩张它们的生存范围。据悉，北大西洋海域曾有10万平方公里的面积被海蜇所"覆盖"。美国蒙特雷湾内，全体海洋生物"体重总和"的三分之一是海蜇。

这是人类的灾难，但水母的崛起，已经势不可挡。

《小城时分》周日海洋特刊 5 版右下边栏

记者手记

诗意的对手

四月呆子

一

没有脑子，没有骨头，没心没肺，没手没脚。难怪文艺复兴时期的学者们把水母当成植物，就这样一个不死不活的生物，过着地球上最美丽最悠闲的生活。全地球的生物，诗意的居住，只有它们做到了。

这个地球上，唯一只有水母的杀戮，不容易让目击者与受害人共情。这个海洋中的杀手，悠然、飘柔、轻盈、曼妙，它们生生世世，就这样在大海中，如诗如画地残暴着、贪婪着、杀戮着。

最凶残的人也想不到，那么美丽的身影，可以吃掉超过自己体重 10 倍的食物；没有食物了，它们就通过它妖冶的表皮，直接吸收溶解在海水中的有机物质；它们还会蓄奴，让一些藻类生存在它们的细胞内，奴隶们通过光合作用，就可以给奴隶主的水母提供能量。

这个美丽的生物，还惊人地浪费食物。也就是说，和所有的地球动物不同，它们没有饥饱控制，它们天生就是不断追捕猎物，不管吃饱没有，就是不断厮杀，直到——"还有谁？"的问声，在空空如也的海洋中回荡。

我觉得中国人，恐怕是地球上阻击水母崛起的最后希望。论历史，我们从来就没有回避过水母，从小就从凉拌海蜇中练习不惧强权；论武力，我们有太极拳、太极剑等与水母柔术抗衡媲美；论胃口，我们比它们更恢宏更辽阔，它能吃的，我们都能吃，它不能吃的，我们也全能吃；我们就是陆地水母，吃草挤奶、卑贱强劲，野火不尽春风又生，只要我们乐意，可以生满全地球,每一个人的基因里,都天生是吃海蜇的——谁怕谁?!

美丽、自由、无畏、飘荡、至柔至刚。

开战吧!让我们先向诗意的对手致意!

郭的丁与女友的短信:

阿呆:老婆,看到报纸没?

可可:扫了一眼。忙死了。

阿呆:几乎算我个人专版!怎么样,终于明白了什么叫才华横溢了吧?

可可:没感觉。

阿呆:这个愚人节,将激荡厦城。

可可:神经病。

阿呆:哎,去看看我写的手记。一定要看!今天一拿到报纸,我自己又看了一遍,还是"灰"常感动!

可可:好啦。

阿呆:去看!推荐给你老板、你办公室的人都看看!让他们品味品味你老公的速度、温度与深度!

可可:都在加班布置会场!

阿呆:磨刀不误砍柴工啊。看看无妨。

可可:神经!——对了,婚纱照植物园的那一组,我说要他们全送。你搞定了没有?

阿呆:没问题。你把今天的周日专刊往米兰·米兰经理桌上一拍:这一整版都是我老公写的!让你们多送两张,是他看得上你们公司!

可可:少恶心了。

阿呆:唉,命苦,找了个没文化的美女……

可可:再放屁!

二

《小城时分》周日海洋专刊热线反响:

读者王先生、何小姐：我们今天下午还在环岛路游泳。每个人都觉得身上很痒，是不是被伊鲁坎吉水母蜇到了？

读者赵老板：我儿子和同学今天在沙滩捡贝壳，回来发烧了，现在，要不要带着你们的报纸，马上去急诊？！

厦城海洋专家：胡说八道！你们记者采访过真正的专家吗？！

读者老钱：我们家世代渔民，从来没有见过什么伊海妖水母！我们几个兄弟集资，昨天刚刚在环岛路开张了海鲜大排档，你们吓跑游客，我们几家人一起去砸烂你们领导狗头！

……

……

来自市长热线（多条合并）要求《小城时分》迅速反馈：

——伊鲁坎吉水母有没有解毒剂？

——厦城水域，到底有多少伊鲁坎吉水母？！

——厦城哪里有卖水母防蜇游泳服？普通浮潜服装，是否可以预防伊鲁坎吉水母攻击？

——被海水冲上沙滩的伊鲁坎吉水母，政府有没有紧急组织专人清扫？要不人民不放心！

……

中山医院、第一医院、环岛医院、仙山医院等多家医院反馈：

——120急救中心救护车，全部被调往环岛海域；

——有多名沙滩赤脚游客，因为疑似脚底被刺，怀疑被伊鲁坎吉水母蜇伤，请求医生仔细检查救治；

——蓝天救援队急送数名下海游客，因为血压高，自查自纠怀疑被伊鲁坎吉水母暗伤，请求急救；

——有准新郎在环岛路礁石上拍婚纱照，忽然中风，怀疑被伊鲁坎吉水母蜇到，急打120救护车；

——讨小海的五旬女子，手指受伤、莫名昏厥、四肢抽搐，路人担心系伊鲁坎吉水母所祸，代为报警；

……

厦城旅游总局：

——因厦城海域出现伊鲁坎吉水母，全国各地多家旅行机构纷纷来函来电，询问伊鲁坎吉水母入侵厦城灾情，目前，已有四家旅行社，明确表示延期带团或者取消厦城旅行计划；

……

厦城体育管理部门：

——接中国水上运动帆船赛事组委会通知：原定6月上旬举行的环东亚帆船大赛，因故暂缓确定赛事举办城市。具体赛事地点，将于5月中旬前另行发出确定通知；

……

三

《小城时分》编委会
关于4月1日愚人节专刊策划的情况说明

传真内容如下：

尊敬的倪部长：

一场生动有趣的科普专刊，遭遇了传播失误。鉴于去年本报6月8日，与海洋部门合作宣传"世界海洋日暨全国海洋宣传日"活动，许多生动有趣的海洋知识，没有版面及时传播宣传，因此，借本月1日愚人节，本报寓教于乐的形式，免费推出了海洋水母专版宣传。并借着愚人节的活动，与本报读者开了个善意的、增长知识的玩笑。

当日的报纸，特别注明是4月1日，遗憾我们对受众的节日心理，估计预判不足，节日的娱乐性突出不够，过于严肃正经，以致误导了读者。虽然，本专刊之海洋宣传效果，产生了空前绝后的影响力，但是，我们还是要吸取不足之处，等到6月8日国际海洋日，我们将吸收经验教训，更好地做好海洋日的宣传工作。

《小城时分》编委会

主管部门领导批复：

胡闹！祸国殃民！什么传播失误！是严重导向错误！祸害国计民生！

本周全市业务工作会议，责成《小城时分》领导班子全体列席。由负责人与会做出深刻检讨！

四

《小城时分》采编会议纪要

时间：2007年4月11日

地点：九楼圆桌会议室

主持：赵晓飞

出席：卜梅临、钱上游、詹靖、吴伟，以及首编首记以上人员、全体编辑

记录：杨曼

会议内容：

传达上级会议精神

晨报全体人员要认真领会，全面落实、勇于担当，紧紧围绕"三紧四严五过硬"，严格执行宣传纪律，严格采编流程，以高度的责任心，实干实效，确保正确舆论导向。

关于愚人节专刊检讨

周日专刊主编 郭的丁发言摘要：

通过一周以来的教育学习，我的认识有了很大提高。我充分认识到：本次专刊愚人节策划初心，背离了新闻人的职业操守，虽然有普法善念，但因其不严谨不严肃的劣质传播方式，给社会民生都造成了极其负面的影响。

个人完全认识到错误性质的严重性，并愿意接受组织的任何处罚。

专刊部主任吴伟发言摘要：

愚人节策划，我负有失察责任。虽然我远在北京学习，但是，小郭电话汇报本周策划，当时环境嘈杂喧闹，我没有听清楚，然而，我本该回头再打电话详询策划案的，但是，我因为一贯信任小郭的创意和稳重，最终没有打。这是我不可原谅的错误。如果我当时打了，一定不会有这个负面效果出现。

副刊分管负责人、副总 钱上游发言摘要：

愚人节专刊的错误，不能都怪专刊主编。小郭一直是个非常努力上进、充满办报激情的同志。这一次，我们要肯定年轻人的出发点是助益社会的，有创意有公益心，但是，我们失去了分寸感。这才导致了事与愿违的社会效果。所以，上级震怒，我们应该理解，作为分管负责人，我签的大样，我没有把好关，我感到羞愧。此事，我个人负有不可推卸的领导责任。我请求组织扣罚我当月全额奖金。

本周采编工作总结：

首先，本周有三个重磅独家新闻，令全市媒体羡慕，电台全部请求转播；其次，本报摄影记者救下轻生女子的亲历性报道，社会各界反响强烈；最后，经济部与市旅游部门、农行、建行的合作，总体进展非常顺利。

五

《小城时分》会议 不纪要

郭的丁：怎么算不实报道？这里面全是科学知识，没有一点造假！

吴伟：谁让你虚构伊鲁坎吉水母攻打厦城了？我们是新闻报纸！不是传奇故事会！

郭的丁：我愚人节报选题的时候，你怎么不反对？

吴伟：我怎么知道你是这么无中生有地过愚人节？！

郭的丁：愚人节不就是这样无中生有吗？不然还算什么愚人节?！汇稿后做版时，我还特意又打长途电话请示了你。

吴伟：那边在喝培训班结业酒，吵得要死，我根本听不清你说什么。算了算了，多说无益，小子，我就是太信任你了！——真是幼稚！胡闹！

郭的丁：谁胡闹？谁胡闹?！你跟我说清楚！

吴伟：现在读者人心惶惶、鸡犬不宁，旅游受挫、赛事停摆，领导龙颜震怒，这不是胡闹是什么?！

郭的丁：我他妈是胡闹，你听"胡闹"选题汇报，怎么一个屁不放？还夸我们"总是被模仿、永不被超越"——就这点风吹草动，你他妈就尿了！

吴伟：我是实事求是！新闻饭碗，本来就是戴着脚镣跳舞。你当然不怕，我们在衙府里可没有岳丈泰山可依靠。你不怕死，时分报一班好兄弟姐妹可不想陪葬……

赵晓飞总编：够了！别说这些没有意义的话。年轻人有创意，是很可贵的。小郭元宵、三八节等几个周日专刊策划，角度都非常独特，令人耳目一新，反响的确很好；吴伟整月在外学习，还不断参与专刊的策划，出角度、出点子，心系两头，也是很辛苦的。你们的付出我都理解，并感激在心。就是这个惹祸的水母专刊，也能看出大家非常投入、非常用心。

要闻部首编老童：其实，我觉得这期水母专刊，非常棒，真的很有趣，通栏版面特别大气漂亮，色调也好，有开阔的海洋感。

经济部首席记者燕子：我两个同学特意向我要报纸，说报刊亭已经买不到了。益智益趣，洛阳纸贵啊！

热线部主任游侠：热线接到几十通电话，知道是愚人节专刊，大家都笑翻了，倒是非常开心，都说要把它珍藏起来，很多人说，时分报一直是最有活力、最有担当的报纸。

卜副总：唉，不领略愚人节文化的人，还是大多数。我们报的许多老读者，根本不知道什么鬼愚人节。还有，我们的愚人节策划，其实应该在周日当天的版面，做出说明，哪怕位置偏僻一点。这样，我们对上也好交代。

你第二天再出来,毕竟事态已经不良发酵了。而且,大家也看得出来,主管部门很不高兴,否则,我们的"情况说明"传真就不会被怒退。听说领导是拍着桌子骂粗话了,说这次检讨再写不好,"那混账报纸就停刊整顿"!

钱副总:其实,签大样的时候,我还真有想过这个时间差问题。小郭说,当天就说明是愚人节,那就没有愚人节的乐趣了。我觉得也对。隔一天,我们就会做出说明,我想读者应该更开心,一场知趣冲撞,所以……

郭的丁:如果当天就说明是过愚人节,那干脆不要做这个周刊。海洋局多给我们没有用掉的钱,反正今年海洋日,照样可以用。他妈的,早知道,就不做。老子熬了四天三夜没睡!这两个打通的整版,白干不说,还要倒扣我的钱?!

吴伟:别丧心病狂地甩你的白头发,做媒体的,有几个不是少白头?

赵总:——够了。按规定扣。五一你结婚的时候,我给你个大红包好了。不用退。

梅副总、钱副总:我们给你的红包也别退啦。

六

《小城时分》总编辑赵晓飞在全市业务工作会议上
关于《伊鲁坎吉水母攻打厦城》不实报道的深刻检讨

尊敬的倪部长:

《小城时分》4月1日关于《伊鲁坎吉水母攻打厦城》是个严重的错误报道。我们为本报不严谨不严肃的报道,向领导及广大读者们沉重致歉。

我们知道当日是愚人节,专刊年轻人想与市民开个善意的知识玩笑。去年国家海洋宣传日,我们的报道,广受读者喜爱,所以,专刊年轻人想假借节日,继续帮助宣传厦城海域丰富的经济资源。虽然一片良好愿望,但是,我们对消息内容隐含的负面意义,严重估计不足。作为时分报领导班子,是我们没有把好舆论导向关口,给市民造成了恐慌心理,影响了厦城的经济建设。为此，我们沉痛道歉。并研究出台了一系列严控把关措施，及奖惩处罚条例。

吃一堑长一智，今后，我们将强化社会责任意识，认认真真、踏踏实实地办好人民真正需要的民心报纸。

《小城时分》编委会

主管批示：

认识有所提高，对错误的反省较为深刻，检讨也相对到位。一个轻浮的媒体，担当不了党和人民的喉舌使命。请自重自律。以醒目位置，向广大读者公开致歉。

七

社会评报员读报意见：

评报员万年春：

这周的星期天专刊，我一直如鲠在喉。真是洋节之祸！作为一个退休老教师，我实在不明白，现在的社会生活热火朝天、朝气蓬勃，一派欣欣向荣的国情民意，这么多沸腾的生活都不可以做你们专刊的内容吗？非得用个洋节来包装我们中国人的日子吗？

崇洋媚外，意欲何为？我们不是资本主义的不负责任的自由媒体。科普，你就好好科普嘛，为什么要装神弄鬼、浪费版面？喉舌不是儿戏，希望你们还是时刻把社会责任感放在心中。

评报员陈寿坤：

这个周末，贵报的水母专刊，知识性、趣味性都很强，但是，有一条记者手记，《诗意的对手》我觉得似乎导向不对。我读了三四遍，越读越感觉被骂了，是的，文章在骂人民。他在骂中国人民！某些记者请别以为自己高明，读者都是傻瓜。你仔细看吧，一开始以为他是说水母，后来，笔锋一转，他就在说人了。为什么这么说，你看，他说我们没有脑子，没有骨头，这分明就是骂老百姓，很愚昧，没有骨气，又说没心没肺，贪吃无度，一琢磨，感觉这就是骂中国老百姓不懂感恩不懂道歉，只是个吃货。而且，文章的意思，感觉中国人比无脑的吃货水母还要可怕。我觉得，这就不对了。这是我个人的读报意见，不一定对，但还望贵报反省三思，谨慎使用人民赋予的新闻报道权，不要误导读者，尤其不要误导祖国的下一代。

评报员姜金玲：

本周水母专刊，别开生面，寓教于乐，很好。就是有个错误。专刊《谁是地球的最后霸主》中，日本滨冈核电站，不是浜冈，是滨冈，它位于日本中部地区静冈县御前崎市。这虽然是白玉微瑕，但还是请更用心一点，我们不希望记者、编辑、校对，每个关卡都失守。谢谢。

八

郭的丁、穆见可延期或取消婚礼恭告亲朋好友书

尊敬的至爱亲朋：

本人郭的丁及穆见可小姐，原计划于5月1日，举办婚礼。但由于双方突然产生了比较严重的三观分歧，共同决定暂时延期或者取消五一婚礼，待三观统一。各位贺仪贺礼，我们谨将原路奉还。

如此意外一折，给诸亲朋至爱带来困扰，我们表示非常非常抱歉。

2007年4月27日

郭的丁辞职信

小城时分报社：

本人郭的丁，正式提出辞呈。

辞职的原因和理由，主要有三：

本人是出类拔萃的采编人员，目前，时分报已不合适本人的存在；

本人蔑视推卸责任者，蔑视前倨后恭者。由于本人疾恶如仇，又生性记仇，因此，已不宜在中层吴伟先生手下干活（顺便说一下，本人的未发奖金，自愿赔付给吴先生购买被我打坏的眼镜。注：医疗费已于急诊室当场支付）。

作为优秀的记者，本人越来越讨厌很多没有专业精神的鸟同行，三观相去甚远，老子不追了。

其他没有了，祝报社好。祝兄弟姐妹们好。

申请人　郭的丁

2007年6月5日

九

郭的丁给时分报旧友的邮件

燕子你好，迟复为歉。去了一趟海南，主要是思过，但有意外收获，和水母有关。有眉目以后，你若好奇，我再汇报。

我姨父那个玩具公司，估计被我搞垮了。本来，他们那个玩具市场就竞争得很厉害，当时，我姨让我过去帮忙，我就明说了，我对玩具不感兴趣。他们也是好心，说你反正算是休整休整，在报社耗神耗体力太累，就当是玩玩嘛。我们这样的人你知道，创意根本挡不住。我也没想到，我随口建议的那个竖中指愤怒气锤，一面世，就他妈供不应求，吓死我了。你说，怎么人人都"那么想"对外界竖中指啊？！你知道那"小臂"有五十公分长的竖中指气锤很稚态可掬对吧，根本人畜无害，没想到当地人，连女司机都在驾驶座边放一把，一看到恶劣的司机，她们就把竖中指气锤，从车里伸出，狠狠挥舞，或者夹在车门玻璃上，一路鄙视。本来，交警也没有生气,尽管有时连我自己都看到,很多车里都插夹着愤怒的竖中指气锤。满大道都是五彩缤纷的竖大中指,很幽默可爱嘛,又消除了很多暴戾的副作用。没想到,出事那天,两个他妈的司机,因为愤怒的竖中指气锤,竟然互相别车,在主干道上丧心病狂地互撞决斗。他们俩的车都撞烂了,关键还累及了许多躲闪不及的路遇车辆。场面就像战争大片。现在,市政那边说,连损坏的市政设置,也全部要由我姨父公司赔。你知道的,平时一个隔离墩、隔离栏就他妈三五百块钱,反光锥就更便宜了。一出事,就开价三五千块一个!但最最郁闷人的是——司机打架,怎么能怪我们呢?总不能人家用菜刀打架,就让我们做菜刀的铺子赔钱吧。哈哈哈。

反正这事是惊动当地了。几个部门还下了文件,不许我们再生产竖中指气锤,以及与竖中指有关的任何"泄愤"的不文明玩具。我姨父玩具公司被勒令停产整改了。

我在海南思过。

OK,各自保重。

郭的丁　2007 年 12 月

郭的丁 2015 年新名片

正面:东南烁金远洋水产技术咨询开发公司
郭的丁 董事

反面:南海渔业集团水母分公司
凉拌海蜇专业户 老郭

据悉,持名片者说,在飞机上邂逅当年水母名记郭的丁。他已光头。拥有多家海洋企业股份。其妻为外籍环保人士。生有两个半土半洋的混血孩子。他现在工作重心在于海洋保护。临别郭大记说,——感谢伊鲁坎吉水母!感谢领导!感谢大家成就!

（原载《江南》2021 年第 1 期）

作者简介：

　　须一瓜，著有《淡绿色月亮》《提拉米苏》《蛇宫》《第五个喷嚏》《老闺密》《国王的血》等中短篇小说集，以及长篇小说《太阳黑子》《白口罩》《别人》《双眼台风》《甜蜜点》等。获华语传媒大奖、人民文学奖、小说选刊、小说月报百花奖奖，及郁达夫文学奖。多部作品进入中国小说学会年度排行榜。其《太阳黑子》改编为电影《烈日灼心》。现居厦门。

狩猎时间

房 伟

一

狩猎时间结束了。我在人工湖边的水龙头洗净了手,拨打了110。几小时后,警察来到,在湖里找到导师和高处长。他们询问我发生的事,我简单说了经过,做了笔录,签上名字,离开了警局。这和我没什么关系。我不过帮了导师点小忙罢了。

一个警察追出来,对我说,不能离开学校,有事随时要找我。

我答应着,打了车,回到学校。陆阳是我的舍友,也是二年级的硕士生。我回到宿舍时,他一边在电脑修改论文,一边在手机打着王者荣耀游戏。他摆动着脑袋,眼珠乱动,好似一只刚学会左右互搏术的胖仓鼠,在枯燥的图表、数字与电光火石的打斗之间,不断切换场景。游戏有炫酷的战甲和燃烧的长剑,无论是人,还是魔兽,都倒在他的剑下。

你没事吧,陆阳停下手中活计,对我说。

关我鸟事？我抖抖手，我他妈能有啥事？

但你毕竟在现场，陆阳似笑非笑，摸着下巴，沉思着说，而且死了人。

这和我没关系，我低下头，说，我只是帮着看看高处长出来的时间。

你认识高处长？陆阳合上笔记本电脑，跷着二郎腿，继续问。

不认识，我快速钻到床上，不耐烦地说，警察都问过了，你是不是有病？

可惜了，陆阳伸了伸懒腰，说，一个前途远大的中年学者，也是咱们学校的新贵，你当时看到他脸上的血了吗？

你可以救活他吗？陆阳又说。

我假装睡觉，没有回答问题。透过眯起的眼睛缝隙，我看到陆阳脱下袜子，抠着脚丫，空气中弥漫着新鲜的臭，点点黄色的液体，从青黑色脚趾缝间漏出。他的手指甲也是青黑色的，充满污垢，好似野熊长长的爪。我的眼角充满泪水，使劲翻了个身。那天我太疲倦了，需要好好休息。很长一段时间，我都会想起宿舍那一幕，邋遢至极的桌上，摆着个易拉罐剪成的烟灰缸，挤满了乌黑的烟头。联想电脑旁，还有一袋吃剩的肉松面包。陆阳抠完脚，在衣服上蹭了蹭手，就去抓那面包……

去他妈的，肮脏的世界。我在心里咒骂，用被子蒙头，进入了沉沉黑暗。我需要黑暗，正如我需要休息。我要忘记一切，尽快回到正常轨道，我有四篇课程论文要应付，要收拾行装，准备回河北老家过春节。我还有封电子情书要写，我想发到她的微信里。收信人是个鹅蛋脸女生，长相一般，身材好，屁股翘，个子高大，符合我对床笫之欢的想象。

二

事情要从十几天前说起。我的导师，管理学院杨修副教授，要找我谈话。

我对他主攻的城市规划管理学毫无兴趣，也对杨修本人毫无兴趣。我本科时成绩不错，但努力学习，不过是不想就业，或者说，找不到什么像样职业，读研混几年罢了。我的父母都是河北农民，我不会讨好那些当红教授，分导师时就被推给了杨修。除了学校安排的课程，我从不主动找他，他也不找我。我正好落得清闲，不像陆阳他们，天天帮导师查资料、画设计图、甚至干家务，也没啥报酬。

杨修五十多岁，矮胖，脸上流着油油的汗，日益稀疏的头顶，像衰败的荒原，他有一张大嘴，总是紧紧抿着，嘴唇咬在里面，从侧面看去，就像一只扁口肥鲶鱼。学生们传言，他是 GAY，专门对俊俏男生下手。我并不俊俏，也不相信这些，我看到杨修上课时，偷偷瞟着漂亮女生。夏天来临，他有意无意地拍拍女生裸露的胳膊。师母是 S 大团委书记，常将杨老师骂得狗血淋头。我在杨修打电话时，听到过几次。杨修涨红了脸，讷讷不能言。他就是这副德性，但当杨修用哀怨愁苦的眼看着你，还是会让你不寒而栗。

我朝教学楼左边走去。那栋老旧教学楼，是 20 世纪 50 年代初的建筑，有着中西合璧风格，红的墙，雕梁画栋的重檐歇山顶，屋檐有彩釉怪兽，我叫不上名字。我站在楼下的榆叶梅下，等着导师的接见。北方的冬天，干冷，寒霜之下，灌木也落了叶，法国梧桐光秃秃的，黑黄的叶片，倒在地上，榆树和杨树的枝条，刺戟般伸向空中。我裹紧黑色羽绒服，踩着干硬的地面。天太冷，风不大，小刀似的，白霜的地面冻得裂出几道口子。血头颅般的夕阳，飘在天际，将大地涂上一层淡淡的红。学期末，校园人不多，教学楼有时断时续的诵读英语的声音，都是认真复习，准备考研的刻苦女生。工作太难找，我的几个本科同学都在当外卖小哥，还有一个卖厨卫产品。这些也不关我的事。我在冷风中呼着白气，闻到教学楼内自助奶茶机发出的温热奶香味。一个戴着白色绒毛玩具帽的，身材高挑的女生，正小口地饮啜着奶茶，红色短裙下，两只白嫩的大腿，晃动着，不时互相蹭一下。

闯祸了，还有心情看这些？一个阴冷的声音响起。

回头看去，杨修冷冷地盯着我，嘴角带着点古怪的笑。我赶紧喊老师好，那笑意逃掉了，好似一群被风刮走的碎青石子。你闯祸了，杨修继续强调。我做过什么？我目瞪口呆，口干舌燥，因为抄袭同学的课程论文？

还是晚上在被窝偷看岛国女优片,被舍友举报了?我的大脑混乱,杨修的表情却越发严肃,他拍着我的肩膀说,若要人不知,除非己莫为。你想退学吗?一个农民家庭,供出个研究生容易吗?怎么不懂珍惜?

我快崩溃了,不停挠着头,指甲上沾着点血迹,露出了粉红色头皮。我哀求杨修不要折磨我,否则我疯起来,对大家都不好。我几乎龇出了凶狠的獠牙,杨修这才不紧不慢地告诉我,论文代写的生意,东窗事发,学校正在考虑处理我。

我真没做……我嗫嚅着,声音越来越小,感觉喉咙里藏着一只白色的虫,它吞掉了我的声音,让嗓子痒得难耐。

读书太清贫,偶然机会,我发现QQ空间有请人代写论文的留言,抱着试试看的心情,我接了一单,很快做好了。拼拼贴贴,外加规避论文查重,这对我来说,是小菜一碟。拿到"第一桶金",我又接了第二单,第三单。生意不错,我注册了微信群,陆续把几个外系好友拉进来,甚至还有系里的青年教师。我写得少了,主要负责转包。一个学期,我净赚了六万元。谁料好运刚开始,就遭到无情打击。杨修说,我代写的论文,有的出了问题,买论文的人,告到了学校。校领导非常震怒,正考虑处分我。

三

没有雾的冬天,也许不是好日子。

我开始了盯梢的生活。我放弃上课时间,写论文的时间,打游戏的时间,看黄片"与左手姑娘约会"的时间,甚至牺牲了部分睡眠时间。我变成了世界可疑的"游魂"。我失去了自己的时间感。我穿着黑色羽绒服,戴着蓝色毛线帽和白色口罩,手上也有厚厚的褐色绒手套。我徘徊在教学楼、职工公寓楼、学校酒店等地方。那几天,J市雾霾很浓,能见度低。灰色有毒物质,掩盖了我的尴尬和沮丧。我盯梢的对象,是社科处高远方处长。这是杨修给我的任务,条件是帮我在学校开脱,免除处罚。

我不明白,导师为何让我干这事,他阴郁的眼神,阻止了我的发问。我隐隐听同学讲过，高远方和杨修是博士同门，高一路春风得意，很早升到教授博导，在学界名气很响，且出任学校社科处长，有望成为下一届副校长。相反，我的导师杨修，一钱不值，一文不名，默默无闻，至今还是副教授。学期结束前，杨修再次冲击教授失败，据说是这位"高师兄"使的绊子。高处长的"某学者"称号刚公示，就被人举报在20世纪80年代末期学生时代有不轨言论，因此落选。高怀疑是杨修所为，于是便阻止他升职。

我穿梭在严寒的校园，将自己融化在寒冬雾气。灰色的雾，有着毛茸茸的爪子，勾着我的羽绒服，湿气侵入内衣，和汗水混成一体，让我越来越沉重。我艰难地移动，跟随着高处长的轨迹。高处长每天早上7点，准时开着白色宝马越野，停在文科教学楼。然后，他快步走到主办公楼，小跑上到三楼办公室，开始一天紧张忙碌的工作。那是间宽敞的办公室，不时有老师和学生进进出出。他有时在学校会议室开会，也去教育厅开会。如果看到他出校园，我就打车跟上，追随他的步伐，好似痴情恋人苦苦追求着一个绝代佳人。下午下班，高处长开车回家，如果加班，就要延迟许久。杨修告诉我，记录高处长的行程，及他见过的人，遇到的事，打的费可以报销。

高处长体格精壮，红通通的鼻梁，挺拔俊朗，目光带着一种讥诮的锐利，仿佛一只有着鲜红长鼻的，强壮的几内亚狒狒。有一次，我站在办公室旁，被他发现了。他把我当成来申请创新项目的学生，叫我到楼下找楚老师。我的心狂跳，闻到他身上有一股薄荷味，应是他抹在额头提神用的。我躲在主楼旁的黑皮松下，用望远镜观察他的办公室。他读文件，从身后的铁柜取报刊。他大声训斥下属，与送文件的女助理调情，也毕恭毕敬地在电话里向领导汇报工作。没人时，他跷着腿，梳理毛发，或啃着铅笔沉思，将茶杯的每一片茶叶，都仔细噬咬着，一点点地吞下。他表现得很正常，没有可疑之处。

高处长在高新区有别墅，但不常回去，周末才偶尔光顾。他的妻子住在别墅，高处长大部分时间，都回十五号教职工宿舍楼。那是栋老式电梯房，那天黄昏，我第一次尾随高处长进入那栋楼。收发室的门房，是一位面无表情的中年妇女。我默默地上楼，她默默地盯着我。她有着狭长的、狐狸般的眼，眼神仿佛两条锈迹斑斑的铁钩。我飞快盘算着如何应对问话，可她始终没有问我，只是目送我进入电梯。楼道间狭窄、潮湿、阴暗，堆满废纸壳等杂物，人只能侧着身体进入电梯间。那扇绿色电梯间外门，画满各色涂鸦，间或不起眼的角落有捐精、替考等神秘小广告。我闭上眼，鼻腔里有不知何处涌来的尿骚气，杂物霉味，各家各户煮饭的味道。我按了十八层，电梯门颤抖着，缓缓合上，又颤抖着上升，伴随着闪烁的楼层号，仿佛一只巨大的金属心脏，而我就在这心脏之中，被送往未知的宇宙空间……

电梯停下，我惊魂未定，踮着脚尖，来到1814房间旁。那扇黑色的门紧闭，有昏黄光亮透出，还传出轻柔的钢琴曲声，打电话的声音，人走动的脚步声，厨房间灶台点燃的声响。高处长在做饭，我掏出块面包，小心地吞咽。为了不被人发现，只能躲在人工楼梯通道。走廊灯是声控的，有人来，我赶紧藏好，等住户们窸窸窣窣地开门，再关门，灯光就抛弃了我，我只能再次沉入黑暗。我贴着楼梯间墙壁，冰冷的感觉环绕着我，仿佛是一个深邃狭长的石墓。我看不清自己的手，只能打开手机电筒，寻找点微弱光芒。我站了两个多小时，冻得麻木，那扇门依然紧闭。我跺跺脚，只见电梯间出现两团黑乎乎的影子。是一对在暗处亲热的小情侣，看他们的校服，是S大附中的学生。情侣拥抱着，惊恐地看着我，似两只柔弱的考拉。借着手机电筒光亮，我在他们稚嫩的眸子中看到一个戴口罩的，面目模糊的青年。那就是我，一个眼睛闪着饿狼般凶光的男人。情侣可能将我当成盗贼，或变态杀手。我再次看了眼高处长家的门，在情侣小兽般的尖叫声中，飞快顺着楼梯间跑了下去。

我太疲倦了。连续五天，我持续对高处长盯梢，逐渐陷入幻觉状态：那件黑色羽绒服，粘连在我的身体之上，蓬松温暖的羽绒，紧紧吮吸着皮肤，化为粗硬的鬃毛。我的嗅觉越来越发达，视力增加，鼻孔变大，指甲锋利无比。我热爱长时间站立，没缘由地奔跑……

放过我吧,我哀求着说,让我干别的,任何事都行,别让我去盯梢,太熬人了,我撑不下去了……我哭泣着,对着杨修作揖。我甚至不可察觉地,谄媚地把手搭在杨修的胳膊上,他厌恶地甩掉我的手,说,不要胡思乱想,帮我盯住他。

再有七天,你只要再盯七天就好,杨修说。

临走,杨修放下一个信封,里面有一千元钱,让我补充体力,多买点好吃的。

四

我的行踪越来越诡异。我原是一个开朗的大男孩,现在越来越忧郁。我不再和舍友一起打游戏,谈论各类女人。我早出晚归,沉默寡言,无声无息地存在着,好似一个透明的蠕虫。我快"消散"了。必须在结束盯梢之前,保持健康,才能挣脱锁链,安全拿到毕业证。

你好像变了,陆阳盯着我看了半天,喃喃地说。我不置可否地笑了笑。陆阳掏出劣质香烟,吞云吐雾地抽了半只,又继续沉没在游戏中。他发誓要在学期结束前,打爆通关几个游戏。我不想管别人,也不希望别人了解我,我要保守秘密。我甚至怀疑,代写论文的事,是陆阳到学校举报的。他也想加入我的"论文组",挣点钱,可我没同意,我不想让身边的人参与这事。他极有可能恼羞成怒。他就是一个喜怒无常的人。

在忙什么?陆阳问我,在图书馆写论文?考博士吗?

找工作,我低低地回应着,我只想活得舒服点。

陆阳"嘿嘿"地笑着,转动黑熊般壮硕的身体,灵活地转动手指,继续盯住游戏。

我适应了盯梢生活。它让我成为游魂,类似刚脱离死亡肉体的中阴身,让我脱离束缚,进入自由境界。我和蚂蚁聊天,与麻雀进行眼神交流,和凶猛的喜鹊对峙,在小雨中听老槐树上寂寞的野猫的歌。高处长参加聚会,我跟着他去酒店,默默记下和他吃饭的人的车牌号。高档饭店前停满高档车，旁边的小吃店，却很少有人光顾。为了迎接春节，政府在经三路翰林酒店后面，搭出一条美食街。一个个红色的，土气的小棚里，卖着各类年货与小吃。天太冷，鲜有人光顾，小贩在明亮的电灯下，苦苦支撑着。一个瑟瑟发抖的女商贩，守着烤面筋摊子。她穿着厚棉衣，将摩托头盔戴在头上，手上还有一个暖手皮套。她的脚旁，趴着一只悲苦的，黑白花点的土狗。失去了温暖的犬，在寒风中靠长毛保存体温，它将长长的嘴，藏在毛里，露出两只惶恐的眼，让路人无法直视。醉醺醺的高处长走出酒店，叫了代驾。他似乎真醉了，咧着嘴，舌头打着卷，"叽里咕噜"地骂着，比比画画，也不晓得骂谁。

　　盯梢生活让我体验到孤狼狩猎的乐趣。我是"秘密"猎杀者。我越来越有耐心，还增长着一种残忍心性，那是对人性阴暗面的鄙视。一个人的时空是被切割的，会呈现出不同面向，庄严肃穆与猥琐无聊并存，光明正大与悲苦麻木共生。每个人都有无限的小秘密。小秘密构成无限细节，进而构成丰富立体的人，一个你永远也无法完全理解的人生。我不仅窥视到高处长的隐私，也看到了很多人的秘密。翰林酒店，我偶遇和大款来开房的校花。大款像只胖土拨鼠，开一辆黑色劳斯莱斯。校花姓王，长相清秀，行政管理专业的，硕士二年级的美女，也是我意淫的对象之一。"土拨鼠"将猥琐的爪子，放在"王校花"腰上。"王校花"面色红晕，扭了扭屁股，不知是难受还是幸福。酒店辉煌的吊灯下，她仿佛一条裹着黏液的青蛇，妩媚妖娆，带着滑腻手感。学校花圃，我看到神神道道的，偷练气功的陈教授。他早年毕业于北大，近十几年来，醉心某种功法，嘴上说改了，还是偷着练。他闭着眼，念念有词，不断摆着各种手印，花白的头发在寒风中飘荡，非常滑稽，有点像森林"树精灵"。经过校园学生澡堂，年级辅导员，一位以严肃著称的秃头老师，色眯眯地拿着望远镜，躲在草丛里，向女澡堂方向，认真巡视。他和我一样，是校园"秘行者"。高处长家门口，我也看到鬼鬼祟祟的，来送礼的青年教师。他们争取项目，评审职称，都要取得高处长的支持。我默默记下这些教师的长相，车牌号。杨修非常满意，他询问我，是否听到高处长攻击政府和社会的言论。杨修说，高远方年轻时是愤世嫉俗的文艺青年，喜欢写朦胧诗，给学校领导提意见。我摇头说，没听他讲过。杨修有点失望，鼓励我继续站好最后几天岗。

最后一天，杨修目光坚定地说，我会和你一起，见证历史的时刻。

还有件事，我嗫嚅着说，我说了，您不要生气。

杨修呼吸急促，面色苍白，脸上油汗更多了，鲶鱼似的嘴瘪着，一张一合，口臭味让人窒息。他轻轻咳嗽了几声，痛苦又带着期待的神色，说，关于我的家庭吗？

我想了想，还是告诉了杨修。真相很残忍，但大概他也有所耳闻，不至过于痛苦。我很奇怪，杨修是个窝囊废，师母是S大团委书记，中层领导，比杨修小六岁，颇有几分姿色。他们怎样走到一起的？这里也有很多秘密。我盯梢的第十二天，下午六点，我的确在十五号教工宿舍楼旁的车库，看到了惊人的一幕。车库是开发商后来建的，在小公园后面，那里有个人工湖，一片假山，还有茂盛的桃林。桃树刚喷了大量白色液态膜和杀虫剂，干硬的黑色枝干，绑着一道道褐色草绳，防止它们在冬天被冻死。车库价格不菲，在七万元左右，都被有钱的教师买走了。我发现了一个规律。每隔几天，下班时，高处长就会把车开到车库，在里面待上几个小时，等到天黑，再回家去。

我仔细地观察车库，终于捕获重要信息。车库面积不小，里面有微弱的光透出。一个穿米色大衣，裹着蓝头巾，戴着黑墨镜的女人，从车库走出来。过了一会儿，高处长才溜溜达达地走出，走向家的方向。我恍然大悟，前几次，我看到高处长先出来，就跟着他回宿舍楼，却没想过，车库里还有个女人。这次如果不是女人先于高处长走出，我还未能发现这个秘密。高处长很聪明，带女人回宿舍楼，总会遇到各种熟人。偏僻的车库，显然较安全。女人是谁？我改变盯梢方向，将目标转移到女人身上。她身材高挑，穿着皮靴，步伐很快，脚掌铁敲打着石子路，发出"咔嗒、咔嗒"的声音，好似撒在路面上的无数小铁珠。她穿过桃林，绕过人工湖，在假山旁的小亭旁停下，擦着皮靴上的泥点。大概晚上七点半，四周无人，只有一个双管黑铁皮路灯，发着幽幽的光。女人看样子不害怕。刚下过一场冬雨，草根和泥土，让本就泥泞的小路更加肮脏。女人的头巾滑落，一瞬间，终于证实了我的猜测。那是我的师母，S大团委刘珂书记。她保养得很好，脸红扑扑的，显然刚经历了一场缠绵的爱情运动。她大衣掉下一颗黄铜纽扣，"骨碌碌"地滚到湖水中。她不理睬。昏黄的灯光下，她捋了捋头发，站直身体，好似一条刚跃出湖水的大青鱼，发散着闪闪的粼光。

五

最后的期限终于来临。

我期待最后的时空点到来，有些莫名亢奋。杨修不断安抚我，说，在学校会议力保我，让学校撤销处分我的决议，但这一切，都要等下学期再说。只要拖上一段时间，他再去找找相关领导，事情就会大事化小，小事化了，不会耽误拿毕业证。我对他的说法，有所怀疑，杨修红着脸，脖子上的青筋耸动着，说，你看不起我？我不比高远方差，他不过是更能钻营罢了。看到他这样，我也只能相信他信誓旦旦的说法。

我越来越瘦削，动作越发敏捷，我的血管变得粗大，凸起，显现出青黑色的脉络。睡觉时，我激烈的磨牙声，甚至吵醒了舍友。我在洗手间蓝色镜子前，仔细观察两排牙，感觉它们越来越锋利。我利索地将食堂的酱大骨上的筋腱肉剔了个干净，让同学们目瞪口呆。

我必须配合杨修。我告诉杨修看到的那些，他的表现过于平静。那是一种反常的，瘆人的平静。杨修擦着汗，不再喘粗气，好似有什么沉重心思，终于尘埃落定。他拍了拍我，说，我不会亏待你。那天下午，杨修特意穿了墨绿色运动服，换了登山鞋。他拿了一只结实的棒球棍，不断扭着身子，练习击打准确率。我闻到他身上散发出一阵河泥般的恶臭，那是鲶鱼独有的味道，也大概是失败的龌龊气息。他大概要捉奸，但依照高处长和杨修的体格而言，显然杨修没有什么胜算。我肯定不会参与他的行动，我只是把风。

我们躲在了假山的一片山石后面。

他戴了一副面具，塑料的，京剧花脸的脸谱，显然是某些节庆的副产品。面具完全遮住杨修的头发和上半脸，只有两道细缝露出眼，眼神木然，仿佛也是面具的一部分，面具下露出他暗红的、肥厚的鲶鱼唇，以及嘴四周发灰的皮肤。他也给了我一张小丑面具，逼迫我戴上。这让我很不舒服，我们仿佛不是去捉奸，而是两个准备抢银行的悍匪。我只是把风，我再次向他强调。是的，我不会连累你，杨修也强调，但我总是感觉，这似乎有着陷阱般的圈套。可事已至此，只能进行到底了。

　　冬阳好似一团冰冷水银，白得亮眼，但缺乏热情。空气潮冷，刚下过小雨，时间一如雨势悬停在半空，在沉默中凝固成空蒙的虚无。假山石头也是冰冷的，有一股青苔藓苦味。我和杨修挤在假山台阶，像误入猴山的一只孤狼和一条鲶鱼。我讨厌他的气味，却不能不忍耐。从假山望去，湖水面积不小，湖面已结冰，一层薄薄的冰，像煎饼般脆弱。湖心亭有一副对联，写着校训：学高为师，身正为范。湖中还有芦苇和鸟类的踪迹。是那种黑白相间的，肥大而凶猛的喜鹊。它们叽叽喳喳地叫着，丝毫不畏惧寒冬，坚硬的喙，敲在冰面上，发出奇异的声响。再往远处，就是学校网球场，此时空空如也，越过了网球场，才能走到学校食堂和教学楼，最后到达那片红色学校外墙。

　　我的眼皮不停跳动。有不好预感。我这些天，都在做一个怪梦。我不能安睡。我梦到高处长的头颅，带着鲜红血迹，滚落在我的脚边，又怪笑着，一路跑进湖水。我很想将这个梦告诉杨修，导师没有理会我，而是专心致志地，用望远镜看着车库方向。时间一分一秒地过去，我们等得焦急。终于，我们看到那辆白色宝马车。车库电动锁打开，车辆缓缓行驶进"温暖的后宫"，卷帘门又缓缓放下，将我们隔绝在外面。棒球棍不停颤抖，杨修眯起眼，眼神在面具后面散发着骇人光芒。

　　现在怎么办？我问杨修。

　　杨老师叹口气说，等等吧，等你师母出来，不要吓到她。

　　现场捉奸是不可能了。杨修还是个孬货。我们等了许久，天色慢慢黑了。太阳惨叫着，闭着眼，彻底逃离了奸情现场。路灯慢慢亮了，车库灯光也慢吞吞地亮着。我们终于等到师母靓丽的身影，出现在车库旁。她还是穿着皮靴，迈着轻快步伐，走过人工湖和假山。杨修把我的头压得更低了一点。师母没发现我们。

现在要冲过去吗？我说，再不过去，他就走了。

杨老师又叹了口气，说，再等等吧。

还要等多久？我说。

杨修说，车库门卷起，你把他叫到假山这边，就说，我要找他谈谈。

雾霾渐升起，遮蔽了湖面，眼前的一切变得模糊。我摘下面具，替杨修悲哀。从捉奸角度而言，充满理性的杨修副教授，还不如武大郎有血性。有什么谈的？难道要"相逢一笑泯恩仇"？看到杨修慢慢松弛下来的手，躲闪的眼，我明白了，他彻底怂了，想象中的暴力场景不会出现了。我走到车库卷门前，轻轻地敲了敲，卷门缓缓升起，高处长充满警惕地看着我，我说明来意，说是杨修的学生，他让您到假山那边，有事相商。高处长不断冷笑，一边系着大衣扣子，一边说，杨修现在胆子大了，敢出来找我谈。

高处长拎起个撬棍，冷冷地对我说，你真是杨修的学生？

我摘掉口罩，给他看了学生校园卡，他放松了一点，掂着撬棍说，谅他也没有那个雄心，敢找社会的人来暗算我。

我们走过桃林。他跟在我的后面，问这问那。这是我第二次近距离接触高处长。我无法回答他，只能保持沉默。天色愈发黑了，据学校老人介绍，这片桃林所在，原本是老旧平房，也是20世纪70年代初著名的S大"牛棚"，"牛鬼蛇神"的教授们，都栖居在此，几个教授不能忍受，就上吊或者投湖，这里盛传闹鬼传说。进入新世纪，平房被拆除，才有了现在的桃林。桃树有些邪门。我和高处长走进去，立即感受到一股湿冷香味，刺激着人的大脑，让我头昏脑涨。高处长有些害怕，连声催促我，问杨修在哪里。

就在假山那边。我回答，耳边有很远处传来的汽车鸣笛声，惊醒了桃林里的鸟雀，发出惊恐尖叫。高处长停下不走。我只能再次强调，杨修老师就在假山，他相信你肯定敢赴约。高处长挺了挺胸膛，捉住我的手腕，和我并排肩一起走。他的手很有力，捏得我生疼，我无法挣脱。我们绕过人工湖，来到了假山。杨修缩着脖子，哈着气，没有拿棒球棍，摇摇晃晃地从假山走下来。他还戴着面具，这让他看起来更加滑稽。高处长丢下我，骂骂咧咧地迎上，看样子要教训一下他。我看不真切，高处长突然停下，撬棍掉到地上，杨修好像热情拥抱着他，高处长挣扎几下，没有挣脱。杨修贴着耳朵，像对他说悄悄话。我很好奇，走上前去，闻到了奇特的气味。后来我回忆起，那是喷溅而出的血腥。我上初中时割伤过手掌，也流过不少血，但都没有凶猛锐利的恶心感，像肺部瞬间涌入大量尿液，有一种窒息的恶臭。我对警察这样形容。警察对我的感想不感兴趣，他们更想了解，杨修杀死高远方的详细过程。

雾渐渐散去了，挣脱开杨修怀抱的高处长，跟跟跄跄地逃走了。借着路灯和月光，我看到，我的导师杨修，举着一把闪亮匕首，上面还有鲜红血液，滴滴答答地坠落。我不晓得他带着匕首，只见过那个棒球棍。我吓呆了，立住不动。杨修倒提匕首，在月光下追杀敌人，步伐从容，像换了一个人。高处长倒在人工湖边。他卧在湖边，大口喘着气。杨修越过我，也追到那里。他瞥了一眼挣扎的高处长，回头对我笑了笑，用匕首抹开喉管，纵身跳入湖水。我看不到热血喷溅而出的情形，但能听到杨修跃入湖面发出的巨大声响。那些薄薄的冰，被他砸得粉身碎骨，发出"咔嚓咔嚓"的呻吟，随之而来的是一阵沉沦的声响，好似什么沉重货物，或刚死去的大鱼的挣扎，冒出一连串气泡。杨修很快消失在水面。他还戴着那个滑稽的面具，他至死也不肯摘下它。

高处长没死，这只"狒狒"的生命力真旺盛。他骂道，还不抓紧时间救我？别管你那个窝囊废老师。我一声不吭，戴上小丑面具。我揪起他的衣领，将他拖到水里。高处长挥舞胳膊，想和我厮打，软绵绵地使不上力。我凑近他的头，小声说，狩猎时间到了。轻轻地一推，高处长滑入湖水。他的双手比画，像要捉住芦苇或冰块。这让我有些担心。但我什么也不想做，只蹲在湖边。我的牙根发痒，胸腔涌动着狩猎的快感。这让我难以自持，解开裤带，对着湖水撒了泡火辣辣的热尿。我甚至考虑，是否打一个

"飞机"，纪念这个"高潮"时刻。高处长还在挣扎，动作越来越慢。月亮又白又亮，像一片被剥落的、女孩的指甲。寒风不小，刮走了雾霾和湖面溢出的血腥味，湖边一个人没有，假山也没人，桃林也没有，我侧耳听听，汽车鸣笛和惊起的鸟鸣也不见了，这片小小天地，仿佛世界末日后的地球，蛮荒而神秘。

六

整整一个寒假，我都在学校度过。我打电话给父母，说导师要求做研究模型，春节过后再回老家。学校食堂不开门，我偷偷买了电热锅，在宿舍涮羊肉吃。最近胃口特别好。我写了两篇课程论文，早上冒着严寒去操场跑步，不用盯梢，没了威胁，我感觉轻松不少。

陆阳在宿舍赖着不走。他的家在本市，不用急着回去。他的硕士生导师就是高远方处长。高处长是中层领导，也在管院兼任硕导和博导。他常给陆阳布置任务，陆阳很少能按时完成。还好他家境不错，父母都是本市中层公务员，高处长没难为他，但很多同门就惨了，极少有人按时毕业，大部分延毕半年或一年。高处长死后，警察和校方联合办公，清理了高处长挂靠在学校的公司。高处长的很多科研经费，都通过公司走账，他在省里与市里接了规划设计工程，让学生们去做，学生延期毕业，是为更好完成工程。

你解放了很多人，陆阳半开玩笑地说，要不是你，我现在还要画图纸呢。

高处长毕竟是你的导师，我没有笑，说，他的去世，是学术界的巨大损失。

我想推荐你考他的博士呢，陆阳说，可你那个杨修导师，与他结怨太深。

我不想考博士，我摇头说，我没啥学术理想，又没有天赋。

别这么说，陆阳冷冷地说，你那些当枪手写的论文，有些还是不错。

我愣住了，赶紧换话题，说，我也没想到，杨老师能做出偏激的行为。

陆阳耸耸肩，不再和我讨论。他总想和我讨论那晚两位导师斗殴致死的场景，我不会满足他的好奇心。这些天，警察找我谈过几次，还到人工湖边搞了模拟再现。学校匆匆给两位教授举行了葬礼，询问我是否参加。我拒绝了。我甚至拒绝去太平间为法医指认死亡创面。狩猎时间结束了，我不想再看到两位导师布满伤痕的肉体。我的师母，尊敬的刘珂书记，想请我吃顿饭。这我无法拒绝。为了赴宴，我认真挑选了衣服，穿了一件黑色西服，外面还套了一件米色风衣。这些衣服，原本是我准备回家后，在村里给父母长面子用的。口罩不能再用了，无论我再怎么努力，在湖边石头上搓洗那条口罩，都洗不净缠住经纬纤维的血色溃痕，仿佛是珍奇水果的浅红幽魂。

灯火辉煌的翰林酒店，师母请我吃西餐自助。牛排味道鲜美，还有法国红酒和鹅肝，大洋洲的龙虾和猪肋排。泰式冬阴功汤和韩式烤肉，也符合我的食物审美。我从未到过如此高档的酒店吃饭，正好大快朵颐。她吃得很少，眼角还红肿着，她的话很少。她询问我，当天是否见过她，还了解什么。我老实回答说，那天没见过师母，我对警察也是这么说的。我什么也不晓得，这些东西和我没关系，我只是给导师帮点小忙。

师母点头，掏出一张训诫意见，盖着鲜红的学校公章。我心惊肉跳，接过仔细看去，是学校对我的处理意见。鉴于我的悔过表现，学校决定，不开除我，也不给予留校察看处分，但要求管理学院内部对我进行训诫谈话。我的心中一阵狂喜。师母也露出笑容，问我是否满意，我表示感激。她又说，杨修虽走了，但你是他的学生，就和自己的学生一样，你在学校有事，可以找我帮忙。

说完这些，师母说有事先走，让我在这里慢慢吃。我咀嚼着羊骨，透过酒店蓝色窗帘，看到师母优雅地走向一辆红色保时捷。她还是穿着那件米色大衣，风度迷人。车门里钻出一个高大男人，忙不迭地为她撑开伞。我依稀认出，高大的男人，是学校的甄副校长。不知何时，纷纷扬扬的雪花，偷袭了这个城市。这美丽的装饰物，让我们忘记寒冷和不愉快的记忆。寒风吹着阵阵细雪,吹过几乎垂直的高楼大厦。纵横的,仿佛蛛网般的街道,熙熙攘攘的人群,此刻也披着盛装,仿佛化身为无边无际的枞树、桉树和白皮松树林。那里有狼群出没,也适合男巫与女巫们的邪恶狂欢。

这些东西,和我没什么关系。我要专心致志地,对付那些美餐。我将在宿舍迎接美好的春节。我思忖着,要准备那些炖火锅食材,是否还要准备彩色拉花。我还想邀请那位心仪的女生来宿舍吃饭。她的家也在本市。如果顺利的话,也许我会结束处男生活,成为真正的男人。时间紧迫,易于破碎,我们都要抓紧。

(原载《红豆》2021年第1期)

作者简介:

房伟,男,1976年出生于山东滨州,文学博士,教授,博士生导师,中国作协会员,第二届"青春"签约作家,中国现代文学馆客座研究员,"青蓝工程"中青年学术带头人,于《文学评论》《中国现代文学研究丛刊》等学术刊物发表论文一百四十余篇,主持国家社科基金项目和省部级项目多项,获国家优秀博士学位论文提名奖,刘勰文艺理论奖,江苏优秀文艺评论奖等,同时在《收获》《当代》《十月》《花城》等发表长中短篇小说数十篇,有学术著作《王小波传》(三联书店)、《风景的诱惑》(北京大学出版社)等6部,另有长篇小说《英雄时代》《血色莫扎特》,中短篇小说集《猎舌师》,曾获茅盾文学新人奖,百花文学奖,紫金山文学奖,叶圣陶文学奖等,曾入选收获文学排行榜,中国小说排行榜等,现执教于苏州大学文学院。